BIBLIOTECA MONUMENTA : 2

TRISTEZAS

BIBLIOTECA MONUMENTA

Direção
Alexandre Hasegawa

Conselho Editorial
Adriane da Silva Duarte
Eleonora Tola
Jacyntho Lins Brandão
José Marcos Macedo
Maria Celeste Consolin Dezotti
Paulo Sérgio de Vasconcellos
Teodoro Rennó Assunção

PÚBLIO OVÍDIO NASÃO

Tristezas

Introdução, tradução e notas de
Pedro Schmidt

© Copyright 2023
Todos os direitos reservados à Editora Mnēma.

Título original: *Tristia*

Editor	Marcelo Azevedo
Diretor	Alexandre Hasegawa
Produção editorial	Felipe Campos
Direção de arte	Jonas de Azevedo
Projeto gráfico e capa	Marcelo Girard
Revisão técnica	Alexandre Hasegawa
Revisão final	Felipe Campos
Leitura crítica	Paulo Sérgio de Vasconcellos
Diagramação	IMG3

Dados Internacionais de Catalogação na Publicação (CIP)
(Câmara Brasileira do Livro, SP, Brasil)

Naso, Públio Ovídio, 43a.C–17d.C
Tristezas – Tristia / Públio Ovídio Naso; introdução, tradução e notas de Pedro Schmidt. – 1. ed. – Araçoiaba da Serra, SP : Editora Mnēma, 2023. – (Biblioteca Monumenta; 2)

Edição bilíngue: português/latim.
ISBN 978-65-85066-03-7

1. Elegia 2. Literatura 3. Poesia latina
I. Título. II. Título: Tristia. III. Série.

23-144851   CDD-870

Índices para catálogo sistemático:
1. Literatura latina 870
Aline Graziele Benitez - Bibliotecária - CRB-1/3129

Editora Mnēma
Alameda Antares, 45
Condomínio Lago Azul – Bairro Barreiro
CEP 18190-000 – Araçoiaba da Serra – São Paulo
www.editoramnema.com.br

Sumário

Introdução 9
  1. Ovídio: vida e obra 9
  2. *Tristezas* 13
    2.1 Epístolas ou elegias? 13
    2.2 Organização da obra 15
    2.3 Páginas molhadas de lágrimas 18
    2.4 Modelos 22
    2.5 Estilo 23
    2.6 Fortuna 33
  3. Sobre a tradução 35

TRISTIA | TRISTEZAS 37
  Liber Primus | Livro 1 38
  Liber Secvndus | Livro 2 104
  Liber Tertivs | Livro 3 156
  Liber Quartvs | Livro 4 222
  Liber Qvintvs | Livro 5 278

Referências bibliográficas 343

Introdução

1. OVÍDIO: VIDA E OBRA

Públio Ovídio Nasão (em latim, *Publius Ouidius Naso*) nasceu a 20 de março de 43 AEC, na pequena cidade de Sulmona, cerca de 150 quilômetros a leste de Roma. Seu pai pertencia à ordem equestre, a baixa aristocracia romana, e provavelmente possuía terras produtivas em Sulmona. Ovídio foi desde a tenra infância instruído nas letras, e foi enviado a Roma, junto com seu irmão, para estudar nas melhores escolas de gramática e de retórica, tais como as de Aurélio Fusco, Pórcio Latrão e Higino. O desejo de seu pai, ao patrocinar seus estudos, era de que ele ingressasse na carreira política. De fato, após concluir seus estudos de retórica em Atenas, na Grécia (onde talvez tenha estudado também filosofia), Ovídio começou sua carreira política ao ser eleito para uma posição entre os *tresuiri capitales* (triúnviros capitais), um cargo de burocracia policial. Logo depois, foi eleito para o cargo junto aos *decemuiri stlitibus iudicandi* (decêmviros para julgar causas legais), uma posição de burocracia jurídica que o habilitava a concorrer à posição de questor. Depois de exercer a questura, ele poderia, por fim, se candidatar ao Senado. No entanto, ao contrário dos desejos de seu pai e da prática comum dos romanos educados àquela época, Ovídio desistiu da política antes mesmo de se candidatar à questura. Sua ocupação exclusiva foi, desde então, escrever poesia.

Ao contrário de outros poetas do chamado período clássico latino, Ovídio não chegou a tomar parte nos principais eventos da guerra civil que sucedeu ao assassinato de Júlio César em 44 AEC. Por ocasião da Batalha de Ácio, em 31 AEC, em que Otávio supera as frotas de Marco Antônio e com isso encerra o longo período de conflitos civis, Ovídio tinha apenas doze anos de idade, e é provável que sua educação em Roma e a publicação de seus primeiros escritos tenham se dado já no momento de estabilidade doméstica sob o governo de Otávio, tornado Augusto e imperador, com poderes absolutos; isso, de certa maneira, afeta as temáticas tratadas em sua poesia, de menor conteúdo político ou, ao menos, não tão explícitas sobre o assunto.[1] Ovídio teve, ao longo de sua vida, três casamentos, embora as datas e os nomes das primeiras esposas não fiquem explicitados em sua obra. A julgar por Tristezas 4.10, casou-se ainda muito jovem com a primeira esposa, com quem a união foi bastante breve; em seguida, casou-se com uma mulher de uma família aristocrática de Faleros,[2] com quem teve uma filha, chamada Ovídia; a terceira e duradoura esposa, Fábia, oriunda de uma importante família de Fundos, tinha conexões com mulheres próximas ao imperador e talvez até frequentasse o círculo social de Lívia, a imperatriz. A filha de Ovídio casou-se duas vezes ainda jovem, e teve um filho de cada casamento, tornando Ovídio avô antes dos cinquenta anos, de acordo com a cronologia nas Tristezas 4.10. Também em seu círculo familiar estava a enteada de Ovídio, filha de Fábia.

A julgar por seu testemunho, Ovídio obteve desde cedo grande fama com a poesia, e ele próprio diz ter recebido o título de uates Romanus (poeta de Roma). Sua obra pode ser dividida em três grandes fases. A primeira, dos anos de juventude, escrita entre 25 AEC e 2 EC, compreende a poesia elegíaca amorosa (ou erótica): *Amores* ("Amores"), *Heroides* ("Epístolas das Heroínas"), *Ars Amatoria* ("Arte de Amar"), *Remedia Amoris* ("A Cura do Amor") e *Medicamina faciei femineae* ("Cosméticos para o Rosto Feminino"). A segunda, produzida entre 2 e 8 EC, aborda temas mitológicos e etiológicos: *Fasti* ("Fastos") e *Metamorphoseon* ("Metamorfoses"), sendo esta a única obra ovidiana composta em hexâmetros datílicos e não em dísticos elegíacos. A terceira e última, iniciada a partir do final de 8 EC, reúne as obras de exílio: *Tristia* ("Tristezas"), *Ibis* ("Íbis") e *Epistulae ex Ponto* ("Epístolas Pônticas").

Embora não fique explícita e evidente na obra de Ovídio sua filiação a qualquer círculo literário, é provável que ele tenha participado, ao menos brevemente, do chamado "Círculo de Messala", que reunia poetas sob o patrocínio de Messala Corvino, político, militar, orador e escritor que, após

---

1. KNOX 2009a: 5.
2. WHITE 2002: 2.

apoiar a causa republicana, passou a integrar o partido augustano. A depreender das *Tristezas* 4.4, bem como de várias passagens das *Epístolas Pônticas*, Ovídio e Messala nutriam mútua admiração,[3] e o poeta contava entre suas principais amizades os dois filhos de Messala, Messalino e Cota.[4] Nas *Tristezas* 5.3, há alusão a um grupo de poetas em Roma, ligados à patronagem do deus Baco, do qual Ovídio diz fazer parte. No entanto, não é possível saber com exatidão se esse "Círculo de Baco" seria o mesmo círculo ligado a Messala, ou se seria um outro grupo, nos moldes de um *collegium poetarum*.[5] De qualquer modo, Ovídio tinha contato e amizade com vários dos poetas de sua época, tais como Emílio Mácer, Pôntico, Basso, Horácio, Tibulo e Propércio, todos citados como colegas admirados nas *Tristezas* 4.10.44-53.

A transição entre a segunda e a terceira fases da obra ovidiana mencionadas acima é devida a uma suposta reviravolta na vida de Ovídio: em 8 EC,[6] o poeta teria sido banido pelo imperador Otávio Augusto e obrigado a deixar Roma para nunca mais voltar. É impossível saber a causa do banimento, ou mesmo se ele de fato existiu. Estudiosos procuraram na obra poética e nos registros históricos diversas razões, mas nenhuma delas é totalmente convincente. Ao longo de seus poemas de desterro, o poeta apenas menciona que os motivos foram um poema e um engano (*Tristezas* 2.207: *carmen et error*). Quanto ao poema, ele deixa claro se tratar da *Arte de Amar*; já o engano, ele reitera que não o exporá em seus versos. Pode ter sido uma causa moral (Ovídio teria avistado sem querer a esposa do imperador, Lívia, a banhar-se nua, ou teria tomado conhecimento dos adultérios da filha ou da neta do imperador, ou teria avistado o imperador em alguma situação indecorosa), uma causa política (Ovídio teria se aliado a Fábio Máximo em oposição ao imperador, ou teria feito campanha pelo retorno do exilado Agripa Póstumo, ou teria deixado de fazer campanha pró-Augusto), ou

---

3. DAVIES 1973: 26.
4. WHITE 2002: 8.
5. Para a discussão do conceito e de sua suposta existência, SIHLER 1905 e HORSFALL 1976.
6. O ano 8 EC é praticamente consensual entre os estudiosos; embora LEWIS 2013 apresente argumentação astronômica para o ano 7 EC, as contas do próprio Ovídio nas *Tristezas* 4.10 apontam para o ano 8 EC.

ainda uma causa religiosa (Ovídio pertenceria a algum culto dissonante da religião romana oficial, ou teria cometido algum desvio em uma cerimônia ritual).[7] De qualquer maneira, é inusitado na história romana o fato de um poeta ser exilado por conta de sua produção poética. Estudiosos concordam que a *Arte de Amar*, provavelmente nunca lida por Otávio Augusto, foi meramente difamada por alguém desejoso de intrigas, e mesmo assim não foi a causa única do exílio. Foi com o engano (*error*), algum desvio que Ovídio tenha cometido, aparentemente sem querer ou sem má intenção, que a ira do imperador se voltou contra ele. Nas *Tristezas* 5.11, o poeta faz questão de ressaltar que o seu banimento foi uma relegação (*relegatio*) mais propriamente do que um exílio (*exilium*), no sentido em que o decreto do imperador, embora o coagisse a sair para sempre de Roma, não retirava de Ovídio seus direitos de cidadão nem suas posses. No entanto, apesar dessa diferenciação em 5.11, no restante da obra o poeta se qualifica frequentemente como exilado (*exul*), e por vezes até como *missus* (enviado para longe) e *profugus* (fugitivo ou desertor); a profusão de termos empregados problematiza ainda mais a tecnicidade e a acuidade que se pode imputar aos fatos relatados pelo próprio poeta.[8]

Se Ovídio foi de fato exilado, ele partiu de Roma no final do ano 8 EC e chegou no ano seguinte em Tomis, uma cidade de colonização grega localizada na região da Cítia, um território recém conquistado pelos romanos, onde hoje se localiza a cidade de Constança, na Romênia; a cidade fica à foz do rio Danúbio, na margem ocidental do Mar Negro, o "Ponto Euxino" que será um cenário frequente nas *Tristezas*. Nesse lugar, descrito pelo poeta como frio, inóspito, remoto e pouco civilizado, Ovídio iria compor o conjunto final de sua obra, cuja temática central é, justamente, o seu exílio. Após nove ou dez anos no desterro, Ovídio viria a falecer em 17 ou 18 EC, já sob o governo do sucessor de Augusto, o imperador Tibério, que aparentemente nada fez para amenizar o decreto do seu antecessor.

---

7. Cf. THIBAULT 1964 para uma lista abrangente das possíveis causas do exílio; HOLLEMAN 1976, GOOLD 1983 e VERDIÉRE 1992 oferecem revisões da discussão.
8. BROWN 1985 discute a possibilidade do exílio como mera ficção literária.

2. TRISTEZAS

2.1 Epístolas ou Elegias?

Tristezas empregam como metro o dístico elegíaco, e isso é um dos principais motivos pelos quais a coleção é considerada pertencente ao gênero da elegia. O dístico elegíaco é formado pela combinação de dois versos: um, ímpar, em hexâmetro datílico, e outro, par, no que se convencionou chamar de pentâmetro datílico. O hexâmetro datílico (em latim, usualmente mencionado como *versus herous*, "verso heroico") compreende uma série de seis pés (ou unidades métricas) datílicos, onde cada pé apresenta uma sílaba longa seguida de duas sílabas breves. O pentâmetro, por sua vez, é constituído de duas partes iguais de dois pés datílicos e mais uma sílaba longa (por vezes chamadas de *hemiepes*, "semi-epos" ou "semi-verso"); efetivamente, o verso contém seis pés, mas como as sílabas longas contam como se fossem "meio pé", na prática temos duas sessões de dois pés e meio, totalizando, ritmicamente, cinco unidades. A estrutura do dístico elegíaco, de maneira geral, pode ser representada da seguinte forma:

– U U | – U U | – U U | – U U | – U U | – X   hexâmetro = verso ímpar

– U U | – U U | – || – U U | – U U | –   pentâmetro = verso par

Onde (–) representa uma sílaba longa, (U) uma sílaba breve, (X) uma sílaba ânceps (que pode ser longa ou breve, mas que, na prática, costuma ser longa), (|) a separação entre os pés métricos, e (||) a cesura, que estabelece uma pausa ou parada rítmica. Apesar dessa estrutura geral, o dístico aceita variações, como a troca de duas sílabas breves por uma sílaba longa, o que transforma o dátilo (– U U) em espondeu (– –). Essa troca tende a aparecer mais nos primeiros quatro pés do hexâmetro, sendo raríssima no quinto pé. No pentâmetro, o espondeu pode aparecer no primeiro e no segundo pé, sendo que o quarto e o quinto mantêm sempre o dátilo. A cesura é variável no hexâmetro, podendo ocorrer no terceiro ou quarto pé e a depender das alternâncias entre dátilo e espondeu, mas é sistematicamente colocada entre as duas metades do pentâmetro, conforme mostra o esquema acima.

É de se notar que o dístico compreende uma unidade semântica, de forma que a frase, de maneira geral, se inicia e termina dentro dos limites do dístico. O hexâmetro, por ser mais longo e de sonoridade mais grave, costuma encetar a proposição em ascensão, enquanto o pentâmetro, veloz e suave, conclui a ideia em descenso. Também deve-se levar em conta que o dístico elegíaco é muito próximo do hexâmetro datílico puro (possui apenas um pé a menos a cada dois versos) e consequentemente traz em si certo contraste com o metro usualmente atribuído à poesia épica e considerado o mais elevado. O dístico não deixa de ser um rebaixamento do hexâmetro, mas ainda assim um rebaixamento de pequena proporção.[9]

O dístico elegíaco desenvolveu-se inicialmente nas tradições de canções de lamento fúnebre,[10] e foi empregado na elegia grega para poemas de diversos temas e funções.[11] Em Roma, foi adotado para a elegia amorosa e para o epigrama, mantendo, de variadas maneiras, alguma associação com o tema lamentoso. Horácio, em sua *Arte Poética*, aponta, sobre o metro: "em versos desigualmente unidos [cantou-se] primeiro o lamento, e depois também foi incluída a expressão do ex-voto".[12] Ovídio, após ter empregado o dístico nas obras de sua primeira fase, no campo da elegia amorosa, também o emprega nas produções do exílio que, por levarem o metro e tratarem de temas lamentosos, podem ser classificadas como "elegias de exílio".

Além de serem elegias, os poemas das *Tristezas* apresentam também elementos do gênero epistolar: os poemas têm diferentes destinatários (ainda que os seus nomes estejam sempre implícitos ou velados), contêm fórmulas epistolográficas de saudação e despedida, e não raro são evocados no próprio texto como cartas (*epistolae*), criando o efeito de que seriam missivas enviadas por Ovídio da terra no exílio para seus amigos e familiares em Roma. A concomitância dos elementos epistolares com as características elegíacas suscitou entre os estudiosos da obra diferentes abordagens de classificação

---

9. Para um estudo mais aprofundado do dístico elegíaco, MORGAN 2012 e THORSEN 2013.
10. NAGY 2010: 13ss.
11. Para uma síntese da elegia grega, HUNTER 2013. Para uma antologia traduzida e comentada da elegia grega arcaica, RAGUSA & BRUNHARA 2021.
12. *Arte Poética* 75-76: *versibus impariter iunctis querimonia primum, / post etiam inclusa est voti sententia compos.*

quanto ao gênero; *Tristezas* foram lidas como elegias, como epístolas, como elegias epistolares ou como epístolas elegíacas. Todas as classificações têm seus méritos e justificativas, embora a tendência mais recente seja considerar os poemas como elegias epistolares, ou seja, poemas predominantemente elegíacos com elementos e efeitos do gênero epistolar.[13]

2.2 Organização da obra

Escrita provavelmente a partir do meio de 9 EC e concluída por volta de 12 EC, a obra é dividida em cinco livros, perfazendo 51 poemas em 3.578 versos.[14] Cada um dos livros, contendo a média entre 600 e 800 versos, preenche o espaço condizente com o tamanho usual do volume de papiro que circulava à época, de forma que a obra se apresentava materialmente em cinco volumes.

Cada livro é articulado como uma unidade, com começo, meio e fim. Os primeiros poemas de cada livro funcionam como introduções ou prólogos, com teor programático, enquanto os últimos funcionam como conclusões ou epílogos. Os poemas se combinam internamente nos livros, por uma série de relações de simetria e paralelismos.[15] Os cinco livros também se combinam, ao menos de maneira geral, em ordem linear e cronológica, tanto no sentido da ordem em que foram escritos como no dos momentos que eles representam.

O primeiro livro, contendo 738 versos em onze poemas, abarca o breve

---

13. Para uma síntese da argumentação sobre as diferentes tentativas de classificação, bem como uma argumentação consistente para a escolha da elegia epistolar como o gênero das *Tristezas*, Avellar 2019: 145-73 e Ugartemendía 2022: 74-93.
14. Ou, segundo outros critérios de divisão, 52 ou 53 poemas. A quantidade de poemas individuais que compõem *Tristezas* varia de acordo com as soluções propostas para as dificuldades de separação dos poemas 1.9, 3.4 e 5.2, que podem ser considerados cada qual uma única peça ou dois poemas diversos (considerados diversos, mantém-se a numeração e adiciona-se uma letra para cada parte: 1.9a e 1.9b; 3.4a e 3.4b; 5.2a. e 5.2b). Seguindo as lições de Owen 1915 e de Wheeler 1924, na presente edição temos 51 poemas, considerando que 3.4a e 3.4b são dois poemas diversos e tanto 1.9 como 5.2 são poemas únicos em si. Para 1.9, Lenz 1969 apresenta argumentação convincente e, desde então, definitiva para a leitura de um poema único. Para 3.4, Williams 1994 defende ser um poema único, enquanto Dettmer 2015 sustenta o contrário. Sobre 5.2, a questão ainda está em aberto e carece de estudos mais profundos.
15. Sobre o arranjo simétrico dos poemas, Dickinson 1973.

período de aproximadamente uma estação (o inverno entre 8 e 9 EC), entre o decreto de relegação e a chegada em Tomis. O poema 1.1 assume caráter de introdução ao livro e à obra como um todo, e é possível que tenha sido escrito posteriormente ao conjunto do Livro 1, o que em parte explicaria o inusitado número de onze poemas que compõem o volume – dez, catorze e quinze são números mais comuns, inclusive nas demais obras ovidianas. A linha narrativa tem início em 1.2, em que logo no início da viagem, o navio de Ovídio enfrenta uma perigosa tempestade. Outra tempestade ameaçadora irá aparecer em 1.4, mas antes, em 1.3, há uma analepse, ou regressão cronológica, para a noite em que Ovídio partiu de Roma para o exílio. Segue-se então uma série de cinco poemas epistolares, dirigidos a um amigo leal (1.5), à esposa (1.6), a outro amigo discorrendo sobre as Metamorfoses (1.7), a um inimigo (1.8) e a mais um amigo sobre a natureza da amizade (1.9). Estruturalmente, 1.5 e 1.6 se aproximam, e o mesmo se dá com 1.8 e 1.9, deixando 1.7 no centro do grupo "epistolar". Em 1.10 é retomada a linha narrativa da viagem, descrevendo os locais da parte intermediária do trajeto, entre Corinto e a Samotrácia. Em 1.11, novamente acossado por tempestades, já no Mar Negro, o poeta sintetiza o Livro 1, enumerando imagens presentes nos poemas anteriores e concluindo ao mesmo tempo a viagem e o livro.

O segundo livro, composto de um único poema – bastante extenso para o gênero elegíaco, com 578 versos – é uma defesa, sutilmente endereçada ao imperador, da *Arte de Amar* e da poesia de maneira geral. Escrito provavelmente no final do ano 9 EC, o poema suspende a cronologia narrativa iniciada no Livro 1 e que será retomada no Livro 3. Elaborado em uma estrutura retórica de um discurso judiciário de pessoa, o livro dialoga profusamente com a obra pregressa de Ovídio, em especial a própria *Arte de Amar*, retomando muitas de suas passagens e imagens para ensinar como esse tratado erotodidático deveria ser lido.

O Livro 3, com 834 versos distribuídos em quinze poemas, foi provavelmente composto ao longo do ano 10 EC, e relata sobre o período transcorrido entre o outono de 9 EC e a primavera de 10 EC. Se o Livro 1 se ocupa da viagem para o exílio, o Livro 3 se dedica às primeiras impressões da terra e da população de Tomis, concentrando-se na descrição dos rigores do local e das atribulações que o poeta sofre ao chegar na terra decretada.

É possível dividir o Livro 3 em dois blocos estruturais: a primeira metade, até 3.7, é composta de poemas predominantemente epistolares, enquanto a segunda metade, de 3.8 a 3.14, explora o fluxo narrativo da passagem do tempo e assume um teor mais monológico. Marcam os limites do terceiro livro os poemas 3.1 e 3.14, com suas funções de programa e de peroração, respectivamente. No primeiro bloco, os poemas se organizam ainda em pares temáticos, como se fossem dípticos: 3.2 e 3.3 (desejo pela morte e comprimento da morte), 3.4a e 3.4b (epístolas "morais" aconselhando os amigos), e 3.5 e 3.6 (epístolas a amigos leais), que por sua vez também espelham as missivas de 1.5 e 1.6. Esse bloco se fecha com 3.7, em posição central do livro, endereçado à enteada Perila, um poema com explícito caráter metapoético.

Já no segundo bloco os poemas se organizam em cronologia narrativa para marcar a passagem do tempo que, embora tudo possa curar, não é capaz de mitigar o sofrimento do poeta. As estações são demarcadas nos poemas pares: outono no 3.8, inverno no 3.10 e primavera no 3.12. A eles intercalam-se os ímpares com suspensões narrativas, ou mesmo analepses, para os decursos etiológico de 3.9 e iâmbico de 3.11, para chegar em 3.13 no aniversário do poeta, a 20 de março de 10 EC.

O quarto livro, com 678 versos em dez poemas, deve ter sido composto ao longo do ano 11 EC, abarcando eventos entre a segunda metade de 10 EC e a primeira metade de 11 EC. Os únicos poemas que indicam a datação são 4.6 e 4.7, que apontam para o comprimento de dois anos completos no exílio, e 4.2, que menciona um imaginário triunfo de Tibério por ocasião da campanha na Germânia, encetada no verão do ano 10 EC. Há uma alternância dos sentimentos de esperança em voltar para Roma e de angústia pela certeza de que o decreto não será revogado, enfatizando os rigores de Tomis já mostrados no livro anterior e passando em revista as ações do poeta, sua vida e a função de sua poesia. Apesar da diferença do número de poemas, esse livro é estruturado de maneira bastante similar ao Livro 3. Após o exórdio em 4.1, que se ocupa em justificar a escrita da poesia, e o triunfo em 4.2, retomando a mesma disposição do triunfo sobre a Germânia descrito por Horácio em sua *Ode* 4.2, seguem-se três epístolas, para a esposa em 4.3 (assim como fora em 3.3) e para dois amigos fiéis em 4.4 e 4.5

(assim também em 3.4a e 3.5). Depois desse bloco, os poemas pares, 4.6 e 4.8, se ocupam sobre a passagem do tempo, enquanto os ímpares são missivas menos amistosas: 4.7 reclama de um amigo que nunca mais lhe escreveu, enquanto 4.9 invectiva um inimigo (como em 1.8 e 3.11, sempre em posição próxima ao final de cada livro). O décimo e último poema do Livro 4 traz uma espécie de autobiografia do poeta, provavelmente composto para fechar a coleção como um todo, inicialmente projetada em quatro livros.

Por fim, no quinto livro, com 750 versos em catorze poemas, prevalece o teor de despedida, doença e morte, repetindo e hiperbolizando muitas das imagens do Livro 4. Foi provavelmente composto ao longo do ano 12 EC, retratando eventos do início desse ano. Tanto 5.3 como 5.10 apontam para o mês de março, enquanto os demais poemas se omitem de indicações cronológicas. Em 5.1, há uma nova introdução e uma indicação de que a coleção será acrescida de mais um volume, quase um pedido de desculpas ao leitor já cansado e crédulo que a obra teria se acabado no Livro 4. Com exceção de 5.3, uma oração ao deus Baco, todos os poemas têm a estrutura epistolar, dirigidos seja à esposa (5.2, 5.5, 5.11 e 5.14), seja a amigos (5.4, 5.6, 5.7, 5.9, 5.10, 5.12 e 5.13), ou ainda a um inimigo (5.8). Ao apelar à clemência do imperador, 5.2 e 5.4 parecem se complementar; já 5.10 espelha ao mesmo tempo 3.10 e 4.7. À medida que o livro se aproxima do fim, as imagens de conclusão e encerramento, da morte do poeta e da perenidade de sua obra, intensificam-se, culminando em 5.14, que, com palavras de despedida, funciona como conclusão definitiva das *Tristezas*.

2.3 PÁGINAS MOLHADAS DE LÁGRIMAS

Como o título da obra – em latim, *Tristia*, literalmente "tristes", implicando a ideia de "poemas tristes" ou mesmo "coisas tristes" – já indica, o assunto da coleção é o estado de tristeza causado pelo exílio sofrido pelo poeta. Nesse sentido, Ovídio faz retornar o dístico à sua suposta matéria de origem: o lamento. No entanto, diferentemente da elegia amorosa praticada tanto pelos poetas contemporâneos a Ovídio (tais como Galo, Tibulo e Propércio), como pelo próprio Ovídio em sua fase inicial, onde o elemento de lamento se circunscreve à ausência, infidelidade ou desprezo da persona amada, nas *Tristezas* a causa do choro do poeta é o exílio. É a viagem, o habitar em Tomis e a distância de Roma que perfazem os motivos dos sentimentos de perda, separação, angústia, sofrimento, instabilidade e deslocamento. A ideia de deslocamento é crucial nos poemas, que estabelecem Roma como o centro de equilíbrio do mundo enquanto a terra do exílio é a margem, a beira, a extremidade. A poesia deriva diretamente dessa condição triste, instável e deslocada causada pelo exílio. Logo no início da obra, o poeta assevera que, atribulado "por maus súbitos", atormentado pelo "mar, pelos ventos, pelo hostil inverno", ele nada pode escrever senão, propriamente, poemas "tristes". Em 1.1.13-14, ele recomenda ao próprio livro que não tenha vergonha de ser o que é: um livro triste, cujas páginas estão borradas com as lágrimas que escorrem dos olhos de seu autor. Assim, o exílio é ao mesmo tempo a matéria e a fonte da qual emana essa poesia.

Para além do exílio em si, o tratamento dos temas e personagens mitológicos também tem uma posição importante nas *Tristezas*. A mitologia como tema acompanha Ovídio ao longo de toda sua carreira poética, sendo abundante na sua primeira fase, de poesia amorosa, e central na segunda fase, que se constitui de obras propriamente mitográficas, os *Fastos* e as *Metamorfoses*. Na poesia de exílio isso se mantém, de forma que as referências mitológicas nas *Tristezas* são recorrentes, funcionando não apenas como adorno de erudição, mas também como intensificação das imagens poéticas.[16] Dentre os heróis mitológicos, aquele que mais aparece no conjunto da obra é, não por acaso, Ulisses, o andarilho arquetípico que sofre adversidades atrozes longe do lar. O poeta costuma comparar a sua própria situação de exílio à do herói homérico, realçando sempre que a situação dele é muito pior, o que colabora com o estilo hiperbólico dominante nos poemas. Também recorrentes são as menções às duplas de amizades heroicas, como Teseu e Pirítoo, Orestes e Pílades, Aquiles e Pátroclo, Niso e Euríalo,[17] evocadas para enaltecer ou incentivar a lealdade dos amigos do poeta em Roma. O mesmo se dá com as mulheres míticas famosas por sua devoção aos maridos, como

---

16. Sobre o emprego da mitologia na obra, DAVISSON 1993.
17. CLAASSEN 2009: 173. A estudiosa também inclui na lista de aparições frequentes Jasão, que, no entanto, não aparece de maneira explícita, e Eneias, que aparece apenas uma vez em toda a coleção (1.2).

Andrômaca, Penélope, Laodâmia e Evadne, evocadas como paralelo e exemplo para Fábia, a esposa de Ovídio. Os deuses olímpicos, que aparecem quase sempre em sua versão romanizada, funcionam como elementos figurativos de suas atribuições ou como referências a passagens míticas específicas, exceto no caso de Júpiter, que recebe um papel mais estrutural na obra; ocorre 27 vezes ao longo das *Tristezas*, e quase todas como metáfora para o imperador Augusto, que utiliza seu raio como arma fatal contra o poeta. A matéria mítica é incorporada e fundida de tal maneira com a expressão dos acontecimentos e sentimentos que se desenvolvem na vida da persona poética, que é possível identificar, ao longo da coleção, a elaboração de um novo mito, o "mito do exílio", em que o poeta, em paralelo aos personagens míticos, sofre o castigo trágico diante do choque inadvertido com o poder das divindades que controlam o destino.[18]

O principal assunto das *Tristezas* é, no fundo, a própria poesia. O que escrever, como e por que escrever poesia, como ler poesia, como julgar poesia: essas são recorrentes discussões nas *Tristezas*, obra que se configura como profusamente metapoética. Considerados individualmente, vários dos poemas da coleção podem ser lidos como pequenos tratados ou artes poéticas: 1.1, 1.3, 1.7, 2, 3.1, 3.3, 3.7, 3.14, 4.1, 4.10, 5.1 e 5.12, para citar apenas os mais estudados nesse sentido. Em 1.1, logo de início há uma teorização sobre a relação entre matéria e forma poéticas e a situação do poeta: se o poeta está triste, a poesia deverá ser triste e versará necessariamente sobre a tristeza. Essa teorização se insere na tradição clássica do emprego do *decorum*, que é justamente a adequação conveniente entre forma e conteúdo ou entre estilo e gênero; contudo, Ovídio adiciona a esse critério de adequação, como de certa forma já o fizera no início dos *Amores*, o espectro emocional do poeta, por mais que esse espectro seja, no fundo, elaboração retórica: nos *Amores*, o poeta é obrigado a falar de amor porque está apaixonado, enquanto nas *Tristezas*, o poeta terá que discorrer sobre suas amarguras porque está desolado. Além disso, a própria poesia é, muitas vezes, colocada como a grande culpada da ruína do poeta, o que gera neste uma sensação (ficcional) de arrependimento ou uma vontade de lançar ao

18. CLAASSEN 1988.

fogo tudo o que foi escrito (1.3). No entanto, ao mesmo tempo em que é culpada, a poesia é também o remédio e alento ao poeta diante das dificuldades (2; 4.10), que se distrai de seus males e do "mundo real" ao entrar no mundo ficcional das letras. Além disso, por mais que o poeta afete um arrependimento por seus escritos, ele reconhece que a poesia faz parte de seu ser, é uma tendência natural, e que não lhe é possível escrever mais nada que não seja poesia (4.10; 5.12).

O Livro 2 é uma extensa defesa da poesia, argumentando que se existe algo torpe ou indigno nos versos, não é isso que fará os leitores praticarem ações torpes ou indignas; as matronas de reputação indiscutível podem ler poesia erótica e não serem afetadas por isso. Antes, a torpeza já está no caráter e na intenção de quem a perpetua. Se os cidadãos romanos fossem levados às más ações por causa da arte, então o imperador teria que censurar todo e qualquer tipo de arte, da poesia ao teatro, dos jogos circenses aos jogos de azar, da estatuária à pintura. Todos os autores, todos os textos e todas as produções artísticas teriam algo de erótico, e seria injusto castigar apenas o autor da *Arte de Amar*. É praticamente uma acusação de que Augusto ou não sabe ler, ou é incoerente ao censurar uma obra e patrocinar outras que apresentam o mesmo teor.

Outro aspecto recorrentemente trazido à tona nas *Tristezas* é a capacidade da poesia de se prolongar no espaço e no tempo. De um lado, por meio da imaginação, o poeta, distante em Tomis, consegue trazer à sua mente e a seu texto Roma, seus edifícios (3.1) e seus acontecimentos (4.2); de outro, a poesia é o único meio com o qual o poeta pode visitar Roma, já que são os escritos que podem transportar, senão o corpo, ao menos o nome e a voz do poeta: "vai, livro, e com minhas palavras saúda os locais queridos. Assim pisarei neles com o único pé que me é possível" (1.1.15-16). Já o tempo, que é capaz de tudo, não pode extinguir nem a matéria da poesia (4.6) nem a própria poesia, conferindo ao poeta uma espécie de imortalidade (1.6; 3.7; 4.10; 5.14). Até mesmo quando seus versos são atirados ao fogo, sobrevivem, pois já foram decorados pelos leitores (1.7), e mesmo que os livros sejam expulsos das bibliotecas públicas, ainda assim o povo os lerá por toda a eternidade (3.1).[19]

---

19. As asserções da imortalidade do poeta e da poesia se inserem na tradição da tó-

O teor metapoético das *Tristezas* também assume um caráter de crítica e história literária por meio dos catálogos de gêneros e autores e da releitura da tradição e da própria obra ovidiana pregressa. Tanto em 2 como em 4.10, são enumerados autores e obras que fazem parte do rol de leituras do poeta, assim como, é de se supor, do leitor romano à época de Ovídio; ao se colocar como o nome derradeiro desses catálogos, Ovídio não apenas expressa abertamente dever a essa tradição, como também sugere um caminho teleológico da literatura que culmina em sua própria obra.[20] As inúmeras referências e apropriações de seus poemas anteriores, em especial a *Arte de Amar*, as *Heroides*, os *Fastos* e as *Metamorfoses*, apontam para as maneiras como essas obras deveriam ser lidas, ou reinterpretadas, a partir das teorizações das *Tristezas*, na mesma medida em que os poemas das *Tristezas* podem ser lidos a partir das fases erótica e etiológica de seu autor.[21]

2.4 Modelos

Muito embora esse tipo de elegia que tem o exílio como eixo e tema central da coleção inteira de poemas – chegando a se constituir em um subgênero ou em uma espécie poética – tenha sido inaugurado por Ovídio, *Tristezas* não deixam de dialogar e até mesmo depender da tradição poética na qual seu autor está inserido. Nesse sentido, a percepção do processo de intertextualidade é crucial para o entendimento da obra.[22] É possível notar ecos de autores gregos antigos e clássicos, como Homero, Hesíodo ou Eurípides, e de poetas gregos alexandrinos, como Calímaco.[23] Porém, os principais modelos de Ovídio são seus conterrâneos romanos: Catulo, Horácio, Tibulo,

---

pica da perenidade poética (ACHCAR 1994: 153-83). Do mesmo modo, a ideia dos textos que "sobrevivem" à fogueira, resgatados pela fama a despeito da vontade de seu autor, remete ao fato idêntico relatado na biografia de Virgílio, e nesse sentido a imagem integra o conjunto de alusões que compõem o efeito da "carreira virgiliana" empreendida por Ovídio (FARRELL 2004).

20. Para essa função do catálogo, BOYD 1992.
21. Sobre a relação das *Tristezas* com a obra pregressa de Ovídio, nessa chave de teorização metapoética, AVELLAR 2019.
22. Para o conceito de intertextualidade, com especial aplicação na tradição poética latina, VASCONCELLOS 2001: 11-68.
23. Para a influência de Calímaco nas *Tristezas*, HELZLE 1988.

Propércio e Virgílio. Ao longo das *Tristezas* podem ser encontradas numerosas passagens que aludem ou retomam versos desses cinco poetas.[24] Em 4.10, Ovídio expressa os nomes dos poetas que ele conhecia, lia e admirava, com especial menção para Galo, Tibulo e Propércio, o grupo de elegíacos ao qual ele também se filia, além de Virgílio e Horácio, e outros autores cujas obras não foram conservadas: Emílio Mácer, Pôntico e Basso, representantes dos gêneros didático, épico e iâmbico, respectivamente. A profusão de modelos de variados gêneros poéticos atesta para a considerável "mistura genérica" nas *Tristezas*, que exploram elementos de todos esses gêneros, ainda que se insiram predominantemente na tradição elegíaca.

2.5 Estilo

O poeta declara insistentemente ao longo das *Tristezas*, e enfaticamente nos poemas prólogos de cada livro (1.1, 3.1, 4.1 e 5.1), que seu engenho foi irreparavelmente afetado pelo exílio, que ele perdeu a capacidade de compor e mesmo de falar em latim, e que, portanto, seus poemas de exílio serão mal escritos e sequer terão direito a uma revisão decente. A crítica até meados do século XX EC levou um tanto a sério essa declaração ovidiana, e considerou o estilo das *Tristezas* ruim, decadente e repetitivo. Porém, a partir da segunda metade do século, alguns estudiosos passaram a perscrutar com mais atenção o estilo dos poemas de exílio, e nisso puderam comprovar que ele é meticulosamente calculado para criar o efeito da voz desesperada da persona exilada, e que alguns dos recursos estilísticos, como a variação enunciativa e as figuras de linguagem, são empregados de maneira engenhosa. As desculpas pedidas ao leitor nos poemas prólogos, que podem ser vistas como uma tópica retórica de captação de benevolência,[25] e que podem inclusive conter uma sutil crítica ao imperador Augusto e sua crueldade extrema em banir um poeta e com isso extinguir suas habilidades, são no fundo mais um

---

24. Para a análise de passagens específicas de intertexto com Horácio, HINDS 1985. Para a influência de Tibulo nas *Tristezas*, com foco em 4.2, KENNEDY 2016. Para o uso da obra virgiliana como modelo nas *Tristezas*, BEWS 1984 e, sobretudo, com foco na *Eneida*, PRATA 2007. HUSKEY 2002 aborda de maneira mais geral o conjunto de poetas modelos nas *Tristezas*.
25. HELZLE 1988.

ingrediente a compor a veia irônica que perpassa toda a coleção.[26] Seguindo a tradição elegíaca latina, que de maneira geral estabelece como enunciador do texto uma persona identificada com o nome próprio do poeta,[27] o enunciador das *Tristezas* quase sempre assume a voz em primeira pessoa do poeta Naso, "Nasão", agnome do próprio Ovídio. Como exceção, os poemas 3.1 e 5.4 fazem o próprio livro assumir a voz narrativa, enquanto em 3.9 há um efeito de distanciamento da posição de eu-poético, beirando a posição anônima de poeta épico ou mitógrafo. Contudo, há constante variação do enunciatário, e nisso se vê uma quebra com a tradição da elegia erótica, que predominantemente traz no papel do enunciatário a *puella*, a representação da mulher amada. Com efeito, alguns dos poemas são dirigidos a Fábia, esposa do poeta: 1.6, 3.3, 4.3, 5.5, 5.11 e 5.14. Porém, vários têm como receptor a persona de algum amigo não nomeado: 1.5, 1.9. 3.4a, 3.4b, 3.5, 3.6, 3.14, 4.4, 4.5, 4.7, 5.4, 5.6, 5.7, 5.9, 5.12 e 5.13. Desses, o único que sugere uma pista para a identidade do endereçado é 4.4, que talvez seja Messalino (filho de Messala), o recipiente das *Epístolas Pônticas* 1.7 e 2.2; os demais poemas não permitem identificar um amigo específico, e nem é possível discernir quantos amigos compõem o grupo pelo qual se dividem as dezesseis missivas. Em todo o caso, é mais produtivo ver nesses poemas a construção do efeito, em que o enunciatário é alocado na posição de um colega, em Roma, que teria a possibilidade de interceder junto ao imperador por um abrandamento da pena de Ovídio. Também vale notar que a maioria dos poemas com esse tipo de enunciatário ocupa as posições centrais dos livros – entre a quarta e a nona posição, com exceção de 3.14, 5.12 e 5.13. Outros quatro poemas têm como receptor a persona de um inimigo, que parece soar como uma única pessoa: 1.8, 3.11, 4.9 e 5.8. Esses poemas carregam um forte teor invectivo, beirando a matéria e elocução iâmbicas, e não deixam de ser um prenúncio para o *Íbis*, poema invectivo em dísticos elegíacos composto por Ovídio logo depois das *Tristezas*.[28]

Dez poemas trazem como enunciatário um público geral, opaco e indefi-

---

26. Luck 1961: 243.
27. Veyne 1985.
28. Sobre o *Íbis*, Helzle 2009.

nido, com o qual o poeta não chega a estabelecer um diálogo direto: 1.3, 1.4, 1.10, 3.2, 3.9, 3.12, 4.2, 4.6, 4.8 e 5.10. Por vezes, esse público passa a ser mais especificado pela figura de um leitor arquetípico, com o qual o eu-poético conversa e cria um certo laço de cumplicidade: 1.7, 1.11, 3.1, 3.10, 4.1, 4.10 e 5.1. A construção da persona do leitor como enunciatário colabora com o teor metapoético e programático desses poemas, que ocupam as posições de prólogo (3.1, 4.1, 5.1) ou de peroração (1.11, 4.10), ou então são focados na crítica de sua própria obra (1.7, 3.10).

Por vezes, os deuses são invocados e assumem o papel de enunciatário. Em 1.2, todos os deuses dos céus e dos mares são conclamados a ouvir a prece do poeta temeroso do naufrágio em meio a uma tempestade em alto -mar; em 3.13, o receptor é o nume do aniversário de Ovídio, com quem o poeta reclama de estar vivo e ter completado mais um ano de vida em sofrimento extremo; já em 5.3, é o deus Baco que recebe a missiva que pleiteia uma lembrança junto ao círculo de poetas. Esses três poemas exploram por meio dos enunciatários sobrenaturais o efeito de uma espécie de prece individual que beira o solilóquio, no sentido de uma conversa do poeta consigo mesmo, efeito esse que atinge sua expressão máxima em 3.8, em que o destinatário parece ser o próprio emissor. Também icônicos nesse aspecto são 1.1, que coloca o próprio livro na posição de enunciatário em segunda pessoa,[29] e o Livro 2, cujo endereçado é nada menos que o imperador Augusto.

Dignos de nota são os poucos poemas que apresentam alternância interna do enunciatário. O poema 3.7 começa com o poeta se dirigindo a seu livro (como fizera em 1.1), pedindo que encaminhe à sua enteada Perila admoestações poéticas; o livro assim o faz, assumindo temporariamente a voz e trazendo Perila para a posição de receptora, e então as vozes do poeta e do livro se confundem e se tornam uma até o final do poema. Em 4.3, o poeta começa se dirigindo às constelações boreais, pedindo que olhem para sua esposa em Roma; depois, passa a conversar consigo próprio, e só então efetiva Fábia na posição de enunciatária. O poema 5.2 traz uma al-

---

29. GEYSSEN 2007 oferece uma análise dos alcances desse recurso estilístico nas *Tristezas* 1.1.

ternância mais brusca, levando inclusive alguns estudiosos a duvidar de sua unicidade; a primeira parte do poema é toda endereçada à esposa, até o momento em que o poeta declara que entoará uma prece junto ao altar da divindade do imperador; nesse ponto, o tu-poético passa a ser o próprio imperador, que aqui amalgama a figura de Augusto, executor do decreto do exílio do Livro 2, com as figuras divinas invocadas em 1.2 e 5.3, criando, mais uma vez, um efeito de solilóquio dentro da solicitação à esposa por alguma ajuda. Cabe ressaltar que a variação do enunciatário nas *Tristezas* é sempre mais um efeito de construção de *personae* elegíacas como partícipes do diálogo sobre o exílio do que destinatários reais de epístolas e que, no fundo, todos os poemas são essencialmente públicos.[30]

A repetição é um dos traços estilísticos mais marcantes das *Tristezas*. A crítica da primeira metade do século XX viu na repetição um demérito da obra e inclusive uma prova de que o engenho ovidiano havia de fato se desvanecido no período do exílio; no entanto, hoje se considera que o recurso tenha sido usado de maneira engenhosa e eficaz, não apenas ornamentando o texto com riqueza sonora e lexical, mas também colaborando com a proposta geral da obra, retificando a construção ficcional de Tomis e de suas condições como um lugar estagnado, estéril, estático, em oposição à vida, fluidez, movimento e cores de Roma. A repetição se distribui em diversas figuras estilísticas, desde as sonoras, como aliteração e parequema, passando pelas sonoras-lexicais, como anáfora, quiasmo, anadiplose, poliptoto, até as puramente lexicais, como sinonímia e pleonasmo.

A aliteração, que consiste na repetição de uma mesma consoante ao longo de um verso ou conjunto de versos, ocorre frequentemente nas *Tristezas*, mas raramente como mero adorno sonoro; o mais das vezes, a sequência de um som consonantal reforça a ideia ou o efeito pretendido na passagem. Assim, por exemplo, em 3.10.8, *ille suis liquidis bella repellit aquis*, "líquido, ele repele as lutas com suas águas", a liquidez do rio Danúbio é enfatizada e sonorizada pela aliteração em /l/.[31] Ou em 3.3.62, *spiritus, et Samii sunt rata*

---

30. KENNEY 1965: 40; HELZLE 1988: 73.
31. LUCK 1961: 260.

dicta senis, "e se os ensinamentos do senhor de Samos são sérios", onde a repetição do /s/ reflete a imagem da sombra da alma morta do poeta vagando pelos ares, descrita no verso anterior.

Ovídio, assim como os demais poetas latinos do período clássico, não emprega com frequência o homoteleuto em posições-chave, como após as cesuras ou ao final dos versos, mas se serve do parequema, a repetição da sílaba final de uma palavra na sílaba inicial da palavra seguinte, como em 1.1.116, *quemquam quamvis*, em 1.9.59, *vita tamen*, ou em 2.366, *tuta tamen*.[32] Embora a princípio o parequema possa causar certa cacofonia, ele é usado engenhosamente na obra para não apenas criar o eco sonoro, como também sublinhar o efeito de insegurança, trepidação e gagueira afetados pelo eu-poético.

Igualmente muito usada nas *Tristezas* é a anáfora, que consiste na repetição da mesma palavra na posição inicial de dois ou mais versos. Em praticamente todos os poemas, é possível encontrar pelo menos uma anáfora, o que a torna de certa maneira uma figura estrutural do estilo da obra. Para citar apenas um exemplo: em 4.6, uma elegia que contrapõe o poder da passagem do tempo à estagnação dos sofrimentos do poeta, a palavra *tempore* se repete nos versos 1, 3, 5; já nos versos 9 e 11 aparece a forma no nominativo, *tempus*; e entre os versos 13 a 16 o pronome *hoc*, que semanticamente se refere ao tempo, é repetido na posição inicial por quatro vezes seguidas. O próprio tempo, de tanto repetir-se, também está estagnado, junto com o poeta, em Tomis.

O quiasmo também não deixa de ser uma figura de repetição, em que dois termos são repetidos em ordens inversas entre si, formando um "x". Em 4.10, por exemplo, a locução *scribere temptabam*, do v. 24, volta a ocorrer no v. 26 como *temptabam scribere*.[33] Além do efeito sonoro, o quiasmo na passagem reforça a "alteração" ou "correção" que a Musa impõe a Ovídio: qualquer coisa que ele "tentava escrever" era arrastada para o dístico elegíaco e, portanto, para a poesia.

A repetição de uma palavra no final de uma frase e no início da frase

---

32. LUCK 1961: 260.
33. LUCK 1961: 245.

seguinte, a que usualmente se dá o nome de anadiplose,[34] também ocorre com frequência nas *Tristezas*, sempre com o efeito de ênfase sobre o sentido da passagem. Assim, em 1.2.49, *qui venit hic fluctus, fluctus supereminet omnes*, "cá vem uma onda, uma onda que sobrepuja a todas as demais", a repetição de *fluctus* faz a palavra vir novamente, como uma onda. Ou em 1.3.85-6, *te iubet e patria discedere Caesaris ira, / me pietas. pietas haec mihi Caesar erit*, "ordena-te deixar a pátria a ira de César, a mim ordena / a virtude. A virtude será para mim um César", onde a anadiplose de *pietas* se adiciona a um quiasmo triplo (*Caesaris – me – pietas – pietas – mihi – Caesar*).

Para além dessas repetições em posições específicas dos versos, há também aquelas em posições mais livres.[35] Um tipo singular de repetição é o poliptoto, em que se combinam palavras da mesma raiz dentro de uma mesma oração ou verso, ou ainda, no caso de uma língua sintética como o latim, a mesma palavra em diferentes casos sintáticos, como se nota no exemplo acima (*Caesaris – Caesar*); em 2.47-8, *quaeque dies bellum belli tibi sustulit iram, / parsque simul templis utraque dona tulit*, o poliptoto da palavra *bellum*, "guerra" une no centro do verso os dois lados inimigos que se apaziguam e se unem diante de Augusto.[36] O efeito é difícil de ser traduzido, e com "e juntos os dois partidos **oferecem oferendas** aos templos" procuro recriar ao menos o efeito sonoro do poliptoto.

A sinonímia e o pleonasmo são espécies de figuras de variação dentro da repetição. Na sinonímia, emprega-se uma série de termos diferentes entre si, mas que expressam, no contexto do poema, a mesma coisa. Assim, por exemplo, em 3.1.59-60, *inde tenore pari gradibus sublimia celsis / ducor ad intonsi candida templa dei*, "então, prosseguindo na mesma toada, sou condu-

---

34. FIORIN 2014: 120-21. LUCK 1961: 246 nomeia a figura de "anástrofe", que na tradição em língua portuguesa é uma figura diferente; na *Retórica a Herênio* 4.34, a anadiplose é chamada de "gradação".
35. Cf. LUCK 1961 para mais exemplos.
36. LUCK 1961: 247: "It is interesting to see that Ovid uses this figure when he wishes to imply a close physical, logical or temporal connection between two persons, things, or events, particularly if this connection is reciprocal." ["É interessante ver que Ovídio usa essa figura [poliptoto] quando ele quer implicar uma estreita conexão física, lógica ou temporal entre duas pessoas, coisas ou eventos, especialmente se essa conexão for recíproca."].

zido através de excelsas escadarias até os sublimes e alvos templos do deus de cabelos compridos", as expressões *gradibus celsis*, "excelsas escadarias" e *sublimia templa*, "sublimes templos", referem-se ao mesmo objeto, o templo de Apolo, e tanto os substantivos como os adjetivos são sinônimos entre si; ou em 1.11.32, *quam cruor et caedes bellaque semper habent*, "sempre tomada por sangue e mortes e guerras", as palavras *cruor, caedes* e *bella* se combinam para repetir semanticamente, ainda que não lexicalmente, a mesma ideia. Do mesmo modo, o pleonasmo consiste na redundância semântica de uma expressão, como em 4.8.26, *siccam sitim*, "sede seca", ou em 3.1.55, *aspicis exsangui chartam pallere colore*, "percebes o papiro empalidecer em cor desbotada?", uma engenhosa elaboração duplamente pleonástica: o papiro, que já é branco, empalidece, e empalidece, como todo empalidecer, em cor desbotada, sem sangue, pálida.

O emprego abundante de todas essas figuras de repetição é obviamente intencional e calculado para imprimir à coleção a impressão geral de estaticidade e congelamento do tempo e interrupção do fluxo, impressão essa que de certa forma vem sintetizada metaforicamente no congelamento do rio Danúbio: *miscetur vasto multa per ora freto, / caeruleos ventis latices durantibus, Hister / congelat*, "o próprio Danúbio, que se mistura ao vasto oceano através de muitas fozes, devido aos ventos constantes congela suas correntes azuladas" (3.10.28-30).

Entretanto, ainda mais característico do estilo das *Tristezas* é o constante exagero, expresso pelas diversas e recorrentes hipérboles,[37] que, por sua vez, se unem ao paradoxo para criar o efeito do absurdo e do inacreditável que o poeta vivencia em sua experiência de exílio.[38] Por vezes, o exagero se manifesta por uma simples imagem ou comparação hiperbólica, como em 1.2.20-2, onde as ondas do mar alcançam as estrelas e os Tártaros. Por

37. PHILLBRICK 2007 oferece um estudo profundo sobre as hipérboles na poesia ovidiana de exílio.
38. CLAASSEN 2009: 172: "Characteristic stylistic and rhetorical devices such as oxymoron and paradox, exaggeration, hyperbole and *bathos* (...) lend interest to every line." ["Recursos estilísticos e retóricos característicos, como o oxímoro e o paradoxo, o exagero, a hipérbole e o *bathos* (...) conferem interesse verso após verso."].

vezes, a hipérbole é desenvolvida em um adínaton, que é utilizado para enfatizar o tamanho e o número de males que o poeta sofre no exílio, ou para realçar a sua incredulidade diante do abandono dos amigos, como em 1.8.1-10:

> In caput alta suum labentur ab aequore retro
> >   flumina, conversis Solque recurret equis:
> terra feret stellas, caelum findetur aratro,
> >   unda dabit flammas, et dabit ignis aquas:
> omnia naturae praepostera legibus ibunt,
> >   parsque suum mundi nulla tenebit iter:
> omnia iam fient, fieri quae posse negabant,
> >   et nihil est, de quo non sit habenda fides.
> haec ego vaticinor, quia sum deceptus ab illo,
> >   laturum misero quem mihi rebar opem.

> Os caudalosos rios correrão até suas fontes, em sentido contrário
> >   ao mar, e os cavalos do sol regressarão em rota reversa;
> na terra brotarão estrelas, no céu se fincará um arado,
> >   a onda produzirá as chamas, e o fogo produzirá as águas.
> Tudo irá contra as leis da natureza,
> >   e nenhuma parte do mundo terá seu devido lugar;
> tudo o que se negava ser possível acontecer acontecerá,
> >   e não há nada mais em que não se possa acreditar.
> Isso eu profetizo, porque fui traído por aquele
> >   que eu pensava que traria a mim, desgraçado, alguma ajuda.

Tanto a hipérbole comum como o adínaton já são figuras características na elegia romana, mas nas *Tristezas* o exagero assume uma proporção ainda maior por meio de hipérboles "épicas", em que a persona do poeta e sua esposa são comparadas a heróis e heroínas do universo mítico das epopeias (como Ulisses e Penélope) – mais do que comparadas, são colocadas em posição de superioridade; ou em que determinadas passagens são extraídas de textos épicos, como em 1.5.53-56,

> si vox infragilis, pectus mihi firmius aere
> >   pluraque cum linguis pluribus ora forent:

> non tamen idcirco complecterer omnia verbis,
> materia vires exsuperante meas

> Se eu tivesse uma voz inquebrantável, um peito mais forte que o bronze,
> e muitas bocas com muitas línguas,
> ainda assim não poderia descrever tudo com palavras,
> já que o assunto supera minhas forças.

retomando uma hipérbole de Homero na *Ilíada* 2.488-91, a qual fora também explorada por Virgílio na *Eneida* 6.625-27; a passagem, que já seria uma hipérbole em si, ganha ainda mais poder hiperbólico ao trazer o intertexto da inumerabilidade tanto das naus aqueias da *Ilíada* como dos crimes castigados no inferno da *Eneida*. A essas hipérboles "épicas" se soma o efeito de insuficiência: os males de Ovídio são tantos que nem mesmo a mais exagerada das hipérboles será suficiente para expressá-los e, mesmo que ele conseguisse expressar, ninguém lhe acreditaria, porque sua quantidade é inacreditável; assim em 1.5.47-50,

> tot mala sum passus, quot in aethere sidera lucent
> parvaque quot siccus corpora pulvis habet:
> multaque credibili tulimus maiora ratamque,
> quamvis acciderint, non habitura fidem,

> Sofri tantas desgraças quantas estrelas brilham no céu
> e quantos grãos de areia contém o seco deserto,
> e sofri muitas coisas piores que o crível, e embora
> tenham ocorrido, não serão cridas.

Colaboram para o efeito de incredulidade as imagens paradoxais que permeiam a coleção. Por vezes, uma passagem é contraditória em si mesma, como em 3.9.7-12:

> nam rate, quae cura pugnacis facta Minervae
> per non temptatas prima cucurrit aquas,
> impia desertum fugiens Medea parentem
> dicitur his remos applicuisse vadis.

quem procul ut vidit tumulo speculator ab alto,
'hospes,' ait, 'nosco, Colchide, vela, venit.'

pois, em um navio construído sob instrução de Minerva belicosa,
a ímpia Medeia, fugindo do pai desertado
cruzou pela primeira vez águas nunca antes navegadas
e, segundo se diz, aportou nestas praias.
Quando a sentinela do alto da fortaleza avista o barco ao longe,
diz: "Reconheço as velas, é um forasteiro que chega da Cólquida."

Ao mesmo tempo em que as águas nunca haviam sido singradas por qualquer navio, a sentinela de Tomis já conhece o navio e as velas que vêm da Cólquida, e a incredulidade da passagem se manifesta sonoramente na fala da sentinela, que gagueja em uma sintaxe fragmentada, e, de certa maneira, já havia sido anunciada no primeiro verso do poema com a expressão *quis crederet?*, "quem poderia acreditar?". Além do paradoxo no nível aparente, a passagem também traz um engenhoso jogo intertextual com Catulo 64, cujos versos iniciais relatam que o navio dos Argonautas, construído sob os ensinamentos de Minerva, foi o primeiro a singrar as águas do Mar Negro e do rio Fásis; o *nosco*, "reconheço" da fala da sentinela chama a atenção do leitor para "reconhecer" o eco catuliano no poema ovidiano: quem de fato reconhece as velas do navio são os leitores de Ovídio que conhecem Catulo, e não a sentinela que nunca teria avistado um navio, já que os navios, até então, não existiam.

Em outras vezes, o paradoxo aparece de maneira mais sutil e menos absoluta, como em 3.10, onde se afirma que a terra é tão infértil e fria, que nela não nascem videiras e assim nem sequer se produz o vinho, muito embora, alguns versos acima, se diz que o vinho é servido "aos pedaços", pois está congelado. Ainda que não seja uma incongruência total, pois o vinho servido poderia ser importado, o contraste entre ter e não ter vinho se une ao efeito hiperbólico para expressar o frio extremo (o vinho servido em estado sólido) e barbárie extrema (não se produz vinho) da região tomitana.

O paradoxo e a hipérbole, atuando conjuntamente, trazem à tona não apenas o sentido de incredulidade e do absurdo, como também uma certa ironia que conduz a um efeito cômico. O humor é, paradoxalmente, um elemento presente nas *Tristezas*.[39] Uma quantidade razoável de passagens irônicas contrasta com a matéria lamentosa e coloca em dúvida a sinceridade narrativa. Por exemplo, a descrição dos "getas", um povo selvagem que carrega pedaços de gelo nos cabelos e nas barbas, soa mais engraçada que assustadora, ainda mais se considerarmos que "Geta" era um nome próprio muito utilizado na comédia romana, caracterizado o mais das vezes como um brutamontes ridículo. A tempestade em 1.2 que lança ondas enormes contra a boca do poeta enquanto ele roga por salvação é tão hiperbólica e inacreditável que causa antes o riso que a compaixão. A presença do humor também favorece uma leitura de crítica política, uma vez que diversas das passagens que elogiam o imperador Augusto são sutilmente irônicas e as reiteradas adjetivações do imperador como "clemente" são contraditas pela constante lamúria motivada pela crueldade da ordem e da persistência do exílio.

2.6 Fortuna

É possível supor que os poemas das *Tristezas* se tornaram um sucesso tão logo foram reunidos e publicados em Roma. Ainda que Ovídio faça crer que suas obras estivessem banidas das bibliotecas públicas em 3.1, o público leitor não deixou de as ler nem de as comprar para suas coleções privadas, de forma que os poemas foram constantemente copiados e difundidos por todo o Império Romano. Seu impacto na tradição poética é incalculável, e enumerar todos os autores que foram direta ou indiretamente influenciados pela poesia de exílio ovidiana ocuparia volumes inteiros. Não é exagero afirmar que a espécie da poesia de exílio tem como pedra fundamental a produção ovidiana.

Poucas décadas após a morte de Ovídio, seus poemas de exílio já se tornariam modelares para a produção poética de autores do período imperial romano, tais como Sêneca,[40] Estácio e Marcial. O manuscrito preservado mais antigo que se tem de *Tristezas* data do século VI EC, e que, por ser o único

---

39. CLAASSEN 2009.
40. CLAASSEN 2009: 178.

exemplar supérstite de poesia latina datado dessa época, evidencia que a coleção teria sido muito lida, e de fato referências a ela podem ser encontradas em diversos autores no período entre os séculos IV e VI EC: Ausônio, Boécio,[41] Dracôncio, Rutílio Namaciano, Maximiano[42] e Venâncio Fortunato. Na Idade Média, *Tristezas* se tornaram leitura obrigatória nos currículos escolares,[43] e com Moduíno (séc. IX EC), Baudri de Bourgueil (sécs. XI-XII EC), Hildeberto de Lavardin (séc. XI EC), e Henrique de Settimello (séc. XII EC), novas composições de poesia de exílio dialogam explicitamente com a fonte ovidiana.[44] Bem representativo é o poema 97 de Baudri de Bourgueil, uma carta em dísticos elegíacos, assinada na persona de "Floro" (metáfora para os poetas monasteriais da época) e endereçada para "Ovídio" no exílio, como que cumprindo a função de resposta que *Tristezas* nunca tiveram.[45] Na Itália do séculos XIII e XIV EC, a presença ovidiana deixou sua marca em Dante Alighieri e Petrarca, poetas que tiveram o exílio como experiência paradigmática em suas vidas, sociedade e obras.

Os poemas do exilado em Tomis continuaram a exercer imensa impressão nos leitores do mundo moderno ocidental, e motivaram, entre tantos outros, poetas como Du Bellay, Thomas Churchyard, John Milton, Andrew Marvell, Arthur Rimbaud, Victor Hugo e Aleksandr Pushkin. O próprio exílio de Ovídio em Tomis tornou-se o tema principal de narrativas poéticas, como *A Letter from Pontus*, de John Masefield (1936), ou de romances, como os de David Malouf, *An Imaginary Life* (1978), e de Vintila Horia, *Dieu est né en exil* (1960).[46]

Na literatura brasileira, temos em Gonçalves Dias, com "Canção do Exílio", e em Manuel Bandeira, com "Desalento", desdobramentos da poética ovidiana de lamento e exílio. As canções "Sabiá", de Chico Buarque e Tom Jobim, e "Back in Bahia", de Gilberto Gil e Caetano Veloso, são exemplos,

---

41. CLAASSEN 2009: 178.
42. SCHMIDT 2017: 93-112; SCHMIDT 2022.
43. HEXTER 2002.
44. MUNARI 1960.
45. SCHMIDT 2017: 140-158.
46. Para mais sobre a recepção da poesia exílica de Ovídio na literatura e cultura modernas e contemporâneas, MARTINDALE 1988, CLAASSEN 2003, e MILLER & NEWLANDS 2014.

entre as tantas letras de música compostas por artistas brasileiros exilados, que versam sobre o mesmo tema e se utilizam das tópicas consagradas por Ovídio, acrescidas com a também ovidiana sutileza de elementos de crítica política.

3. SOBRE A TRADUÇÃO

A presente tradução foi realizada a partir do cotejo das edições críticas de OWEN 1915, para a *Oxford Classical Texts*, e de WHEELER 1924, para a *Loeb Classical Library*. Quando as edições oferecem lições textuais diferentes, privilegiou-se quase sempre o texto de Owen; nas poucas passagens em que o texto de Wheeler foi adotado por apresentar um sentido melhor, há indicação por meio de notas. Além disso, para algumas passagens de maior corrupção e confusão nos manuscritos, adotou-se a sugestão de demais estudiosos, tais como LUCK 1961, MAGUINESS 1962, DIGGLE 1980, TRAILL 1992, HEYWORTH 1995 e RITCHIE 1995; em todas essas passagens, há também a indicação nas notas.

Visando proporcionar ao leitor de língua portuguesa um texto fluente e acessível, a tradução não é metrificada; não somente porque o dístico elegíaco não tem correspondência exata no sistema versificatório em nossa língua, mas sobretudo porque, no caso de se adotar algum esquema métrico, o texto teria que recorrer a inversões sintáticas e restrições lexicais que prejudicariam o sentido e a fluência. Ainda que desprovidos de ritmo, os versos traduzidos estão dispostos linearmente tal qual o original, de forma que se mantém a unidade semântica e a distribuição gráfica do dístico elegíaco.

Do mesmo modo, procurou-se manter, sempre que possível, as figuras sonoras, como a aliteração, e as de repetição, como a anáfora, o quiasmo e o poliptoto. Procurando deixar em evidência os recursos de repetição, tão importantes no estilo das *Tristezas*, tomou-se cuidado para que não houvesse na tradução qualquer repetição lexical que não estivesse também no original.

Acompanham a tradução notas sobre nomes próprios, mitológicos e geográficos; expressões ou referências menos evidentes ou conhecidas; critérios de escolha entre lições textuais diferentes; questões e justificativas tradutológicas; e indicações bibliográficas para passagens proeminentes ou controversas. Também em nota, ao início de cada poema, é apresentado um breve resumo, com a premissa temática e a linha narrativa, para melhor contextualização e compreensão das passagens.

Cabe, por fim, uma observação sobre a tradução do nome da cidade do exílio. Os autores latinos utilizam a forma *Tomi, -orum*, cuja tradução etimológica seria "Tomos"; contudo, Ovídio difere dos demais autores ao empregar a palavra na forma *Tomis*, cuja tradução etimológica seria "Tome" no singular ou "Tomes" no plural. Com efeito, em português é mais comum encontrar as opções "Tomos" e "Tomes", mas adoto aqui a forma "Tomis", que não só se aproxima da variação ovidiana, como evita a polissemia cacofônica de "Tomes" (que remete ao verbo "tomar"), além de soar mais como nome de cidade grega pela terminação em *-is*.

***

Não poderia deixar de agradecer aqueles que, de uma maneira ou de outra, contribuíram fundamentalmente para a realização desta tradução: Márcio Mauá Chaves Ferreira, que primeiro me incentivou a empreendê-la; com ele, André Malta (USP), Fernando Schirr, Pedro Heise (UFSC), Tadeu Andrade (UFBA) e Vicente de Arruda Sampaio, que se dispuseram a ler excertos das traduções e me fizeram sugestões em extremo valiosas; e Alexandre Pinheiro Hasegawa (USP), que possibilitou que o projeto se desenvolvesse para a atual publicação.

Tristia* | Tristezas

* Texto original extraído de Owen, S. 1915. P. *Ovidi Nasonis. Tristium Libri Quinque, Ibis, Ex Ponto Libri Quattor, Halieutica, Fragmenta.* Oxford Classical Texts. Oxford: Clarendon Press.

Liber Primvs

Livro 1

I

PARVE (nec invideo) sine me, liber, ibis in urbem:
    ei mihi, quod domino non licet ire tuo!
vade, sed incultus, qualem decet exulis esse:
    infelix habitum temporis huius habe.
nec te purpureo velent vaccinia fuco: 5
    non est conveniens luctibus ille color:
nec titulus minio, nec cedro charta notetur,
    candida nec nigra cornua fronte geras.
felices ornent haec instrumenta libellos:
    fortunae memorem te decet esse meae.   10
nec fragili geminae poliantur pumice frontes,
    hirsutus sparsis ut videare comis.
neve liturarum pudeat. qui viderit illas,
    de lacrimis factas sentiat esse meis.
vade, liber, verbisque meis loca grata saluta: 15

1. **1.1** O poema é dirigido ao seu próprio livro, ordenando-lhe ir a Roma, de onde o poeta foi exilado. Por ser o primeiro poema do primeiro livro, carrega em si a função programática de anunciar a matéria e o estilo empregados na coleção; ao mesmo tempo, funciona como um "bibliopoema" (OLIVA NETO 2011), elencando os itens que um livro luxuoso deve ter, e negando esses itens ao seu próprio livro: ele estará desprovido de qualquer tipo de adorno, pois assim como o poeta vive uma situação lastimável, também o livro será maltrapilho. Nessa chave, o poema é marcadamente catuliano (WILLIAMS 1992), ao evocar o perfil do livro luxuoso de Catulo 22, juntamente com a missiva programática de Catulo 1, bem como as alusões intertextuais que o permeiam (como no v. 29 *et tacitus secum, ne quis malus audiat, optet*, a partir de Catulo 5.12 *aut ne quis malus invidere possit*). Se o livro encontrar leitores em Roma, deverá lhes dizer que o autor está vivo, mas que não passa bem. O livro precisa ser cauteloso ao se aproximar do imperador; talvez o aplaque e, com isso, o exílio seja revogado. Ao chegar na antiga casa do poeta, o livro encontrará as outras obras de Ovídio. Ali, ele deverá evitar a *Arte de Amar*, mas poderá se aproximar das *Metamorfoses* e acrescentar a elas mais uma transformação: a do próprio poeta. **Pequenino:** a primeira palavra

1.

Pequenino livro, irás a Roma sem mim, e não me queixo.[1]
Ai de mim, para onde não é permitido ao teu dono ir junto.
Vai, mas vai sem adornos, como convém ao livro de um exilado;
veste a vestimenta lastimosa da presente época.
Que não te sirvam de capa as violetas de tinta purpúrea,
pois tal cor não é adequada aos lamentos,
e que o título não seja pintado de vermelho, nem o papiro com óleo de cedro,
e que não tenhas discos brancos em tua margem negra.[2]
Que tais apetrechos adornem os livros felizes;
a ti convém estar lembrado do meu destino.
E que as tuas duas margens não sejam polidas com a delicada pedra-pomes,
para que tenhas o aspecto hirsuto, com os cabelos desgrenhados.[3]
E nem te envergonhes dos borrões; aquele que os vir
perceberá que foram causados por minhas lágrimas.
Vai, livro, e com minhas palavras saúda os locais queridos.

da coleção é *parve*, "pequeno", no caso vocativo, que adjetiva *liber*, "livro"; o sintagma remete à noção do livro de poesia elegíaca ou lírica, em geral denominado, na tradição latina, de *libellus*, "livrinho", palavra que será retomada no v. 9. O diminutivo não implica necessariamente o tamanho do livro e sim o seu *status*: por seu gênero, é menos "pesado" ou "grave" que os livros de demais gêneros. A tradução por "pequenino" procura trazer para o adjetivo uma nuance mais poética do que a sua forma não-marcada "pequeno".

2. **Discos brancos em margem negra:** à época de Ovídio, os livros, em sua versão final, eram escritos em rolos de papiros; os discos são as pontas dos rolos, geralmente de marfim (daí brancos), e as margens dos papiros onde não havia texto eram pintadas de preto, para adornar o volume e facilitar a leitura pelo contraste. O livro de Ovídio, no entanto, não terá nenhum desses adornos, e terá aspecto "inacabado", para ser conveniente à sua situação infeliz.

3. **Cabelos desgrenhados:** trata-se de uma tópica do gênero elegíaco, que em geral representa a mulher amada com os cabelos soltos e desarrumados; cf. BURKOWSKI 2013.

contingam certe quo licet illa pede.
siquis, ut in populo, nostri non inmemor illi,
    siquis, qui, quid agam, forte requirat, erit:
vivere me dices, salvum tamen esse negabis:
    id quoque, quod vivam, munus habere dei.   20
atque ita tu tacitus (quaerenti plura legendum)
    ne, quae non opus est, forte loquare, cave.
protinus admonitus repetet mea crimina lector,
    et peragar populi publicus ore reus.
tu cave defendas, quamvis mordebere dictis: 25
    causa patrocinio non bona maior erit.
invenies aliquem, qui me suspiret ademptum,
    carmina nec siccis perlegat ista genis,
et tacitus secum, ne quis malus audiat, optet,
    sit mea lenito Caesare poena levis: 30
nos quoque, quisquis erit, ne sit miser ille, precamur,
    placatos miseris qui volet esse deos;
quaeque volet, rata sint, ablataque principis ira
    sedibus in patriis det mihi posse mori.
ut peragas mandata, liber, culpabere forsan   35
    ingeniique minor laude ferere mei.
iudicis officium est ut res, ita tempora rerum
    quaerere. quaesito tempore tutus eris.
carmina proveniunt animo deducta sereno:
    nubila sunt subitis tempora nostra malis.   40

---

4. **Único pé possível:** o pé é uma unidade da composição métrica, de forma que pisar em Roma com o "pé possível" significa pisar na cidade com o pé métrico, com os versos. Além disso, o único pé possível para a situação de Ovídio é aquele que compreende o metro da poesia elegíaca de exílio, ou seja, o dístico elegíaco.
5. **Faces não secas:** no original, *nec siccis genis*, uma lítotes para expressar "bochechas molhadas".
6. **César:** com este título Ovídio se refere ao longo de toda a obra a Otávio Augusto, que viveu entre 63 AEC e 14 EC, imperador de Roma de 27 AEC até sua morte. O nome de

Assim pisarei neles com o único pé que me é possível.⁴
Se alguém não esquecido de mim, em tão numeroso povo,
se houver ali alguém que acaso pergunte como estou passando,
dirás que estou vivo, mas negarás que estou bem;
e que mesmo isso, que vivo, considero ser uma dádiva divina.
E fica assim calado, pois deverás ser lido por aquele que quiser saber mais,
e toma cuidado para que não fales aquilo que não deves!
Além disso, um leitor lembrado recordará meus crimes,
e continuarei sendo acusado, réu público pela boca do povo.
Toma cuidado para que não me defendas, ainda que mordido por críticas;
uma causa já não boa seguramente não ficará melhor.
Encontrarás alguém que suspire por mim, exilado,
e que lerá estes poemas com as faces não secas,⁵
e que, calado consigo, de forma que nenhum invejoso ouça, reze
para que César seja aplacado e a minha pena seja suave.⁶
E eu também rezo para que ele, quem quer que seja, não seja infeliz,
desejando que os deuses sejam misericordiosos com a miséria;
o que ele desejar, que aconteça, e que o fim da ira do imperador⁷
garanta a mim a chance de morrer em minha terra natal!
Meu livro, ainda que cumpras minhas ordens, talvez sejas criticado,
e serás considerado de menor glória que meu engenho.
É função do juiz analisar tanto a matéria como a circunstância
da matéria. Se a circunstância for indagada, estarás seguro.
A poesia nasce de um estado de ânimo sereno;
meu coração está nublado por males súbitos.⁸

César foi atribuído a Otávio em 44 AEC pelo testamento de Júlio César, que fazia do futuro imperador seu herdeiro de nome e posses.
7. **Imperador:** no original, *principis*, de *princeps*, "príncipe, primeiro cidadão", título outorgado a Otávio Augusto em 27 AEC pelo Senado Romano. Para a tradução, preferiu-se o termo "imperador", visto que "príncipe" carrega conotação diversa em português ("filho do rei").
8. Sigo aqui a lição de WHEELER 1924, *pectora*, e não a de OWEN 1915, *tempora*.

carmina secessum scribentis et otia quaerunt:
    me mare, me venti, me fera iactat hiems.
carminibus metus omnis obest: ego perditus ensem
    haesurum iugulo iam puto iamque meo.
haec quoque quod facio, iudex mirabitur aequus,   45
    scriptaque cum venia qualiacumque leget.
da mihi Maeoniden et tot circumspice casus,
    ingenium tantis excidet omne malis.
denique securus famae, liber, ire memento,
    nec tibi sit lecto displicuisse pudor.   50
non ita se nobis praebet Fortuna secundam
    ut tibi sit ratio laudis habenda tuae.
donec eram sospes, tituli tangebar amore,
    quaerendique mihi nominis ardor erat.
carmina nunc si non studiumque, quod obfuit, odi,   55
    sit satis. ingenio sic fuga parta meo.
tu tamen i pro me, tu, cui licet, aspice Romam:
    di facerent, possem nunc meus esse liber.
nec te, quod venias magnam peregrinus in urbem,
    ignotum populo posse venire puta.   60
ut titulo careas, ipso noscere colore:
    dissimulare velis, te liquet esse meum.
clam tamen intrato, ne te mea carmina laedant:
    non sunt ut quondam plena favoris erant.
siquis erit, qui te, quia sis meus, esse legendum   65
    non putet, e gremio reiciatque suo,
'inspice' dic 'titulum. non sum praeceptor amoris;

---

9. **Meônide:** Homero, suposto poeta da Grécia antiga, ao qual tradicionalmente atribui-se a autoria dos poemas épicos *Ilíada* e *Odisseia*, bem como uma série de hinos. Era considerado, entre os antigos gregos e romanos, o pai e fundador da poesia. Acredi-

A poesia exige a tranquilidade e a calma do escritor;
atormentam-me o mar, os ventos, o hostil inverno.
Qualquer temor é contrário à poesia; e eu, perdido, imagino
uma espada apontada a qualquer momento contra meu pescoço.
Até mesmo da escrita destes versos o juiz justo se admirará,
se os ler com alguma clemência.
Dá ao Meônide os mesmos perigos que sofro:[9]
todo o seu engenho desaparecerá diante de tamanhos males.
Lembra-te de ir, meu livro, despreocupado de tua fama,
e não te envergonhes que os leitores não se agradem de ti.
A Fortuna não me é tão favorável
para que te haja motivo para buscar elogios.
Enquanto eu estava em segurança, fui tocado pelo amor aos títulos,
e ardi em conquistar renome.
Agora, que eu ao menos não odeie a poesia e o labor poético
que me prejudicaram; pois o desterro é fruto do meu engenho.
Mas tu, vai por mim; tu que podes, vislumbra Roma.
Quisessem os deuses que eu fosse agora o meu livro!
E não julgues, quando entrares na grandiosa Roma como um estrangeiro,
que podes chegar como um desconhecido para o povo.
Embora careças de título, serás reconhecido pelo próprio estilo;
embora queiras dissimular, ficará claro que és meu.
Porém, entra silenciosamente, para que não te acusem seres meu;
minha autoria não é, como outrora, cheia de favores.
Se houver alguém a julgar que não deves ser lido
porque és meu, afastando-te de seu colo,
diz-lhe: "Olha bem o título: não sou um preceptor do amor;

tava-se que ele era proveniente da região da Lídia, também chamada Meônia, daí o epíteto "Meônio" ou "Meônide".

quas meruit, poenas iam dedit illud opus.'
forsitan expectes, an in alta Palatia missum
    scandere te iubeam Caesareamque domum.   70
ignoscant augusta mihi loca dique locorum.
    venit in hoc illa fulmen ab arce caput.
esse quidem memini mitissima sedibus illis
    numina; sed timeo qui nocuere deos.
terretur minimo pennae stridore columba,   75
    unguibus, accipiter, saucia facta tuis.
nec procul a stabulis audet discedere, siqua
    excussa est avidi dentibus agna lupi.
vitaret caelum Phaethon, si viveret, et quos
    optarat stulte, tangere nollet equos.   80
me quoque, quae sensi, fateor Iovis arma timere:
    me reor infesto, cum tonat, igne peti.
quicumque Argolica de classe Capherea fugit,
    semper ab Euboicis vela retorquet aquis.
et mea cumba semel vasta percussa procella   85
    illum, quo laesa est, horret adire locum.
ergo cave, liber, et timida circumspice mente,
    ut satis a media sit tibi plebe legi.

10. **Tal obra:** refere-se à *Arte de Amar*, composta em três livros em dísticos elegíacos, escrita por volta de 1 AEC e 1 EC. Trata-se de uma obra erotodidática, que ensina de maneira lúdica sobre a prática do amor. A obra é apontada, aqui e ao longo das *Tristezas*, como uma das causas do exílio do autor.
11. **Palatino:** uma das sete colinas de Roma, a primeira a ser habitada, sendo, portanto, o local de fundação da cidade. Aqui o termo é usado metonimicamente para o palácio imperial, onde residia Otávio Augusto.
12. **Lugares augustos e os deuses daqueles lugares:** Ovídio faz aqui uma brincadeira com o adjetivo *augustus*, "alto, elevado, sublime", associado ao título "Augusto", outorgado a Otávio em 27 EC, pelo qual costuma ser referido. Os "deuses daqueles lugares" são os membros da casa imperial.
13. **Faetonte:** filho do Sol e da ninfa Clímene (ou Mérope, em outras versões). Desconfiado de sua paternidade, Faetonte viajou até o palácio do Sol, onde este assegurou-lhe de que era seu pai e ofereceu como prova um presente à escolha do filho. Faetonte pediu então o direito de dirigir o carro solar guiado pelos cavalos de fogo. Embora

tal obra já pagou suas devidas penas".[10]
Talvez esperes que eu te envie ao alto Palatino[11]
e te mande subir à casa de César.
Que os lugares augustos e os deuses daqueles lugares me perdoem.[12]
Daquele palácio saiu a rajada que fulminou minha fronte.
Lembro, com efeito, que existem divindades clementes
naqueles altares, mas temo os deuses que me desgraçaram.
A pomba, ferida por tuas unhas, falcão,
aterroriza-se ao menor ruído das asas.
E a jovem ovelha, uma vez salva dos dentes do ávido lobo,
não se atreverá a andar longe do estábulo.
Faetonte evitaria o céu, se ainda vivesse, e não quereria[13]
tocar nos cavalos que tolamente desejara.
Confesso que eu também temo as armas de Júpiter, pois as senti.[14]
Penso que sou, quando troveja, o alvo do fogo hostil.
Todos os da armada argólica que fugiram do Cafareu[15]
sempre desviaram suas velas das águas da Eubeia;
e meu barquinho, uma vez danificado por ingente procela,
se apavora ao se aproximar do lugar onde foi arrebentado.
Portanto, meu livro, toma cuidado, olha ao redor com timidez,
de forma que te satisfaças seres lido pelo povo comum.

seu pai tentasse dissuadi-lo do pedido, Faetonte tanto insistiu que obteve o direito. Sem forças para guiar a trajetória dos cavalos, ele perdeu o controle do carro e desabou sobre a terra, causando grande incêndio no mundo e morrendo com a queda. Ovídio relata esse mito nas *Metamorfoses* 1.747-2.339. Aqui, o mito se relaciona com o de Dédalo e Ícaro, evocados para enfatizar o aconselhamento paterno negligenciado pelos filhos, que por isso terão uma morte trágica.
14. **Júpiter:** frequentemente plasmado à figura de Otávio Augusto ao longo das *Tristezas*; as "armas" mencionadas são os raios, aqui tomados metaforicamente para o decreto do exílio sofrido pelo poeta.
15. **Armada argólica:** trata-se do conjunto de navios gregos que voltavam da Guerra de Troia. Muitos deles naufragaram nos escolhos do promontório Cafareu (localizado no extremo sul da ilha de Eubeia, na Grécia), onde foram enganados por faróis falsos montados a mando do rei Náuplio da Eubeia, desejando vingar a morte de seu filho Palamedes, que lutara ao lado de Troia.

dum petit infirmis nimium sublimia pennis
  Icarus, aequoreis nomina fecit aquis.   90
difficile est tamen hinc, remis utaris an aura,
  dicere. consilium resque locusque dabunt.
si poteris vacuo tradi, si cuncta videbis
  mitia, si vires fregerit ira suas:
siquis erit, qui te dubitantem et adire timentem   95
  tradat, et ante tamen pauca loquatur, adi.
luce bona dominoque tuo felicior ipso
  pervenias illuc et mala nostra leves.
namque ea vel nemo, vel qui mihi vulnera fecit
  solus Achilleo tollere more potest.   100
tantum ne noceas, dum vis prodesse, videto.
  nam spes est animi nostra timore minor:
quaeque quiescebat, ne mota resaeviat ira,
  et poenae tu sis altera causa, cave.
cum tamen in nostrum fueris penetrale receptus,   105
  contigerisque tuam, scrinia curva, domum,
aspicies illic positos ex ordine fratres,
  quos studium cunctos evigilavit idem.
cetera turba palam titulos ostendet apertos,
  et sua detecta nomina fronte geret;   110
tres procul obscura latitantes parte videbis:
  hi quia, quod nemo nescit, amare docent,
hos tu vel fugias, vel, si satis oris habebis,

---

16. **Ícaro:** filho de Dédalo, o criador do Labirinto. Estando Ícaro e Dédalo aprisionados em Creta, este construiu asas de penas e de cera, com as quais eles conseguiriam voar e escapar da ilha. No entanto, durante o voo, Ícaro negligenciou as instruções de seu pai de que não voasse muito perto do sol, uma vez que o calor derreteria a cera das asas. Ao perder as asas, Ícaro caiu das alturas no mar Egeu, também denominado Icário, em sua homenagem. O mito é relatado nas *Metamorfoses* 8.183-235 e na *Arte de Amar* 2.21-46. Além da relação com o mito de Faetonte na chave do aconselhamento paterno (ver nota acima), a figura de Ícaro também tem uma implicação metapoética (cf. SHARROCK 1994: 87-196).

Ícaro, ao buscar em excesso as alturas com efêmeras asas,[16]
    deu seu nome para as águas do mar.
Mas é difícil dizer daqui se usarás remos ou ventos;
    o tempo e o lugar te darão o conselho.
Se puderes ser entregue numa hora tranquila, se observares que está tudo calmo, se notares que a ira perdeu suas forças,
    se houver alguém que te entregue hesitante e relutante em
    se aproximar, e ainda assim diga antes poucas coisas de ti, aproxima-te.
Que tu chegues ali sob bom auspício e mais afortunado que teu senhor
    e que alivies os nossos males.
Pois ou ninguém ou apenas aquele que me feriu,
    ao modo de Aquiles, pode removê-los.[17]
Vejas que não me prejudiques, ao tentar ajudar,
    pois minha esperança é menor que o temor na alma,
e toma cuidado para que a ira abrandada, já minguante,
    não seja reacendida, e que não me sejas uma nova causa de castigo.
Mas quando fores recebido em meu santuário,
    e encontrares a tua casa, as estantes empenadas,
notarás ali teus irmãos colocados em ordem.[18]
    O mesmo labor poético produziu-os todos.
O restante do grupo mostrará abertamente os títulos expostos,
    e trará seus nomes na capa nua;
verás três se escondendo à distância em uma parte escura:
    são, ninguém desconhece, os que ensinam a amar.[19]
Que tu ou fujas deles, ou, se tiveres voz suficiente,

---

17. **Aquiles:** um dos principais heróis da Guerra de Troia, narrada na *Ilíada* de Homero. Aqui, Ovídio faz referência ao mito de Télefo, rei de Mísia: aliado dos troianos, Télefo foi ferido na coxa pela lança de Aquiles, e a ferida só veio a cicatrizar ao ser tocada novamente pela mesma lança que o ferira. A implicação é de que o único capaz de revogar o exílio de Ovídio é o próprio imperador que o decretou.
18. **Teus irmãos:** os demais livros escritos por Ovídio, aos quais *Tristezas* irão agora se juntar.
19. **Os que ensinam a amar:** outra referência aos três livros que compõem a *Arte de Amar*; ver nota 10.

Oedipodas facito Telegonosque voces.
deque tribus, moneo, si qua est tibi cura parentis, 115
ne quemquam, quamvis ipse docebit, ames.
sunt quoque mutatae, ter quinque volumina, formae,
nuper ab exequiis carmina rapta meis.
his mando dicas, inter mutata referri
fortunae vultum corpora posse meae. 120
namque ea dissimilis subito est effecta priori,
flendaque nunc, aliquo tempore laeta fuit.
plura quidem mandare tibi, si quaeris, habebam:
sed vereor tardae causa fuisse viae.
et si quae subeunt, tecum, liber, omnia ferres, 125
sarcina laturo magna futurus eras.
longa via est, propera: nobis habitabitur orbis
ultimus, a terra terra remota mea.

II

DI maris et caeli (quid enim nisi vota supersunt?)
solvere quassatae parcite membra ratis,
neve, precor, magni subscribite Caesaris irae:
saepe premente deo fert deus alter opem.
Mulciber in Troiam, pro Troia stabat Apollo: 5

---

20. **Édipo:** rei de Tebas, que matou seu pai, casou-se com sua mãe, e depois, ao tomar conhecimento disso, furou os próprios olhos. **Telégono:** filho de Ulisses e Circe, cresceu longe do pai e, ao se tornar adulto, partiu para Ítaca com o desejo de encontrá-lo; chegando em Ítaca, ao travar uma batalha com os locais, matou, sem saber, seu próprio pai. Ovídio compara os dois personagens mitológicos parricidas à *Arte de Amar*, que teria causado o exílio de seu autor.
21. ***Metamorfoses:*** considerada por Ovídio sua obra-prima, composta em quinze volumes em hexâmetro datílico, que trata das transformações mitológicas de deuses, homens, animais, plantas e pedras. Teria sido publicada por volta de 8 EC, mas talvez tenha sido revista durante os anos de exílio. Cf. a discussão em FULKERSON 2016. Ovídio alude aqui e relata nas *Tristezas* 1.7 a anedota que teria lançado a obra ao fogo, ainda não publicada, ao saber do decreto de exílio; e que depois, já durante o

acusa-os de Édipo ou de Telégono.[20]
Eu te aconselho: se existe em ti algum respeito ao teu pai, não ames
nenhum dos três, ainda que algum deles venha a te ensinar a amar.
Existem também quinze volumes de *Metamorfoses*,[21]
versos recentemente resgatados dos meus funerais.
Ordeno que lhes relates que a forma do meu destino
pode ser incluída entre os corpos metamorfoseados,
pois o destino subitamente transformou-se em algo diferente;
agora ele é motivo de choro, antes era motivo de felicidade.
Se tu me perguntasses, eu te diria muitas outras coisas,
mas temo que seria causa de atrasar tua viagem.
Meu livro, se levasses contigo tudo o que há a dizer,
haverias de ser uma grande bagagem a quem te carregasse.
O caminho é longo, apressa-te! Eu hei de morar no fim
do mundo, numa terra da minha terra bem distante.

2.
Deuses do mar e do céu (pois o que me sobrou além de orações?),[22]
evitai que se quebre em pedaços a minha trêmula nau,
e não adirais, vos peço, à ira do grande César![23]
Por vezes, quando um deus oprime, outro deus concede auxílio.
Múlciber era contra Troia, a favor de Troia estava Apolo;[24]

---

exílio, teria recebido uma cópia de amigos que tinham preservado a obra em Roma.
22. **1.2** Logo após partir para o exílio, o poeta enfrenta uma tempestade em alto mar. O poema serve como oração aos deuses do céu e do mar para que o salvem do perigo. Apesar de desejar sair ileso da tempestade, ele reluta, ao mesmo tempo, em ter de avançar para o destino do exílio. Ao final, a prece parece ser atendida, e a tempestade arrefece. O poema explora as tópicas das cenas e descrições de tempestade na tradição épica, inclusive daquela retratada no episódio de Cêix e Alcione nas *Metamorfoses* 11; cf. BATE 2004. Para uma leitura metapoética, cf. INGLEHEART 2006a.
23. **César:** ver nota 6.
24. **Múlciber:** "aquele que torna maleável", epíteto para o deus ferreiro Vulcano, que ficou do lado dos aqueus na Guerra de Troia. **Apolo:** apoiou os troianos na guerra, por ser patrono de sua cidade.

aequa Venus Teucris, Pallas iniqua fuit.
oderat Aenean propior Saturnia Turno.
ille tamen Veneris numine tutus erat.
saepe ferox cautum petiit Neptunus Vlixem:
eripuit patruo saepe Minerva suo. 10
et nobis aliquod, quamvis distamus ab illis,
quis vetat irato numen adesse deo?
verba miser frustra non proficientia perdo.
ipsa graves spargunt ora loquentis aquae,
terribilisque Notus iactat mea dicta, precesque 15
ad quos mittuntur, non sinit ire deos.
ergo idem venti, ne causa laedar in una,
velaque nescioquo votaque nostra ferunt.
me miserum, quanti montes volvuntur aquarum!
iam iam tacturos sidera summa putes. 20
quantae diducto subsidunt aequore valles!
iam iam tacturas Tartara nigra putes.
quocumque aspicio, nihil est, nisi pontus et aer,
fluctibus hic tumidus, nubibus ille minax.
inter utrumque fremunt inmani murmure venti. 25
nescit, cui domino pareat, unda maris.
nam modo purpureo vires capit Eurus ab ortu,
nunc Zephyrus sero vespere missus adest,

---

25. **Vênus:** por ser mãe do guerreiro troiano Eneias, apoiou Troia contra os aqueus. **Teucros:** um dos nomes para o povo troiano. **Atena:** apoiou os aqueus (e particularmente Ulisses, seu predileto) contra os troianos.
26. **Satúrnia:** um dos nomes de Juno, "filha de Saturno"; na *Eneida* de Virgílio, persegue Eneias e favorece Turno. **Eneias:** guerreiro troiano, filho de Vênus, que conseguiu escapar vivo de Troia e emigrou para o Lácio, onde estabelece a dinastia que irá fundar Roma. É o protagonista da *Eneida* de Virgílio. **Turno:** personagem da *Eneida*, rei e guerreiro rútulo que se opõe a Eneias, por quem, por fim, é morto.
27. **Netuno:** perseguiu Ulisses em sua tentativa de voltar para Ítaca. **Ulisses:** herói grego, protagonista da *Odisseia* de Homero. Famoso por sua sagacidade e por passar dez anos tentando regressar para seu lar em Ítaca e sua esposa Penélope, perseguido por

Vênus foi favorável aos teucros, Atena foi inimiga.[25]
Satúrnia odiava Eneias, favorecendo Turno;[26]
mas aquele era protegido pela divindade de Vênus.
Por muito tempo, o feroz Netuno perseguiu o astuto Ulisses;[27]
por muitas vezes, Minerva o livrou de seu tio.[28]
E embora eu seja diferente de todos eles,
quem impede que um deus venha em meu auxílio contra o irado deus?[29]
Eu, infeliz, desperdiço palavras vãs sem qualquer utilidade.
Pesadas ondas se chocam contra os lábios daquele que fala,
e o Noto terrível golpeia minhas palavras[30]
e não permite chegar as preces aos deuses para os quais são enviadas.
Assim, os mesmos ventos, para que eu não seja punido por uma única causa,
levam para não sei onde minhas velas e minhas orações.
Ai de mim, que tamanhas montanhas de água se erguem!
Pensarias que hão de tocar as mais altas estrelas a qualquer momento.
Que tamanhos abismos emergem sob o barco quando o mar se dispersa!
Pensarias que hão de tocar os negros Tártaros a qualquer momento.[31]
Para onde quer que eu olhe, não há nada além do horizonte e do mar;
este revolto com suas ondas, aquele terrível com suas nuvens.
Entre um e outro, os ventos atrozes uivam.
A onda do mar não sabe a qual senhor obedecer.
Pois por ora o Euro vindo do purpúreo oriente toma as rédeas,[32]
e então Zéfiro aparece enviado do tardio crepúsculo,[33]

Posídon/Netuno e auxiliado por Atena/Minerva.
28. **Seu tio:** refere-se a Netuno, tio de Minerva. Nesses três dísticos, Ovídio faz alusão às três épicas mais difundidas da cultura clássica: a *Ilíada* de Homero (1.2.5-6), a *Eneida* de Virgílio (1.2.7-8) e a *Odisseia* de Homero (1.2.9-10).
29. **Irado deus:** trata-se de Otávio Augusto.
30. **Noto:** o vento sul, também chamado de Austro.
31. **Tártaros:** a parte dos infernos onde os mortos são punidos pelos crimes que cometeram em vida. Aqui, o termo é usado de maneira hiperbólica para o movimento vertiginoso das ondas.
32. **Euro:** o vento leste.
33. **Zéfiro:** o vento oeste.

nunc sicca gelidus Boreas bacchatur ab Arcto,
　　nunc Notus adversa proelia fronte gerit.　　　　　　　　　　30
rector in incerto est nec quid fugiatve petatve
　　invenit: ambiguis ars stupet ipsa malis.
scilicet occidimus, nec spes est ulla salutis,
　　dumque loquor, vultus obruit unda meos.
opprimet hanc animam fluctus, frustraque precanti　　　　　　35
　　ore necaturas accipiemus aquas
at pia nil aliud quam me dolet exule coniunx:
　　hoc unum nostri scitque gemitque mali.
nescit in inmenso iactari corpora ponto,
　　nescit agi ventis, nescit adesse necem.　　　　　　　　　　40
o bene, quod non sum mecum conscendere passus,
　　ne mihi mors misero bis patienda foret!
at nunc ut peream, quoniam caret illa periclo,
　　dimidia certe parte superstes ero.
ei mihi, quam celeri micuerunt nubila flamma!　　　　　　　　45
　　quantus ab aetherio personat axe fragor!
nec levius tabulae laterum feriuntur ab undis,
　　quam grave balistae moenia pulsat onus.
qui venit hic fluctus, fluctus supereminet omnes:
　　posterior nono est undecimoque prior.　　　　　　　　　　50
nec letum timeo: genus est miserabile leti.
　　demite naufragium, mors mihi munus erit.
est aliquid, fatove suo ferrove cadentem
　　in solida moriens ponere corpus humo,

---

34. **Bóreas:** o vento norte, também chamado de Aquilão, geralmente associado ao frio e à neve.
35. O dístico retoma *Metamorfoses* 11.492-94.
36. **Depois da nona e antes da décima primeira:** por meio dessa perífrase, Ovídio evita mencionar explicitamente a décima onda, como se fosse de mau agouro. No siste-

e então o gélido Bóreas do árido norte se enfurece,[34]
e então o Noto guerreia na direção oposta.
O piloto está desnorteado e não encontra o que deve evitar ou seguir
e até sua técnica se assombra diante dos males incertos.[35]
É certo que morreremos, não há esperança alguma de salvação,
e, enquanto falo, uma onda atinge meu rosto.
A tormenta destruirá esta minha vida
e receberemos as águas letais com orações vãs.
Mas minha virtuosa esposa nada lamenta senão meu exílio:
é o único dos meus males que ela conhece e chora.
Ela não sabe que os corpos são sacolejados no imenso oceano,
não sabe que são levados pelos ventos, não sabe que a morte é iminente.
Que bom que não sofri que ela tivesse embarcado comigo,
pois do contrário eu, desgraçado, teria de morrer duas vezes!
Mas agora, se eu morrer, estando ela salva do perigo,
certamente viverei na outra metade.
Ai de mim! Em quão fulminante raio as nuvens se alvoroçaram!
Que tamanho fragor vem do céu etéreo!
Os flancos do barco são feridos pelas ondas não menos levemente
do que quando a força abrupta da balista se choca contra a muralha.
Cá vem uma onda, uma onda que sobrepuja a todas as demais:
vem depois da nona e antes da décima primeira.[36]
Não temo a morte; mas esse é um jeito horrível de se morrer.
Retira o naufrágio, e a morte será uma dádiva para mim.
Já é alguma coisa para aquele que morre, seja pela morte natural ou pela
[guerra,
poder ao tombar colocar o seu corpo em sólida terra,

---

ma pitagórico, o número dez está associado ao fechamento do ciclo, ao fim, à morte. Também se relaciona à Guerra de Troia, evocada no início do poema, cuja definição se dá no décimo ano. Essa mesma imagem foi usada por Ovídio nas *Metamorfoses* 11.530, no episódio de Cêix e Alcíone, ao retratar a tempestade, e reutilizada por Lucano na *Farsália* 5.672.

et mandare suis aliqua, et sperare sepulcrum, 55
  et non aequoreis piscibus esse cibum.
fingite me dignum tali nece, non ego solus
  hic vehor. inmeritos cur mea poena trahit?
pro superi viridesque dei, quibus aequora curae,
  utraque iam vestras sistite turba minas: 60
quamque dedit vitam mitissima Caesaris ira,
  hanc sinite infelix in loca iussa feram.
si quoque, quam merui, poena me perdere vultis,
  culpa mea est ipso iudice morte minor.
mittere me Stygias si iam voluisset in undas 65
  Caesar, in hoc vestra non eguisset ope.
est illi nostri non invidiosa cruoris
  copia; quodque dedit, cum volet, ipse feret.
vos modo, quos certe nullo, puto, crimine laesi,
  contenti nostris iam, precor, este malis. 70
nec tamen, ut cuncti miserum servare velitis,
  quod periit, salvum iam caput esse potest.
ut mare considat ventisque ferentibus utar,
  ut mihi parcatis, non minus exul ero.
non ego divitias avidus sine fine parandi 75
  latum mutandis mercibus aequor aro:
nec peto, quas quondam petii studiosus, Athenas,
  oppida non Asiae, non loca visa prius,
non ut Alexandri claram delatus ad urbem
  delicias videam, Nile iocose, tuas. 80

---

37. **Meu castigo pune os inocentes:** o poeta lamenta que os demais tripulantes do navio tenham de sofrer o mesmo castigo do naufrágio, não tendo participação alguma em sua culpa.
38. **Juiz:** trata-se de Otávio Augusto, que decretou não a morte, mas a relegação para Ovídio.

e dizer algumas palavras aos seus, e aguardar um sepulcro,
  e não se tornar repasto para os peixes do mar.
Supõe que eu seja digno de tal morte, mas não sou só eu
  que sou arrastado aqui. Por que meu castigo pune os inocentes?[37]
Ó deuses, olímpicos e marítimos, que governam as águas:
  cessai as vossas ameaças de ambas as fontes,
já que a clementíssima ira de César concedeu esta vida,
  e permiti que eu, lastimoso, a conduza ao local ordenado.
Se eu mereci um tal castigo que quereis me destruir,
  o meu delito não merece a morte, segundo a opinião do juiz.[38]
Se César houvesse querido me enviar às ondas estígias,[39]
  não precisaria de vossa ajuda.
O direito sobre minha vida é dele, e isso não se deve invejar;
  e aquilo que ele tem, se ele quiser, ele manterá.
Mas vós, a quem nenhum crime meu ofendeu (eu acho),
  ficai satisfeitos, peço, com os meus presentes males!
Mas, ainda que vós todos queirais salvar um infeliz,
  esta vida que se perdeu não pode ser salva.
Ainda que o mar se acalme e eu usufrua de ventos favoráveis,
  ainda que vós me poupeis, não serei menos um exilado.
Eu não sulco o vasto mar ávido em recolher
  riquezas sem fim com mercadorias de troca,
nem vou a Atenas, para onde fui outrora como estudante,
  nem às cidades da Ásia, nem aos locais já conhecidos,
e não sou levado à egrégia cidade de Alexandre,[40]
  para avistar tuas delícias, ditoso Nilo.

---

39. **Ondas estígias:** O Estige era um dos cinco rios do submundo, aqui usado metonimicamente para o mundo dos mortos.
40. **Cidade de Alexandre:** Alexandria, no Egito, que foi um importante centro político, comercial e cultural do mundo antigo desde o século IV AEC.

quod faciles opto ventos (quis credere possit?)
   Sarmatis est tellus, quam mea vela petunt.
obligor, ut tangam Laevi fera litora Ponti;
   quodque sit a patria tam fuga tarda, queror.
nescioquo videam positos ut in orbe Tomitas,   85
   exilem facio per mea vota viam.
seu me diligitis, tantos conpescite fluctus,
   pronaque sint nostrae numina vestra rati;
seu magis odistis, iussae me advertite terrae:
   supplicii pars est in regione mei.   90
ferte (quid hic facio?) rapidi mea carbasa venti:
   Ausonios fines cur mea vela volunt?
noluit hoc Caesar. quid, quem fugat ille, tenetis?
   aspiciat vultus Pontica terra meos.
et iubet et merui; nec, quae damnaverit ille,   95
   crimina defendi fasque piumque puto.
si tamen acta deos numquam mortalia fallunt,
   a culpa facinus scitis abesse mea.
immo ita, si scitis, si me meus abstulit error,
   stultaque, non nobis mens scelerata fuit,   100
quod licet et minimis, domui si favimus illi,

---

41. **Terra dos sármatas:** essa é a primeira referência das *Tristezas* ao local do desterro ovidiano, que doravante será mencionado pela cidade de Tomis, as regiões da Cítia e do Ponto, e as terras habitadas pelos povos sármatas, getas e bessos. Os sármatas eram um povo de etnia e língua iranianas, que ocupava de maneira geral a parte oriental da Cítia (regiões norte e leste do Mar Negro). Cf. SULIMIRSKI 1970.
42. **Lado esquerdo do Euxino:** o Ponto Euxino, ou Mar Euxino, era o nome atribuído ao que hoje é o Mar Negro. Ovídio brinca com a etimologia da palavra "Euxino", do grego *eúxeinos*, "hospitaleiro", ao descrever a região como inóspita, selvagem e hostil. A margem esquerda, do ponto de vista de quem chega de navio vindo de Roma ou da Grécia, é o lado ocidental do mar, que hoje corresponde aos litorais da Bulgária, Romênia, Moldávia e Ucrânia. A palavra para "esquerdo" em latim é *sinister*, cuja etimologia gera em português "sinistro", contendo a semântica de algo "não direito", "errado" ou mesmo "sinistro". Essa dupla acepção do adjetivo no original não é traduzível.

A razão pela qual eu rezo por ventos favoráveis – quem poderia crer? –
é a terra dos sármatas, que minhas velas buscam.[41]
Sou obrigado a costear as margens selvagens do lado esquerdo do Euxino;[42]
e ainda lamento que a saída da pátria seja tão lenta.
Verei os tomitanos situados não sei onde deste mundo,[43]
e ainda assim em preces vou rezando pelo caminho do exílio.
Se vós me amais, amansai essas ondas todas,
 que vossos poderes sejam favoráveis ao nosso barco;
mas se vós nos odiais ainda mais, levai-me à terra ordenada:
 parte de meu suplício está na própria região.
Rápidos ventos, levai o meu corpo adiante! Que tenho a fazer por aqui?
 Por que minhas velas se dirigem às fronteiras ausônias?[44]
César não queria isso. Por que prendeis aquele que César expulsa?
 Que a região euxina veja o meu rosto.
Não só ele ordenou, como eu também mereci;
 e não julgo correto ou certo defender crimes que ele condenou.
Se, no entanto, os atos humanos nunca enganam os deuses,
 vós sabeis que não há má intenção em meu delito.
Se vós sabeis de fato, se foi meu engano que me baniu,[45]
 e se minha intenção, embora tola, não foi maligna,
se nós apoiamos aquela casa, o que convém até aos mais humildes,

---

43. **Tomitanos:** habitantes da cidade de Tomis, uma colônia grega às margens do Mar Negro recém conquistada, à época de Ovídio, pelos romanos. Hoje, a cidade chama-se Constança, na Romênia.
44. **Fronteiras ausônias:** Ausônia é um dos nomes para a península itálica, muito utilizado nas *Tristezas*. Devido à tempestade, o navio de Ovídio é arrastado para oeste, para perto do local de sua partida, a costa italiana, ao invés de avançar para o leste, rumo ao destino do exílio.
45. Desde o verso 58 até aqui, Ovídio emprega termos jurídicos acerca de sua ação e condenação: *poena* (1.2.58 e 1.2.63: castigo, no sentido de penitência pela ação acusada), *culpa* (1.2.64 e 1.2.98: delito, no sentido de ação acusada), *crimina* (1.2.96: crimes, no sentido de ação condenada), *facinus* (1.2.98: má intenção, crime, dolo, no sentido de ação condenável) e *error* (1.2.99: engano, no sentido de ação errada sem má intenção, ação culposa e não dolosa).

> si satis Augusti publica iussa mihi,
> hoc duce si dixi felicia saecula, proque
> Caesare tura piis Caesaribusque dedi,
> si fuit hic animus nobis, ita parcite divi: 105
> si minus, alta cadens obruat unda caput.
> fallor, an incipiunt gravidae vanescere nubes,
> victaque mutati frangitur unda maris?
> non casu, vos sed sub condicione vocati,
> fallere quos non est, hanc mihi fertis opem. 110

III

> CVM subit illius tristissima noctis imago,
> qua mihi supremum tempus in urbe fuit,
> cum repeto noctem, qua tot mihi cara reliqui,
> labitur ex oculis nunc quoque gutta meis.
> iam prope lux aderat, qua me discedere Caesar 5
> finibus extremae iusserat Ausoniae.
> nec spatium nec mens fuerat satis apta parandi:
> torpuerant longa pectora nostra mora.
> non mihi servorum, comites non cura legendi,
> non aptae profugo vestis opisve fuit. 10
> non aliter stupui, quam qui Iovis ignibus ictus
> vivit et est vitae nescius ipse suae.
> ut tamen hanc animi nubem dolor ipse removit,
> et tandem sensus convaluere mei,
> alloquor extremum maestos abiturus amicos, 15

---

46. **Pios Césares:** trata-se da família imperial, especialmente Tibério e Germânico, filhos adotivos de Augusto.
47. **1.3** O poeta relembra a sua última noite em Roma, que antecedia a data limite para que ele deixasse a cidade. As demoradas e repetidas despedidas são evocadas, assim como o sofrimento da esposa do poeta, a qual pede para acompanhá-lo no exílio.

se as ordens públicas de Augusto me contentaram,
se eu narrei os anos felizes sob o comando desse líder,
e ofereci incensos a César e aos pios Césares,[46]
se esta foi minha disposição, então, deuses, poupai-me!
Se não foi assim, que uma alta onda, ao cair, esmague minha cabeça!
Engano-me, ou as pesadas nuvens começam a desvanecer,
e a onda do instável mar, vencida, cede?
Não é por acaso. Vós, deuses, invocados pela oração,
vós que nunca sois enganados, trazeis a mim esta ajuda.

3.

Quando me surge a tristíssima imagem daquela noite[47]
na qual o meu tempo em Roma se esgotou,
quando relembro a noite na qual deixei tudo que me era querido,
ainda agora uma lágrima escorre de meus olhos.
Já estava para nascer o dia, no qual César[48]
ordenara que eu deixasse as fronteiras da Ausônia.[49]
Nem o tempo nem o espírito foram capazes de preparar o que se devia:
minha disposição afetava-se com uma lentidão sem igual.
Não houve oportunidade de escolher os escravos, os companheiros,
ou chance de escolher uma roupa conveniente a um exilado.
Eu estava atônito, como aquele que, atingido
por um raio de Júpiter, permanece vivo e não sabe que está vivo.
Mas quando a própria dor afastou tal nuvem do meu coração,
e por fim voltaram meus sentidos,
eu dirijo uma última palavra, prestes a abandonar os amigos chorosos,

---

Também estavam com o poeta os seus amigos e familiares. Ele parte em total desalinho, sem haver se preparado para a longa viagem. No final, exorta à sua esposa que se mantenha viva, para que sua vida sirva de consolo ao infeliz poeta.
48. **César:** ver nota 6.
49. **Ausônia:** ver nota 44.

qui modo de multis unus et alter erat.
uxor amans flentem flens acrius ipsa tenebat,
    imbre per indignas usque cadente genas.
nata procul Libycis aberat diversa sub oris,
    nec poterat fati certior esse mei.   20
quocumque aspiceres, luctus gemitusque sonabant,
    formaque non taciti funeris intus erat.
femina virque meo, pueri quoque funere maerent,
    inque domo lacrimas angulus omnis habet.
si licet exemplis in parvis grandibus uti,   25
    haec facies Troiae, cum caperetur, erat.
iamque quiescebant voces hominumque canumque,
    Lunaque nocturnos alta regebat equos.
hanc ego suspiciens et ad hanc Capitolia cernens,
    quae nostro frustra iuncta fuere Lari,   30
'numina vicinis habitantia sedibus,' inquam,
    'iamque oculis numquam templa videnda meis,
dique relinquendi, quos urbs habet alta Quirini,
    este salutati tempus in omne mihi.
et quamquam sero clipeum post vulnera sumo,   35
    attamen hanc odiis exonerate fugam,
caelestique viro, quis me deceperit error,
    dicite, pro culpa ne scelus esse putet.
ut quod vos scitis, poenae quoque sentiat auctor,
    placato possum non miser esse deo.'   40

---

50. **Esposa:** refere-se a Fábia, terceira esposa de Ovídio, sobre a qual nada se sabe além das menções que o poeta faz a ela; é uma das principais destinatárias, sendo-lhe endereçados seis poemas da coleção: 1.6, 3.3, 4.3, 5.5, 5,11 e 5.14.
51. **Filha:** não é possível saber se se trata de Ovídia, a filha biológica do poeta com sua segunda esposa, ou então de sua enteada, filha de Fábia, a quem Ovídio se dirige em 3.7 sob o pseudônimo de Perila.
52. **Lua alta:** a expressão indica que a hora da noite já estava avançada. Na mitologia greco-romana, tanto o sol como a lua eram geralmente representados como um carro puxado por cavalos que fazia o trajeto diário de leste a oeste.

que logo de muitos se tornariam um ou outro.
Minha amorosa esposa me abraçava, enquanto eu chorava, e ela mesma[50]
chorava ainda mais: era uma chuva que escorria por seu rosto inocente.
Minha filha estava distanciada de nós, longe, nos litorais da Líbia,[51]
e não sabia de meu destino.
Para onde quer que olhasses, choros e gemidos soavam,
e o interior da casa tinha o aspecto de um funeral ruidoso.
Mulheres e homens, e também as crianças, choravam nesse meu funeral,
e havia lágrimas por todos os cantos da casa.
Se for possível usar um tão grande exemplo numa causa tão pequena,
assim era o aspecto de Troia quando foi capturada.
E já silenciavam as vozes dos homens e dos cães,
e a lua alta regia os cavalos noturnos.[52]
Eu, olhando para a lua, e por ela notando o Capitólio,[53]
que ficava próximo ao nosso lar (proximidade inútil!)
disse: "Ó deuses que habitam os santuários vizinhos
e templos que nunca mais serão vistos por meus olhos,
e demais deuses abrigados pela alta cidade de Quirino,[54]
recebei minha saudação de uma vez por todas.
E embora, após a ferida, tarde demais eu erga o meu escudo,
ainda assim livrai de ódio esta minha partida.
E contai ao homem celestial sobre o engano que me atraiçoou,[55]
para que ele não julgue como pecado o meu delito,
e que o autor do castigo também perceba aquilo que vós sabeis.
Estando o deus apaziguado, eu não tenho como ser infeliz".

53. **Capitólio:** uma das sete colinas de Roma e, de certa maneira, a mais importante. Em seu cume foram erguidos alguns dos principais templos da cidade, como o de Júpiter Máximo. O Fórum Romano estendia-se aos seus pés. É de se supor, a partir dessa passagem, que a residência de Ovídio ficava próxima à colina.
54. **Cidade de Quirino:** Quirino, deus romano, identificado com Rômulo, passou a simbolizar o estado de Roma. Na passagem parece aludir mais especificamente ao monte Quirinal, onde ficava o templo dedicado a Quirino.
55. **Homem celestial:** trata-se do imperador Otávio Augusto, autor do decreto que relegou Ovídio.

hac prece adoravi superas ego: pluribus uxor,
   singultu medios impediente sonos.
illa etiam ante Lares passis adstrata capillis
   contigit extinctos ore tremente focos,
multaque in adversos effudit verba Penates   45
   pro deplorato non valitura viro.
iamque morae spatium nox praecipitata negabat,
   versaque ab axe suo Parrhasis Arctos erat.
quid facerem? blando patriae retinebar amore:
   ultima sed iussae nox erat illa fugae.   50
a! quotiens aliquo dixi properante 'quid urges?
   vel quo festinas ire, vel unde, vide.'
a! quotiens certam me sum mentitus habere
   horam, propositae quae foret apta viae.
ter limen tetigi, ter sum revocatus, et ipse   55
   indulgens animo pes mihi tardus erat.
saepe 'vale' dicto rursus sum multa locutus,
   et quasi discedens oscula summa dedi.
saepe eadem mandata dedi meque ipse fefelli,
   respiciens oculis pignora cara meis.   60
denique 'quid propero? scythia est, quo mittimur,' inquam,
   'Roma relinquenda est. utraque iusta mora est.
uxor in aeternum vivo mihi viva negatur,
   et domus et fidae dulcia membra domus,

---

56. **Lares:** entidades da prática religiosa romana, associadas à proteção da casa e da família. Cada casa tinha seu próprio Lar, representado por pequenas estatuetas que ficavam no larário (ou lareira), um pequeno altar dentro de casa, onde se acendia o fogo doméstico e se oferecia óleos, incensos e guirlandas de flores.
57. **Penates:** entidades da prática religiosa romana, associadas à família e à genealogia, responsáveis pelo bem-estar e prosperidade dos membros familiares. Eram representados por pequenas estatuetas ou imagens dispostas num altar no centro da casa, junto à imagem e ao fogo de Vesta. Cada família romana possuía dois Penates.
58. **Ursa Maior:** uma das maiores e principais constelações do hemisfério norte. Aqui, há alusão ao movimento astronômico da constelação que gira ao longo da noite, o

Com tal prece reverenciei os deuses supernos, e minha esposa o fez ainda mais,
com o soluço embargando as palavras sussurradas.
Ela, com os cabelos soltos, se ajoelhou diante dos Lares,[56]
beijou os fogos apagados com o lábio trêmulo,
e enunciou muitas palavras para os Penates adversos[57]
que não haveriam de ajudar em nada o marido chorado.
A noite já avançada proibia qualquer demora,
e a Ursa Maior já havia se agachado sob seu eixo.[58]
O que eu poderia fazer? Era retido pelo doce amor à pátria,
mas aquela era a última noite do prazo para a partida.
Ah! Quantas vezes eu disse a alguém que me apressava: "Por que me urges?
Olha para onde me incitas a ir, olha de onde me incitas a partir".
Ah! Quantas vezes menti que eu estava na hora certa,
apropriada para o caminho proposto.
Por três vezes toquei o umbral da porta, por três voltei atrás,
e meu próprio pé ia devagar, clemente à disposição do meu coração.
Por várias vezes, após dar adeus, voltei para dizer muitas outras coisas,
e ensaiando a partida, dava novamente os últimos beijos.
Por várias vezes dei as mesmas instruções e iludi a mim mesmo,
fitando os objetos queridos com meus olhos.
Por fim, disse: "Por que me apresso? É para a Cítia que sou expulso,[59]
é Roma que devo deixar. Ambas são causas justas de atraso.
A minha esposa está viva, e eu estou vivo, mas ela me é negada para sempre,
e também minha casa, e também os doces membros da minha fiel casa,

---

que indica que já estava amanhecendo. A constelação é frequentemente mencionada nas *Tristezas* como marca do extremo norte. CLAASSEN 2001: 23-4, baseando-se
na informação de Suetônio (*Vida de Augusto* 80) de que o imperador Augusto tinha
manchas de nascença na pele parecidas à constelação, sugere que Ovídio empregue
a constelação como alusão sutil e irônica ao imperador.

59. **Cítia:** nome genérico de toda uma região que englobava o leste, o norte e o noroeste
do Mar Negro, aludido frequentemente nas *Tristezas* como o local do exílio. Segundo
PHILLBRICK 2007: 71-2, o nome da região dialoga com a tradição literária sobre essa
região inóspita e funciona como uma espécie de hipérbole geográfica, no sentido de
"confins do mundo".

quosque ego dilexi fraterno more sodales,   65
   o mihi Thesea pectora iuncta fide!
dum licet, amplectar: numquam fortasse licebit
   amplius. in lucro est quae datur hora mihi.'
nec mora, sermonis verba inperfecta relinquo,
   conplectens animo proxima quaeque meo.   70
dum loquor et flemus, caelo nitidissimus alto,
   stella gravis nobis, Lucifer ortus erat.
dividor haud aliter, quam si mea membra relinquam,
   et pars abrumpi corpore visa suo est.
sic doluit Mettus tunc cum in contraria versos   75
   ultores habuit proditionis equos.
tum vero exoritur clamor gemitusque meorum,
   et feriunt maestae pectora nuda manus.
tum vero coniunx umeris abeuntis inhaerens
   miscuit haec lacrimis tristia verba meis: 80
'non potes avelli. simul hinc, simul ibimus: 'inquit,
   'te sequar et coniunx exulis exul ero.
et mihi facta via est, et me capit ultima tellus:
   accedam profugae sarcina parva rati.
te iubet e patria discedere Caesaris ira,   85
   me pietas. pietas haec mihi Caesar erit.'
talia temptabat, sicut temptaverat ante,
   vixque dedit victas utilitate manus.

60. **Teseu:** herói grego; entre suas características, encontra-se a amizade leal a Pirítoo.
61. **Vespertina:** ou Vésper, ou Vênus, ou Estrela da Manhã, ou ainda Estrela do Pastor; trata-se do planeta Vênus que, por seu intenso brilho refletido do sol, é a primeira estrela a surgir pela manhã, anunciando a chegada do dia.
62. **Métio:** ou Meto, personagem histórico-mitológico romano. Foi um rei dos albanos que, por sua traição a Roma, foi condenado pelo rei romano Túlio Hostílio a ser atado a duas quadrigas que avançaram em sentidos opostos, dilacerando seu corpo.
63. **Tristes palavras:** é a primeira aparição do termo *tristia* no corpo da coleção, aqui qualificando o substantivo *verba*, "palavras", aludindo ao título da obra.
64. **César:** ver nota 6.

e também os amigos que eu amei como irmãos,
ó corações unidos a mim pela fidelidade de Teseu![60]
Enquanto puder, darei abraços: talvez nunca mais eu possa fazê-lo.
Uma hora que me seja dada já é lucro".
Sem demora, deixo as palavras do discurso inacabadas,
abraçando tudo aquilo que era querido pelo meu coração.
Enquanto eu falo e nós choramos, extremamente nítida no alto céu,
a nossa hostil estrela, a Vespertina, nasceu.[61]
Sinto-me partir ao meio, como se deixasse os meus membros para trás,
e metade do corpo parecia separada do restante.
Assim sofreu Métio quando dirigiu em direção oposta[62]
os cavalos vingadores de sua traição.
Então, em verdade, irrompe o clamor e o gemido dos meus,
e as mãos magoadas golpeiam os peitos nus.
Então, em verdade, minha esposa, se apegando ao peito daquele que havia
[de partir,
misturou às minhas lágrimas estas tristes palavras:[63]
"Não podes ser tirado de mim. Juntos daqui, juntos iremos", ela diz,
"seguir-te-ei e serei a esposa exilada de um exilado.
Também para mim o caminho foi traçado, a mais remota das terras
[também há de me ter:
adicionarei pouco peso ao prófugo navio.
Ordena-te deixar a pátria a ira de César, a mim ordena[64]
a lealdade. A lealdade será para mim um César."[65]
Isso ela tentava, como já havia tentado antes,
e com dificuldade se deu por vencida.

65. **Lealdade:** no original, *pietas*, conceito romano que engloba a lealdade e o respeito aos deuses, à pátria e à família; adoto "lealdade" como tradução, em detrimento de "religião", que remete ao conceito de *religio* (código de ritos e condutas), "virtude", que remete a *virtus* (código de comportamento masculino na guerra) ou mesmo "piedade", que em português corrente implica uma ideia de compaixão, em absoluto ausente no conceito original. Cabe ressaltar que a *pietas* é a principal característica do herói Eneias na *Eneida* de Virgílio; é ela que compele Eneias a deixar Cartago, assim como aqui compele Fábia a deixar Roma para seguir seu marido.

egredior, sive illud erat sine funere ferri,
  squalidus inmissis hirta per ora comis. 90
illa dolore amens tenebris narratur obortis
  semianimis media procubuisse domo:
utque resurrexit foedatis pulvere turpi
  crinibus et gelida membra levavit humo,
se modo, desertos modo complorasse Penates 95
  nomen et erepti saepe vocasse viri,
nec gemuisse minus, quam si nataeque virique
  vidisset structos corpus habere rogos,
et voluisse mori, moriendo ponere sensus,
  respectuque tamen non periisse mei. 100
vivat, et absentem, quoniam sic fata tulerunt,
  vivat ut auxilio sublevet usque suo.

IV

TINGITVR oceano custos Erymanthidos ursae,
  aequoreasque suo sidere turbat aquas.
nos tamen Ionium non nostra findimus aequor
  sponte, sed audaces cogimur esse metu.
me miserum! quantis increscunt aequora ventis, 5
  erutaque ex imis fervet harena fretis.
monte nec inferior prorae puppique recurvae
  insilit et pictos verberat unda deos.
pinea texta sonant pulsu, stridore rudentes,

---

66. **Penates:** ver nota 57.
67. **1.4** Agora já singrando as águas do Mar Jônico, o navio que leva Ovídio é novamente acometido por uma tempestade, de forma que este poema retoma a estrutura e as tópicas de 1.2. Notando que o vento arrasta seu navio de volta para a costa da Itália, o poeta teme que a natureza esteja desobedecendo às ordens imperiais, e suplica aos deuses do céu e do mar para que lhe poupem a vida. **Boieiro:** constelação do hemisfério norte. No original, *custos Erymanthidos ursae*, lit. "o guardião da ursa de Erimanto", descrição que alude ao fato da constelação do Boieiro estar próxima, como um "guardião", da constelação da Ursa Maior. O "mergulho" das estrelas no

Eu parto, ou melhor, sou arrastado, pois não havia pompa alguma;
  desalinhado, com os cabelos despenteados sobre o rosto não barbeado.
Conta-se que ela, desvairada de dor, assim que veio a noite,
  caiu desmaiada no meio da casa,
e que quando se levantou com as tranças sujas de pó imundo
  e ergueu os membros gelados do chão,
se pôs a chorar, ora por si própria, ora pelos Penates desertos,[66]
  e a chamar seguidamente pelo nome do marido ausente.
Não chorava menos do que teria chorado se tivesse visto
  meu corpo ou o de sua filha nas piras funerárias aprestadas.
E ela queria morrer, perder os sentidos com a morte,
  mas não pereceu em respeito a mim.
Que ela viva e, já que assim quis o destino,
  que ela viva para que seja um consolo que sustente vivo o marido distante.

4.

O Boieiro mergulha no oceano,[67]
  e agita com suas estrelas as águas do mar.
Nós, contudo, não singramos o mar Jônico por querer,[68]
  mas somos coagidos pelo medo a sermos corajosos.
Infeliz de mim! Os mares se encrespam com tamanhos ventos,
  e a areia do mais fundo do mar é trazida à tona!
Uma onda do tamanho de uma montanha avança contra a proa encurvada
  e contra a popa, e açoita as efígies divinas.[69]
Com o baque, o madeirame ressoa, as enxárcias sibiliam,

---

  mar expressa o movimento astronômico da constelação, que ao olhar humano desaparece no horizonte (ao nível do mar) em determinada hora da noite, a depender da estação do ano.
68. **Mar Jônico:** braço do Mar Mediterrâneo, compreende as águas entre o sul da península itálica e o oeste da península grega, por onde o navio de Ovídio deve singrar rumo a Corinto.
69. **Efígies divinas:** nos navios romanos havia imagens de uma ou mais divindades talhadas na madeira da estrutura da embarcação, geralmente na popa. No caso do navio da viagem de exílio, a divindade talhada é a de Minerva (cf. 1.10.2).

ingemit et nostris ipsa carina malis.   10
navita confessus gelidum pallore timorem,
    iam sequitur victus, non regit arte ratem.
utque parum validus non proficientia rector
    cervicis rigidae frena remittit equo,
sic non quo voluit, sed quo rapit impetus undae,   15
    aurigam video vela dedisse rati.
quod nisi mutatas emiserit Aeolus auras,
    in loca iam nobis non adeunda ferar.
nam procul Illyriis laeva de parte relictis
    interdicta mihi cernitur Italia.   20
desinat in vetitas quaeso contendere terras,
    et mecum magno pareat aura deo.
dum loquor, et timeo pariter cupioque repelli,
    increpuit quantis viribus unda latus!
parcite caerulei, vos parcite numina ponti,   25
    infestumque mihi sit satis esse Iovem.
vos animam saevae fessam subducite morti,
    si modo, qui periit, non periisse potest.

V

O MIHI post ullos numquam memorande sodales,
    et cui praecipue sors mea visa sua est;
attonitum qui me, memini, carissime, primus
    ausus es alloquio sustinuisse tuo,

---

70. Esses dois dísticos remetem ao início da *Arte de Amar* 1.5-6, que também une as técnicas do piloto do navio e do condutor da biga, nas figuras arquetípicas de Tífis e Automedonte, respectivamente. Aqui, o jogo de inversão é enfatizado pela inabilidade e falta de técnica diante das condições adversas.
71. **Éolo:** o rei dos ventos, que tem o poder de controlá-los, soltando-os e prendendo-os.
72. **Litorais ilírios:** A Ilíria era uma província romana entre o noroeste da península grega e os Bálcãs, abrigando parte dos territórios que hoje compreendem Albânia, Montenegro, Bósnia e Herzegovina, Croácia e Eslovênia.
73. **Grande deus:** refere-se ao imperador Otávio Augusto; a associação entre o imperador e Júpiter, pai dos deuses, será consistente e frequente nas *Tristezas*, e já havia

e a própria embarcação geme por meus infortúnios.
O marinheiro, confessando o gélido temor com a palidez no rosto,
já se dá por vencido, não conduz a nau com sua técnica,
assim como um condutor pouco experiente solta as rédeas
pouco úteis ao cavalo de pescoço indócil.[70]
Assim, não como ele quer, mas como a força da onda decide,
vejo que o timoneiro entregou as velas do navio.
A não ser que Éolo envie ventos diferentes,[71]
logo seremos arrastados aos locais proibidos,
pois, deixados ao longe os litorais ilírios ao lado esquerdo,[72]
já se aproxima a Itália a mim proibida.
Imploro que o vento desista de empurrar para as terras vetadas,
e comigo obedeça ao grande deus.[73]
Enquanto falo, e temo ao mesmo tempo que desejo ser empurrado até ali,
com que tamanha força a onda fustiga o flanco!
Ó deuses celestes, poupai-me! Ó deuses do mar, poupai-me!
Que me baste ter apenas Júpiter contra mim.[74]
Salvai da morte cruel esta alma cansada,
se é possível de alguma forma não perecer aquilo que já pereceu.

5.
Ó tu que deves ser lembrado por mim mais que qualquer outro amigo,[75]
e a quem, mais que todos, minha sorte te pareceu tua,
que, lembro bem, caríssimo, foste o primeiro a ousar
consolar-me com tuas palavras, enquanto eu estava atônito;

---

tido uma posição importante nas *Metamorfoses*, aparecendo no começo e no final do poema (1.204 e 15.860). Cf. FOWLER 1915 e UGARTEMENDÍA 2022: 173ss.
74. **Júpiter:** refere-se ao imperador Otávio Augusto. Ver nota acima.
75. **1.5** É o primeiro poema da coleção com aspecto epistolar, dirigido a um amigo não nomeado, cuja fidelidade é comparada aos exemplos míticos de amizades leais. Após a súplica para que o amigo permaneça fiel e zele por seus interesses em Roma, o poema se prolonga na comparação entre os sofrimentos de Ulisses e os do próprio poeta; estes são, sob todos os aspectos, muito piores que aqueles e, portanto, merecem mais serem eternizados pela poesia.

qui mihi consilium vivendi mite dedisti, 5
    cum foret in misero pectore mortis amor.
scis bene, cui dicam, positis pro nomine signis,
    officium nec te fallit, amice, tuum.
haec mihi semper erunt imis infixa medullis,
    perpetuusque animae debitor huius ero: 10
spiritus et vacuas prius hic tenuandus in auras
    ibit, et in tepido deseret ossa rogo,
quam subeant animo meritorum oblivia nostro,
    et longa pietas excidat ista die.
di tibi sint faciles, et opis nullius egentem 15
    fortunam praestent dissimilemque meae.
si tamen haec navis vento ferretur amico,
    ignoraretur forsitan ista fides.
Thesea Pirithous non tam sensisset amicum,
    si non infernas vivus adisset aquas. 20
ut foret exemplum veri Phoceus amoris,
    fecerunt furiae, tristis Oresta, tuae.
si non Euryalus Rutulos cecidisset in hostes,
    Hyrtacidae Nisi gloria nulla foret.
scilicet ut flavum spectatur in ignibus aurum, 25
    tempore sic duro est inspicienda fides.
dum iuvat et vultu ridet Fortuna sereno,
    indelibatas cuncta secuntur opes:
at simul intonuit, fugiunt, nec noscitur ulli,
    agminibus comitum qui modo cinctus erat. 30
atque haec, exemplis quondam collecta priorum,

---

76. **Pirítoo e Teseu:** ver nota 60.
77. **Pílades e Orestes:** Orestes, filho de Agamêmnon e Clitemnestra, vinga a morte do pai ao matar a mãe, e acaba por herdar o trono de seu pai. Em suas aventuras, é sempre acompanhado de seu primo e amigo, Pílades. A dupla de amigos aparece

que trouxeste a mim o doce conselho de viver,
   quando ardia em meu coração infeliz o desejo de morrer;
sabes bem de quem eu falo, com indicações no lugar do nome,
   e não te falta o teu dever, amigo.
Isso sempre estará gravado em meu coração,
   e, em minha alma, ser-te-ei eternamente devedor;
pois antes esta minha vida irá se dissolver nos ares vazios,
   e meus ossos irão se diluir na fervente pira funerária,
que o esquecimento de teus méritos acometa minha alma,
   e minha lealdade arrefeça com o passar do tempo.
Que os deuses te sejam favoráveis, que os deuses te concedam
   um destino que não dependa de ninguém, e que seja diverso do meu.
Se, no entanto, este navio fosse levado por um vento amigo,
   talvez essa fidelidade pudesse passar despercebida.
Pirítoo não teria confirmado que Teseu era tão seu amigo,[76]
   se não tivesse rumado vivo às águas infernais.
O que tornou Pílades um exemplo de amor verdadeiro
   foram as tuas fúrias, triste Orestes.[77]
Se Euríalo não tivesse tombado diante dos inimigos rútulos,
   não haveria glória alguma para Niso, filho de Hírtaco.[78]
Do mesmo modo, assim como o ouro dourado é testado no fogo,
   também a fidelidade deve ser provada nos tempos difíceis.
Enquanto o destino é favorável e sorri com rosto sereno,
   tudo segue as riquezas inabaladas;
mas logo que ele troveja, todos fogem, ninguém mais conhece aquele
   que há pouco era rodeado por uma multidão de amigos.
E isso, outrora sabido pelas histórias dos antigos,

---

recorrentemente nas *Tristezas* como exemplo de amizade sincera e duradoura.
78. **Niso e Euríalo:** personagens da *Eneida* de Virgílio, famosos pela amizade que nutriam entre si. **Inimigos rútulos:** povo que se opõe aos troianos na *Eneida*.

nunc mihi sunt propriis cognita vera malis.
vix duo tresve mihi de tot superestis amici:
    cetera Fortunae, non mea turba fuit.
quo magis, o pauci, rebus succurrite laesis,   35
    et date naufragio litora tuta meo;
neve metu falso nimium trepidate, timentes
    hac offendatur ne pietate deus.
saepe fidem adversis etiam laudavit in armis,
    inque suis amat hanc Caesar, in hoste probat.   40
causa mea est melior, qui non contraria fovi
    arma, sed hanc merui simplicitate fugam.
invigiles igitur nostris pro casibus, oro
    deminui siqua numinis ira potest.
scire meos casus siquis desiderat omnes,   45
    plus, quam quod fieri res sinit, ille petit.
tot mala sum passus, quot in aethere sidera lucent
    parvaque quot siccus corpora pulvis habet:
multaque credibili tulimus maiora ratamque,
    quamvis acciderint, non habitura fidem.   50
pars etiam quaedam mecum moriatur oportet,
    meque velim possit dissimulante tegi.
si vox infragilis, pectus mihi firmius aere,
    pluraque cum linguis pluribus ora forent:
non tamen idcirco complecterer omnia verbis,   55
    materia vires exsuperante meas.
pro duce Neritio docti mala nostra poetae
    scribite: Neritio nam mala plura tuli.

79. **Deus:** refere-se ao imperador Otávio Augusto; ver nota 73.
80. **César:** ver nota 6.
81. **Expulsão:** no original, *fuga*, vocábulo traduzido por "partida" ao longo da coleção, mas que aqui, pelo contexto semântico da frase, exige outra solução.
82. Esses dois dísticos trazem uma hipérbole que evoca ironicamente a tradição épica; ver Introdução, "Estilo".

agora são verdades conhecidas através de minhas próprias desgraças.
De todos os meus amigos, mal sobraram dois ou três;
  os demais eram asseclas da Fortuna, não meus.
Por isso, ó poucos que restaram, socorrei os oprimidos com força ainda maior,
  e oferecei litorais seguros para meu naufrágio,
e não tremais demasiado com um medo fingido, temendo
  que o deus possa ofender-se com essa prova de amizade![79]
Várias vezes ele elogiou a fidelidade nos exércitos inimigos;
  César adora essa virtude nos seus, aprova essa virtude no inimigo.[80]
A minha causa é melhor, pois não peguei em armas contra ele,
  mas mereci a expulsão por causa de minha ingenuidade.[81]
Peço, portanto, que zeles por minha causa
  para que a ira do deus possa ser mitigada.
Se alguém deseja conhecer todos os meus infortúnios,
  pede mais do que o assunto permite dizer.
Sofri tantas desgraças quantas estrelas brilham no céu
  e quantos grãos de areia contém o seco deserto,
e sofri muitas coisas piores que o crível, e embora
  tenham ocorrido, não serão cridas.
Até mesmo uma parte delas deve morrer comigo,
  e eu gostaria, ao silenciar, poder escondê-la.
Se eu tivesse uma voz inquebrantável, um peito mais forte que o bronze,
  e muitas bocas com muitas línguas,
ainda assim não poderia descrever tudo com palavras,
  já que o assunto supera minhas forças.[82]
Ao invés do rei de Nérito, doutos poetas, escrevei sobre as minhas[83]
  desgraças! Pois eu sofri maiores desgraças que o rei de Nérito.

---

83. **Rei de Nérito:** Ulisses (ver nota 27), aqui mencionado ao modo alexandrino, por meio de referência erudita. **Doutos poetas:** o adjetivo *docti* implica um caráter e uma estética específicos de poesia, de cunho alexandrino (helenístico).

ille brevi spatio multis erravit in annis
   inter Dulichias Iliacasque domos: 60
nos freta sideribus totis distantia mensos
   sors tulit in Geticos Sarmaticosque sinus.
ille habuit fidamque manum sociosque fideles:
   me profugum comites deseruere mei.
ille suam laetus patriam victorque petebat: 65
   a patria fugi victus et exul ego.
nec mihi Dulichium domus est Ithaceve Samosve,
   poena quibus non est grandis abesse locis:
sed quae de septem totum circumspicit orbem
   montibus, inperii Roma deumque locus. 70
illi corpus erat durum patiensque laborum:
   invalidae vires ingenuaeque mihi.
ille erat assidue saevis agitatus in armis:
   adsuetus studiis mollibus ipse fui.
me deus oppressit, nullo mala nostra levante: 75
   bellatrix illi diva ferebat opem.
cumque minor Iove sit tumidis qui regnat in undis,
   illum Neptuni, me Iovis ira premit.
adde, quod illius pars maxima ficta laborum,
   ponitur in nostris fabula nulla malis. 80
denique quaesitos tetigit tamen ille Penates,

---

84. **Terras dulíquias:** Dulíquio é uma ilha mencionada na *Odisseia*, próxima a Ítaca e sob jurisdição desta, sendo, portanto, governada por Ulisses. Aqui, a ilha é empregada metonimicamente para as terras e o lar de Ulisses.
85. **Géticas:** regiões povoadas pelo povo geta, uma tribo trácia que habitava às margens do rio Danúbio, em territórios que hoje compreendem a Bulgária e a Romênia. **Sarmáticos:** regiões povoadas pelo povo sármata, tribo de língua iraniana que habitava a região norte do Mar Negro. Tanto getas como sármatas serão frequentemente mencionados nas *Tristezas* como os habitantes de Tomis e das regiões circunvizinhas, descritos como povos bárbaros, selvagens e violentos.
86. **Dulíquio:** ilha mencionada na *Odisseia* como próxima a Ítaca e sob jurisdição desta. **Ítaca:** ilha natal de Ulisses. **Samos:** ilha mencionada na *Odisseia* como próxima a Íta-

Ele perambulou em pequeno espaço por muitos anos
entre as terras dulíquias e troianas.⁸⁴
O destino me levou, tendo percorrido mares da distância de constelações
inteiras, até as entranhas géticas e sarmáticas.⁸⁵
Ele tinha um exército confiável e homens fiéis;
a mim, exilado, os companheiros desertaram.
Ele, feliz e virtuoso, buscava sua pátria;
eu, exilado e vencido, fugi de minha pátria.
Minha casa não é Dulíquio, ou Ítaca, ou Samos,⁸⁶
pois não é grande castigo estar longe desses lugares,
mas aquela que de suas sete colinas governa todo
o mundo: Roma, capital do império e dos deuses.
Ele tinha um corpo forte e treinado para o labor;
as minhas forças são fracas e débeis.
Ele era frequentemente impelido pelas guerras cruéis;
mas eu fui acostumado aos estudos delicados.
Um deus me esmagou, e nenhum deus aliviou minhas desgraças;
a ele a deusa guerreira concedia ajuda.⁸⁷
Aquele que reina nas grossas ondas é menor que Júpiter;⁸⁸
ele era perseguido pela ira de Netuno, e eu pela ira de Júpiter.
E mais: a maior parte de seus labores é fingida,⁸⁹
enquanto em minhas desgraças não há invenção alguma.
Por fim, ele alcançou os Penates almejados,⁹⁰

ca e sob jurisdição desta. Ao colocar Ítaca entre as ilhas de Dulíquio e Samos, o verso cria um efeito da distribuição geográfica dos territórios pertencentes a Ulisses.
87. **Deusa guerreira:** Atena/Minerva.
88. **Aquele que reina nas grossas ondas:** Posídon/Netuno.
89. **Fingidas:** no original, *ficta*, termo técnico da poesia e da arte (cf. MARTINS 2011: 116-21), que aqui, como em geral na obra, Ovídio alega não empregar, criando o efeito irônico de "fingir que não está fingindo", efeito esse que se torna célebre na tradição literária, aparecendo, por exemplo, em Camões, *Os Lusíadas* 1.11 e em Fernando Pessoa, *Autopsicografia*.
90. **Penates:** ver nota 57.

quaeque diu petiit, contigit arva tamen:
at mihi perpetuo patria tellure carendum est,
   ni fuerit laesi mollior ira dei.

VI

NEC tantum Clario est Lyde dilecta poetae,
   nec tantum Coo Bittis amata suo est,
pectoribus quantum tu nostris, uxor, inhaeres,
   digna minus misero, non meliore viro.
te mea subposita veluti trabe fulta ruina est: 5
   siquid adhuc ego sum, muneris omne tui est.
tu facis, ut spolium non sim, nec nuder ab illis,
   naufragii tabulas qui petiere mei.
utque rapax stimulante fame cupidusque cruoris
   incustoditum captat ovile lupus,   10
aut ut edax vultur corpus circumspicit ecquod
   sub nulla positum cernere possit humo,
sic mea nescioquis, rebus male fidus acerbis
   in bona venturus, si paterere, fuit.
hunc tua per fortis virtus summovit amicos,   15
   nulla quibus reddi gratia digna potest.

91. **1.6** O poema espelha em grande medida o anterior (1.5), sendo igualmente uma missiva epistolar (agora endereçada à esposa do poeta, Fábia) e apoiando-se em comparações exemplares. A virtude da esposa é louvada e colocada em um patamar superior ao das célebres heroínas. Assim, o poema também se relaciona com *Heroides*, obra ovidiana que reúne epístolas de mulheres míticas famosas; ao dizer que Penélope se torna secundária diante de Fábia, o poeta joga com a disposição das *Heroides*, que traz Penélope em primeiro lugar (cf. UGARTEMENDÍA 2022: 155-56), ao mesmo tempo que reflete a relação Ovídio-Ulisses de 1.5. **Poeta de Claros:** Antímaco de Claros ou Antímaco de Colofão foi um poeta grego que viveu aproximadamente entre 400 e 348 AEC. Pouco resta de sua obra, que incluía poesia épica, elegíaca e epigramática. "Lide" é o nome pelo qual se refere o poema elegíaco supérstite, assim chamado por causa do nome da persona amada nele cantado.
92. **Poeta de Cós:** Filetas de Cós foi um poeta grego que viveu durante o século IV AEC.

que ele procurou por muito tempo, mas chegou a seus campos afinal.
Mas a minha terra pátria há de me faltar para todo o sempre,
a não ser que a ira do deus ofendido se aplaque.

6.

Lide não foi tão dileta pelo poeta de Claros,[91]
nem Bítis foi tão amada pelo seu poeta de Cós,[92]
quanto tu estás gravada em meu coração, esposa
digna senão de um marido melhor, ao menos de um menos infeliz.
Tendo-te por pilar, minha ruína pôde ser suportada;
se hoje estou vivo, é completamente por tua causa.
Tu fazes com que eu não seja roubado, nem despido por aqueles
que desejaram o decreto do meu naufrágio.[93]
Assim como o lobo voraz de fome ávida e desejoso de sangue
ataca uma ovelha desprotegida,
ou como o abutre faminto procura por qualquer carniça
que não tenha sido enterrada,
assim um fulano, pouco confiável em momentos difíceis,
tentou se apossar de meus bens; mas tu não o permitiste.[94]
Repeliu-o a tua coragem, aliada a corajosos amigos,
aos quais nenhum agradecimento há de ser suficiente;

Foi famoso por sua poesia elegíaca, muito lida e apreciada pelos romanos, embora apenas fragmentos tenham sobrevivido até os dias atuais. "Bítis" é o nome da persona amada. O dístico, ao mencionar Antímaco e Filetas pelas mulheres que eles cantaram, retoma um fragmento de Hermesíanax (poeta grego helenístico do século IV AEC), que, em um catálogo de autores, elenca Antímaco e sua amada Lide (v. 41) e Filetas e sua amada Bítis (v. 77); cf. LIGHTFOOT 2009: 163-67.

93. **Naufrágio:** aqui, metafórico para o exílio.
94. Esses três dísticos trazem um símile que desenvolve uma passagem da *Eneida* 9.59ss. No original, o sintagma "lobo voraz" aparece em hipérbato: *rapax* no início do v. 9 e *lupus* no final do v. 10, criando o efeito de sintaxe mimética em que o lobo devora tudo o que está no dístico, abarcado entre si e sua voracidade. Sobre sintaxe mimética, GONÇALVES 2021.

ergo quam misero, tam vero teste probaris,
    hic aliquod pondus si modo testis habet.
nec probitate tua prior est aut Hectoris uxor,
    aut comes extincto Laodamia viro.   20
tu si Maeonium vatem sortita fuisses,
    Penelopes esset fama secunda tuae:
sive tibi hoc debes, nullo pia facta magistro,
    cumque nova more sunt tibi luce dati,
femina seu princeps omnes tibi culta per annos   25
    te docet exemplum coniugis esse bonae,
adsimilemque sui longa adsuetudine fecit,
    grandia si parvis adsimulare licet.
ei mihi, non magnas quod habent mea carmina vires,
    nostraque sunt meritis ora minora tuis,   30
siquid et in nobis vivi fuit ante vigoris,
    extinctum longis occidit omne malis!
prima locum sanctas heroidas inter haberes,
    prima bonis animi conspicerere tui.
quantumcumque tamen praeconia nostra valebunt,   35
    carminibus vives tempus in omne meis.

95. **Esposa de Heitor:** Andrômaca, caracterizada na *Ilíada* de Homero como uma esposa exemplar e afetuosa.
96. **Laodâmia:** esposa de Protesilau, que foi o primeiro herói grego a morrer na Guerra de Troia.
97. **Meônide:** ver nota 9.
98. **Penélope:** esposa de Ulisses, é famosa por sua lealdade e persistência em esperar o retorno de Ulisses.

assim, és enaltecida por uma testemunha tão verdadeira quanto infeliz,
   se algum peso esta testemunha possui.
Em retidão a esposa de Heitor não te vence,⁹⁵
   nem Laodâmia, companheira de um marido morto.⁹⁶
Se fosses escolhida para ser cantada pelo Meônide,⁹⁷
   a fama de Penélope seria secundária à tua.⁹⁸
Ou deves isso a ti mesma, tornando-te honrada sem professor algum,
   tendo as virtudes sido outorgadas a ti no momento em que nasceste,
ou a imperatriz, cultuada por ti ao longo de todos esses anos⁹⁹
   te ensinou o modelo de uma boa esposa
e te tornou após longa convivência muito parecida a ela,
   se for possível comparar coisas pequenas às grandiosas.
Ai de mim! Meus poemas não têm forças suficientes
   e minha voz é menor que teus méritos!
E se outrora em mim houve algo de vivo vigor,
   tudo morreu, se extinguiu diante de longas desgraças!
A primeira serias a ter um lugar entre as famosas heroínas,
   a primeira a ser notada pelas qualidades de teu caráter.
Porém, se houver algum valor nas minhas previsões,
   em meus poemas, por toda a eternidade, viverás.¹⁰⁰

99. **Culta imperatriz:** Lívia Drusila, que viveu entre 59 AEC e 29 EC, foi esposa do imperador Augusto de 38 AEC até a morte deste, em 14 EC. Dessa passagem se infere que Fábia, a esposa de Ovídio, tinha alguma proximidade social à família imperial.
100. O dístico final explora a tópica da perenidade da poesia, já utilizada por Ovídio ao final das *Metamorfoses* e dos *Amores* 1, e dependente de toda uma tradição poética; cf. ACHCAR 1994: 153ss.

VII

'SIQVIS habes nostris similes in imagine vultus,
   deme meis hederas, Bacchica serta, comis.
ista decent laetos felicia signa poetas:
   temporibus non est apta corona meis.'
hoc tibi dissimula, senti tamen, optime, dici, 5
   in digito qui me fersque refersque tuo,
effigiemque meam fulvo complexus in auro
   cara relegati, quae potes, ora vides.
quae quotiens spectas, subeat tibi dicere forsan
   'quam procul a nobis Naso sodalis abest!' 10
grata tua est pietas: sed carmina maior imago
   sunt mea, quae mando qualiacumque legas,
carmina mutatas hominum dicentia formas,
   infelix domini quod fuga rupit opus.
haec ego discedens, sicut bene multa meorum, 15
   ipse mea posui maestus in igne manu.
utque cremasse suum fertur sub stipite natum

101. **1.7** Mantendo o aspecto epistolar dos dois poemas anteriores (1.5 e 1.6), o poeta escreve para um amigo, contando-lhe como, no momento em que soubera do exílio, ele arremessou as *Metamorfoses* ao fogo. A queima de sua obra-prima já havia sido mencionada em 1.2, e não deixa de evocar um aspecto da "carreira virgiliana" que Ovídio assume para si (FARRELL 2004), já que a biografia de Virgílio (Suetônio, *De Poetis*) transmite que o Mantuano havia solicitado, em seu leito de morte, a queima da *Eneida*, pois a obra carecia de uma revisão final. Ovídio parece arrepender-se, e ao saber que várias cópias do poema circulavam em Roma, ele pede aos leitores que perdoem a falta de revisão e que acrescentem à obra seis versos iniciais. O alegado "anteproêmio" das *Metamorfoses* exposto neste poema não passa de uma brincadeira retórica e não deve ser entendido como parte de fato integrante de sua obra-prima, até porque os metros são diferentes (dístico aqui, hexâmetro nas *Metamorfoses*). **Imagem do meu rosto:** no original, *nostris similes in imagine vultus*, lit. "rostos talhados em imagem semelhantes ao meu rosto". Para OWEN 1889 ad loc., trata-se de uma espécie de anel, que os antigos romanos usavam, contendo representações dos ancestrais e de amigos próximos; já WHEELER 1924 ad loc. acredita tratar-se de um busto de pedra retratando o rosto de Ovídio, artigo comum em bibliotecas.
102. **Baco:** também chamado Líber, é por vezes caracterizado como padroeiro da poe-

7.

Se alguém tiver alguma imagem de meu rosto,[101]
retira de meus cabelos a hera, coroa de Baco.[102]
Esses sinais alegres convêm aos poetas felizes;
não é uma coroa apta às minhas têmporas.
Disfarça, excelente amigo, mas percebe o que te digo,
tu que me carregas para cá e para lá em teus dedos e,
tendo fixado a minha efígie em fulvo ouro,
observas o quanto podes o rosto querido do relegado.
Às vezes, enquanto olhas, talvez te ocorra dizer:
"Quão longe de nós está o querido Nasão!".[103]
Tua lealdade me é grata. Mas os poemas são a minha maior imagem,
que te envio para que leias como estão;
poemas que narram as formas mudadas dos homens,[104]
uma obra interrompida pelo exílio infeliz de seu autor.
Eu, triste, prestes a partir, joguei esse poema com a minha própria mão ao
[fogo,
bem como muitos outros dos meus escritos.
E assim como se diz que Téstia queimou o seu filho na forma de um tição[105]

---

sia, ou ao menos de alguns tipos de poesia, em particular a tragédia e a comédia. Para a representação de Baco na poesia latina, SERIGNOLLI 2017.
103. **Nasão:** o agnome de Ovídio (*Publius Ovidius Naso*), que é utilizado em sua obra como persona enunciatária. Sobre esse movimento de plasmar o nome próprio à persona elegíaca, VEYNE 1985.
104. **Formas mudadas:** trata-se das *Metamorfoses*, cujo verso inicial (*in nova fert animus mutatas dicere formas*) é retomado aqui pelo sintagma *mutatas dicentia formas*; tanto no proêmio das *Metamorfoses* como na presente passagem, as "formas mudadas" não deixam de ser uma latinização do título grego *Metamorphoseon*, que literalmente significa "formas mudadas".
105. **Téstia:** Alteia, filha de Téstio e mãe de Meléagro. Quando Meléagro nasceu, uma profecia dizia que a vida do recém-nascido dependia da duração de um tição que ardia no local do nascimento. Com isso, Alteia apagou o fogo e carregou consigo cuidadosamente o tição. No entanto, quando Meléagro matou seus tios durante a caçada ao javali de Calidão, Alteia, para vingar seus irmãos, arremessou o tição ao fogo. Por isso se diz que ela foi melhor irmã do que mãe. O episódio é narrado nas *Metamorfoses* 8.260-525.

Thestias et melior matre fuisse soror,
sic ego non meritos mecum peritura libellos
    imposui rapidis viscera nostra rogis: 20
vel quod eram Musas, ut crimina nostra, perosus,
    vel quod adhuc crescens et rude carmen erat.
quae quoniam non sunt penitus sublata, sed extant
    (pluribus exemplis scripta fuisse reor),
nunc precor ut vivant et non ignava legentem 25
    otia delectent admoneantque mei.
nec tamen illa legi poterunt patienter ab ullo,
    nesciet his summam siquis abesse manum.
ablatum mediis opus est incudibus illud,
    defuit et scriptis ultima lima meis. 30
et veniam pro laude peto, laudatus abunde,
    non fastiditus si tibi, lector, ero.
hos quoque sex versus, in prima fronte libelli
    si praeponendos esse putabis, habe:
'orba parente suo quicumque volumina tangis, 35
    his saltem vestra detur in urbe locus.
quoque magis faveas, haec non sunt edita ab ipso,
    sed quasi de domini funere rapta sui.
quicquid in his igitur vitii rude carmen habebit,
    emendaturus, si licuisset, eram.' 40

VIII

IN caput alta suum labentur ab aequore retro
    flumina, conversis Solque recurret equis:

---

106. **1.8** Endereçado a um amigo que renegou sua amizade, o poema se inicia com um adínaton que manifesta de maneira hiperbólica a incredulidade do poeta diante da postura do destinatário. Em seguida, em uma série de perguntas retóricas, o poeta

e com isso foi melhor irmã do que mãe,
assim arremessei sobre as chamas vorazes os livros inocentes,
minhas vísceras que haveriam de morrer comigo.
Ou porque eu odiava as Musas e os meus poemas,
  ou porque o poema estava, até então, incompleto e inacabado.
Uma vez que os poemas não foram destruídos de todo, mas sobrevivem
  (penso que foram copiados em diversos exemplares),
agora rezo para que vivam e que meus labores poéticos
  deleitem os leitores e os façam lembrar de mim.
E, no entanto, ninguém os lerá pacientemente
  se não souber que a eles falta uma revisão.
Essa obra foi retirada no meio de sua manufatura,
  e faltou aos meus escritos uma última lima.
E peço perdão ao invés de elogio, pois já serei muito elogiado
  se não for um cansaço para ti, leitor.
Considera também estes seis versos, se julgares que devem
  ser inseridos no começo do livro:
"Quem quer que sejas que tocas os volumes órfãos de seu pai,
  que ao menos concedas a eles um lugar em tua Roma.
E para que os aprecies mais, saibas eles não foram editados por seu autor,
  foram antes como que salvos do funeral de seu senhor.
Portanto, o que quer que o inacabado poema tenha de defeito,
  eu haveria de corrigir, se me fosse possível".

8.

Os caudalosos rios correrão até suas fontes, em sentido contrário[106]
  ao mar, e os cavalos do sol regressarão em rota reversa;

---

sugere o que seu colega deveria ter feito; depois o invectiva, explorando o léxico e as imagens iâmbicas de Catulo 30; e conclui com a possibilidade de perdoá-lo, caso ele passe a ajudar o poeta.

terra feret stellas, caelum findetur aratro,
    unda dabit flammas, et dabit ignis aquas:
omnia naturae praepostera legibus ibunt,
    parsque suum mundi nulla tenebit iter: 5
omnia iam fient, fieri quae posse negabant,
    et nihil est, de quo non sit habenda fides.
haec ego vaticinor, quia sum deceptus ab illo,
    laturum misero quem mihi rebar opem.   10
tantane te, fallax, cepere oblivia nostri,
    adflictumque fuit tantus adire timor,
ut neque respiceres, nec solarere iacentem,
    dure, neque exequias prosequerere meas?
illud amicitiae sanctum et venerabile nomen
    re tibi pro vili est sub pedibusque iacet?   15
quid fuit, ingenti prostratum mole sodalem
    visere et alloquio parte levare tuo,
inque meos si non lacrimam demittere casus,
    pauca tamen ficto verba dolore pati,   20
idque, quod ignoti faciunt, vel dicere saltem,
    et vocem populi publicaque ora sequi?
denique lugubres vultus numquamque videndos
    cernere supremo dum licuitque die,
dicendumque semel toto non amplius aevo   25
    accipere, et parili reddere voce 'vale'?
at fecere alii nullo mihi foedere iuncti,
    et lacrimas animi signa dedere sui.
quid, nisi convictu causisque valentibus essem
    temporis et longi vinctus amore tibi?   30

---

107. Nesses quatro dísticos, o adínaton (figura que elenca imagens impossíveis para hiperbolizar a afirmação) tem seu efeito realçado pela sintaxe tortuosa e "antina-

na terra brotarão estrelas, o céu será sulcado por um arado,
  a onda produzirá as chamas, e o fogo produzirá as águas.
Tudo irá contra as leis da natureza,
  e nenhuma parte do mundo terá seu devido lugar;
tudo o que se negava ser possível acontecer acontecerá,
  e não há nada mais em que não se possa acreditar.[107]
Isso eu profetizo, porque fui traído por aquele
  que eu pensava que traria a mim, desgraçado, alguma ajuda.
Tamanhos esquecimentos te tomaram, traidor,
  e tamanho temor tiveste de te aproximar de um coitado,
 de forma que nem sequer olhasses ou consolasses este arruinado,
  nem sequer atendesse aos meus funerais, ó desalmado?
O nome sagrado e venerável da amizade
  está para ti abaixo de teus pés, como coisa reles?
O que custava ter visitado o amigo prostrado por esse golpe tão pesado?
  Ter aliviado um pouco desse golpe com tuas palavras?
E se não ter derramado uma lágrima pelos meus infortúnios,
  ao menos ter proferido umas poucas palavras de dor fingida?[108]
Ou então dizer algumas coisas aleatórias, como fazem os desconhecidos,
  e repetir algumas frases prontas ou provérbios populares?
E, por fim, ter olhado para o meu rosto lúgubre, rosto que nunca mais haveria
  de ser visto, antes do dia minha partida?
E ter recebido um "adeus" que jamais seria repetido em toda
  a eternidade, e ter devolvido com voz parecida esse "adeus"?
Mas isso fizeram outros bem menos ligados a mim,
  choraram como prova de sua tristeza.
Então é assim, como se eu não fosse unido a ti por uma convivência
  de forte afinidade e por um amor de longa data?

---

tural", refletindo o desarranjo da natureza nos elementos elencados.
108. **Dor fingida:** ver nota 89.

quid, nisi tot lusus et tot mea seria nosses,
    tot nossem lusus seriaque ipse tua?
quid, si dumtaxat Romae mihi cognitus esses,
    adscitus totiens in genus omne loci?
cunctane in aequoreos abierunt irrita ventos?   35
    cunctane Lethaeis mersa feruntur aquis?
non ego te genitum placida reor urbe Quirini,
    urbe, meo quae iam non adeunda pede est,
sed scopulis, Ponti quos haec habet ora Sinistri,
    inque feris Scythiae Sarmaticisque iugis: 40
et tua sunt silicis circum praecordia venae,
    et rigidum ferri semina pectus habet:
quaeque tibi quondam tenero ducenda palato
    plena dedit nutrix ubera, tigris erat:
aut mala nostra minus quam nunc aliena putares,   45
    duritiaeque mihi non agerere reus.
sed quoniam accedit fatalibus hoc quoque damnis,
    ut careant numeris tempora prima suis,
effice, peccati ne sim memor huius, et illo
    officium laudem, quo queror, ore tuum.   50

IX
DETVR inoffenso vitae tibi tangere metam,
    qui legis hoc nobis non inimicus opus:

---

109. **Lete:** um dos cinco rios do submundo; aqueles que bebiam de suas águas esqueciam completamente todas as suas vidas pregressas e, por isso, o rio é usado como metáfora para o esquecimento.
110. **Cidade de Quirino:** Roma; Quirino, deus romano arcaico da cidade e da guerra, depois identificado com Jano e também com Rômulo, passou a simbolizar o estado de Roma e seu poder. A afirmação do poeta, de não acreditar que seu inimigo seja romano, corresponde a dizer que este seja selvagem, bárbaro e incivilizado, o que é corroborado nos versos seguintes.
111. **Ponto sinistro:** ver nota 42.

Então é assim, como se não soubesses todas as minhas alegrias e todas as
[minhas chateações,
  e eu não soubesse todas as tuas alegrias e todas as tuas chateações?
Então é assim, como se me conhecesses somente em Roma,
  tendo me encontrado em toda parte e em todos os lugares?
Foi tudo isso em vão, soprado aos ventos do mar?
  Foi tudo isso lavado, levado pelas águas do Lete?[109]
Não acredito que foste gerado na plácida cidade de Quirino,[110]
  cidade que não pode ser pisada por meus pés,
mas pelos penedos que esses litorais do Ponto sinistro possuem,[111]
  ou mesmo pelas cordilheiras ferozes da Cítia e da Sarmácia.[112]
E tuas veias ao redor do coração são de granito,
  e teu peito insensível tem sementes de ferro;
e quem te amamentou outrora, que ofereceu úberes cheios
  à tua tenra boquinha, foi uma tigresa.
Ou então não pensarias que minhas desgraças não têm nada que ver contigo,
  nem suportarias ser por mim acusado de insensibilidade.
Mas já que também isso se somou às minhas desgraças fatais,
  que meus anos finais não te tenham como amigo,[113]
faz com que eu não me lembre desse teu pecado,
  e que eu louve, pela mesma voz que lamento, o teu auxílio.

9.

Que te seja concedido alcançar incólume a tua meta de vida,[114]
  tu que lês minha obra, tu que não és meu inimigo.

---

112. **Cítia:** ver nota 59. **Sarmácia:** ver nota 114.
113. Sigo para a tradução desse verso a sugestão de RITCHIE 1995: 512, *ut carent numeris tempora summa suis*, que substitui *summa* por *prima*, presente nas demais edições.
114. **1.9** O poema é endereçado a um amigo célebre na arte oratória; o aspecto epistolar só se mostra mais para frente, após um extenso arrazoado, que simula um discurso filosófico, sobre a amizade sincera e a amizade interesseira. Sendo esta a mais comum, o poeta adverte a seu amigo que se acautele, ao mesmo tempo em que deseja que a fortuna e o status estejam-lhe sempre presentes, garantindo assim também a constância de suas amizades.

atque utinam pro te possint mea vota valere,
   quae pro me duros non tetigere deos!
donec eris sospes, multos numerabis amicos: 5
   tempora si fuerint nubila, solus eris.
aspicis, ut veniant ad candida tecta columbae,
   accipiat nullas sordida turris aves.
horrea formicae tendunt ad inania numquam:
   nullus ad amissas ibit amicus opes. 10
utque comes radios per solis euntibus umbra est,
   cum latet hic pressus nubibus, illa fugit,
mobile sic sequitur Fortunae lumina vulgus:
   quae simul inducta nocte teguntur, abit.
haec precor ut semper possint tibi falsa videri: 15
   sunt tamen eventu vera fatenda meo.
dum stetimus, turbae quantum satis esset, habebat
   nota quidem sed non ambitiosa domus.
at simul inpulsa est, omnes timuere ruinam,
   cautaque communi terga dedere fugae. 20
saeva neque admiror metuunt si fulmina, quorum
   ignibus adflari proxima quaeque solent.
sed tamen in duris remanentem rebus amicum
   quamlibet inviso Caesar in hoste probat,
nec solet irasci (neque enim moderatior alter) 25
   cum quis in adversis, siquid amavit, amat.
de comite Argolici postquam cognovit Orestae
   narratur Pyladen ipse probasse Thoas.

---

115. **César:** ver nota 6.
116. **Orestes da Argólida:** ver nota 77. O "companheiro" mencionado aqui é Pílades.

E que meus votos possam ser-te úteis,
  pois em meu favor eles não comoveram os duros deuses!
Enquanto fores próspero, contarás muitos amigos;
  se os tempos forem nebulosos, estarás sozinho.
Vês como as pombas pousam nos brancos telhados,
  enquanto uma torre suja não recebe ave alguma.
As formigas nunca rumam para um celeiro vazio;
  nenhum amigo visita quem tudo perdeu.
Assim como a sombra é companheira daqueles que caminham sob os raios
                                                              [do sol,
  mas foge quando o sol fica escondido atrás das nuvens,
assim o povo instável segue a luz do destino;
  tão logo a luz é consumida pela noite, as pessoas se afastam.
Rezo para que isso possa sempre parecer-te falso;
  porém isso pode ser testemunhado como verdadeiro pelo que ocorreu
                                                              [comigo.
Enquanto eu estava bem, a minha casa, famosa, mas não ambiciosa,
  era frequentada por uma grande multidão.
Mas assim que ela foi golpeada, todos temeram que ruísse,
  e, dando de costas, fugiram todos juntos.
Não me espanto que temam os raios cruéis, cujo
  fogo costuma queimar quem quer que esteja por perto;
César aprova mesmo no mais hostil dos inimigos[115]
  um amigo leal nas adversidades,
e não costuma irritar-se (pois ninguém é mais moderado que ele)
  com quem, se amava antes, continua amando na dificuldade.
Depois de saber acerca do companheiro de Orestes da Argólida,[116]
  dizem que até mesmo o Toante o aprovou.[117]

---

117. **Toante**: epíteto de Júpiter, aquele que faz toar o trovão.

quae fuit Actoridae cum magno semper Achille,
   laudari solita est Hectoris ore fides. 30
quod pius ad Manes Theseus comes iret amico,
   Tartareum dicunt indoluisse deum.
Euryali Nisique fide tibi, Turne, relata
   credibile est lacrimis inmaduisse genas.
est etiam miseris pietas, et in hoste probatur. 35
   ei mihi, quam paucos haec mea dicta movent!
is status, haec rerum nunc est fortuna mearum,
   debeat ut lacrimis nullus adesse modus.
at mea sunt, proprio quamvis maestissima casu,
   pectora processu facta serena tuo. 40
hoc eventurum iam tunc, carissime, vidi,
   ferret adhuc ista cum minus aura ratem.
sive aliquod morum seu vitae labe carentis
   est pretium, nemo pluris emendus erat:
sive per ingenuas aliquis caput extulit artes, 45
   quaelibet eloquio fit bona causa tuo.
his ego commotus dixi tibi protinus ipsi
   'scaena manet dotes grandis, amice, tuas.'
haec mihi non ovium fibrae tonitrusve sinistri,
   linguave servatae pennave dixit avis: 50
augurium ratio est et coniectura futuri:
   hac divinavi notitiamque tuli.

118. **Actórida:** Pátroclo, neto de Actor, personagem da *Ilíada* de Homero e célebre por sua amizade com Aquiles. **Aquiles:** personagem da *Ilíada* de Homero, cuja amizade com Pátroclo é empregada por Ovídio como exemplo nesta passagem e em diversas outras ao longo das *Tristezas*.
119. **Heitor:** personagem da *Ilíada* de Homero, troiano e, portanto, inimigo de Pátroclo e Aquiles; na narrativa homérica, Heitor mata Pátroclo acreditando ser Aquiles, e posteriormente Aquiles vinga a morte de Pátroclo ao matar Heitor.
120. **Teseu:** ver nota 60; o amigo mencionado aqui é Pirítoo. **Manes:** aqui, na acepção de almas mortas e, por metonímia, o inferno; ver nota 329.
121. **Deus do Tártaro:** Plutão ou Dite; o Tártaro é uma das regiões do inferno, onde

A lealdade do Actórida sempre junto ao grande Aquiles[118]
costumava ser louvada pelos lábios de Heitor.[119]
Quando o leal Teseu acompanhou o amigo até os Manes,[120]
dizem que o deus do Tártaro se comoveu.[121]
Quando a lealdade de Niso e Euríalo te foi relatada, Turno,[122]
é possível que tenhas molhado a face com lágrimas.
Há também lealdade entre os infelizes, e isso se aprova nos inimigos.
Ai de mim! Quão poucos essas minhas palavras convencem!
Tal é meu estado, tal é a condição da minha situação,
que minhas lágrimas deveriam ser infinitas.
Contudo, ainda que meu estado seja o mais triste possível,
meu coração se tornou sereno pelo teu apoio.
Eu previ, caríssimo, que isso iria acontecer, já quando
pequenos ventos conduziam essa tua nau até aqui;
se há algum prêmio para uma vida de caráter ou desprovida
de mácula, serias o maior merecedor;
ou se alguém alcançou o topo por meio das artes,[123]
qualquer causa se torna boa se for defendida por ti.
Eu, convencido disso, certa vez te disse que
um palco grandioso aguarda tuas habilidades, meu amigo.
Isso não me relataram as entranhas de um cordeiro ou uma trovoada à
[esquerda,
ou o canto ou a plumagem de uma ave avistada;
meu augúrio e minha conjectura do futuro é a razão:
por meio da razão eu adivinhei e obtive esse conhecimento.

    são punidos os crimes cometidos em vida. Ovídio diz, ironicamente, que Plutão se comoveu da lealdade de Teseu pelo seu amigo Pirítoo, acompanhando-o ao mundo dos mortos, quando Pirítoo desejara tomar para si como esposa a deusa Prosérpina, cônjuge de Plutão.
122. **Niso, Euríalo, Turno:** personagens da *Eneida* de Virgílio; Niso e Euríalo são célebres por sua devoção mútua (*Eneida* 9.176ss), e aparecem ao longo das *Tristezas* como exemplo de lealdade; Turno, chefe dos rútulos, é inimigo dos dois, que lutavam ao lado de Eneias.
123. **Artes:** no original, *ingenuas artes*, ou seja, as artes liberais; aqui, a expressão parece ser usada metonimicamente para a arte oratória.

quae quoniam vera est, tota tibi mente mihique
    gratulor, ingenium non latuisse tuum.
at nostrum tenebris utinam latuisset in imis!   55
    expediit studio lumen abesse meo.
utque tibi prosunt artes, facunde, severae,
    dissimiles illis sic nocuere mihi.
vita tamen tibi nota mea est. scis artibus illis
    auctoris mores abstinuisse sui: 60
scis vetus hoc iuveni lusum mihi carmen, et istos,
    ut non laudandos, sic tamen esse iocos.
ergo ut defendi nullo mea posse colore,
    sic excusari crimina posse puto.
qua potes, excusa, nec amici desere causam: 65
    qua bene coepisti, sic bene semper eas.

X

EST mihi sitque, precor, flavae tutela Minervae,
    navis et a picta casside nomen habet.
sive opus est velis, minimam bene currit ad auram
    sive opus est remo, remige carpit iter.
nec comites volucri contenta est vincere cursu,   5
    occupat egressas quamlibet ante rates,
et pariter fluctus ferit atque silientia longe

---

124. **Artes sérias** e **artes jocosas:** as expressões opõem a oratória e a poética, respectivamente.
125. **Antigo poema:** a *Arte de Amar*; ver nota 10.
126. **1.10** Neste poema, Ovídio descreve parte do caminho que ele teria percorrido em direção ao exílio, desde Corinto até a ilha da Samotrácia. A comitiva de exílio é composta de dois navios, que diante do Helesponto (hoje Estreito de Dardanelos) se separam para traçar duas rotas distintas: um dos navios irá cruzar o Helesponto e adentrar ao Mar de Mármara, enquanto o outro navio, em que estaria Ovídio, faz uma parada na Samotrácia para depois aportar na Bistônia (região

Se isso é mesmo verdade, com toda minha alma felicito
    a ti e a mim, pelo fato de teu talento não ter se apagado.
Mas pudera o meu talento ter se apagado nas mais profundas trevas!
    Teria sido melhor que faltasse luz ao meu engenho.
Assim como as artes sérias te foram úteis, ó eloquente!,
    o mesmo tanto artes jocosas me arruinaram.[124]
Contudo, a minha vida é conhecida por ti. Sabes que dessas artes
    o caráter do autor se abstém.
Sabes que esse antigo poema era uma brincadeira da minha juventude,[125]
    e ainda que não deva ser louvado, é somente mera diversão.
Portanto, penso que assim como meus crimes não podem ser defendidos
    por brilho algum, eles podem ao menos ser perdoados.
Na medida do possível, intercede por esse perdão e não abandones a causa
                                                    [de um amigo.
    Naquilo que bem começaste, caminhes sempre bem.

10.

Eu tenho e tomara que tenha sempre a proteção da loira Minerva,[126]
    e o navio leva seu nome no elmo talhado.[127]
Se precisamos de velas, a nau corre bem com mínima brisa,
    se precisamos de remo, com remo talha-se o caminho.
A embarcação não se contenta em vencer as companheiras em sua corrida
                                                    [veloz,
    ultrapassa qualquer navio que tenha lhe saído à frente,
e cruza ao mesmo tempo as ondas e as vagas marítimas,

---

que compreende os atuais territórios da parte europeia da Turquia e do sul da Bulgária), por onde Ovídio deseja viajar a pé, por terra. A posição das cidades e dos habitantes mencionados não é de todo acurada geograficamente, cedendo à construção retórica da viagem errática aos moldes dos trajetos de Ulisses na *Odisseia* de Homero e de Eneias na *Eneida* de Virgílio. O poema conclui com uma oração aos deuses gêmeos Cástor e Pólux para que abençoem a viagem de cada um dos navios. **Minerva:** ver nota 87.

127. Ver nota 69.

aequora, nec saevis victa madescit aquis.
illa, Corinthiacis primum mihi cognita Cenchreis,
    fida manet trepidae duxque comesque fugae,   10
perque tot eventus et iniquis concita ventis
    aequora Palladio numine tuta fuit.
nunc quoque tuta, precor, vasti secet ostia Ponti,
    quasque petit, Getici litoris intret aquas.
quae simul Aeoliae mare me deduxit in Helles,   15
    et longum tenui limite fecit iter,
fleximus in laevum cursus, et ab Hectoris urbe
    venimus ad portus, Imbria terra, tuos.
inde, levi vento Zerynthia litora nacta,
    Threiciam tetigit fessa carina Samon.   20
saltus ab hac contra brevis est Tempyra petenti:
    hac dominum tenus est illa secuta suum.
nam mihi Bistonios placuit pede carpere campos:
    Hellespontiacas illa relegit aquas,
Dardaniamque petit, auctoris nomen habentem,   25
    et te ruricola, Lampsace, tuta deo,
quodque per angustas vectae male virginis undas
    Seston Abydena separat urbe fretum,

---

128. **Mar Euxino:** o mar Negro; ver nota 42.
129. **Helesponto:** hoje Estreito de Dardanelos, que liga o Mar Egeu ao Mar de Mármara, separando os continentes europeu e asiático; o nome significa "mar de Hele"; ver nota 411.
130. **Tênue estrada:** o mar; há aqui uma oposição de termos metapoéticos da estética calimaquiana: longo (o tipo de livro a ser evitado) e tênue (o ideal).
131. **Cidade de Heitor:** Troia, ou Pérgamo, na costa leste do que hoje é Turquia.
132. **Ilha de Imbros:** hoje denominada Gökçeada, ilha no Mar Egeu, próxima à entrada do Helesponto.
133. **Litorais zeríntios:** Zeríntia ou Zerínto é o nome atribuído a uma caverna onde se cultuava a deusa Hécate, na Samotrácia.
134. **Samotrácia:** ilha grega ao norte do Mar Egeu.
135. **Tempira:** cidade no litoral sul da Trácia; é aqui que Ovídio toca terras continentais, para percorrer por terra parte do trajeto rumo a Tomis.

e não se rende vencida às águas ferozes.

Ela foi primeiro me apresentada no porto de Crenceia em Corinto,
e permanece fiel guia e companheira de minha perigosa jornada,
e, sob o nome de Palas, foi sempre segura através
de tantas aventuras e águas fustigadas por ventos hostis.
Agora também, tomara, com segurança cruze a entrada do vasto Mar Euxino,[128]
e adentre as águas que almeja do litoral gético.

Quando ela me deixou no mar do Helesponto,[129]
e prosseguiu seu longo caminho pela tênue estrada,[130]
eu tomei a rota à esquerda, e saindo da cidade de Heitor,[131]
cheguei a teus portos, ilha de Imbros.[132]
Então, tendo resvalado os litorais zeríntios com suave brisa,[133]
o barco exausto alcançou a Samotrácia.[134]

Daqui, é um pequeno salto para quem busca Tempira na costa oposta;[135]
aqui finalmente o barco obedeceu a seu comandante.

Pois era meu desejo percorrer a pé os campos bistônios;[136]
o barco deixou as águas do Helesponto
em direção à Dardânia, que tem o nome de seu fundador,[137]
e a ti, Lâmpsaco, protegida pelo deus rural,[138]
e onde através das águas estreitas da jovem arrastada[139]
mal se separa o mar de Sesto da cidade de Abidos;[140]

136. **Campos bistônios:** Bistônia pode ter sido uma cidade da Trácia, mas também era um nome alternativo para toda a região trácia, que hoje corresponde ao território da Bulgária e partes de Turquia e Grécia.
137. **Dardânia:** cidade localizada no Monte Ida, próxima ao Helesponto, fundada por Dárdano; por sua proximidade geográfica de Troia, o nome é muitas vezes usado como seu sinônimo.
138. **Lâmpsaco:** cidade localizada um pouco ao norte de Troia, no lado oriental do Helesponto. **Deus rural:** trata-se de Priapo, deus associado ao falo, à fertilidade, aos campos e jardins (cf. OLIVA NETO 2006); era o deus patrono de Lâmpsaco.
139. **Jovem arrastada:** Hele, que caiu no estreito do Helesponto (que leva o nome justamente por isso) quando fugia com seu irmão no cordeiro alado; ver nota 411.
140. **Sesto** e **Abidos:** cidades gregas que se situavam às margens do Helesponto, na altura em que a extensão da água é a mais curta do estreito; Sesto ficava na margem ocidental e Abidos na oriental.

inque Propontiacis haerentem Cyzicon oris,
    Cyzicon, Haemoniae nobile gentis opus, 30
quaeque tenent Ponti Byzantia litora fauces:
    hic locus est gemini ianua vasta maris.
haec, precor, evincat, propulsaque fortibus Austris
    transeat instabilis strenua Cyaneas
Thyniacosque sinus, et ab his per Apollinis urbem 35
    arta sub Anchiali moenia tendat iter.
inde Mesembriacos portus et Odeson et arces
    praetereat dictas nomine, Bacche, tuo,
et quos Alcathoi memorant e moenibus ortos
    sedibus his profugos constituisse Larem. 40
a quibus adveniat Miletida sospes ad urbem,
    offensi quo me detulit ira dei.
haec si contigerint, meritae cadet agna Minervae:
    non facit ad nostras hostia maior opes.
vos quoque, Tyndaridae, quos haec colit insula, fratres, 45
    mite precor duplici numen adesse viae.
altera namque parat Symplegadas ire per artas,
    scindere Bistonias altera puppis aquas.
vos facite ut ventos, loca cum diversa petamus,
    illa suos habeat, nec minus illa suos. 50

141. **Cízico:** cidade localizada no norte da Anatólia, onde hoje é a província turca de Balikesir, na costa sul do Mar de Mármara.
142. **Austros:** ventos do sul.
143. **Cianeias:** ou também Simplégades, na geografia mítica dos Argonautas, eram dois rochedos que flutuavam e se entrechocavam aleatoriamente, constituindo-se um desafio extremo para os navios passarem ilesos; ficavam nas proximidades do Bósforo, e aqui Ovídio usa o termo como metonímia geográfica para a região que ele atravessa.
144. **Baía de Tínia:** a região da costa norte do Mar de Mármara, oposta à região sul chamada Bitínia. **Cidade de Apolo:** provavelmente trata-se de Apolônia (também referida como Apolônia do Ponto), cidade localizada na Trácia, hoje Sozopol, na Bulgária.

E então em direção a Cízico, que se une aos litorais do mar de Mármara,[141]
Cízico, nobre obra do povo da Hemônia,
e em direção às costas bizantinas, que têm as gargantas para o Mar Euxino;
este lugar é um portão imenso entre os dois mares.
Que tudo isso, eu rezo, o barco supere, levado por fortes Austros,[142]
que percorra inabalável as instáveis Cianeias[143]
e a baía da Tínia, e daí pela cidade de Apolo[144]
siga seu caminho junto às muralhas estreitas de Anquíalo.[145]
Então, que ultrapasse o porto de Messêmbria, e Odessa, e as fortalezas[146]
que levam teu nome, Baco,[147]
e aqueles locais onde, dizem, os exilados das muralhas de Alcátoo,
fundando uma nova casa, constituíram seu lar.[148]
Daí, que chegue em segurança à cidade milesiana,[149]
para onde me arrastou a ira do deus ofendido.
Se isso assim se passar, uma ovelha será sacrificada à merecedora Minerva;
meus recursos não permitirão um sacrifício maior.
Vós também, irmãos tindáridas, que esta ilha cultua,[150]
rezo para que estejais presentes com benéfico nume em nosso caminho
[dúplice!
Pois uma das naus se prepara para cruzar os estreitos das Simplégades,[151]
e a outra para cindir as águas bistônias.
Embora percorramos caminhos diversos, fazei com que os ventos
sejam favoráveis para ambos os grupos.

---

145. **Anquíalo:** cidade localizada na costa ocidental do Mar Negro.
146. **Messêmbria** e **Odessa:** cidades localizadas na costa ocidental do Mar Negro.
147. **Fortalezas que levam o nome de Baco:** talvez se trate de Dionisópolis, cidade localizada na costa ocidental do Mar Negro, hoje Balchik, na Bulgária.
148. **Seu lar:** Cálatis (hoje Mangalia, na Romênia), cidade colônia de gregos dóricos que saíram de Heracleia; aqui, Ovídio parece aludir a uma ligação mitológica desses colonos com Mégara, onde reinara Alcátoo, filho de Pélops.
149. **Cidade milesiana:** Tomis, colônia de Mileto.
150. **Irmãos tindáridas:** Cástor e Pólux, filhos de Leda com Tíndaro e Zeus, respectivamente; eram cultuados em diversos lugares, inclusive na Samotrácia ("esta ilha").
151. **Simplégades:** ver nota 143.

XI

LITTERA quaecumque est toto tibi lecta libello,
    est mihi sollicito tempore facta viae.
aut haec me, gelido tremerem cum mense Decembri,
    scribentem mediis Hadria vidit aquis:
aut, postquam bimarem cursu superavimus Isthmon,   5
    alteraque est nostrae sumpta carina fugae,
quod facerem versus inter fera murmura ponti,
    Cycladas Aegaeas obstipuisse puto.
ipse ego nunc miror tantis animique marisque
    fluctibus ingenium non cecidisse meum.   10
seu stupor huic studio sive est insania nomen,
    omnis ab hac cura cura levata mea est.
saepe ego nimbosis dubius iactabar ab Haedis,
    saepe minax Steropes sidere pontus erat,
fuscabatque diem custos Atlantidos Vrsae,   15
    aut Hyadas seris hauserat Auster aquis:
saepe maris pars intus erat; tamen ipse trementi
    carmina ducebam qualiacumque manu.

---

152. **1.11** Após ter percorrido parte de seu trajeto por terra, Ovídio volta a embarcar, já na costa do Mar Negro, rumo a Tomis. O poema, à guisa de conclusão do Livro 1, sintetiza os tormentos passados na viagem e retoma, de forma condensada, imagens dos dez primeiros poemas. O poeta se admira que tenha conseguido compor poesia em meio a tamanhas adversidades, e solicita ao leitor indulgência pela qualidade de sua obra. Ao concluir o poema e o livro, ele ora para que a tempestade que fustiga seu barco conclua também sua obra, indicando que a matéria da viagem e suas desventuras tem seu desfecho com o Livro 1. **Livrinho:** ver nota 1.
153. **Istmo dos dois mares:** refere-se à faixa de terra que separa o Mar Negro do Mar de Mármara.
154. **Cíclades egeias:** conjunto de ilhas gregas no Mar Egeu, aqui personificadas, espantando-se de que Ovídio conseguia compor poesia durante uma viagem tão atribulada.
155. **Aurigas chuvosas:** no original, *Haedi*, lit. "Cabritos", nome atribuído a uma dupla de estrelas, que na astronomia atual são chamadas de Zeta Aurigae e Eta Aurigae. A relação das estrelas com as chuvas é motivada pela medição das estações do ano em função da posição das constelações; aqui e nas imagens subsequentes, atesta-se o período de novembro e dezembro, usualmente chuvoso na região mediterrânea, para a viagem marítima de Ovídio.

11.

Qualquer letra que tenha sido lida por ti em todo este livrinho,[152]
foi escrita por mim durante o período atribulado de minha viagem.
O Mar Adriático me viu escrevendo em meio às suas águas,
quando eu tremia sob gélido mês de dezembro;
e depois que atravessamos o Istmo dos dois mares,[153]
e subi em outro navio em minha viagem de exílio,
as Cíclades egeias devem ter se admirado (imagino)[154]
de que eu compunha versos entre os ferozes ruídos do mar.
Eu mesmo agora me admiro de que entre tantos tormentos
de minha alma e do mar meu talento não tenha arrefecido.
Seja estupor ou loucura o nome dessa atividade,
com tal mal todo meu mal foi aliviado.
Várias vezes, temeroso, me sacudiam as Aurigas chuvosas,[155]
várias vezes a ameaçadora Estérope, com sua luz, estava no mar,[156]
e o guardião da Ursa azânida ofuscava o dia,[157]
ou o Austro esgotava as Híades com as águas outonais;[158]
várias vezes parte do mar estava dentro do barco, mas mesmo assim, com
[a mão
trêmula, eu continuava a escrever poemas quaisquer.

---

156. **Estérope:** designação para uma estrela ou conjunto de duas estrelas que integram a constelação das Plêiades; a menção à estrela no mar alude a sua posição na linha do horizonte.

157. **Guardião da Ursa azânida:** trata-se da constelação de Bootes, ou Boieiro; "azânida" é gentílico de *Azanis*, um outro nome para Arcádia (ou para uma região desta), evocando aqui o mito de Calisto, uma ninfa da Arcádia transformada em ursa e posteriormente na constelação da Ursa Maior. Cf. HEYWORTH 2019: 218. O episódio de Calisto é retratado nas *Metamorfoses* 2. 401-530. Seguimos aqui a lição de WHEELER 1924, *Azanidos*, e não a de OWEN 1915, *Atlantidos*, que remeteria a uma versão do mito em que Calisto é descendente de Atlas, versão não seguida por Ovídio em outras passagens das *Tristezas* nem nos *Fastos*. A sugestão de SALMON 1935: 128, *Erymanthidos*, não parece viável por questões métricas. A discussão filológica sobre a passagem é sintetizada por DIGGLE 1980: 412, que conclui a favor de *Azanidos*.

158. **Austro:** o vento sul. **Híades:** conjunto de estrelas que integram a constelação de Touro.

nunc quoque contenti stridunt Aquilone rudentes,
   inque modum tumuli concava surgit aqua.   20
ipse gubernator tollens ad sidera palmas
   exposcit votis, inmemor artis, opem.
quocumque aspexi, nihil est nisi mortis imago,
   quam dubia timeo mente timensque precor.
attigero portum, portu terrebor ab ipso: 25
   plus habet infesta terra timoris aqua.
nam simul insidiis hominum pelagique laboro,
   et faciunt geminos ensis et unda metus.
ille meo vereor ne speret sanguine praedam,
   haec titulum nostrae mortis habere velit.   30
barbara pars laeva est avidaeque adsueta rapinae,
   quam cruor et caedes bellaque semper habent.
cumque sit hibernis agitatum fluctibus aequor,
   pectora sunt ipso turbidiora mari.
quo magis his debes ignoscere, candide lector,   35
   si spe sunt, ut sunt, inferiora tua.
non haec in nostris, ut quondam, scripsimus hortis,
   nec, consuete, meum, lectule, corpus habes.
iactor in indomito brumali luce profundo
   ipsaque caeruleis charta feritur aquis.   40
improba pugnat hiems indignaturque quod ausim
   scribere se rigidas incutiente minas.
vincat hiems hominem; sed eodem tempore, quaeso,
   ipse modum statuam carminis, illa sui.

---

159. **Aquilão:** o vento norte, o mesmo que Bóreas.

Agora também as cordas tesas estalam com o Aquilão,[159]
e a água côncava se ergue como uma montanha.
O próprio timoneiro, erguendo as mãos ao céu,
implora ajuda com orações, esquecido de sua técnica.
Para onde quer que eu olhe, nada há senão a imagem da morte,
que temo com mente temorosa e, temendo, rezo.
Se eu alcançar um porto, com este porto ficarei aterrorizado;
a terra tem mais temores que a água infesta.
Pois sofro ao mesmo tempo as insídias do mar e dos homens,
e a espada e a onda produzem o mesmo medo.
Temo que a espada espere um espólio com o meu sangue,
e a onda queira ganhar um nome eterno com minha morte.
A margem esquerda é selvagem e acostumada à ávida rapina,
sempre tomada por sangue e mortes e guerras;
e ainda que o pélago seja agitado pelas ondas invernais,
meu coração está mais agitado que o próprio mar.
Por isso, benévolo leitor, deves escusar mais ainda estes poemas,
se forem inferiores, como de fato o são, às tuas expectativas.
Não os escrevi, como outrora, em meus jardins,
nem, ó costumeiro sofá, susténs o meu corpo;
Sou sacudido em um dia de inverno nas profundezas selvagens
e até o papel é ferido pelas águas azuis.[160]
A tempestade maldosa luta e se indigna de que eu ouse
escrever enquanto ela brande ameaças terríveis.
Que a tempestade vença o homem! Porém, rezo: ao mesmo tempo em que
eu termine este poema, que a tempestade termine o seu.

---

160. **Azuis:** no original, *caeruleus*, lit. "da cor do céu", significando aqui azul marinho, azul escuro.

Liber Secvndvs

Livro 2

I

QVID mihi vobiscum est, infelix cura, libelli,
    ingenio perii qui miser ipse meo?
cur modo damnatas repeto, mea crimina, Musas?
    an semel est poenam commeruisse parum ?
carmina fecerunt, ut me cognoscere vellet   5
    omine non fausto femina virque meo:
carmina fecerunt, ut me moresque notaret
    iam demi iussa Caesar ab Arte meos.
deme mihi studium, vitae quoque crimina demes;
    acceptum refero versibus esse nocens.   10

161. **2** Ao contrário dos demais livros da coleção, que são divididos em diversos poemas, o Livro 2 se apresenta como um poema único e extenso, configurando-se como uma argumentação retórica em defesa da *Arte de Amar*. O livro começa amaldiçoando a poesia, tida como culpada do exílio, ao mesmo tempo em que se coloca como uma tentativa de cura, uma espécie de tratado sobre a poesia erótica para contrabalancear e desculpar a poesia erótica. O poeta apela para a clemência de Augusto, enumerando provas de que sempre o apoiou, e defende o seu próprio caráter, sua carreira e suas ações na vida pública. Em seguida, ele expõe a esperança pela revogação do exílio ou ao menos pela mudança para um local menos bárbaro, e se prolonga em bênçãos e elogios sobre a família imperial (a esposa e os descendentes de Augusto). Após colocar em xeque o julgamento do imperador sobre a *Arte*, argumentando que ele não teria tido tempo para ler o poema estando ocupado com assuntos mais sérios, Ovídio se põe a teorizar sobre a licenciosidade na arte em geral, afirmando que a malícia está muito mais no caráter do leitor/espectador do que no produto artístico em si, e disso são citados exemplos da escultura e da arquitetura, muitos deles financiados ou encomendados pelo próprio Augusto. Há então uma *recusatio*, que opõe o gênero épico ao elegíaco, e explora as razões pelas quais Ovídio, mesmo tendo tentado, não conseguiu se dedicar à épica e, por conseguinte, só lhe coube compor elegias. Disso, advém um extenso catálogo de autores gregos e latinos, pelo qual Ovídio procura mostrar que, no fundo, todo autor e todo gênero têm algo de erótico, e nem por isso esses autores foram censurados. Ao catálogo de autores segue o catálogo de jogos de azar, e depois o de artes cênicas e o de pinturas, sempre evocados na mesma chave: as obras não contêm o mal, o mal está

1

Livrinhos, diligência lastimosa, o que eu tenho a ver convosco?[161]
Eu que, infeliz, causei minha ruína com meu próprio engenho?
Por que retorno às Musas amaldiçoadas, meus crimes?
Acaso um castigo bem merecido já não é suficiente?
Meus poemas fizeram com que toda mulher e todo homem
quisesse me conhecer, mas isso não foi um bom sinal.
Meus poemas fizeram com que César me censurasse, e censurasse meu
[caráter,[162]
por causa da Arte, que só então se tornou proscrita.[163]
Retira de mim a poesia, retirarás também os crimes da minha vida;
acuso de ter sido ultrajado pelos meus versos.

em quem as vê. Por fim, aos moldes da argumentação retórica, há uma peroração sintetizando e retomando todas as partes do poema. É digno de nota que o Livro 2 esteja repleto de referências à *Arte de Amar*, desde as mais explícitas como citações textuais, até as mais sutis, como a menção de esculturas ou cenas pintadas que compõem as imagens da *Arte*; dessa forma, o livro se coloca como um espelho e um complemento ao tratado erotodidático. Sobre o poema como um todo, CICCARELLI 2003 e INGLEHEART 2010 oferecem comentários abrangentes; na chave da questão metapoética, AVELLAR 2019 é um estudo fundamental. **Livrinhos:** ver nota 1. **Diligência lastimosa:** no original, *infelix cura*; o vocábulo *cura* tem sentido ambíguo, englobando tanto a ideia de zelo, esmero, diligência com que o poeta alexandrino (e por extensão o latino) se aplica à poesia, como a ideia de preocupação, consideração, uma certa "obsessão" no pensar, que se aplica também ao contexto específico da inquietação erótica; essa ambiguidade já havia sido explorada por Horácio na *Arte Poética* 85, com o sintagma *iuuenum curas*. Cf. CICCARELLI 2003: 30.

162. **César:** ver nota 6.
163. Sigo para a tradução desse verso a sugestão de TRAILL 1992: 502 (*tum demum invisa Caesar ab arte mea*) ao invés da de OWEN 1915 (*iam demi iussa Caesar ab Arte meos*), decorrente da hipótese de Ehwald, diante do estado altamente corrompido de todos os manuscritos na passagem. A ideia expressa pelo dístico, seguindo a leitura de TRAILL 1992, é de que o imperador só veio a desgostar da *Arte* e consequentemente exilar Ovídio muito tempo (oito anos) após sua publicação, ironizando o conhecimento real que o imperador poderia ter tido acerca do conteúdo do poema. **Arte:** trata-se da *Arte de Amar*; ver nota 10.

hoc pretium curae vigilatorumque laborum
    cepimus: ingenio est poena reperta meo.
si saperem, doctas odissem iure sorores,
    numina cultori perniciosa suo.
at nunc (tanta meo comes est insania morbo) 15
    saxa malum refero rursus ad ista pedem:
scilicet ut victus repetit gladiator harenam,
    et redit in tumidas naufraga puppis aquas.
forsitan ut quondam Teuthrantia regna tenenti,
    sic mihi res eadem vulnus opemque feret, 20
Musaque, quam movit, motam quoque leniet iram:
    exorant magnos carmina saepe deos.
ipse quoque Ausonias Caesar matresque nurusque
    carmina turrigerae dicere iussit Opi:
iusserat et Phoebo dici, quo tempore ludos 25
    fecit, quos aetas aspicit una semel.
his precor exemplis tua nunc, mitissime Caesar,
    fiat ab ingenio mollior ira meo.
illa quidem iusta est, nec me meruisse negabo:
    non adeo nostro fugit ab ore pudor. 30
sed nisi peccassem, quid tu concedere posses?
    materiam veniae sors tibi nostra dedit.
si, quotiens peccant homines, sua fulmina mittat
    Iuppiter, exiguo tempore inermis erit;
nunc ubi detonuit strepituque exterruit orbem, 35

---

164. **Doutas irmãs:** as Musas; o adjetivo *doctas* tem implicação metapoética, e a expressão retoma Catulo 65.2 (*doctis virginibus*), poema elegíaco de função programática.
165. **Senhor do reino da Teutrânia:** Télefo, filho de Hércules e adotado por Teutras, rei da Mísia (também chamada Teutrânia), a quem ele sucedeu. Foi ferido pela lança de Aquiles quando os gregos passavam pela Mísia a caminho de Troia, e sua ferida ficou aberta até ser tocada novamente pela lança de Aquiles. É um personagem frequentemente referido na poesia augustana (Horácio, *Epodos* 17.8-10; Propércio 2.1.63-64; Ovídio, *A Cura do Amor* 44; *Metamorfoses* 12.112) estando sempre associado a esse aspecto de ser curado pelo mesmo mal que o feriu. Ovídio coloca aqui a poesia como a causa de seu exílio e sofrimento ao mesmo tempo que pode oferecer a

Recebi esse prêmio pela minha diligência e árduo labor:
um castigo foi encontrado para meu talento.
Se eu soubesse, seguramente odiaria as doutas irmãs,[164]
divindades nocivas a quem as cultua.
Mas agora, tamanha é a loucura que acompanha minha doença,
que retorno novamente meu pé amaldiçoado à pedra que se lançou contra
[mim.
Sem dúvida, sou como o gladiador derrotado que volta à arena,
ou o náufrago que retorna com seu navio às águas bravias.
Talvez, assim como foi outrora com o senhor do reino da Teutrânia,[165]
também comigo a mesma coisa sirva de ferida e de remédio,
e a Musa que causou o ódio possa também apaziguá-lo;
muitas vezes, os poemas comovem os grandes deuses.
O próprio César também ordenou que as mães e filhas
ausônias entoassem poemas à torreada Ops.[166]
Também ordenara entoar a Febo, quando realizou os Jogos[167]
que cada geração vivencia uma única vez.
Com esses exemplos, peço, ó clementíssimo César, que agora tua ira
se torne mais suave para com meu engenho.
De fato, a ira é justa; não negarei que a mereci.
A vergonha não falta ao meu rosto,
mas se eu não tivesse pecado, que clemência poderias conceder?
O meu destino ofereceu-te um motivo para a misericórdia.
Se, a cada vez que os homens pecam, Júpiter disparar seus raios,[168]
em pouco tempo esgotará suas armas;
agora, quando troveja e assusta o mundo com seu estrépito,

cura, caso o imperador leia este poema.
166. **Ausônias:** ver nota 44; aqui, por metonímia, refere-se às mulheres romanas. **Ops:** divindade romana, associada à riqueza, à abundância e à fertilidade da terra; era por vezes representada com uma coroa de torres.
167. **Jogos:** referência aos Jogos Seculares, um festival religioso romano tradicional, retomado e organizado por Augusto em 17 AEC; para esse festival, o imperador encomendou ao poeta Horácio a composição do *Carmen Saeculare*, um hino a Apolo e Diana, que foi entoado por coros infantis. Cf. FEENEY 2003.
168. **Júpiter:** ver nota 14.

purum discussis aera reddit aquis.
iure igitur genitorque deum rectorque vocatur,
　　iure capax mundus nil Iove maius habet.
tu quoque, cum patriae rector dicare paterque,
　　utere more dei nomen habentis idem.　　　　　　　　　40
idque facis, nec te quisquam moderatius umquam
　　inperii potuit frena tenere sui.
tu veniam parti superatae saepe dedisti,
　　non concessurus quam tibi victor erat.
divitiis etiam multos et honoribus auctos　　　　　　　　45
　　vidi, qui tulerant in caput arma tuum;
quaeque dies bellum, belli tibi sustulit iram,
　　parsque simul templis utraque dona tulit;
utque tuus gaudet miles, quod vicerit hostem,
　　sic victum cur se gaudeat, hostis habet.　　　　　　　50
causa mea est melior, qui nec contraria dicor
　　arma nec hostiles esse secutus opes.
per mare, per terras, per tertia numina iuro,
　　per te praesentem conspicuumque deum,
hunc animum favisse tibi, vir maxime, meque,　　　　　55
　　qua sola potui, mente fuisse tuum.
optavi, peteres caelestia sidera tarde,
　　parsque fui turbae parva precantis idem,
et pia tura dedi pro te, cumque omnibus unus
　　ipse quoque adiuvi publica vota meis.　　　　　　　　60
quid referam libros, illos quoque, crimina nostra,

---

169. **Pai e regente da pátria:** menção ao título de *pater patriae*, lit. "pai da pátria", concedido pelo Senado a Augusto em 2 AEC; antes de Augusto, o título só havia sido outorgado a Cícero e a Júlio César, mas a partir do Império praticamente todos os imperadores o recebem.
170. Esse dístico retoma 1.5.41-42.
171. **Deuses do além:** no original, *tertia numina*, lit. "deuses da terceira região", poden-

ele limpa os ares com as águas das nuvens.
Certo, portanto, é chamá-lo de genitor e regente dos deuses,
 certo é que neste vasto mundo nada há maior que Júpiter.
Tu também, sendo chamado de pai e regente da pátria,[169]
 age conforme o deus de quem tens o mesmo nome.
E isso fazes: nunca alguém pôde controlar seu império
 de forma mais equilibrada que tu.
Tu frequentemente mostraste clemência para os inimigos vencidos,
 que eles não mostrariam se tivessem te vencido.
Também vi muitos dos que pegaram em armas contra ti
 agraciados com riquezas e honrarias.
O dia que encerrou a guerra, encerrou em ti o ódio típico da guerra,
 e juntos os dois partidos oferecem oferendas aos templos.
E assim como o teu soldado rejubila-se de ter vencido o inimigo,
 assim o inimigo tem motivo para rejubilar-se por ter sido vencido.
A minha causa é melhor, pois não se pode dizer que peguei em armas
 contra ti, nem aderi à oposição.[170]
Juro pelo mar, pelas terras, e pelos deuses do além,[171]
 juro por ti, deus presente e visível,[172]
que esta alma te era favorável, ó maior dos homens,
 e que eu, com todo o meu pensamento, era dos teus.
Rezei para que demorasses a rumar às estrelas celestes,
 e fui apenas uma pequena parte da multidão que rezava o mesmo;
ofereci incensos puros a ti, e eu junto com todos os meus
 também colaborei com os votos públicos.
Por que hei de mencionar os livros, mesmo aqueles que são meus delitos?

do a terceira região ser entendida como os céus (após mares e terras) ou como os infernos (após céus e terras); a tradução procura de certo modo manter a ambiguidade.
172. **Deus presente e visível:** Ovídio coloca em oposição a divindade do imperador, que é tangível, e os deuses, que são invisíveis; é possível ler essa oposição em uma chave irônica, de depreciação da figura de Augusto. Cf. UGARTEMENDÍA 2022: 180-9.

mille locis plenos nominis esse tui?
inspice maius opus, quod adhuc sine fine tenetur,
　in non credendos corpora versa modos:
invenies vestri praeconia nominis illic, 65
　invenies animi pignora multa mei.
non tua carminibus maior fit gloria, nec quo,
　ut maior fiat, crescere possit, habet.
fama Iovi superest: tamen hunc sua facta referri
　et se materiam carminis esse iuvat, 70
cumque Gigantei memorantur proelia belli,
　credibile est laetum laudibus esse suis.
te celebrant alii, quanto decet ore, tuasque
　ingenio laudes uberiore canunt:
sed tamen, ut fuso taurorum sanguine centum, 75
　sic capitur minimo turis honore deus.
a, ferus et nobis crudelior omnibus hostis,
　delicias legit qui tibi cumque meas,
carmina ne nostris quae te venerantia libris
　iudicio possint candidiore legi. 80
esse sed irato quis te mihi posset amicus?
　vix tunc ipse mihi non inimicus eram.
cum coepit quassata domus subsidere, partes
　in proclinatas omne recumbit onus,
cunctaque fortuna rimam faciente dehiscunt, 85
　ipsa suoque eadem pondere tracta ruunt.
ergo hominum quaesitum odium mihi carmine, quosque

---

173. A hipérbole é irônica, uma vez que Augusto aparece somente duas vezes na *Arte de Amar*, em 1.169 e 1.203.
174. **Corpos mudados:** ver nota 104.
175. **Gigantes:** refere-se à Gigantomaquia, a batalha em que os Gigantes foram derrotados pelos deuses liderados por Zeus/Júpiter. O episódio é relatado nas *Metamorfoses* 1.151-162 e recusado nos *Amores* 2.1.11; sobre a abordagem do tema pelos poetas

Estão repletos em mil lugares com o teu nome.[173]
Observa minha obra-prima, que até o momento deixei inacabada,
   sobre corpos mudados de maneiras inacreditáveis:[174]
encontrarás ali elogios ao teu nome,
   encontrarás ali garantias seguras do meu apoio.
A tua glória não aumenta pela poesia, e nem,
   se pudesse, há como aumentar ainda mais.
A fama de Júpiter já se basta; no entanto, lhe agrada ter seus feitos relatados
   e ser assunto nos poemas,
e quando as batalhas do embate contra os Gigantes são evocadas,[175]
   é de se crer que se alegre com tais louvores.
Outros te celebram, da maneira conveniente, e cantam[176]
   os teus louvores com talento mais fecundo.
Contudo, assim como um deus é cativado pelo sangue derramado
   de uma hecatombe, também o é por um singelo incenso.
Ah! É para mim um inimigo feroz e mais cruel que todos
   aquele que leu a ti os meus poemas eróticos,[177]
pois poemas que te enaltecem, na minha obra,
   poderiam ter sido lidos para um julgamento mais brando.
Mas diante da tua ira, quem poderia ser meu amigo?
   Nessa hora, eu mal poderia deixar de ser meu próprio inimigo.
Quando uma casa abalada começa a desabar,
   toda a gravidade vai se jogando nas colunas inclinadas,
e todas as partes, por força do destino, vão abrindo rachaduras,
   até ruírem sucumbidas por seu próprio peso.
Assim, o ódio dos homens me atingiu por causa de meu poema,

augustanos, INNES 1979; sobre a recusa nos *Amores*, FULKERSON 2022.
176. **Outros te celebram:** é provável que Ovídio esteja se referindo aqui a Virgílio, Horácio e Propércio.
177. **Poemas eróticos:** no original, *delicias*, lit. "prazeres", "delícias", termo que desde Catulo foi empregado, por metonímia, à poesia amorosa/erótica.

debuit, est vultus turba secuta tuos.
at, memini, vitamque meam moresque probabas
    illo, quem dederas, praetereuntis equo: 90
quod si non prodest et honesti gloria nulla
    redditur, at nullum crimen adeptus eram.
nec male commissa est nobis fortuna reorum
    lisque decem deciens inspicienda viris.
res quoque privatas statui sine crimine iudex,   95
    deque mea fassa est pars quoque victa fide.
me miserum! potui, si non extrema nocerent,
    iudicio tutus non semel esse tuo.
ultima me perdunt, imoque sub aequore mergit
    incolumem totiens una procella ratem.   100
nec mihi pars nocuit de gurgite parva, sed omnes
    pressere hoc fluctus oceanusque caput.
cur aliquid vidi? cur noxia lumina feci?
    cur imprudenti cognita culpa mihi?
inscius Actaeon vidit sine veste Dianam: 105
    praeda fuit canibus non minus ille suis.
scilicet in superis etiam fortuna luenda est,
    nec veniam laeso numine casus habet.
ilia nostra die, qua me malus abstulit error,
    parva quidem periit, sed sine labe domus: 110
sic quoque parva tamen, patrio dicatur ut aevo

---

178. **Populacho:** no original, *turba*, lit. "multidão", "grande aglomeração de pessoas", usualmente empregado em sentido pejorativo, que tentei manter na tradução, para enfatizar o aspecto irônico do poema. A ideia é de que as pessoas passam a condenar Ovídio e sua obra somente porque o imperador os condenara.
179. **Aquele cavalo que me deste:** alusão a uma prática social romana à época, em que os membros da ordem equestre, à qual Ovídio pertencia, se apresentavam montados diante do imperador, que os passava em revista, a cada cinco anos (*recognitio equitum*). Apesar da construção literal da frase, não é provável que Ovídio tenha recebido do imperador um cavalo de presente; é mais crível entender a passagem como metafórica, no sentido da atribuição do título de equestre, outorgado pelo imperador.
180. **Centúviros:** corte composta por cem juízes, era o órgão responsável por julgar as

merecidamente, e o populacho segue a tua postura.¹⁷⁸
Mas, lembro-me, aprovavas minha vida e meus hábitos,
    quando me apresentava com aquele cavalo que me deste.¹⁷⁹
Se isso não vale nada, e nenhum ganho há em ser honesto,
    ao menos eu não havia cometido crime algum.
Nem ao menos o destino dos réus me foi atribuído,
    e o caso não inspecionado pelos centúviros.¹⁸⁰
Como juiz, trabalhei em casos privados, sem mácula,
    e até o lado vencido admitia minha boa-fé.
Ai de mim! Se esse caso recente não tivesse me prejudicado, eu poderia
    estar seguro com mais de um único julgamento teu.
Minhas últimas ações me arruinaram; uma única tempestade
    submerge ao fundo das águas o barco que tantas vezes navegou incólume.
Não foi pequena a porção do mar que me feriu; ao contrário,
    todas as ondas do oceano tombaram sobre minha cabeça.
Por que fui ver aquela coisa? Por que tornei meus olhos a causa do mal?
Por que, imprudente, tornei-me culpado ao conhecer algo?¹⁸¹
Acteão, sem saber, avistou Diana sem veste;¹⁸²
    ainda assim, tornou-se presa de seus próprios cães.
De fato, até entre os deuses superiores o destino deve ser cumprido,
    e uma ofensa a um deus é indesculpável.
Naquele dia em que o terrível engano me destruiu,
    a minha casa, pequena, porém sem mácula, desabou.
É mesmo pequena, mas dizem que é ilustre desde tempos antigos,

causas privadas. O próprio Ovídio atuou um período nessa corte, como ele expõe no verso seguinte; ele lamenta-se aqui de que sua causa não recebeu o devido processo legal.
181. Nesse dístico, o poeta faz alusão ao *error*, ao "engano", algo que ele supostamente viu e que não deveria ser visto, e que foi a outra motivação, além da *Ars*, para o decreto imperial do exílio. Sobre a associação do *error* com o sentido da visão, INGLEHEART 2006b.
182. **Acteão:** jovem caçador tebano que, ao avistar a deusa Diana nua banhando-se, foi metamorfoseado em cervo, sendo caçado e devorado por seus próprios cães. O episódio é narrado nas *Metamorfoses* 3.138-255.

clara nec ullius nobilitate minor,
et neque divitiis nec paupertate notanda,
   unde sit in neutrum conspiciendus eques.
sit quoque nostra domus vel censu parva vel ortu,   115
   ingenio certe non latet illa meo:
quo videar quamvis nimium iuvenaliter usus,
   grande tamen toto nomen ab orbe fero;
turbaque doctorum Nasonem novit, et audet
   non fastiditis adnumerare viris.   120
corruit haec igitur Musis accepta, sub uno
   sed non exiguo crimine lapsa domus:
atque ea sic lapsa est, ut surgere, si modo laesi
   ematuruerit Caesaris ira, queat.
cuius in eventu poenae clementia tanta est,   125
   venerit ut nostro lenior illa metu.
vita data est, citraque necem tua constitit ira,
   o princeps parce viribus use tuis!
insuper accedunt, te non adimente, paternae,
   tamquam vita parum muneris esset, opes.   130
nec mea decreto damnasti facta senatus,
   nec mea selecto iudice iussa fuga est.
tristibus invectus verbis (ita principe dignum)
   ultus es offensas, ut decet, ipse tuas.
adde quod edictum, quamvis immite minaxque,   135
   attamen in poenae nomine lene fuit:
quippe relegatus, non exul, dicor in illo,

---

183. A classe dos equestres era, à época de Ovídio, uma classe social de nível médio-alto, tanto em termos de poder como de posses; por isso, a casa não era reputada nem pelo excesso de riqueza (como as casas dos senadores, correspondentes à classe aristocrática) nem pela pobreza (a classe plebeia).
184. **Nasão:** ver nota 103.
185. **Imperador:** ver nota 7.
186. Embora, pela posição desse dístico, a ausência de um processo legal pareça estar alinhada com as ações "clementes" do imperador, não deixa de evocar ironicamen-

e não menos nobre que qualquer outra,
e nem famosa pela riqueza nem pela pobreza,
é da classe onde o equestre notável se origina.[183]
Ainda que minha casa seja também pequena pelo censo ou pela origem,
 seguramente pelo meu talento ela não é obscura.
Embora eu pareça ter usado isso de maneira muito jovial,
 tenho um nome famoso no mundo inteiro;
o conjunto dos doutos conhece Nasão, e ousa[184]
 enumerar-me entre os homens que não se pode desprezar.
Então, essa casa, dileta das Musas, ruiu, derrubada
 sob um único, porém não pequeno, crime.
Assim como ela foi derrubada, ela pode se reerguer, se acaso a ira
 do César ofendido se desgaste e se extinga.
Há tanta clemência em seu castigo,
 que este me chegou mais leve do que temia.
Minha vida foi poupada, e tua ira ficou aquém da pena de morte;
 ó imperador, usaste pouco de teu poder![185]
Ainda se soma a isso o fato de não teres tirado minhas heranças,
 como se a vida fosse uma dádiva pequena.
Nem minha ação condenaste por um decreto do Senado,
 nem meu desterro foi ordenado por uma comissão de jurados.[186]
Enunciando palavras tristes, bem dignas do imperador,[187]
 vingaste, como convém, as ofensas contra ti.
Adicione-se a isso o fato do édito, embora cruel e ameaçador,
 ter sido suave na descrição do castigo;
nele, sou considerado relegado e não exilado,[188]

te um teor de reclamação contra a injustiça do decreto.
187. **Palavras tristes:** no original *tristibus verbis*; ver nota 63.
188. **Relegado e não exilado:** a diferença jurídica entre os dois processos era que no exílio o condenado perdia o direito a suas posses e cidadania, enquanto na relegação o direito era mantido. Embora o poeta destaque aqui e em 5.9 que o decreto foi de relegação e não de exílio, ainda assim ele próprio se refere como *exul*, "exilado", em diversas passagens ao longo da obra.

privaque fortunae sunt ibi verba meae.
nulla quidem sano gravior mentisque potenti
    poena est, quam tanto displicuisse viro: 140
sed solet interdum fieri placabile numen:
    nube solet pulsa candidus ire dies.
vidi ego pampineis oneratam vitibus ulmum,
    quae fuerat saevi fulmine tacta Iovis.
ipse licet sperare vetes, sperabimus usque;   145
    hoc unum fieri te prohibente potest.
spes mihi magna subit, cum te, mitissime princeps,
    spes mihi, respicio cum mea facta, cadit.
ac veluti ventis agitantibus aera non est
    aequalis rabies continuusque furor,   150
sed modo subsidunt intermissique silescunt,
    vimque putes illos deposuisse suam:
sic abeunt redeuntque mei variantque timores,
    et spem placandi dantque negantque tui.
per superos igitur, qui dant tibi longa dabuntque   155
    tempora, Romanum si modo nomen amant;
per patriam, quae te tuta et secura parente est,
    cuius, ut in populo, pars ego nuper eram;
sic tibi, quem semper factis animoque mereris,
    reddatur gratae debitus urbis amor;   160
Livia sic tecum sociales compleat annos,
    quae, nisi te, nullo coniuge digna fuit,

189. **Olmo arrimado às videiras:** o olmo, por ser uma árvore de grande porte, era usado nas plantações de videiras para servir de suporte a estas, que lhe eram arrimadas enquanto cresciam para se manterem na direção correta; ainda hoje se usa essa prática em algumas terras viticultoras. A ideia do dístico é de que o olmo, após ter sido atingido por um raio, voltou a crescer e retomou sua robustez.

e ali as palavras estão adequadas ao meu destino.
Em verdade, a quem tenha bom senso, nenhum castigo é pior
   do que ter desagradado tal homem;
mas é comum por vezes a divindade ser aplacada,
   é comum a nuvem se dispersar e o sol voltar a brilhar.
Eu vi um olmo arrimado às videiras[189]
   que havia sido fulminado por um raio do irado Júpiter.
Ainda que tu próprio me proíbas de ter esperança, eu seguirei esperando;
   somente isso se pode fazer diante de tua proibição.
Esperança grande me sobrevém quando olho para ti, ó imperador
                                              [misericordioso!
   Esperança perco quando olho para as minhas ações.
E assim como a raiva dos ventos trepidando os ares não é estável,
   e seu furor não é contínuo,
mas revigoram-se e depois silenciam, interrompidos,
   e pensarias que eles depuseram sua força,
assim também meus temores vêm e voltam e variam,
   e aumentam e diminuem a esperança de que sejas aplacado.
Portanto, pelos deuses superiores, que dão e darão a ti longa vida,
   se acaso eles amam o nome de Roma;
pela pátria, que, sob tua paternidade, está segura e protegida,
   de cujo povo eu era há pouco parte integrante:
que te seja retribuído o amor devido da cidade grata,
   pois que o mereces sempre, por teus feitos e por teu caráter.
Que Lívia complete contigo os anos conjugais,[190]
   ela que não seria digna de nenhum cônjuge além de ti;

---

190. **Lívia:** Lívia Drusila (59 AEC–29 EC), esposa do imperador Augusto desde 38 AEC até a morte deste em 14 EC, e mãe do imperador Tibério, que sucedeu a Augusto no poder. Sobre a representação, senão irônica, ao menos caricata de Lívia nas *Tristezas*, JOHNSON 1997.

quae si non esset, caelebs te vita deceret,
    nullaque, cui posses esse maritus, erat;
sospite sit tecum natus quoque sospes, et olim   165
    inperium regat hoc cum seniore senex;
ut faciuntque tui, sidus iuvenale, nepotes,
    per tua perque sui facta parentis eant;
sic adsueta tuis semper Victoria castris
    nunc quoque se praestet notaque signa petat,   170
Ausoniumque ducem solitis circumvolet alis,
    ponat et in nitida laurea serta coma,
per quem bella geris, cuius nunc corpore pugnas,
    auspicium cui das grande deosque tuos,
dimidioque tui praesens es et aspicis urbem,   175
    dimidio procul es saevaque bella geris;
hic tibi sic redeat superato victor ab hoste,
    inque coronatis fulgeat altus equis:
parce, precor, fulmenque tuum, fera tela, reconde,
    heu nimium misero cognita tela mihi!   180
parce, pater patriae, nec nominis inmemor huius
    olim placandi spem mihi tolle tui.
non precor ut redeam, quamvis maiora petitis
    credibile est magnos saepe dedisse deos:
mitius exilium si das propiusque roganti,   185
    pars erit ex poena magna levata mea.
ultima perpetior medios eiectus in hostes,
    nec quisquam patria longius exul abest.

---

191. **Teu filho:** provavelmente refere-se a Tibério (42 AEC–37 EC), filho de Lívia e enteado de Augusto. O termo empregado no original é *natus*, que tem o sentido usual de "filho natural", o que pode implicar numa ironia sutil desta passagem. Cf. UGARTEMENDÍA 2022: 206.

se ela não existisse, a tua vida deveria ser celibatária,
e não haveria ninguém de quem poderias ser o marido.
Que teu filho esteja seguro junto contigo seguro, e no futuro,[191]
já velho, junto a ti ainda mais velho, reine sobre este império.
Que teus netos, estrelas da juventude, caminhem, como já o fazem,[192]
pelas tuas pegadas e pelas de seus pais.
Que a Vitória, acostumada sempre aos teus exércitos,
agora também se apresente e busque os estandartes costumeiros,
e sobrevoe o líder ausônio com suas sólitas asas,
e ponha a coroa de louros nos cabelos brilhantes
daquele por quem fazes a guerra, por cujo corpo encetas as batalhas,[193]
a quem dás um grandioso auspício e os teus deuses,
enquanto uma metade tua está presente e zela pela cidade,
e outra metade está longe travando guerras sangrentas.
Que ele, vencedor, retorne a ti dos inimigos subjugados,
e nos cavalos coroados brilhe altivo.
Poupa-me, eu peço, recolhe teu raio e as armas ferozes!
Ai, armas demasiado conhecidas por mim, infeliz!
Poupa, pai da pátria, e não esquecendo desse nome,
não retires a minha esperança de que serás aplacado por mim no futuro.
Não peço para voltar, embora seja crível que os grandes deuses
já atenderam muitas vezes a pedidos maiores;
se concedes um exílio mais suave e mais apropriado ao suplicante,
uma grande parte do meu castigo será aliviada.
Estou no fim do mundo, atirado ao meio dos inimigos,
nenhum exilado pode estar mais longe de sua pátria do que eu.

192. **Netos:** refere-se a Germânico Júlio César (15 AEC–19 EC), filho de Druso Germânico; e Druso Júlio César (13 AEC–23 EC), filho de Tibério; tanto Germânico como Druso são netos de Augusto pois este adotou seus pais, filhos de Lívia, ao desposá-la.
193. **Daquele por quem fazes a guerra:** refere-se a Tibério; cf. THAKUR 2014.

solus ad egressus missus septemplicis Histri
   Parrhasiae gelido virginis axe premor. 190
Ciziges et Colchi Tereteaque turba Getaeque
   Danuvii mediis vix prohibentur aquis;
cumque alii causa tibi sint graviore fugati,
   ulterior nulli, quam mihi, terra data est.
longius hac nihil est, nisi tantum frigus et hostes, 195
   et maris adstricto quae coit unda gelu.
hactenus Euxini pars est Romana Sinistri:
   proxima Bastarnae Sauromataeque tenent.
haec est Ausonio sub iure novissima, vixque
   haeret in inperii margine terra tui. 200
unde precor supplex ut nos in tuta releges,
   ne sit cum patria pax quoque adempta mihi,
ne timeam gentes, quas non bene summovet Hister,
   neve tuus possim civis ab hoste capi.
fas prohibet Latio quemquam de sanguine natum 205
   Caesaribus salvis barbara vincla pati.
perdiderint cum me duo crimina, carmen et error,
   alterius facti culpa silenda mihi:
nam non sum tanti, renovem ut tua vulnera, Caesar,
   quem nimio plus est indoluisse semel. 210
altera pars superest, qua turpi carmine factus
   arguor obsceni doctor adulterii.
fas ergo est aliqua caelestia pectora falli,
   et sunt notitia multa minora tua;

---

194. **Donzela parrásia:** Calisto, ninfa da região da Parrásia (parte da Arcádia), que tem seu mito associado à constelação da Ursa Maior. Como nas demais ocorrências nas *Tristezas*, o poeta utiliza aqui a constelação para indicar uma região a extremo norte.
195. **Cíziges:** tribo de etnia sármata que habitava nas cercanias do rio Don, ou seja, a nordeste do Mar Negro e a norte da Cólquida. Cf. MANTZILAS 2014: 19. **Colcos:** habitantes da Cólquida, que ocupavam o leste do Mar Negro, região que hoje corresponde de maneira aproximada ao território da Geórgia. **Tereteus:** presume-se

Deportado sozinho para o delta do Danúbio de sete fozes,
   sou oprimido pela estrela da donzela parrásia.[194]
Os cíziges e os colcos e os tereteus e a multidão de getas[195]
   são tenuamente divididos pelas águas do Danúbio.
Embora outros tenham sido exilados por ti por erros mais graves,
   a ninguém foi atribuída uma terra mais distante do que a mim.
Nada pode ser mais longe do que ela, a não ser o frio e os inimigos
   e a onda do mar que se congela em gélido gelo.
Até aqui é a parte romana do Euxino sinistro;
   daqui em diante já é terra dos bastarnos e dos saurômatas.[196]
Esta terra jaz pouquíssimo tempo sob domínio ausônio, e mal
   se aloca dentro da fronteira de teu império.
Daqui, peço, suplicando, para que me transfiras para um lugar seguro,
   para que não me seja a paz, além da pátria, tolhida,
para que eu não tema esses povos que o Danúbio não separa muito bem,
   e para que um cidadão teu não possa ser capturado por um inimigo.
Não é possível que alguém nascido de sangue latino
   seja acorrentado pelos bárbaros enquanto os Césares estejam vivos.
Já que dois crimes me arruinaram, um poema e um engano,[197]
   de um dos feitos minha culpa deve ser silenciada.
Pois não sou assim tão vil a ponto de reabrir tuas feridas, César,
   a quem já é mais que demais ter ofendido uma vez.
O outro motivo permanece, sou acusado de promover o adultério obsceno
   por ter composto aquele poema torpe.
Disso, deduzo que é possível ao coração divino falhar em algo,
   e muitos detalhes escaparem à tua percepção.

   tratar-se de uma tribo ao norte do Cáucaso, entre a Cólquida e o rio Don. Cf. MANT-
   ZILAS 2014: 19 n. 83. **Getas:** ver nota 85.
196. **Bastarnos:** povo de origem céltico-germânica que habitava às margens do Danúbio. Cf. MANTZILAS 2014: 20. **Saurômatas:** o mesmo que sármatas; ver nota 41.
197. **Um poema e um engano:** no original, *carmen et error*, os dois motivos que Ovídio
   alega como motivação para seu exílio. *Error* tem a ideia de um erro sem dolo, sem
   má intenção.

utque deos caelumque simul sublime tuenti 215
    non vacat exiguis rebus adesse Iovi,
de te pendentem sic dum circumspicis orbem,
    effugiunt curas inferiora tuas.
scilicet inperii princeps statione relicta
    inparibus legeres carmina facta modis? 220
non ea te moles Romani nominis urget,
    inque tuis umeris tam leve fertur onus,
lusibus ut possis advertere numen ineptis,
    excutiasque oculis otia nostra tuis.
nunc tibi Pannonia est, nunc Illyris ora domanda, 225
    Raetica nunc praebent Thraciaque arma metum,
nunc petit Armenius pacem, nunc porrigit arcus
    Parthus eques timida captaque signa manu,
nunc te prole tua iuvenem Germania sentit,
    bellaque pro magno Caesare Caesar obit. 230
denique, ut in tanto, quantum non extitit umquam,
    corpore pars nulla est, quae labet, inperii,
urbs quoque te et legum lassat tutela tuarum
    et morum, similes quos cupis esse tuis.
non tibi contingunt, quae gentibus otia praestas, 235
    bellaque cum multis inrequieta geris.
mirer in hoc igitur tantarum pondere rerum
    te numquam nostros evoluisse iocos?
at si, quod mallem, vacuum tibi forte fuisset,
    nullum legisses crimen in Arte mea. 240

198. **Ritmos elegíacos:** no original, *inparibus modis*, lit. "modulações desiguais", expressão pela qual se alude ao metro dístico elegíaco. Cf. Horácio, *Arte Poética* 75-77.
199 Nestes dois dísticos são enumerados territórios e povos com os quais Roma entrou em combate durante o período augustano. O armênio e o persa citados aludem ao trabalho diplomático de Tibério nessas regiões, que logrou restaurar o rei Tigranes V ao trono armênio e reaver junto ao Império Persa as insígnias romanas que haviam sido capturadas durante a campanha fracassada de Crasso em 53 AEC.

Assim como a Júpiter, cuidando ao mesmo tempo dos deuses e do alto céu,
    não sobra tempo para verificar os assuntos miúdos,
assim também, enquanto supervisionas o mundo dependente de ti,
    as coisas menores escapam à tua atenção.
Haverias tu, o líder do império, abandonando teu posto,
    de ler meus poemas compostos em ritmos elegíacos?[198]
Acaso o peso do nome de Roma não te urge,
    e o fardo deposto em teus ombros é tão leve,
que possas, sendo um deus, prestar atenção às brincadeiras inúteis,
    e examinar com teus olhos minhas produções?
Ora a Panônia precisa ser domada por ti, ora a costa da Ilíria,
    ora os exércitos réticos e trácios impõem medo,
ora o armênio busca a paz, ora o cavaleiro persa
    entrega com mão medrosa o arco e o estandarte capturado,[199]
ora, por meio de tua descendência, a Germânia sente a tua juventude,
    e um César conduz guerras em nome do grande César.[200]
Destarte, no vasto corpo do império, maior do que nunca,
    não há região alguma que esteja desprotegida,
e até mesmo Roma está segura com tuas leis e morais,
    as quais desejas que sejam iguais às tuas.
A paz que concedes aos povos não te acomete,
    e fazes guerras inquietas contra muitos povos.
Portanto, hei de me espantar de que nessa massa de tamanhos assuntos,
    tu nunca percorreste as páginas dos meus poemas?[201]
Mas se tivesses um tempo livre, o que eu bem preferiria,
    não lerias pecado algum em minha *Arte*.[202]

---

200. **Um César:** refere-se a Tibério, que depois das bem-sucedidas campanhas na Panônia e na Ilíria, foi enviado para a Germânia após a derrota romana na Batalha de Teutoburgo. THAKUR 2014 vê nessa alusão uma pista segura para a datação da composição de *Tristezas* 2 após setembro de 9 EC.
201. **Poemas:** no original, *iocos*, "jogos", nesse contexto com acepção de poesia leve, não séria; cf. UGARTEMENDÍA 2022: 30-31.
202. ***Arte:*** ver nota 51.

illa quidem fateor frontis non esse severae
    scripta, nec a tanto principe digna legi:
non tamen idcirco legum contraria iussis
    sunt ea Romanas erudiuntque nurus.
neve, quibus scribam, possis dubitare, libellos,   245
    quattuor hos versus e tribus unus habet:
'este procul, vittae tenues, insigne pudoris,
    quaeque tegis medios instita longa pedes!
nil nisi legitimum concessaque furta canemus,
    inque meo nullum carmine crimen erit.'   250
ecquid ab hac omnes rigide summovimus Arte,
    quas stola contingi vittaque sumpta vetat?
' at matrona potest alienis artibus uti,
    quoque trahat, quamvis non doceatur, habet.'
nil igitur matrona legat, quia carmine ab omni   255
    ad delinquendum doctior esse potest.
quodcumque attigerit siqua est studiosa sinistri,
    ad vitium mores instruet inde suos.
sumpserit Annales (nihil est hirsutius illis)
    facta sit unde parens Ilia, nempe leget.   260
sumpserit 'Aeneadum genetrix' ubi prima, requiret,
    Aeneadum genetrix unde sit alma Venus.
persequar inferius, modo si licet ordine ferri,
    posse nocere animis carminis omne genus.

---

203. **Fitas graciosas:** no original, *vittae tenues*, que pode se referir às fitas que as Virgens Vestais utilizavam em suas vestimentas (cf. WILDFANG 2006: 54), ou talvez a indumentária que distinguia as matronas romanas.
204. **Anáguas longas:** a vestimenta comprida e "recatada" é usada aqui como metonímia para as matronas.
205. Estes dois dísticos são praticamente iguais a *Arte de Amar* 1.31-34.
206. Ou seja, todas as mulheres casadas.
207. Neste dístico, Ovídio expõe o argumento contrário, ao modo escolar retórico, que ele imagina ser proferido por aqueles que acreditam ser o poema prejudicial para os bons costumes.
208. **Anais:** obra épica de Ênio, composta no começo do século II AEC, da qual restaram

Confesso, ela realmente não é uma obra de aspecto severo,
  e não é digna de ser lida por um imperador.
Mas não por isso ela é contrária às regras de tuas leis
  e não traz ensinamentos para as filhas romanas.
E para que não duvides a quem eu escrevo esses livrinhos,
  um dos três tem os seguintes quatro versos:
"Ficai longe, fitas graciosas, ornadas com o emblema da virtude![203]
  E também vós, anáguas longas que cobrem metade dos pés![204]
Cantarei somente o que é legítimo e os prazeres permitidos,
  e em meu poema não haverá pecado algum."[205]
Acaso não excluí firmemente da *Arte* todas
  que o vestido tomado e a fita do matrimônio controlam?[206]
"Mas a matrona pode se utilizar de artes voltadas aos outros,
  e ela possui algo que, embora não ensine, a seduza."[207]
Se for assim, que a matrona não leia nada, pois de qualquer poema
  é possível aprender delinquências.
Se ela for devotada ao mal, qualquer coisa que ela tocar
  instruirá seus costumes aos vícios.
Se ela ler os *Anais* (nenhum livro é mais espinhoso)[208]
  logo ela lerá como Ília se tornou mãe.
Quando de primeira ler "A geradora dos enéadas", perguntará[209]
  como Vênus nutriz se tornou geradora dos enéadas.
Discorrerei abaixo (se é possível apresentar as coisas em ordem)
  como qualquer gênero de poesia pode fazer mal às almas.

---

  apenas alguns fragmentos; a obra retratava os primórdios da história romana. Ilia, personagem mencionada no verso seguinte, é um outro nome para Rea Sílvia, mãe de Rômulo e Remo. Ao ajuntar nesse dístico e no seguinte as alusões a Ênio e Lucrécio, Ovídio retoma a posição desses autores nos *Amores* 1.15.21-24, como os primeiros latinos do catálogo de autores.
209. São citadas aqui as primeiras palavras do *De Rerum Natura* de Lucrécio, poema didático hexamétrico de matiz epicurista, composto por volta da metade do século I AEC. O poema se inicia com uma invocação à deusa Vênus e sua posição de deusa geradora dos "enéadas", o povo romano, descendentes de Eneias. Sobre a obra de Lucrécio, cf. HASEGAWA 2020.

non tamen idcirco crimen liber omnis habebit: 265
   nil prodest, quod non laedere possit idem.
igne quid utilius? siquis tamen urere tecta
   comparat, audaces instruit igne manus.
eripit interdum, modo dat medicina salutem,
   quaeque iuvet, monstrat, quaeque sit herba nocens. 270
et latro et cautus praecingitur ense viator:
   ille sed insidias, hic sibi portat opem.
discitur innocuas ut agat facundia causas:
   protegit haec sontes, inmeritosque premit.
sic igitur carmen, recta si mente legatur, 275
   constabit nulli posse nocere meum.
atque ortum vitium quicumque hinc concipit, errat
   et nimium scriptis arrogat ille meis.
ut tamen hoc fatear, ludi quoque semina praebent
   nequitiae: tolli tota theatra iube: 280
peccandi causam multis quam saepe dederunt,
   Martia cum durum sternit harena solum.
tollatur Circus ; non tuta licentia Circi est:
   hic sedet ignoto iuncta puella viro.
cum quaedam spatientur in hoc, ut amator eodem 285
   conveniat, quare porticus ulla patet?
quis locus est templis augustior? haec quoque vitet,
   in culpam siqua est ingeniosa suam.

---

210. Para a tradução desse verso, utilizo a lição de WHEELER1924 (*atque ortum vitium quicumque hinc concipit, errat*), ao invés da de OWEN 1915 (*"at quasdam vitio."* quicumque hoc concipit, errat), que não oferece sentido claro. A passagem é bastante corrompida e os manuscritos oferecem lições bem diversas, e nenhuma delas é consensualmente aceita.
211. **Jogos:** aqui, refere-se de maneira geral aos festivais em que havia representações teatrais e também circenses tais como as lutas de gladiadores.
212. **Malícia:** no original, *nequitiae*, termo empregado na poesia elegíaca com o sentido

Mas não por isso qualquer livro será um crime;
   tudo que é benéfico pode também causar o mal.
O que é mais útil que o fogo? Mas se alguém se prepara para queimar
   uma casa, ele arma suas mãos ímpias com o fogo.
A medicina às vezes retira, às vezes oferece a saúde,
   e ensina quais ervas são benéficas e quais maléficas.
Tanto o ladrão como o viajante cauteloso carregam consigo espadas;
   mas aquele para insídias, e este para sua proteção.
A eloquência é aprendida para defender as causas justas;
   mas protege os criminosos e oprime os inocentes.
Assim se prova que meu poema, se for lido com mente correta,
   não pode fazer mal a ninguém.
Quem acha que o pecado nasce do poema, engana-se,[210]
   e atribui excessiva importância aos meus poemas.
Mas que eu confesse isto: os Jogos também expõem sementes[211]
   de malícia. Sendo assim, censura todo o teatro![212]
Eles ofereceram muito mais do que muitos motivos para pecar,
   quando a areia marcial se espalha sobre o solo duro.
Que o Circo seja censurado! A licenciosidade dos Circos não é segura:[213]
   ali uma menina se senta junto a um homem desconhecido.
Por que os pórticos todos ficam abertos, já que neles a menina se demora,
   querendo ali encontrar um amante?
Qual local é mais augusto que os templos? Que também os evite[214]
   aquela que for mal intencionada.

   de malícia erótica expressando ao mesmo tempo, por metonímia, a matéria desse
   gênero poético; cf. SHARROCK 2012.
213. A partir deste momento o poema explora os lugares (*loci*), como os circos, pórticos
   e templos, que figuram na *Arte de Amar* 1.67-170 como propícios aos encontros e
   consequentemente ao amor.
214. **Mais augusto:** o adjetivo comparativo no original, *augustior*, não deixa de remeter
   ao nome do imperador.

cum steterit Iovis aede, Iovis succurret in aede
    quam multas matres fecerit ille deus. 290
proxima adoranti Iunonis templa subibit,
    paelicibus multis hanc doluisse deam.
Pallade conspecta, natum de crimine virgo
    sustulerit quare, quaeret, Erichthonium.
venerit in magni templum, tua munera, Martis, 295
    stat Venus Vltori iuncta, vir ante fores.
Isidis aede sedens, cur hanc Saturnia, quaeret,
    egerit Ionio Bosporioque mari?
in Venerem Anchises, in Lunam Latmius heros,
    in Cererem Iasion, qui referatur, erit. 300
omnia perversas possunt corrumpere mentes:
    stant tamen illa suis omnia tuta locis.
et procul a scripta solis meretricibus Arte
    summovet ingenuas pagina prima manus.
quaecumque erupit, qua non sinit ire sacerdos, 305
    protinus huic dempti criminis ipsa rea est.
nec tamen est facinus versus evolvere mollis,
    multa licet castae non facienda legant.
saepe supercilii nudas matrona severi

---

215. **Erictônio:** nascido do sêmen de Hefesto/Vulcano que jorrou na coxa de Palas Atena durante uma tentativa de estupro; Palas o criou em segredo como se fosse seu filho.
216. **Presente teu:** após a Batalha de Ácio, em 31 AEC, Augusto edificou um templo a Marte Vingador (*Mars Ultor*).
217. Ao mesmo tempo em que aponta para uma estátua conjunta dos deuses Vênus e Marte no templo de Marte Vingador, o verso também remete ao episódio mítico de adultério entre os deuses, retratado na *Arte de Amar* 2.561ss, que por sua vez retoma Homero, *Odisseia* 8.261-366. No original, *iuncta*, traduzido aqui por "unida", contém teor sexual. O "marido diante da porta" é Vulcano, esposo de Vênus e traído por ela com Marte no episódio aludido; a expressão significa não apenas que Vulcano está fora de casa, mas também que ele está prestes a entrar em casa e flagrar o adultério. A cena não deixa de evocar a tópica elegíaca do *exclusus amator*, predominante na espécie do paraclausítiro. Há ainda uma possível leitura de que a expressão remetesse a uma estátua de Vulcano na parte externa do templo, embora pouco plausível; cf. a discussão em TRAILL 1992: 505-507.

Quando parar diante do templo de Júpiter, ela vai lembrar diante do templo
[de Júpiter
as muitas mulheres que Júpiter engravidou.
Ao adorar, no templo vizinho, o de Juno, recordar-se-á
que essa deusa se ressentiu de tantas rivais.
Tendo avistado a imagem de Palas, perguntará por que a deusa virgem
criou Erictônio, nascido de um crime.[215]
Se ela vier ao templo do grandioso Marte, um presente teu,[216]
ali Vênus ao Vingador está unida, enquanto seu marido diante da porta.[217]
Sentando-se diante do templo de Ísis, perguntará por que Juno
arrastou a deusa pelo Mar Jônio e pelo Bósforo?[218]
Quem pensa em Anquises, pensa em Vênus; quem pensa no herói de
[Látmio, pensa na Lua,[219]
quem pensa em Jasião, pensa em Ceres.[220]
Tudo pode corromper as mentes perversas,
mas tudo jaz seguro em seus devidos lugares.
E para longe da minha *Arte*, escrita só para meretrizes,
a primeira página afasta as mãos livres.
Aquela que frequenta um local proibido pelos sacerdotes
imediatamente tira a culpa destes e torna-se ré ela mesma.
E nem mesmo é um delito desvelar versos amorosos;[221]
à mulher casta é possível ler muita coisa sem fazê-la.
Muitas vezes, a matrona de olhar severo vê mulheres nuas

218. A deusa egípcia Ísis, cujo culto tornou-se bastante popular junto às mulheres romanas do período augustano, foi relacionada com a figura de Io, que fora uma ninfa violentada por Júpiter e que, após engravidar dele, foi perseguida por Juno. O episódio é retratado nas *Metamorfoses* 1.568-750 e no v. 747 há a conexão entre Io e Ísis.
219. **Herói de Látmio:** Endimião, jovem célebre por sua formosura, que cativou o amor da deusa Selene, a Lua.
220. Neste dístico são arrolados três casais de um tipo de relação proibida, entre uma deusa e um homem mortal.
221. **Desvelar:** no original, *evolvere*, que expressa o ato de desenrolar o volume de papiro e pôr à mostra os versos.

et Veneris stantis ad genus omne videt. 310
corpora Vestales oculi meretricia cernunt,
   nec domino poenae res ea causa fuit.
at cur in nostra nimia est lascivia Musa,
   curve meus cuiquam suadet amare liber?
nil nisi peccatum manifestaque culpa fatenda est: 315
   paenitet ingenii iudiciique mei.
cur non Argolicis potius quae concidit armis
   vexata est iterum carmine Troia meo?
cur tacui Thebas et vulnera mutua fratrum,
   et septem portas, sub duce quamque suo? 320
nec mihi materiam bellatrix Roma negabat,
   et pius est patriae facta referre labor.
denique cum meritis inpleveris omnia, Caesar,
   pars mihi de multis una canenda fuit,
utque trahunt oculos radiantia lumina solis, 325
   traxissent animum sic tua facta meum.
arguor inmerito. tenuis mihi campus aratur:
   illud erat magnae fertilitatis opus.
non ideo debet pelago se credere, siqua
   audet in exiguo ludere cumba lacu. 330
forsan (et hoc dubitem) numeris levioribus aptus
   sim satis, in parvos sufficiamque modos:
at si me iubeas domitos Iovis igne Gigantas
   dicere, conantem debilitabit onus.
divitis ingenii est inmania Caesaris acta 335

---

222. **Vestais:** as Virgens Vestais eram sacerdotisas do Templo de Vesta que professavam o voto de castidade e tinham, entre ouras funções, a de manter a lareira do templo sempre acesa, cujo fogo simbolizava a vida romana; cf. WILDFANG 2006.
223. Nesse dístico e nos seguintes, o poeta se lamenta de não ter se ocupado com a poesia épica, evocando os temas dos ciclos troiano e tebano e do *epos* histórico romano.
224. **Tal obra:** uma obra encomiástica aos feitos de Augusto, na tradição do *epos* históri-

e prontas para todo tipo de ação sensual.
Os olhos das Vestais avistam os corpos das meretrizes,[222]
e isso não é motivo de serem castigadas por seu senhor.
Mas por que há excessiva lascívia em minha Musa?
Por que meu livro persuade alguém ao sexo?
Nada me resta senão confessar meu erro e minha culpa evidente;
arrependo-me de meu talento e de meu refinamento.
Por que Troia não foi atacada novamente em meu poema,
caindo diante dos exércitos gregos?[223]
Por que silenciei sobre Tebas e as feridas mútuas dos irmãos,
e as sete portas e os seus sete líderes?
Nem mesmo Roma beligerante me desprovia de assunto,
e é trabalho mais honroso relatar os feitos da pátria.
Enfim, já que por teu mérito ocupaste tudo, ó César,
eu deveria ter cantado uma parte de tuas muitas façanhas;
e assim como os raios radiantes do sol atraem os olhos,
assim meu espírito deveria ter sido atraído pelos teus feitos.
Sou acusado de maneira injusta. Um campo tênue é por mim arado;
mas uma tal obra exigiria grande fertilidade.[224]
Aquele que ousa brincar com um barquinho em pequenino lago[225]
não deve se lançar no mar.
Talvez (e até disso duvido) eu seja suficientemente hábil nos metros
mais leves, e eu floresça nos gêneros pequenos.
Mas se me ordenas cantar os Gigantes domados pelo fogo de Júpiter,
a tarefa debilitar-me-á ao tentar.
Excesso de talento é preciso para elaborar os feitos enormes de César,

co, que aqui Ovídio ao mesmo tempo lamenta e justifica não ter escrito ao invés da elegia amorosa, que é evocada pelo adjetivo *tenuis* do verso anterior.
225. **Barquinho:** a oposição entre a pequena embarcação como metáfora para a poesia leve/elegíaca e a grande nau que singra o alto mar como metáfora para a poesia épica é uma nuance da tópica da *recusatio*, retomada de Propércio 2.4; 3.3; 3.9.

>   condere, materia ne superetur opus.
> et tamen ausus eram. sed detractare videbar,
>   quodque nefas, damno viribus esse tuis.
> ad leve rursus opus, iuvenalia carmina, veni,
>   et falso movi pectus amore meum.   340
> non equidem vellem: sed me mea fata trahebant,
>   inque meas poenas ingeniosus eram.
> ei mihi, quod didici! cur me docuere parentes,
>   litteraque est oculos ulla morata meos?
> haec tibi me invisum lascivia fecit, ob Artes,   345
>   quis ratus es vetitos sollicitare toros.
> sed neque me nuptae didicerunt furta magistro,
>   quodque parum novit, nemo docere potest.
> sic ego delicias et mollia carmina feci,
>   strinxerit ut nomen fabula nulla meum.   350
> nec quisquam est adeo media de plebe maritus,
>   ut dubius vitio sit pater ille meo.
> crede mihi, distant mores a carmine nostro
>   (vita verecunda est, Musa iocosa mea)
> magnaque pars mendax operum est et ficta meorum: 355
>   plus sibi permisit compositore suo.
> nec liber indicium est animi, sed honesta voluntas:
>   plurima mulcendis auribus apta feret.
> Accius esset atrox, conviva Terentius esset,
>   essent pugnaces qui fera bella canunt.   360

---

226. Esse dístico retoma de Catulo 16.5-6 a ideia de que a poesia não reflete necessariamente o caráter do poeta que a compõe.
227. Sigo para a tradução desse verso a sugestão de DIGGLE 1980: 417: *nec liber indicium est animi sed honesta uoluptas*.
228. Para o verso, adoto a lição de WHEELER 1924 (*feret*) e não a de OWEN 1915 (*feres*), cujo verbo na segunda pessoa parece se deslocar do contexto.

de forma que a obra não fique aquém do assunto.
Ainda assim, eu ousei. Mas pareceu-me que estava a detratar-te,
e a ser danoso às tuas virtudes, o que é pecado.
Voltei à obra mais leve, aos poemas juvenis,
e agitei meu coração com um amor fictício.
Não era isso que eu queria; mas meu destino me obrigava,
e eu era talentoso com os meus sofreres.
Ai de mim! Por que aprendi a escrever? Por que meus pais me educaram?
Por que as letras atraíram os meus olhos?
Essa lascívia me tornou odioso a teus olhos, por causa da *Arte*,
e tu pensaste que eu buscava leitos proibidos.
Mas comigo como professor nenhuma mulher casada aprendeu sobre o
[adultério,
já que ninguém pode ensinar sobre aquilo que sabe tão pouco.
Assim, eu compus poemas eróticos e canções suaves,
de tal forma que nenhum boato manchasse o meu nome.
Nenhum marido, até mesmo em meio à plebe,
pode duvidar acerca de sua paternidade em função de meu vício.
Crê em mim, meu caráter é diferente do meu poema:
a minha vida é séria, a minha Musa é jocosa.[226]
Grande parte de minha obra é mentirosa e fictícia;
a obra permitiu-se bem mais que seu compositor.
Ademais, um livro não é o reflexo da alma, é somente uma brincadeira
[inocente;[227]
ele traz muitas coisas agradáveis aos ouvidos adoçados.[228]
Áccio seria violento, Terêncio seria um festeiro,[229]
aqueles que cantam as guerras cruéis seriam briguentos.

---

229. **Áccio:** tragediógrafo romano (170–c. 86 AEC), cujas peças se perderam, restando somente os títulos e fragmentos. **Terêncio:** comediógrafo romano (c. 195/185–c. 159 AEC), autor de seis comédias, que lhe outorgam uma posição de destaque na tradição cômica ocidental. Os dois poetas são evocados aqui como exemplo da distinção entre suas obras (violenta e festeira, respectivamente) e seus caráteres.

denique composui teneros non solus amores:
   composito poenas solus amore dedi.
quid, nisi cum multo Venerem confundere vino,
   praecepit lyrici Teia Musa senis?
Lesbia quid docuit Sappho, nisi amare, puellas?   365
   tuta tamen Sappho, tutus et ille fuit.
nec tibi, Battiade, nocuit, quod saepe legenti
   delicias versu fassus es ipse tuas.
fabula iucundi nulla est sine amore Menandri,
   et solet hic pueris virginibusque legi.   370
Ilias ipsa quid est aliud, nisi adultera, de qua
   inter amatorem pugna virumque fuit?
quid prius est illi flamma Briseidos, utque
   fecerit iratos rapta puella duces?
aut quid Odyssea est, nisi femina propter amorem,   375
   dum vir abest, multis una petita procis?

230. A partir daqui tem-se o início do catálogo de autores, que se prolonga até o v. 468, sendo, portanto, o mais extenso de toda a obra ovidiana (tendo já aparecido nos *Amores* 1.15 e voltando a ocorrer, bem mais sintético, nas *Tristezas* 4.10). Aqui, o catálogo se inicia com poetas líricos gregos, Anacreonte e Safo, passando aos helenísticos Calímaco e Menandro, para voltar a Homero e aos poetas trágicos, e fechando a lista de poetas de língua grega com os autores de *fabulae milesiacae* (Aristides, Éubio e Hemiteão). Em seguida, passa-se aos latinos, em ordem ligeiramente mais cronológica, começando com Ênio e Lucrécio, passando pelos neotéricos Catulo, Cina, Anser, Cornifício, Catão e Ticidas, e em seguida por Mêmio, Varrão de Átax, Hortênsio e Sérvio, para chegar nos elegíacos Galo, Tibulo, Propércio e o próprio Ovídio. O catálogo não apenas tem a função de elencar os modelos e leituras de Ovídio, mas sobretudo de expor retoricamente a argumentação de que todos esses poetas escreveram temáticas correlatas à *Arte de Amar*, tornando assim todo o cânone literário subordinado ao gênero elegíaco amoroso; cf. AVELLAR 2019: 310-48. **Velho lírico:** trata-se de Anacreonte de Teos (c. 582–c. 485 AEC), poeta lírico grego a quem se atribuem poemas eróticos e simposiais, que abre o catálogo de poetas gregos que compuseram algo com teor erótico e nem por isso foram punidos ou censurados.

231. **Safo de Lesbos:** poeta lírica grega (c. 630–c. 570 AEC), cuja obra atribuída se apre-

Além disso, eu não fui o único a compor doces amores,
fui o único a ser castigado por ter composto amores.
O que ensinou a Musa de Teos do velho lírico[230]
senão a misturar o amor com muito vinho?
O que Safo de Lesbos ensinou às meninas, senão a amar?[231]
Porém, Safo esteve a salvo, e a salvo esteve Anacreonte.
Nem te prejudicou, Batíada, ter confessado em verso[232]
e ter lido com frequência os teus próprios prazeres?
Nenhuma peça do divertido Menandro é desprovida de amor,[233]
e ele costuma ser lido por meninos e meninas.
O que é a própria *Ilíada*, senão uma adúltera por quem
lutam entre si o amante e o marido?[234]
Qual episódio é ali anterior ao da chama por Briseida, que
tornou os chefes irados quando a menina foi confiscada?[235]
E o que é a *Odisseia*, senão uma mulher, por causa do amor,
enquanto o marido está distante, cortejada por muitos pretendentes?

senta em grande parte fragmentária, sendo uma das maiores influências sobre a poesia romana.
232. **Batíada:** Calímaco, poeta helenístico (c. 310–c. 240 AEC) de extensa obra em diversos gêneros, embora pouco tenha chegado aos nossos dias; é um dos principais modelos de Ovídio e da poesia romana em geral. O patronímico "Batíada", lit. "filho de Bato", foi empregado pelo próprio Calímaco para referir-se a si mesmo, podendo "Bato" ser alusão ao fundador mitológico de Cirene, sua cidade natal (GUTZWILLER 2007: 61-62); a mesma forma foi utilizada por Catulo em seus poemas 65 e 116, marcando o início e o fim de sua coleção elegíaca.
233. **Menandro:** comediógrafo grego (c. 342/1–c. 290 AEC) e principal nome da chamada Comédia Nova, escreveu 108 comédias e venceu vários prêmios nos festivais dramáticos de Atenas. Embora tenha sido muito popular e influente entre os antigos, suas obras foram negligenciadas durante a Idade Média, de forma que quase tudo se perdeu, exceto fragmentos e uma única peça praticamente completa, *Díscolo*.
234. Esse dístico arrola três personagens da *Ilíada*: Helena (a adúltera), Páris (o amante) e Menelau (o marido).
235. Esse dístico evoca o Canto 1 da *Ilíada*, em que Aquiles põe-se irado ao ver que lhe tiraram do espólio de guerra a jovem Briseida.

quis, nisi Maeonides, Venerem Martemque ligatos
  narrat in obsceno corpora prensa toro?
unde nisi indicio magni sciremus Homeri
  hospitis igne duas incaluisse deas? 380
omne genus scripti gravitate tragoedia vincit:
  haec quoque materiam semper amoris habet.
numquid in Hippolyto, nisi caecae flamma novercae?
  nobilis est Canace fratris amore sui.
quid? non Tantalides agitante Cupidine currus 385
  Pisaeam Phrygiis vexit eburnus equis?
tingeret ut ferrum natorum sanguine mater,
  concitus a laeso fecit amore dolor.
fecit amor subitas volucres cum paelice regem,
  quaeque suum luget nunc quoque mater Ityn. 390
si non Aeropen frater sceleratus amasset,
  aversos Solis non legeremus equos.
inpia nec tragicos tetigisset Scylla coturnos,
  ni patrium crinem desecuisset amor.
qui legis Electran et egentem mentis Oresten, 395
  Aegisthi crimen Tyndaridosque legis.
nam quid de tetrico referam domitore Chimaerae,

---

236. **Meônide:** ver nota 9.
237. Circe e Calipso, personagens da *Odisseia* de Homero, que se apaixonaram por Ulisses.
238. **Hipólito:** com esse personagem e título da peça, Ovídio começa a seção dos textos trágicos gregos; é possível que a menção seja à tragédia de Eurípides.
239. **Cânace:** jovem que foi coagida por seu pai a cometer suicídio após ter tido uma relação incestuosa com seu irmão Macareu. Aqui provavelmente se trata de uma alusão a uma tragédia de Eurípedes sobre o mito, hoje perdida. Ovídio utiliza o mito nas *Heroides* 11.
240. Embora Orestes figure em diversas peças, é possível que o dístico aluda a uma passagem da tragédia *Orestes* 1024-1062, de Eurípides.
241. Medeia é também personagem de várias peças de vários autores (inclusive uma do próprio Ovídio, hoje perdida), mas pelo contexto supõe-se que aqui seja mencionada a tragédia *Medeia* de Eurípides.
242. De acordo com a versão explorada nas *Metamorfoses* 6.412-674, o rei é Tereu, a amante

Quem, senão o Meônide, narra sobre Vênus e Marte entrelaçados[236]
com seus corpos presos numa cama obscena?
De onde senão no grande Homero saberemos sobre
as duas deusas que se abrasaram por um hóspede?[237]
A tragédia supera em gravidade qualquer outro gênero de poesia;
até nela há sempre matéria erótica.
Há algo em *Hipólito* senão a chama da madrasta cega?[238]
Cânace é famosa pelo amor a seu irmão.[239]
Quê? Acaso o ebúrneo Pélops, quando Cupido excitava seu carro,
não transportou Hipodâmia de Pisa com seus cavalos frígios?[240]
Quando a mãe tingiu a espada com sangue dos filhos,
foi por causa da dor originada por um amor traído.[241]
O amor transformou um rei e sua amante em aves velozes,
e a mãe que ainda agora chora pelo seu filho Ítis.[242]
Se o irmão celerado não tivesse amado Érope,
não leríamos os cavalos do Sol em direção contrária.[243]
Nem a ímpia Cila teria tocado os trágicos coturnos[244]
se seu amor não tivesse cortado o cabelo de seu pai.[245]
Se lês sobre Electra e Orestes insano,
lês sobre o crime de Egisto e da filha de Tíndaro.[246]
E o que direi do tétrico domador da Quimera,

é Filomela e a mãe que chora por seu filho Ítis é Procne, personagens do mito em que se transformam, respectivamente, na poupa, no rouxinol e na andorinha. Há, porém, variações do mito, em que Filomela e Procne têm seus papéis invertidos. A julgar pelo contexto, é provável que Ovídio esteja fazendo referência a uma peça trágica.

243. **Érope:** filha de Catreu, esposa de Atreu e amante de seu cunhado Tiestes. Aqui também o dístico deve se referir a uma peça trágica, possivelmente *Cretenses* de Eurípides, da qual só restam fragmentos.

244. **Coturnos:** sapatos de salto usados pelos atores ao performar as tragédias, usados aqui metonimicamente para o gênero trágico.

245. Aqui trata-se da personagem Cila, filha de Niso, rei de Megara, e não do monstro marinho de mesmo nome. Deve igualmente aludir a uma peça trágica, embora não seja possível conjecturar qual. O mito de Cila é explorado nas *Metamorfoses* 8.6-151.

246. Possível alusão às tragédias *Electra* e *Orestes* de Eurípides; a filha de Tíndaro mencionada é Clitemnestra.

quem leto fallax hospita paene dedit?
quid loquar Hermionen, quid te, Schoeneia virgo,
    teque, Mycenaeo Phoebas amata duci? 400
quid Danaen Danaesque nurum matremque Lyaei
    Haemonaque et noctes cui coiere duae?
quid Peliae generum, quid Thesea, quive Pelasgum
    Iliacam tetigit de rate primus humum?
huc Iole Pyrrhique parens, huc Herculis uxor, 405
    huc accedat Hylas Iliacusque puer.
tempore deficiar, tragicos si persequar ignes,
    vixque meus capiet nomina nuda liber.
est et in obscenos commixta tragoedia risus,
    multaque praeteriti verba pudoris habet. 410
nec nocet auctori, mollem qui fecit Achillem,
    infregisse suis fortia facta modis.
iunxit Aristides Milesia crimina secum,
    pulsus Aristides nec tamen urbe sua est.

247. Possível alusão à tragédia *Belerofonte* de Eurípides, da qual só restam fragmentos.
248. **Hermione:** personagem da tragédia *Andrômaca* de Eurípides. **Atalanta:** retratada nas *Metamorfoses* 10.560-707, possivelmente alude a uma peça trágica perdida. **Cassandra:** personagem da tragédia *Troianas* de Eurípides; também aparece na *Electra* do mesmo autor e no *Agamêmnon* de Ésquilo. **Rei de Micenas:** Agamêmnon, personagem de várias peças trágicas.
249. Neste verso há referência às tragédias *Dânae* de Eurípides, hoje perdida; *Andrômaca* de Eurípides; e *Sêmele* de Ésquilo, da qual restam poucos fragmentos. **Nora de Dânae:** Andrômeda, que se casou com Perseu, filho de Dânae. **Mãe de Lieu:** Sêmele, sendo Lieu um outro nome para Baco.
250. **Hêmon:** personagem do ciclo tebano, talvez seja uma referência sutil à *Antígona* de Sófocles, mas é mais provável que se trate de uma peça hoje perdida. **Daquela para quem duas noites se fizeram uma:** Alcmena, por quem Zeus/Júpiter se apaixonou e, para aproveitar mais tempo em seu leito, fez estender a duração da noite; pelo contexto, provavelmente a passagem alude a alguma peça trágica grega e não à comédia *Anfitrião* de Plauto.
251. **Genro de Pélias:** Admeto, personagem da tragédia *Eumênides* de Ésquilo. **Teseu:** o herói aparece em diversas peças, mas é provável que aqui se refira à tragédia *Édipo em Colono* de Sófocles.
252. **Primeiro pelasgo:** Protesilau, o primeiro dos gregos a morrer na Guerra de Troia;

a quem a hospedeira enganosa quase entregou à morte?[247]
O que dizer de Hermione, ou de ti, jovem Atalanta,
  ou de ti, sacerdotisa de Apolo amada pelo rei de Micenas?[248]
E o que dizer de Dânae, e da nora de Dânae, e da mãe de Lieu,[249]
  e de Hêmon, e daquela para quem duas noites se fizeram uma?[250]
O que dizer do genro de Pélias, o que de Teseu, o que daquele que foi o
                                                          [primeiro[251]
  pelasgo a tocar a terra troiana ao desembarcar?[252]
Somem-se a eles Íole e a mãe de Pirro, some-se a esposa de Hércules,[253]
  somem-se Hilas e o menino troiano.[254]
Há de faltar tempo, se eu arrolar todas as paixões trágicas,
  e meu livro mal poderá conter nem sequer os simples nomes.
Há também a tragédia misturada com risos obscenos,
  que contém muitas palavras desprovidas de pudor.[255]
Não prejudica o autor, que fez Aquiles apaixonado,
  ter rebaixado em seus metros os fortes feitos do herói.[256]
Aristides juntou consigo os crimes de Mileto,
  mas Aristides não foi expulso de sua cidade.[257]

---

aqui talvez se refira à tragédia *Protesilau*, de Eurípides, da qual só restam fragmentos. O mito é explorado por Ovídio nas *Heroides* 13.
253. **Íole:** personagem da tragédia *Traquínias* de Sófocles. **Mãe de Pirro:** Deidamia, esposa de Aquiles, com quem teve Pirro (ou Neoptólemo); talvez seja alusão sutil à tragédia *Andrômaca* de Eurípides, mas é mais provável que se trate de uma peça perdida. **Esposa de Hércules:** pode se tratar de Dejanira (assim entende WHEELER 1924: 84) e portanto aludir à tragédia *Traquínias* de Sófocles; ou então de Mégara e portanto aludir à tragédia *Hércules* de Eurípides. Íole e Dejanira são personagens exploradas nas *Heroides* 9.
254. **Hilas:** personagem do mito de Hércules, seu ajudante e companheiro; a qual peça o nome aqui faz alusão é incerto. **Menino troiano:** no original, *Iliacus puer*, que pode se referir a Ganimedes, jovem responsável por servir bebida a Zeus/Júpiter, ou a Troilo, o jovem filho de Príamo que, na *Ilíada*, é morto por Aquiles; como há registro de uma peça de Sófocles, hoje perdida, sobre Troilo, é mais provável que aqui se alude ao príncipe troiano, e nesse sentido argumenta GIBSON 1999: 30.
255. A julgar pelos exemplos subsequentes, Ovídio trata aqui da *fabula milesiaca*, um gênero de narrativas ficcionais, geralmente envolvendo situações eróticas ou aventureiras.
256 A referência é a uma obra desconhecida.
257. Aristides de Mileto (séc. II AEC), autor de *fabulae milesiacae*.

nec qui descripsit corrumpi semina matrum, 415
    Eubius, inpurae conditor historiae,
nec qui composuit nuper Sybaritica, fugit,
    nec qui concubitus non tacuere suos.
suntque ea doctorum monumentis mixta virorum,
    muneribusque ducum publica facta patent. 420
neve peregrinis tantum defendar ab armis,
    et Romanus habet multa iocosa liber.
utque suo Martem cecinit gravis Ennius ore,
    Ennius ingenio maximus, arte rudis:
explicat ut causas rapidi Lucretius ignis, 425
    casurumque triplex vaticinatur opus:
sic sua lascivo cantata est saepe Catullo
    femina, cui falsum Lesbia nomen erat;
nec contentus ea, multos vulgavit amores,
    in quibus ipse suum fassus adulterium est. 430
par fuit exigui similisque licentia Calvi,
    detexit variis qui sua furta modis.
Cinna quoque his comes est, Cinnaque procacior Anser, 435
    et leve Cornufici parque Catonis opus. 436
quid referam Ticidae, quid Memmi carmen, apud quos 433
    rebus adest nomen nominibusque pudor, 434

258. **Éubio:** autor desconhecido, provavelmente autor de *fabulae milesiacae*.
259. Obra, hoje perdida, escrita por Hemiteão, autor pouco conhecido, mencionado por Marcial 12.43; 12.95.
260. Ou seja, realizar leituras públicas dessas obras nas bibliotecas, que são "os presentes dos líderes".
261. A partir daqui Ovídio inicia o catálogo de autores romanos.
262. **Catulo:** poeta romano (c. 84–c. 54 AEC), um dos principais nomes da poesia latina e um dos principais modelos de Ovídio. Aqui, Catulo abre a lista dos poetas que compõem o chamado movimento neotérico (em grego, *neoterikoí*; em latim, *poetae novi*, "poetas novos"), cuja premissa poética se baseia na estética alexandrina. O termo foi incialmente atribuído por Cícero, com viés pejorativo, a esses poetas da primeira metade do século I AEC, mas acabou sendo incorporado pelos historiadores da literatura, sendo hoje utilizado sem juízo de valor, expressando somente a estética assumida pelo movimento.
263. **Lésbia:** nome da mulher amada na poesia de Catulo, que faz uma referência meta-

Nem Éubio, inventor de uma história impura,[258]
   que descreveu a corrupção dos úteros,
nem aquele que recentemente compôs a *Sibarítica* foi exilado,[259]
   nem aquele que não se calou sobre seus adultérios.
Isso tudo está misturado aos monumentos dos homens eruditos,
   e devido aos presentes dos líderes, expõem as ações em público.[260]
Nem serei somente defendido por armas estrangeiras,
   já que um livro romano tem muito erotismo.
Assim como o grave Ênio cantou a guerra com seus lábios,[261]
   Ênio de talento máximo, porém rude em arte;
assim como Lucrécio explica as causas do fogo fugaz,
   e vaticine a queda dos três elementos;
assim também pelo lascivo Catulo sua mulher é muito cantada,[262]
   com o fictício nome de Lésbia.[263]
E não satisfeito com ela, vulgarizou muitos amores,
   nos quais ele próprio confessa o seu adultério.
A mesma licença foi igual ao breve Calvo,[264]
   que descreveu suas escapadelas em diversos metros.
Cina também é companheiro desses, e Ânser ainda mais libertino que Cina,[265]
   e a obra leve de Cornufício e também a de Catão.[266]
Que dizer do poema de Tícidas, ou do poema de Mêmio, nos quais
   aparece o nome das coisas e a vergonha dos nomes?[267]

   poética a seu modelo, Safo de Lesbos; cf. MILLER 2013.
264. **Calvo:** Caio Licínio Mácer Calvo (82–47 AEC), poeta romano neotérico. O adjetivo *exigui* evoca a estética alexandrina da brevidade.
265. **Cina:** Caio Hélvio Cina (m. 44 AEC), poeta romano neotérico. **Ânser:** poeta romano (séc. I AC), talvez seja um pseudônimo do poeta Lícidas, ou mesmo um nome genérico para mau poeta; cf. PEIRANO 2012: 110.
266. **Cornufício:** Quinto Cornufício (m. 42 AEC), poeta romano, autor de um epílio hoje perdido. **Catão:** Públio Valério Catão (séc. I AEC), poeta romano neotérico.
267. A tradição manuscrita traz invertidos estes dois dísticos (433-436), mas sigo a lição de OWEN 1915, que altera a disposição pelo sentido do texto, principalmente pela ligação do poeta Ticidas com sua amante Metela, descrita por Apuleio na *Apologia* 10. **Tícidas:** poeta romano neotérico (séc. I AEC); cf. FRANK 1920. **Mêmio:** Caio Mêmio (m. 49 AEC), poeta e orador romano, provavelmente o Mêmio citado na dedicatória do *De Rerum Natura* de Lucrécio.

et quorum libris modo dissimulata Perilla est,
    nomine nunc legitur dicta, Metelle, tuo?
is quoque, Phasiacas Argon qui duxit in undas,
    non potuit Veneris furta tacere suae.   440
nec minus Hortensi, nec sunt minus improba Servi
    carmina. quis dubitet nomina tanta sequi?
vertit Aristiden Sisenna, nec offuit illi,
    historiae turpis inseruisse iocos.
non fuit opprobrio celebrasse Lycorida Gallo,   445
    sed linguam nimio non tenuisse mero.
credere iuranti durum putat esse Tibullus,
    sic etiam de se quod neget illa viro:
fallere custodes idem docuisse fatetur,
    seque sua miserum nunc ait arte premi.   450
saepe, velut gemmam dominae signumve probaret,
    per causam meminit se tetigisse manum,
utque refert, digitis saepe est nutuque locutus,
    et tacitam mensae duxit in orbe notam;
et quibus e sucis abeat de corpore livor,   455

268. **Perila:** essa Perila não deve ser confundida com a enteada de Ovídio; trata-se aqui do pseudônimo de Metela, que seria amante do poeta Tícidas e com esse pseudônimo teria sido cantada por ele em seus versos. Entende-se dessa passagem que, após publicar alguns livros disfarçando o nome da amante, Tícidas passou a publicar, sem pudor algum, referências explícitas a Metela com seu nome verdadeiro.
269. Provavelmente trata-se das *Argonáuticas* de Varrão de Átax (82-35 AEC), tradução latina do original grego de Apolônio de Rodes. Ovídio enumera Varrão no catálogo de autores memoráveis nos *Amores* 1.15.21-22. **Fásis:** rio da Cólquida, por onde o navio Argo percorre seu trajeto, hoje rio Rioni, na Geórgia.
270. O verso original *non potuit Veneris furta tacere suae* oferece duas possibilidades de leitura. Há quem leia "sua Vênus" como metonímia para o sexo, entendendo que Varrão de Átax teria escrito poemas eróticos com base autobiográfica; essa é a leitura de WHEELER 1924 ("[he] could not keep silent about his own adventures in love") e de PRATA 2007 ("não pôde calar seus amores furtivos"). Por outro lado, é possível ler "Vênus" mais literalmente, visto que a deusa (Afrodite, na versão grega) é mencionada nas *Argonáuticas* de Apolônio de Rodes (e consequentemente na

E Metela, antes escondida nos livros deles sob o nome de Perila,[268]
  agora pode ser lida, nomeada às abertas.
E ele também, que conduziu Argo pelas ondas do Fásis,[269]
  não pôde calar-se sobra as escapadelas de sua Vênus.[270]
Nem menos ímprobos são os poemas de Hortênsio, ou os de Sérvio.[271]
  Quem hesitaria em seguir tão eminentes nomes?
Sisena traduziu Aristides, e não lhe foi ruim[272]
  ter inserido brincadeiras torpes às suas histórias.
Não foi motivo de opróbio a Galo ter celebrado Licóride,[273]
  e devido ao excesso de vinho ele não conteve sua língua.
Tibulo acha difícil acreditar naquela que lhe jura amor,[274]
  pois do mesmo modo ela mente ao marido sobre Tibulo;
ele confessa tê-la ensinado a ludibriar o porteiro,
  e agora diz ter sido arrastado à desgraça por sua própria arte.
Ele lembra que fingindo provar o anel ou o selo
  de sua senhora, muitas vezes ele tocou suas mãos.
E conta que conversou muitas vezes por meio dos dedos e de sinais com a
[cabeça,
  e que compôs uma mensagem tácita na beira da mesa;
e ensina quais pomadas podem tirar as manchas do corpo

tradução de Varrão) como a mãe de Eros após um caso (*furta*) com o deus Ares; sigo na tradução esta última leitura.
271. **Hortênsio:** Quinto Hortênsio Hórtalo (114–50 AEC), poeta e orador romano. **Sérvio:** Sérvio Sulpício Rufo (c. 105–43 AEC), poeta e orador romano. A julgar pelo contexto da passagem, ambos teriam escritos poemas eróticos.
272. **Sisena:** Lúcio Cornélio Sisena (c. 120–67 AEC), poeta e historiógrafo romano; a julgar pela passagem, traduziu *fabulae milesiacae* de Aristides, mencionado acima.
273. **Galo:** Caio Cornélio Galo (c. 70–26 AEC), poeta romano autor de elegias amorosas, muito apreciado e citado por Ovídio e pelos demais autores augustano. **Licóride:** o nome da *puella* cantada nas elegias de Galo.
274. **Tibulo:** Álbio Tibulo (c. 55–19 AEC), poeta romano autor de elegias amorosas, um dos poetas mais apreciados e citados por Ovídio, com quem tinha amizade pessoal e possivelmente partilhava o círculo literário de Messala, e a quem Ovídio dedicou um poema lamentando sua morte (*Amores* 3.9). Aqui, Tibulo recebe no catálogo um espaço de destaque, abarcando dezoito versos.

inpresso fieri qui solet ore, docet:
denique ab incauto nimium petit ille marito,
    se quoque uti servet, peccet ut illa minus.
scit, cui latretur, cum solus obambulet, ipsas
    cui totiens clausas excreet ante fores,   460
multaque dat furti talis praecepta docetque
    qua nuptae possint fallere ab arte viros.
non fuit hoc illi fraudi, legiturque Tibullus
    et placet, et iam te principe notus erat.
invenies eadem blandi praecepta Properti: 465
    destrictus minima nec tamen ille nota est.
his ego successi, quoniam praestantia candor
    nomina vivorum dissimulare iubet.
non timui, fateor, ne, qua tot iere carinae,
    naufraga servatis omnibus una foret.   470
sunt aliis scriptae, quibus alea luditur, artes
    (hoc est ad nostros non leve crimen avos),
quid valeant tali, quo possis plurima iactu
    figere, damnosos effugiasve canes,
tessera quos habeat numeras, distante vocato   475
    mittere quo deceat, quo dare missa modo,
discolor ut recto grassetur limite miles,
    cum medius gemino calculus hoste perit,
ut bellare sequens sciat et revocare priorem,
    nec tuto fugiens incomitatus eat;   480
parva sit ut ternis instructa tabella lapillis,

---

275. A passagem 1.2.447-462, embora de certa maneira sintetize toda a obra de Tibulo, parafraseia sobretudo elementos dos poemas 1.5 e 1.6.
276. **Propércio:** Sexto Propércio (50/45–c. 15 AEC), poeta romano autor de elegias amorosas e etiológicas, um dos principais modelos para a obra elegíaca de Ovídio, ocupando nos dois catálogos (aqui e em 4.10.53) a penúltima posição, somente antes do próprio autor.
277. A partir daqui Ovídio passa a enumerar tratados que descreviam e ensinavam acerca dos diferentes tipos de jogos, a maioria deles de azar. A passagem não deixa

que costumam ser causadas pelos beijos.
Afinal, ele pede ao marido demasiado incauto
que ele se cuide, para que ela possa pecar um pouco menos.
Ele sabe bem para quem o cão dirige seus latidos, quando ele vaga sozinho,
para quem se pigarreia tantas vezes diante das portas trancadas,
e oferece muitos preceitos de como dar escapadelas, e ensina
a arte pela qual as esposas possam ludibriar seus maridos.[275]
Isso não foi motivo para que ele fosse acusado, e Tibulo é lido
e apreciado, e já era famoso quando te tornaste príncipe.
Encontrarás os mesmos preceitos no brando Propércio;[276]
e, no entanto, ele não foi nem minimamente perseguido.
Eu sucedi a ambos, já que a etiqueta me ordena a esconder
os nomes célebres dos vivos.
Confesso que não tive medo que, de tantos barcos indo juntos,
apenas um naufragasse e todos os demais se salvassem.
Outras *Artes* foram escritas, ensinando a jogar os dados,[277]
e isso não era crime pequeno para os nossos avós.
Ensinam sobre o valor dos dados, e com qual lançamento podes[278]
ganhar mais pontos, e com qual evitas as figuras perdedoras.
Ensinam sobre quais números a téssera contém, e quando é melhor fazer
[o lance[279]
diante da chamada do adversário, e de que maneira fazer o lance.
E como o soldado colorido deve avançar em linha reta,
quando uma peça em meio a duas inimigas é capturada,
e como avançando saiba combater e defender a peça mais importante,
e recuando não deixe a peça desprotegida.[280]
E como um pequeno tabuleiro é ocupado por três pecinhas,

---

de dialogar com a *Arte de Amar* 3, em que os jogos são elencados como um recurso de conquista amorosa.
278. **Dados:** no original *tali*, um tipo de dado feito a partir de ossos de animais, utilizado em jogos de aposta.
279. **Téssera:** outro tipo de dado romano, para jogos de aposta.
280. Aqui é descrito o *ludus latrunculorum*, "jogo dos ladrões", um jogo de tabuleiro ligeiramente parecido com o xadrez.

>   in qua vicisse est continuasse suos;
> quique alii lusus (neque enim nunc persequar omnes)
>   perdere, rem caram, tempora nostra solent.
> ecce canit formas alius iactusque pilarum,   485
>   hic artem nandi praecipit, ille trochi,
> composita est aliis fucandi cura coloris;
>   hic epulis leges hospitioque dedit;
> alter humum, de qua fingantur pocula, monstrat,
>   quaeque, docet, liquido testa sit apta mero.   490
> talia luduntur fumoso mense Decembri,
>   quae damno nulli composuisse fuit.
> his ego deceptus non tristia carmina feci,
>   sed tristis nostros poena secuta iocos.
> denique nec video tot de scribentibus unum,   495
>   quem sua perdiderit Musa, repertus ego.
> quid, si scripsissem mimos obscena iocantes,
>   qui semper vetiti crimen amoris habent:
> in quibus assidue cultus procedit adulter,
>   verbaque dat stulto callida nupta viro?   500
> nubilis hos virgo matronaque virque puerque
>   spectat, et ex magna parte senatus adest.
> nec satis incestis temerari vocibus aures;
>   adsuescunt oculi multa pudenda pati:
> cumque fefellit amans aliqua novitate maritum   505
>   plauditur et magno palma favore datur;
> quoque minus prodest, scaena est lucrosa poetae,

---

281. Aqui é descrito um jogo de tabuleiro, talvez parecido ao jogo de damas; WHEELER 1924: 91 o relaciona ao jogo alemão *Mühlespiel*.
282. Nesse verso, são referidos os tratados sobre pintura, mas não deixa de haver também sutil alusão ao poema ovidiano *Medicamina faciei femineae*, onde se menciona tinturas que a mulher pode combinar em seu rosto.

no qual vence quem conservar suas peças.²⁸¹
E também outros jogos (para não ter que mencionar aqui todos que existem)
    que costumam desperdiçar aquilo que temos de mais valioso: nosso tempo.
Veja, um canta as formas e lançamentos de bolas,
    outra ensina a arte de nadar, outro a arte do aro;
por uns foi composta a técnica de misturar cores,²⁸²
    outro compôs regras de banquetes e recepções,
outro discorre sobre a argila da qual se fazem os vasos,
    ensinando qual deles é mais conveniente ao vinho líquido.
Tais diversões são feitas durante o nublado mês de dezembro,
    e não causaram dano a quem as compuseram.
Eu, enganado por isso, compus poemas não tristes,²⁸³
    mas um castigo triste seguiu minhas brincadeiras.
Afinal, não vejo um único entre tantos escritores
    que tenha se arruinado por sua Musa, exceto a mim próprio.
Quê? Como se eu tivesse escrito mimos jocosos obscenos,²⁸⁴
    que sempre contêm o crime de amor proibido,
nos quais frequentemente aparece um adúltero engomado
    e a esposa sagaz a mentir para o marido estúpido?
Isso assiste a jovem nubente e a matrona e o marido e o menino,
    e até uma boa parte do Senado marca presença.
E nem basta ferir os ouvidos com palavras incestuosas;
    os olhos se acostumam a tolerar muitos impudores.
Quando o amante ludibria o marido com alguma novidade,
    é aplaudido e lhe é dado o prêmio de honra ao mérito.
E também o que é ainda menos produtivo: o palco é lucrativo aos poetas,

---

283. **Poemas não tristes:** ou seja, poemas jocosos, eróticos, referindo-se especialmente aos *Amores* e à *Arte de Amar*, em oposição à atual coleção de elegias exílicas.
284. **Mimos:** gênero dramático romano, que em geral representava cenas cotidianas de maneira ridícula; cf. FANTHAM 2011.

        tantaque non parvo crimina praetor emit.
inspice ludorum sumptus, Auguste, tuorum:
        empta tibi magno talia multa leges.   510
haec tu spectasti spectandaque saepe dedisti
        (maiestas adeo comis ubique tua est)
luminibusque tuis, totus quibus utitur orbis,
        scaenica vidisti lentus adulteria.
scribere si fas est imitantes turpia mimos,   515
        materiae minor est debita poena meae.
an genus hoc scripti faciunt sua pulpita tutum,
        quodque licet, mimis scaena licere dedit?
et mea sunt populo saltata poemata saepe,
        saepe oculos etiam detinuere tuos.   520
scilicet in domibus nostris ut prisca virorum
        artificis fulgent corpora picta manu,
sic quae concubitus varios Venerisque figuras
        exprimat, est aliquo parva tabella loco:
utque sedet vultu fassus Telamonius iram,   525
        inque oculis facinus barbara mater habet,
sic madidos siccat digitis Venus uda capillos,
        et modo maternis tecta videtur aquis.
bella sonant alii telis instructa cruentis,
        parsque tui generis, pars tua facta canunt.   530
invida me spatio natura coercuit arto,
        ingenio vires exiguasque dedit
et tamen ille tuae felix Aeneidos auctor

---

285. **Filho de Télamo:** Ájax.
286. **Bárbara mãe:** Medeia. As duas pinturas mencionadas no dístico seriam de autoria de Timômaco de Bizâncio, segundo INGLEHEART 2010: 380; para a discussão sobre os efeitos metapoéticos da passagem, AVELLAR 2019: 343.
287. **Banhada:** no original, *uda*, que INGLEHEART 2010: 382 vê com duplo sentido de

e o pretor paga por tamanhos crimes não pouco dinheiro.
Inspeciona, Augusto, os gastos dos teus jogos:
    lerás muitas dessas coisas por ti patrocinadas a grandes somas.
Tu assististe a isso, e muitas vezes ofereceste à audiência
    (tão benéfica é a tua majestade por toda parte),
e com teus olhos, pelos quais o mundo todo se beneficia,
    viste, bem tranquilo, esses adultérios cênicos.
Se é lícito escrever mimos que imitam torpezas,
    um castigo menor é exigido pela minha matéria.
Ou o palco torna impune esse gênero de escrita,
    e o teatro deu aos mimos a permissão de dizer tudo?
Meus poemas também foram, muitas vezes, encenados com dança ao público,
    muitas vezes detiveram inclusive o teu olhar.
De fato, nas nossas casas, assim como brilham corpos antigos dos heróis,
    pintados pela mão do artista,
também há em algum canto uma pequena tabuinha que revela
    várias posições sexuais e imagens eróticas;
onde o filho de Télamo se senta, confessando com o olhar a sua ira,[285]
    e onde aparece a bárbara mãe com maldade nos olhos,[286]
também ali Vênus banhada enxuga com os dedos os cabelos molhados,[287]
    e parece vestida somente com as águas que lhe geraram.[288]
Alguns entoam as guerras munidas com armas cruéis,
    outros cantam os feitos da tua família e outros os teus próprios.
A natureza cruel me coagiu a um espaço estreito,
    e deu forças exíguas ao meu talento,
mas o bem-sucedido autor da tua *Eneida*

"molhada" pelas águas do banho e pela fisiologia do ato sexual. Opto aqui por traduzir pela acepção do banho, salientando a relação, proposta pela própria estudiosa, dessa passagem com o episódio de Diana e Acteão nas *Metamorfoses* 3.138-252.
288. A descrição da pintura de Vênus pode ser alusão à obra de Apeles, conhecida como *Aphrodite Anadyomene*. Cf. HAVELOCK 1995: 86-88.

>   contulit in Tyrios arma virumque toros,
> nec legitur pars ulla magis de corpore toto, 535
>   quam non legitimo foedere iunctus amor.
> Phyllidis hic idem teneraeque Amaryllidis ignes
>   bucolicis iuvenis luserat ante modis.
> nos quoque iam pridem scripto peccavimus isto:
>   supplicium patitur non nova culpa novum; 540
> carminaque edideram, cum te delicta notantem
>   praeteriit totiens inreprehensus eques.
> ergo quae iuvenis mihi non nocitura putavi
>   scripta parum prudens, nunc nocuere seni.
> sera redundavit veteris vindicta libelli, 545
>   distat et a meriti tempore poena sui.
> ne tamen omne meum credas opus esse remissum,
>   saepe dedi nostrae grandia vela rati.
> sex ego Fastorum scripsi totidemque libellos,
>   cumque suo finem mense volumen habet, 550
> idque tuo nuper scriptum sub nomine, Caesar,
>   et tibi sacratum sors mea rupit opus;
> et dedimus tragicis scriptum regale coturnis,
>   quaeque gravis debet verba coturnus habet;
> dictaque sunt nobis, quamvis manus ultima coeptis 555
>   defuit, in facies corpora versa novas.
> atque utinam revoces animum paulisper ab ira,

289 A passagem alude ao Canto 4 da *Eneida* de Virgílio, em que o protagonista Eneias tem uma relação amorosa com a rainha Dido; "amor ilegítimo" no sentido de que não eram casados. "Armas e o varão" retomam as palavras iniciais da *Eneida* (*arma virumque*), aqui usados, com ironia, em sentido erótico.
290 Referência às *Bucólicas* (ou *Éclogas*) de Virgílio, das quais Fílis e Amarílis são personagens; Fílis aparece nas *Bucólicas* 3, 5, 8 e 10; Amarílis aparece em 1, 2, 3 e 8; os dois nomes são, devido à influência virgiliana, utilizados na tradição poética bucólica, sendo inclusive Amarílis a fonte para Marília em *Marília de Dirceu* de Tomás Antônio Gonzaga. Cf. HASEGAWA & FURTADO 2021: 21.

fez penetrar as armas e o varão no leito cartaginês,
e nenhuma parte de todo a obra é mais lida
do que essa cena de amor ilegítimo.²⁸⁹
Esse mesmo autor, ainda jovem, brincara em verso bucólico
sobre as paixões de Fílis e da bela Amarílis.²⁹⁰
Eu também, outrora, já pequei com esse tipo de escrita;
uma culpa que não é nova sofre um castigo novo.
Publiquei os meus poemas à época que eu, equestre, passava tantas vezes
[por ti,²⁹¹
que notavas os meus delitos e ainda assim não me repreendias.
Assim, os poemas que quando jovem imprudente eu achava que não me
[fariam mal,
acabaram por me fazer mal na minha velhice.
Uma vingança tardia se fez contra um livrinho antigo,
e o castigo dista em tempo de seu motivo.
E nem creias que toda a minha obra seja superficial;
várias vezes dei velas grandiosas para meu barco.
Eu escrevi seis livrinhos e mais esse tanto dos *Fastos*,²⁹²
em que cada volume contém o seu mês;²⁹³
esse poema foi escrito recentemente sob teu nome, César,
e mesmo sendo dedicado a ti, meu destino interrompeu o trabalho.
Também dediquei uma obra elevada aos coturnos trágicos,²⁹⁴
eivada das palavras decorosas ao coturno.
Foram cantadas por mim, embora lhes falte uma última revisão,
os corpos mudados em formas novas.²⁹⁵
Quem sabe afastas teu espírito, pouco que seja, do ódio,

291 **Equestre:** ver nota 183.
292 *Fastos:* poema de Ovídio em dísticos elegíacos, aparentemente deixado inconcluso após o decreto de exílio, composto de seis livros que correspondem aos seis primeiros meses do ano; cada livro discorre sobre as festas e os ritos, bem como sua etiologia, conduzidos no mês correspondente, em ordem cronológica.
293 O verso retoma *Fastos* 1.724; ver nota acima.
294 Trata-se da *Medeia*, tragédia escrita por Ovídio, hoje perdida. **Coturnos:** ver nota 244.
295. Alusão às *Metamorfoses*.

et vacuo iubeas hinc tibi pauca legi,
pauca, quibus prima surgens ab origine mundi
    in tua deduxi tempora, Caesar, opus: 560
aspicies, quantum dederis mihi pectoris ipse,
    quoque favore animi teque tuosque canam.
non ego mordaci destrinxi carmine quemquam,
    nec meus ullius crimina versus habet.
candidus a salibus suffusis felle refugi: 565
    nulla venenato littera mixta ioco est.
inter tot populi, tot scriptis, milia nostri,
    quem mea Calliope laeserit, unus ero.
non igitur nostris ullum gaudere Quiritem
    auguror, at multos indoluisse malis;   570
nec mihi credibile est, quemquam insultasse iacenti,
    gratia candori si qua relata meo est.
his, precor, atque aliis possint tua numina flecti,
    o pater, o patriae cura salusque tuae!
non ut in Ausoniam redeam, nisi forsitan olim,   575
    cum longo poenae tempore victus eris,
tutius exilium pauloque quietius oro,
    ut par delicto sit mea poena suo.

---

296. **Poema mordaz:** o adjetivo *mordax* (aqui, em *mordaci carmine*) costuma ser empregado em sentido técnico para a poesia iâmbica; o verso pode, portanto, expressar o fato de que Ovídio nunca havia composto esse tipo de poesia, mas também pode indicar que ainda não havia composto o *Íbis*, que, embora em dísticos elegíacos, apresenta matéria iâmbica; pode ainda ser uma ironia em relação à futura compo-

e ordenas que se leia uma breve passagem para ti,
breve que seja, pois da primeva origem do mundo
conduzi a obra até teus dias, ó César;
verás o quanto me ofereceste de inspiração,
e também com qual posição eu cantei sobre ti e os teus.
Eu nunca ofendi ninguém com algum poema mordaz,[296]
e meus versos não expõem os crimes de ninguém.
Inocente, eu fugi do fel bem temperado,
nenhuma palavra minha é misturada ao jogo venenoso.
Em meio a tantas pessoas, tantos escritos, milhares de nós,
serei o único a quem minha Calíope terá causado dano.[297]
Acredito que nenhum romano se alegre das minhas desgraças,
embora muitos se condoam.
Nem mesmo me é possível crer que alguém zombou de minha queda,
se alguma clemência foi concedida ao meu espírito.
Rezo para que este poema, junto com outras coisas, possa abrandar tua
[divindade,
ó pai, ó proteção e salvação de tua pátria![298]
Não oro para que eu retorne à Ausônia, a não ser que talvez um dia
te dês por vencido após um longo tempo de castigo.
Oro por um exílio um pouco mais seguro e mais tranquilo,
para que meu castigo seja igual ao meu delito.

sição do poema invectivo, que se acredita ter sido escrito após o livro 4 das *Tristezas*; cf. KRASNE 2016: 149.
297. **Calíope:** uma das nove Musas, aqui usada metonimicamente para a inspiração poética.
298. **Pai da pátria:** ver nota 169.

Liber Tertius

Livro 3

I

'MISSVS in hanc venio timide liber exulis urbem:
    da placidam fesso, lector amice, manum;
neve reformida, ne sim tibi forte pudori:
    nullus in hac charta versus amare docet.
haec domini fortuna mei est, ut debeat illam   5
    infelix nullis dissimulare iocis.
id quoque, quod viridi quondam male lusit in aevo,
    heu nimium sero damnat et odit opus.
inspice quid portem: nihil hic nisi triste videbis,
    carmine temporibus conveniente suis.   10
clauda quod alterno subsidunt carmina versu,
    vel pedis hoc ratio, vel via longa facit;
quod neque sum cedro flavus nec pumice levis,
    erubui domino cultior esse meo;
littera suffusas quod habet maculosa lituras,   15
    laesit opus lacrimis ipse poeta suum.
siqua videbuntur casu non dicta Latine,
    in qua scribebat, barbara terra fuit.
dicite, lectores, si non grave, qua sit eundum,
    quasque petam sedes hospes in urbe liber.'   20
haec ubi sum furtim lingua titubante locutus,

---

299. **3.1** Quem toma a palavra é o próprio livro que, ao chegar em Roma e descrever a sua condição pesarosa, pede que alguém o receba na grande cidade e lhe mostre os principais locais. Encontrado alguém que o conduz, o livro perfaz um itinerário pelo centro da Roma antiga e suas bibliotecas públicas, as quais proíbem-lhe a entrada. Após ser expulso das bibliotecas, o livro procura asilo nas mãos do povo e nas estantes particulares.

300. **Papiro:** no original, *charta*, no sentido de folha ou página em que se escreve.

1.

"Enviado para esta cidade, eu, o livro de um exilado, chego timidamente.[299]
Caro leitor, estende-me a mão benévola, pois estou cansado.
E não temas que eu seja talvez motivo de vergonha para ti:
nenhum verso neste papiro ensina a amar.[300]
Tal é o destino do meu amo, que ele, lastimoso,
não deve dissimulá-lo com brincadeiras.
Até aquela obra com que outrora gracejou (infelizmente!) em seus anos
[imaturos,[301]
agora, tarde demais (ó céus!), ele condena e odeia.
Olha o que eu trago: aqui, em um poema adequado à sua situação,
nada encontrarás além de tristeza.
Que os poemas mancos tropecem em verso alternado,[302]
ou é por causa da regra do metro, ou porque vêm de longa viagem.
Que não tenha a cor de âmbar pelo óleo de cedro nem seja polido com
[pedra-pomes,[303]
é porque senti vergonha de estar mais asseado que meu autor.
Que as letras manchadas possuam borrões espalhados,
é porque o próprio poeta manchou a sua obra com lágrimas.
Se por acaso forem encontradas palavras não latinas,
é porque a terra onde ele escrevia era bárbara.
Dizei, leitores, se não lhes for incômodo, para onde devo ir,
quais lugares devo eu, um livro estrangeiro em Roma, procurar?
Quando falei tais coisas furtivamente com língua balbuciante,

---

301. **Aquela obra:** a *Arte de Amar*; ver nota 10.
302. O verso evoca a estrutura do dístico elegíaco, composto de um hexâmetro datílico e um pentâmetro datílico. O fato de o verso par ter um pé métrico a menos que o verso ímpar causa esse efeito de um metro "manco".
303. **Pedra-pomes:** ou púmice, espécie de pedra vulcânica que, por sua aspereza, era usada como instrumento esfoliante na preparação dos papiros e pergaminhos.

qui mihi monstraret, vix fuit unus, iter.
'di tibi dent, nostro quod non tribuere poetae,
    molliter in patria vivere posse tua.
duc age, namque sequar, quamvis terraque marique   25
    longinquo referam lassus ab orbe pedem.'
paruit, et ducens 'haec sunt fora Caesaris,' inquit,
    'haec est a sacris quae via nomen habet,
hic locus est Vestae, qui Pallada servat et ignem,
    haec fuit antiqui regia parva Numae.'   30
inde petens dextram 'porta est' ait 'ista Palati,
    hic Stator, hoc primum condita Roma loco est.'
singula dum miror, video fulgentibus armis
    conspicuos postes tectaque digna deo.
'et Iovis haec' dixi 'domus est?' quod ut esse putarem,   35
    augurium menti querna corona dabat.
cuius ut accepi dominum, 'non fallimur,' inquam,
    'et magni verum est hanc Iovis esse domum.
cur tamen opposita velatur ianua lauro,
    cingit et augustas arbor opaca comas?   40
num quia perpetuos meruit domus ista triumphos,
    an quia Leucadio semper amata deo est?
ipsane quod festa est, an quod facit omnia festa?
    quam tribuit terris, pacis an ista nota est?
utque viret semper laurus nec fronde caduca   45

304. **Paládio:** estátua de madeira da deusa Atena. De acordo com o mito, Apolo havia previsto que Troia não seria conquistada enquanto essa estátua estivesse dentro das muralhas da cidade. Os romanos acreditavam que ela havia sido trazida até Roma por Eneias ou por Ulisses, segundo diferentes tradições. A permanência do Paládio em Roma significava, de certa maneira, a integridade de Roma contra os ataques estrangeiros, além de sua origem mítica troiana. **Fogo:** no Templo de Vesta, as sacerdotisas mantinham sempre acesa uma lareira cujo fogo simbolizava a vitalidade da cidade.
305. **Numa:** Numa Pompílio, tido pelos romanos como o segundo rei de Roma, sucessor de Rômulo. A ele atribuía-se a fundação da religião romana, pois acreditava-se que ele tinha recebido de uma ninfa as regras que ordenavam os ritos e os cultos. Ovídio emprega Numa como personagem de destaque nas *Metamorfoses* 15.3-479.
306. **Porta do Palatino:** a Porta Mugônia, que dava acesso à colina do Palatino. Ver nota 11.

com dificuldade por fim encontrei alguém que me mostrasse o caminho.
'Que os deuses te concedam aquilo que não proveram ao nosso poeta:
poder viver tranquilamente em tua pátria.
Vamos, conduz-me! Pois eu te seguirei, ainda que eu venha exausto pela
[viagem
por terra e por mar de um mundo longínquo.'
Ele obedeceu; e, ao me conduzir, diz: 'Estes são os Fóruns de César,
esta é a via que leva o nome de Sacra,
este é o Templo de Vesta, que conserva o Paládio e o fogo,[304]
esta foi a modesta residência real do antigo Numa.'[305]
Então, virando à direita, diz: 'Esta é a porta do Palatino,[306]
aqui é o Estator, ali é o local da fundação de Roma.'[307]
Enquanto admiro uma por uma, avisto em armas fulgurantes
notáveis colunas e edifícios dignos de um deus.
'E esta é a casa de Júpiter?' perguntei. O que me fazia pensar isso[308]
era uma guirlanda de ramos de carvalho que assim indicava.[309]
Quando percebi quem era o seu dono, digo: 'Não me enganei,
esta é de fato a casa do grande Júpiter.
Mas por que a porta está coberta por um laurel que lhe vem por cima,
e uma árvore umbrosa adorna os portões augustos?
Será porque esta casa mereceu perpétuos triunfos,
ou porque foi sempre amada pelo deus Leucádio?[310]
Será porque ela é feliz, ou porque torna tudo feliz?
Ou será que ela é conhecida pela paz que concedeu ao mundo?
E assim como o laurel sempre verdeja e não desprende uma folha velha sequer,

---

307. **Estator:** Templo de Júpiter Estator (ou Estátor), próximo ao Fórum romano, dito ter sido fundado por Rômulo no séc. VIII AEC.
308. **Júpiter:** aqui, plasmado à figura do imperador Augusto; ver nota 73.
309. **Guirlanda de ramos de carvalho:** trata-se da *corona cívica*, oferenda religiosa concedida ao imperador Augusto, junto com esse título, em 27 AEC; cf. EDER 2005: 24.
310. **Deus Leucádio:** um dos epítetos do deus Apolo, para o qual havia um templo na ilha grega Leucádia. O ramo de laurel (ou loureiro) havia sido colocado diante da porta do palácio do imperador, como símbolo de perenidade e poder da casa imperial. Ao mesmo tempo, Ovídio se utiliza aqui da tradição mítica sobre a figura de Dafne, ninfa amada por Apolo e metamorfoseada em laurel. O episódio é narrado nas *Metamorfoses* 1.452-567; cf. SCHMIDT 2021: 55-63.

carpitur, aeternum sic habet illa decus?
causa superpositae scripto est testata coronae:
   servatos civis indicat huius ope.
adice servatis unum, pater optime, civem,
   qui procul extremo pulsus in orbe latet, 50
in quo poenarum, quas se meruisse fatetur,
   non facinus causam, sed suus error habet.
me miserum! vereorque locum vereorque potentem,
   et quatitur trepido littera nostra metu.
aspicis exsangui chartam pallere colore? 55
   aspicis alternos intremuisse pedes?
quandocumque, precor, nostro placere parenti
   isdem et sub dominis aspiciare domus!'
inde tenore pari gradibus sublimia celsis
   ducor ad intonsi candida templa dei, 60
signa peregrinis ubi sunt alterna columnis,
   Belides et stricto barbarus ense pater,
quaeque viri docto veteres cepere novique
   pectore, lecturis inspicienda patent.
quaerebam fratres, exceptis scilicet illis, 65
   quos suus optaret non genuisse pater.
quaerentem frustra custos e sedibus illis
   praepositus sancto iussit abire loco.

---

311. **Inscrição:** é provável que se refira à inscrição *OB CIVIS SERVATOS*, lit., "por ter salvo os cidadãos", encontrada nas moedas da época na função de autolouvor de Augusto; cf. COSTA CAMPOS 2018.
312. **Pai:** no original, *parenti*, termo metafórico para designar o autor do livro.
313. **Deus de cabelos compridos:** trata-se de Apolo; o livro está se aproximando do Templo de Apolo no Palatino, onde havia uma biblioteca pública, conhecida por Biblioteca Palatina; cf. CASSON 2018: 97ss.
314. **Colunas importadas:** colunas de estilo coríntio. O verso reflete a disposição arquitetônica, em que se tem, de um lado a outro, uma coluna, uma estátua, outra coluna, outra estátua; cf. COARELLI 2007: 142-143.
315. **Bélides e seu bárbaro pai:** as Bélides, personagens da mitologia grega, também chamadas de Danaides, eram as cinquenta filhas de Dânao, netas de Belo, rei do Egi-

assim também possui ela uma glória eterna?
O motivo da guirlanda sobreposta está confirmado por uma inscrição:³¹¹
   indica que com a ajuda desta casa os cidadãos foram salvos.
Adiciona aos salvos, excelentíssimo pai, mais um cidadão,
   que, exilado para longe, está escondido no fim do mundo,
cidadão cujo castigo, que ele confessa merecer,
   não foi causado por um delito e sim por seu próprio engano.
Pobre de mim! Reverencio o lugar e reverencio o seu dono,
   e minha letra é sacudida por trêmulo medo.
Percebes o papel empalidecer em cor desbotada?
   Percebes que os pés alternados tremem?
Eu peço que essa mesma casa ao menos uma vez seja agradável
   ao meu pai e que seja vista por ele sob os mesmos senhores.'³¹²
Então, prosseguindo na mesma toada, sou conduzido através de excelsas
                                                  [escadarias
   até os sublimes e alvos templos do deus de cabelos compridos,³¹³
onde alternam-se as colunas importadas e duas estátuas,³¹⁴
   a das Bélides e a de seu bárbaro pai com espada em riste,³¹⁵
e onde estão expostas para serem lidas pelos leitores as coisas
   que homens antigos e modernos perceberam com douto espírito.
Eu procurava os meus irmãos, com exceção daqueles, é claro,
   que seu próprio pai desejaria não ter escrito.³¹⁶
Enquanto eu os procurava em vão, o guardião, colocado à porta do local
                                                  [sagrado,
   me ordenou sair daquele lugar.

---

to. O irmão gêmeo de Dânao, Egipto, era pai de cinquenta filhos, e propôs que todos os seus filhos se cassassem com as filhas de Dânao. Este, discordando da proposta, fugiu do Egito para a Grécia com suas filhas. Ao serem perseguidos, ele instruiu as filhas a que aceitassem o matrimônio, mas que matassem os maridos na noite de núpcias. Quarenta e nove das filhas assim o fizeram, exceto Hipermnestra, que decidiu poupar o seu marido, Linceu. Aqui, o poeta faz referência a um conjunto de estátuas, próximas ao Templo de Apolo, que representavam Dânao e suas filhas.
316. O livro procura na Biblioteca Palatina as demais obras escritas por Ovídio, exceto a *Arte de Amar*, que ele julga merecidamente censurada.

altera templa peto, vicino iuncta theatro:
    haec quoque erant pedibus non adeunda meis.   70
nec me, quae doctis patuerunt prima libellis,
    atria Libertas tangere passa sua est.
in genus auctoris miseri fortuna redundat,
    et patimur nati, quam tulit ipse, fugam.
forsitan et nobis olim minus asper et illi   75
    evictus longo tempore Caesar erit.
di, precor, atque adeo (neque enim mihi turba roganda est)
    Caesar, ades voto, maxime dive, meo.
interea, quoniam statio mihi publica clausa est,
    privato liceat delituisse loco.   80
vos quoque, si fas est, confusa pudore repulsae
    sumite plebeiae carmina nostra manus.

II

ERGO erat in fatis Scythiam quoque visere nostris,
    quaeque Lycaonio terra sub axe iacet:
nec vos, Pierides, nec stirps Letoia, vestro
    docta sacerdoti turba tulistis opem.
nec mihi, quod lusi vero sine crimine, prodest,   5
    quodque magis vita Musa iocata mea est:

---

317. **Outros templos:** os templos de Júpiter Estator e de Juno Regina, próximos ao Pórtico de Otávia, onde havia outra biblioteca. **Teatro contíguo:** o Teatro de Marcelo, que ficava anexado àqueles templos.
318. **Liberdade:** o Átrio da Liberdade, que continha a primeira biblioteca pública de Roma, fundada por Asínio Polião a pedido de Júlio César; cf. CASSON 2018: 96.
319. **3.2** Tendo chegado na terra do exílio, o poeta lamenta por seu destino e pelo local onde se encontra. Retomando tópicos do lamento da elegia, e particularmente de Tibulo 1.3, Ovídio discorre sobre o fim da jornada, a saudade de Roma, e a proximidade da morte, que ele não apenas lamenta, como também deseja. **Cítia:** ver nota 59.
320. **Constelação licônia:** a Licônia era uma região da antiga Anatólia, aproximadamente no centro-sul da atual Turquia. O emprego do nome associado à região da Cítia é geograficamente inexato, mas Ovídio pode estar jogando com a tradição escrita sobre a região, tal como a *Geografia* de Estrabão (12.6), que a descreve como

Vou a outros templos, unidos a um teatro contíguo;³¹⁷
   estes também não são permitidos aos meus pés.
E nem mesmo a Liberdade, que foi a primeira a receber os livros doutos,³¹⁸
   permitiu-me tocar em seu átrio.
O destino de um autor desafortunado se desdobra em sua prole,
   e nós, filhos dele, sofremos o desterro que ele próprio sofreu.
Talvez um dia César, abrandado pelo longo tempo,
   se torne menos áspero a nós e ao poeta.
Deuses, eu vos imploro! E sobretudo tu, César, tu que és o maior deus,
   atende ao meu pedido: não é preciso rogar a muitos outros.
Enquanto isso, uma vez que a minha presença é proibida em lugar público,
   que me seja permitido ficar em algum lugar privado.
Vós também, mãos do povo, se for possível, recebei os meus versos,
   atordoados pela vergonha do banimento."

2.
Eis que estava em meu destino visitar também a Cítia,³¹⁹
   e a terra que jaz sob a constelação licônia.³²⁰
Nem vós, Piérides, nem o filho de Leto, douto conjunto,³²¹
   trouxestes auxílio para o vosso sacerdote.
Nem a mim me ajuda ter escrito poesia sem crime algum,
   e que minha Musa seja mais jocosa que minha vida,³²²

---

uma terra fria, desértica e estéril. Não é possível assegurar que Ovídio tenha lido a obra de Estrabão, visto que a publicação desta pode ter ocorrido alguns anos mais tarde em relação a *Tristezas*, mas é possível ao menos conjecturar que ambos os autores tiveram acesso a um mesmo conjunto de fontes sobre o tema.

321. **Piérides:** as filhas de Píero, nove irmãs que desafiaram as Musas para uma competição de canto; ao serem derrotadas, transformam-se em pegas. Por vezes o termo é empregado para as próprias Musas, mas não parece ser o caso de Ovídio, que narra o confronto entre as Piérides e as Musas nas *Metamorfoses* 5. O emprego do termo aqui, como metonímia para inspiração poética, parece ser irônico, reforçando o fato de que essa mesma inspiração causou sua desgraça, assim como acontece com as Piérides derrotadas. **Filho de Leto:** Apolo, aqui empregado metonimicamente para a inspiração poética.

322. Ver nota 226.

plurima sed pelago terraque pericula passum
    ustus ab assiduo frigore Pontus habet.
quique, fugax rerum securaque in otia natus,
    mollis et inpatiens ante laboris eram, 10
ultima nunc patior, nec me mare portubus orbum
    perdere, diversae nec potuere viae;
sufficit atque malis animus; nam corpus ab illo
    accepit vires, vixque ferenda tulit.
dum tamen et terris dubius iactabar et undis, 15
    fallebat curas aegraque corda labor:
ut via finita est et opus requievit eundi,
    et poenae tellus est mihi tacta meae,
nil nisi flere libet, nec nostro parcior imber
    lumine, de verna quam nive manat aqua. 20
Roma domusque subit desideriumque locorum,
    quicquid et amissa restat in urbe mei.
ei mihi, quo totiens nostri pulsata sepulcri
    ianua, sed nullo tempore aperta fuit?
cur ego tot gladios fugi totiensque minata 25
    obruit infelix nulla procella caput?
di, quos experior nimium constanter iniquos,
    participes irae quos deus unus habet,
exstimulate, precor, cessantia fata meique
    interitus clausas esse vetate fores! 30

III

HAEC mea si casu miraris epistula quare
    alterius digitis scripta sit, aeger eram.

---

323. **Um único deus:** refere-se ao imperador Augusto.
324. **3.3** Dirigido à esposa, o poema mistura elementos epistolares aos da elegia fúnebre, evocando, assim como em 3.2, as tópicas de lamento e impotência. Sentindo-se próximo da morte, o poeta sugere, retomando Tibulo 1.3, um epitáfio para si pró-

pois, após sofrer inúmeros perigos no pélago e na terra,
   prende-me a terra Pôntica queimada pelo frio contínuo.
E eu, que fugi da política, que cresci numa vida tranquila e segura,
   que era preguiçoso e impaciente diante do trabalho,
agora sofro as piores coisas, e nem o mar sem portos
   nem as várias estradas puderam me matar,
e minha alma se endurece em meio às desgraças; pois o corpo recebeu
   forças da alma e suportou coisas quase insuportáveis.
Mas enquanto eu era arrastado assustado por terras e águas,
   o labor mitigava as preocupações e as amarguras do coração.
Agora que a viagem acabou, e cessou o trabalho de seguir caminhando,
   e a terra de meu castigo foi enfim tocada por mim,
nada me agrada senão chorar, e a chuva que jorra de meus olhos não é menor
   que a água que emana da neve primaveril a derreter-se.
Lembro-me de Roma e de minha casa, e da saudade pelos lugares conhecidos,
   e da parte de mim que fica na cidade abandonada.
Ai de mim! Tantas vezes bati à porta de meu sepulcro,
   mas vez alguma ela me foi aberta!
Por que eu escapei de tantas espadas e tantas vezes nenhuma
   tempestade ameaçadora foi capaz de destruir essa vida lastimosa?
Ó deuses, que percebo demasiado e constantemente injustos,
   partícipes da ira que um único deus sente,[323]
incentivai, eu peço, o fim dos meus dias, e proibi
   que as portas de minha morte estejam fechadas!

3.

Se por acaso te espantares que minha epístola[324]
   esteja escrita por outra mão, é porque eu estive doente.

prio, em que se indica que ele, outrora compositor de elegia amorosa, está morto. De certa forma, o poema completa o desejo indicado em 3.2, ainda que a "morte" sofrida pelo poeta possa indicar, metapoeticamente, apenas o encerramento da produção de poemas amorosos, dando lugar à matéria triste daqui em diante.

aeger in extremis ignoti partibus orbis,
    incertusque meae paene salutis eram.
quem mihi nunc animum dira regione iacenti   5
    inter Sauromatas esse Getasque putes?
nec caelum patior, nec aquis adsuevimus istis,
    terraque nescioquo non placet ipsa modo.
non domus apta satis, non hic cibus utilis aegro,
    nullus, Apollinea qui levet arte malum,   10
non qui soletur, non qui labentia tarde
    tempora narrando fallat, amicus adest.
lassus in extremis iaceo populisque locisque,
    et subit adfecto nunc mihi, quicquid abest.
omnia cum subeant, vincis tamen omnia, coniunx,   15
    et plus in nostro pectore parte tenes.
te loquor absentem, te vox mea nominat unam;
    nulla venit sine te nox mihi, nulla dies.
quin etiam sic me dicunt aliena locutum,
    ut foret amenti nomen in ore tuum.   20
si iam deficiam, subpressaque lingua palato
    vix instillato restituenda mero,
nuntiet huc aliquis dominam venisse, resurgam,
    spesque tui nobis causa vigoris erit.
ergo ego sum dubius vitae, tu forsitan istic   25
    iucundum nostri nescia tempus agis?
non agis, adfirmo. liquet hoc, carissima, nobis,
    tempus agi sine me non nisi triste tibi.

325. **Sármatas:** ver nota 41. **Getas:** ver nota 85.
326. **Arte apolínea:** em princípio, a medicina, mas aqui também com um sentido meta-poético; Apolo é ao mesmo tempo patrono das ciências médicas e da poesia, e essa ambiguidade é explorada por Ovídio no episódio de Esculápio nas *Metamorfoses* 15.622-745 e, de maneira geral, em *A Cura do Amor*.

Doente na fronteira extrema do mundo desconhecido,
estive quase incrédulo acerca da minha recuperação.
Agora, qual disposição achas que eu tenho, jazendo
nesta maldita terra entre os sármatas e os getas?[325]
Não suporto este céu, e nem me acostumei a estas águas,
e a terra, não sei por quê, não me agrada de modo algum.
Não há aqui uma casa minimamente digna, nem um alimento benéfico ao
[doente,
nem arte apolínea alguma que alivie os males,[326]
nem um amigo que possa consolar, nem quem ao conversar
seja capaz de passar as arrastadas horas do dia.
Extenuado, jazo em terras longínquas em meio aos povos longínquos,
e agora me vem à mente aflita tudo o que aqui falta.
Embora tudo me venha à mente, de tudo és o que mais penso, minha esposa,
e possuis a maior parte do meu coração.
Mesmo distante, eu converso contigo, minha voz só pronuncia teu nome;
não passo uma noite sequer sem pensar em ti, nem dia sequer.
E por que haveria de ser diferente? Dizem que quando eu balbuciava
coisas em desvario, teu nome estava em meus lábios.
Se, enquanto eu definhava, e a língua presa ao palato
mal podia se recuperar com efusão de vinho,
alguém anunciasse que minha senhora aqui chegara, eu me levantaria,[327]
e a esperança de te ver seria a causa de minha saúde.
Assim, estando eu entre a vida e a morte, será possível que tu
estejas feliz, esquecida de mim?
Decerto que não, eu afirmo. É claro para mim, meu amor,
que sem mim não há uma hora para ti que não seja triste.

---

327. **Levantaria:** no original, *resurgam*, que, além do significado próprio de "levantar-se", tem também um sentido erótico; cf. CLAASSEN 2009: 180.

si tamen inplevit mea sors, quos debuit, annos,
    et mihi vivendi tam cito finis adest, 30
quantum erat, o magni, morituro parcere, divi,
    ut saltem patria contumularer humo?
vel poena in tempus mortis dilata fuisset,
    vel praecepisset mors properata fugam.
integer hanc potui nuper bene reddere lucem; 35
    exul ut occiderem, nunc mihi vita data est.
tam procul ignotis igitur moriemur in oris,
    et fient ipso tristia fata loco;
nec mea consueto languescent corpora lecto,
    depositum nec me qui fleat, ullus erit; 40
nec dominae lacrimis in nostra cadentibus ora
    accedent animae tempora parva meae;
nec mandata dabo, nec cum clamore supremo
    labentes oculos condet amica manus;
sed sine funeribus caput hoc, sine honore sepulcri 45
    indeploratum barbara terra teget.
ecquid, ubi audieris, tota turbabere mente,
    et feries pavida pectore fida manu?
ecquid, in has frustra tendens tua brachia partes,
    clamabis miseri nomen inane viri? 50
parce tamen lacerare genas, nec scinde capillos:
    non tibi nunc primum, lux mea, raptus ero.
cum patriam amisi, tunc me periisse putato:
    et prior et gravior mors fuit illa mihi.
nunc, si forte potes (sed non potes, optima coniunx) 55
    finitis gaude tot mihi morte malis.
quod potes, extenua forti mala corde ferendo,
    ad quae iampridem non rude pectus habes.
atque utinam pereant animae cum corpore nostrae,
    effugiatque avidos pars mihi nulla rogos. 60
nam si morte carens vacua volat altus in aura

Mas se o meu destino alcançou os anos derradeiros,
  e o fim de minha vida se aproxima assim rapidamente,
o quanto custaria, ó grandes deuses, poupar um moribundo,
  para que ao menos eu fosse enterrado em terra pátria?
Melhor fosse que o decreto do exílio tivesse sido adiado para o dia da
                                                       [minha morte,
  ou que a morte ligeira tivesse se antecedido a meu desterro.
Há pouco, ainda inteiro, eu teria de boa vontade fechado meus olhos;
  agora morrerei exilado, essa foi a vida concedida a mim.
Assim, morrerei distante em litorais desconhecidos,
  e o próprio local fará o destino ainda mais triste,
e meu corpo não mais se deitará em sua cama costumeira,
  nem haverá alguém que chore quando eu for enterrado;
nem minha alma receberá um pequenino tempo a mais
  com as lágrimas de minha senhora a escorrer sobre meu rosto;
nem expedirei testamentos, nem uma mão amiga fechará
  com um grito de adeus meus olhos vacilantes.
Ao contrário, a terra bárbara cobrirá esta cabeça não chorada por ninguém,
  sem funeral, sem a honra do sepulcro!
E então, quando ouvires isso, não ficarás inteiramente estarrecida?
  E não golpearás o peito fiel com a mão tremendo?
E então, estendendo teus braços em vão para esta direção,
  não chamarás pelo nome inerte do marido infeliz?
Mas não arranhes teu rosto, nem arranques teus cabelos;
  não terá sido a primeira vez que eu fui roubado de ti, minha luz.
Quando eu perdi a pátria, então podes considerar que me perdeste;
  essa foi a minha primeira e minha pior morte.
Agora, se puderes (mas não o podes, ó esposa excelente!),
  alegra-te com o fim de meus males pela minha morte.
O quanto puderes, reduz esses males suportando-os com ânimo altivo,
  sobre os quais já tens por um bom tempo o coração não inculto.
E tomara que minha alma pereça junto com o corpo,
  e que nenhuma parte de mim escape às ávidas piras funerárias!
Pois se um espírito imortal voa alto pelos ares vazios,

spiritus, et Samii sunt rata dicta senis,
inter Sarmaticas Romana vagabitur umbras,
    perque feros Manes hospita semper erit.
ossa tamen facito parva referantur in urna: 65
    sic ego non etiam mortuus exul ero.
non vetat hoc quisquam: fratrem Thebana peremptum
    supposuit tumulo rege vetante soror.
atque ea cum foliis et amomi pulvere misce,
    inque suburbano condita pone solo;   70
quosque legat versus oculo properante viator,
    grandibus in tituli marmore caede notis:
HIC • EGO • QVI • IACEO • TENERORVM • LVSOR • AMORVM
    INGENIO • PERII • NASO • POETA • MEO
AT • TIBI • QVI • TRANSIS • NE • SIT • GRAVE • QVISQVIS • AMASTI   75
    DICERE • NASONIS • MOLLITER • OSSA • CVBENT
hoc satis in titulo est. etenim maiora libelli
    et diuturna magis sunt monimenta mihi,
quos ego confido, quamvis nocuere, daturos
    nomen et auctori tempora longa suo.   80
tu tamen extincto feralia munera semper
    deque tuis lacrimis umida serta dato.
quamvis in cineres corpus mutaverit ignis,
    sentiet officium maesta favilla pium.
scribere plura libet: sed vox mihi fessa loquendo   85
    dictandi vires siccaque lingua negat.

---

328. **Senhor de Samos:** Pitágoras de Samos, filósofo e matemático grego (c. 570–c. 495 AEC), a quem se credita a fundação da escola filosófica conhecida como pitagorismo, na qual entende-se que as almas são imortais e reencarnam em outros corpos (metempsicose).
329. **Manes:** na religião romana, os espíritos dos antepassados falecidos, que eram reverenciados no âmbito privado.
330. **Irmã tebana:** Antígona, personagem do ciclo tebano; filha de Édipo e Jocasta, irmã de Eteócles e Polinice, cujo corpo insepulto ela tenta enterrar a despeito das ordens de Creonte, recém-tornado rei de Tebas após a morte dos dois irmãos. O mito

e se os ensinamentos do senhor de Samos são sérios,[328]
entre as sombras sármatas vagará uma sombra romana,
e será sempre estrangeira entre Manes ferozes.[329]
Porém, providencia para que meus ossos sejam levados de volta em
[pequena urna;
assim não serei um exilado até na morte.
Ninguém proíbe isso: a irmã tebana enterrou o irmão[330]
assassinado em um túmulo vetado pelo rei.
E junta a meus ossos folhas e pó de nardo,
e os enterre em solo próximo à cidade;
e grava no mármore, em letras grandes para que o transeunte,
ao aproximar o olhar, leia estes versos:
AQUI JAZ O GRACEJADOR DO AMOR TENRO,[331]
O POETA NASÃO. PERECI POR MEU TALENTO.[332]
E TU QUE PASSAS, SE AMASTE, NÃO TE SEJA PESADO
DIZER: "QUE OS OSSOS DE NASÃO REPOUSEM SUAVES".[333]
Isso é suficiente para o epitáfio. Pois meus livros são maiores
e são uma lembrança mais duradoura de minha pessoa;
ainda que tenham me lesado, neles eu confio que darão
fama e longa vida a seu autor.
Tu, porém, leva sempre ao defunto as oferendas funerárias
e as guirlandas umedecidas com tuas lágrimas.
Ainda que o fogo transforme meu corpo em cinzas,
meu pesaroso pó sentirá esse leal cuidado.
Agrada-me escrever mais coisas; porém, minha voz cansada de falar
e minha língua seca negam a força para ditar.

    é explorado na tragédia *Antígona* de Sófocles.
331. **Gracejador:** no original, *lusor*, "aquele que brinca, que joga", que tem também um sentido de compositor de poesia amorosa.
332. **Nasão:** ver nota 103.
333. Na cultura grega arcaica, os epitáfios ou inscrições tumulares eram redigidos em dísticos elegíacos, e daí que foram associados e de certa forma incorporados à tradição poética elegíaca. Tibulo compõe seu próprio epitáfio poético em 1.3.55-56, que é seguido pela ideia de "brincar com o amor" (1.3.64: *ludit*), da qual aqui Ovídio se apropria.

accipe supremo dictum mihi forsitan ore,
    quod, tibi qui mittit, non habet ipse, 'vale'.

IV a

O MIHI care quidem semper, sed tempore duro
    cognite, res postquam procubuere meae:
usibus edocto si quicquam credis amico,
    vive tibi et longe nomina magna fuge.
vive tibi, quantumque potes praelustria vita: 5
    saevum praelustri fulmen ab arce venit.
nam quamquam soli possunt prodesse potentes,
    non prosit potius, siquis obesse potest.
effugit hibernas demissa antemna procellas,
    lataque plus parvis vela timoris habent.   10
aspicis, ut summa cortex levis innatet unda,
    cum grave nexa simul retia mergat onus.
haec ego si monitor monitus prius ipse fuissem,
    in qua debebam forsitan urbe forem.
dum tecum vixi, dum me levis aura ferebat,   15
    haec mea per placidas cumba cucurrit aquas.
qui cadit in plano (vix hoc tamen evenit ipsum)
    sic cadit, ut tacta surgere possit humo.
at miser Elpenor tecto delapsus ab alto
    occurrit regi debilis umbra suo.   20
quid fuit, ut tutas agitaret Daedalus alas,

---

334. **Adeus!:** no original, *vale*, saudação que literalmente significa "fica bem", "estejas com saúde", que era empregada como interjeição de separação, no sentido de "adeus", "tchau". A ambiguidade é intraduzível em português.
335. **3.4a** Dirigida a um amigo, essa elegia epistolar retoma a tradição das epístolas filosóficas, em que o poeta experiente aconselha sobre a maneira correta de viver. Devido ao teor epicurista, o poema remete especialmente a Horácio, *Epístolas* 1.17, recomendando ao amigo que evite o convívio com os poderosos, porque o risco de ofendê-los e receber um castigo terrível é muito alto. Para uma análise desse poema, FONSECA JÚNIOR 2022.

Recebe a última palavra que talvez eu pronuncie,
  que quem te envia não pode ter: "adeus!".[334]

4A.

Ó meu sempre dileto, porém verdadeiramente conhecido nos[335]
  dias difíceis, depois que minha vida se arruinou!
Se acreditas em um amigo que aprendeu com a experiência,
  vive tua vida e foge para longe dos grandes nomes.
Vive tua vida, e o quanto podes, evita os ambientes ilustres:[336]
  um raio furioso vem do palácio ilustre.[337]
Pois ainda que somente os poderosos possam ajudar os demais,
  eles não ajudam alguém se este alguém se lhes opõe.
A verga, puxada para baixo, escapa às tempestades de inverno,[338]
  e as velas grandes têm mais medo que as pequenas.
Vês como o barquinho leve boia no cimo da onda,
  enquanto uma carga pesada afunda as redes que lhe sustêm.
Se eu que agora aviso tivesse disso sido avisado,
  talvez ainda estivesse na cidade onde eu deveria estar.
Enquanto vivi contigo, enquanto uma aura leve me conduzia,
  esta minha canoa percorreu por plácidas águas.
Aquele que cai no chão, ainda que isso seja difícil de acontecer,
  cai de tal modo, que consegue se levantar assim que toca o solo;
mas o infeliz Elpenor, caído do alto do telhado,
  apresentou-se a seu rei como uma débil sombra.[339]
Por que, enquanto Dédalo bateu asas seguras,

---

336. Há na passagem original um jogo lexical intraduzível com os verbos "viver" (*vive*) e "evitar" (*vita*), sendo este último homônimo ao substantivo "vida" (*vita*).
337. **Palácio ilustre:** a casa imperial, de onde foi emitido o decreto de relegação, aqui metaforicamente expresso por "raio furioso".
338. **Verga:** haste que cruza o mastro, onde se prendem as velas. Durante uma tempestade, é preciso baixar as vergas e as velas, para que o vento não tire o navio de sua rota.
339. **Elpenor:** foi o mais jovem companheiro da jornada de Ulisses; enquanto estava na ilha de Circe, ele ficou bêbado e resolveu passar a noite no telhado; ao amanhecer, ele caiu do telhado e quebrou seu pescoço.

Icarus inmensas nomine signet aquas?
nempe quod hic alte, demissius ille volabat:
   nam pennas ambo non habuere suas.
crede mihi, bene qui latuit bene vixit, et intra   25
   fortunam debet quisque manere suam.
non foret Eumedes orbus, si filius eius
   stultus Achilleos non adamasset equos:
nec natum in flamma vidisset, in arbore natas,
   cepisset genitor si Phaethonta Merops.   30
tu quoque formida nimium sublimia semper,
   propositique, precor, contrahe vela tui.
nam pede inoffenso spatium decurrere vitae
   dignus es et fato candidiore frui.
quae pro te ut voveam, miti pietate mereris   35
   haesuraque fide tempus in omne mihi.
vidi ego te tali vultu mea fata gementem,
   qualem credibile est ore fuisse meo.
nostra tuas vidi lacrimas super ora cadentes,
   tempore quas uno fidaque verba bibi.   40
nunc quoque summotum studio defendis amicum,
   et mala vix ulla parte levanda levas.
vive sine invidia, mollesque inglorius annos
   exige, amicitias et tibi iunge pares,
Nasonisque tui, quod adhuc non exulat unum,   45
   nomen ama: Scythicus cetera Pontus habet.

---

340. O dístico remete ao nome do Mar Icário, parte do Mar Egeu, onde Ícaro teria caído após ter suas asas derretidas pelo sol.
341. O dístico sintetiza uma máxima epicurista, retomando ideias de Horácio, *Epístolas* 1.17 e 1.18.
342. **Filho estúpido:** Dólon, personagem da *Ilíada*, filho de Eumedes, que se voluntaria para espionar o acampamento grego em troca de receber como prêmio os cavalos de Aquiles, e é morto na missão por Ulisses e Diomedes.

é Ícaro quem dê seu nome às águas imensas?[340]
Decerto porque este voou alto, enquanto aquele voava mais baixo;
  pois ambos não possuíam penas próprias.
Crê em mim, vive bem quem bem se esconde, e cada um
  deve permanecer dentro do destino que lhe pertence.[341]
Eumedes não teria ficado sem herdeiros, se seu filho
  estúpido não tivesse cobiçado os corcéis de Aquiles;[342]
nem Mérope teria visto seu filho em chamas, e suas filhas em folhas,
  se um pai tivesse assumido Faetonte.[343]
Tu também toma sempre muito cuidado com os ambientes demasiado
                                                      [elevados,
  e rebaixa a vela a teus propósitos, eu te peço.
Pois és digno de percorrer o tempo da vida com pé incólume,
  e usufruir de um destino mais brando.
Desejo isso para ti, porque o mereces por tua gentil compaixão,
  e tua fidelidade constante em toda minha vida.
Eu te vi chorando pelo meu destino com tamanho sofrimento no rosto,
  que se poderia acreditar que teu rosto fosse o meu.
Vi tuas lágrimas caindo sobre o meu rosto,
  que eu bebi junto com tuas palavras leais.
Agora também defendes arduamente o amigo exilado,
  e alivias os males que dificilmente poderiam ser aliviados.
Vive sem inveja, e avança os anos suaves
  longe da glória, e junta a ti amigos iguais a ti.
E ama o nome de teu Nasão, a única coisa que ainda não foi[344]
  exilada. O resto pertence ao Mar da Cítia.

---

343. O dístico alude ao mito de Faetonte (ver nota 13). Após a morte de Faetonte, suas irmãs se transformam em árvores, as helíades. É curiosa a menção de Mérope como sua mãe; essa genealogia só aparece em Higino 154, enquanto nas *Metamorfoses* 1.747ss. a mãe de Faetonte é Clímene. A troca do nome da mãe não deixa de ser um jogo sobre a dúvida da paternidade que enreda o mito de Faetonte.
344. **Nasão:** ver nota 103.

IV b

PROXIMA sideribus tellus Erymanthidos Vrsae
    me tenet, adstricto terra perusta gelu.
Bosporos et Tanais superant Scythiaeque paludes
    vix satis et noti nomina pauca loci.   50
ulterius nihil est nisi non habitabile frigus.
    heu quam vicina est ultima terra mihi!
at longe patria est, longe carissima coniunx,
    quicquid et haec nobis post duo dulce fuit.
sic tamen haec adsunt, ut quae contingere non est   55
    corpore: sunt animo cuncta videnda meo.
ante oculos errant domus, urbsque et forma locorum,
    acceduntque suis singula facta locis.
coniugis ante oculos, sicut praesentis, imago est.
    illa meos casus ingravat, illa levat: 60
ingravat hoc, quod abest; levat hoc, quod praestat amorem
    inpositumque sibi firma tuetur onus.
vos quoque pectoribus nostris haeretis, amici,
    dicere quos cupio nomine quemque suo.
sed timor officium cautus compescit, et ipsos   65
    in nostro poni carmine nolle puto.
ante volebatis, gratique erat instar honoris,
    versibus in nostris nomina vestra legi.
quod quoniam est anceps, intra mea pectora quemque
    alloquar, et nulli causa timoris ero.   70
nec meus indicio latitantes versus amicos
    protrahit. occulte siquis amabat, amet.

---

345. **3.4b** O poema começa abruptamente com a descrição geográfica de Tomis, o que levou os copistas a anexarem-no como continuação do poema anterior; no entanto, a variação do enunciatário e do conteúdo se mostram suficientes para separar os dois poemas como unidades diversas. Aqui, explora-se o tema da saudade de casa, da esposa e dos amigos, saudade essa que é de certa forma compensada com

4B.
Uma terra próxima às estrelas da Ursa Erimântida[345]
    me prende, uma terra queimada pelo gelo constante.
O Bósforo e o Tánais marcam as fronteiras, e os pântanos da Cítia[346]
    e alguns nomes de locais mal conhecidos.
Para além daqui não há nada a não ser o frio inabitável.
    Ai, quão próximo de mim está o confim do mundo!
E a pátria está longe, minha tão amada esposa está longe,
    e tudo o mais que me era doce para além desses dois amores.
Mas ambas estão aqui, ainda que não possa tocá-las
    com o corpo: elas são vistas pela minha imaginação.
Diante de meus olhos passam a minha casa, e Roma, e os edifícios,
    e aparecem os acontecimentos marcantes de cada um desse lugares,
e a imagem de minha esposa fica diante dos olhos, como se estivesse presente.
    Ela torna meu estado mais grave, ela o torna mais leve:
mais grave, porque está longe de mim; mais leve, porque dedica seu amor
    e suporta firme o fardo que lhe foi imposto.
Amigos, vós também tendes morada em meu coração,
    e anseio por dizer o nome de cada um de vós;
porém o temor prudente me impede, e penso que
    vós não quereis vossos nomes citados em meu poema.
Antigamente, queríeis, e era então uma grata honra
    ler os vossos nomes em meus versos.
Como agora é duvidoso, dentro de meu coração falarei
    a cada um de vós, e não serei causa de temor a ninguém.
E meu verso não expõe meus amigos ocultos com um indício
    sequer. Se alguém me amava, que me ame em silêncio.

a imaginação poética. O poeta promete aos amigos que não irá mencionar seus nomes, sabendo que isso poderia prejudicá-los, e pede-lhes que o ajudem de alguma maneira. **Ursa Erimântida:** ver notas 58 e 157. A constelação é usada aqui como hipérbole geográfica, implicando o extremo norte.
346. **Tánais:** atual rio Don, na Rússia, que deságua no Mar de Azove. **Cítia:** ver nota 59.

scite tamen, quamvis longe regione remotus
    absim, vos animo semper adesse meo.
et qua quisque potest, aliqua mala nostra levate,   75
    fidam proiecto neve negate manum.
prospera sic maneat vobis fortuna, nec umquam
    contacti simili sorte rogetis idem.

V

VSVS amicitiae tecum mihi parvus, ut illam
    non aegre posses dissimulare, fuit,
nec me complexus vinclis propioribus esses
    nave mea vento, forsan, eunte suo.
ut cecidi cunctique metu fugere ruinam,   5
    versaque amicitiae terga dedere meae,
ausus es igne Iovis percussum tangere corpus
    et deploratae limen adire domus:
idque recens praestas nec longo cognitus usu,
    quod veterum misero vix duo tresve mihi.   10
vidi ego confusos vultus visosque notavi,
    osque madens fletu pallidiusque meo:
et lacrimas cernens in singula verba cadentes
    ore meo lacrimas, auribus illa bibi;
brachiaque accepi presso pendentia collo,   15
    et singultatis oscula mixta sonis.
sum quoque, care, tuis defensus viribus absens
    (scis carum veri nominis esse loco),
multaque praeterea manifestaque signa favoris
    pectoribus teneo non abitura meis.   20

347. **3.5** Assim como 1.5, o quinto poema do Livro 3 também se dirige a um amigo leal, que pode, inclusive, ser a mesma pessoa. A menção à eloquência do destinatário pode sugerir que se trate de um dos filhos de Messala Corvino, mas ainda assim não é possível mais do que supor. A lealdade do amigo é enaltecida, ainda mais pelo fato de ele ser um amigo recente. O poeta quer se apoiar em alguma esperança de que o impera-

Mas sabei que embora eu esteja afastado em uma longínqua
   região, vós estareis sempre em minha memória.
E quem de vós puder ajudar, aliviai minhas desgraças de algum modo,
   e não negueis estender uma mão fiel a mim, desamparado.
Que o vosso destino permaneça assim próspero, e que nunca,
   tocados pela mesma sorte, tenhais que pedir o mesmo.

5.

A tua amizade comigo era pequena, de forma que[347]
   poderias dissimulá-la sem dificuldade,
e nem talvez tivesses me abraçado tão apertado
   se a minha nau navegasse sob vento favorável.
Quando eu caí, não só todos fugiram com medo diante de minha ruína,
   como também deram as costas à minha amizade;
tu ousaste tocar no corpo atingido pelo fogo de Júpiter[348]
   e se aproximar da porta de minha desgraçada casa.
E tu, um amigo recente, não conhecido há muito, ofereceste aquilo
   que mal dois ou três dos velhos amigos ofereceram a mim, infeliz.
Eu vi tua face aterrada e percebi teus olhos
   e teu rosto encharcados pelo choro e mais pálidos que os meus,
e notando as lágrimas que jorravam a cada palavra,
   bebi tuas lágrimas com meus lábios e tuas palavras com meus ouvidos.
E recebi teus braços apertados contra meu colo
   e teus beijos misturados aos soluços.
Também, meu caro, fui defendido em minha ausência por tuas forças
   (sabes que "caro" está em lugar de teu verdadeiro nome)
e recordo os muitos outros sinais de tua explícita boa vontade
   que não hão de deixar meu coração.

---

    dor seja aplacado, e solicita ao amigo que lhe comprove essa esperança. Novamente há uma relação do *error* cometido por Ovídio com o sentido da visão, reforçando a ideia de que o poeta teria visto algo que o comprometeria diante de Augusto.
348. **Júpiter:** aqui, a divindade é plasmada à figura do imperador Augusto; ver nota 73.

di tibi posse tuos tribuant defendere semper,
    quos in materia prosperiore iuves.
si tamen interea, quid in his ego perditus oris
    (quod te credibile est quaerere) quaeris, agam:
spe trahor exigua, quam tu mihi demere noli, 25
    tristia leniri numina posse dei.
seu temere expecto, sive id contingere fas est,
    tu mihi, quod cupio, fas, precor, esse proba,
quaeque tibi linguae est facundia, confer in illud,
    ut doceas votum posse valere meum. 30
quo quisque est maior, magis est placabilis irae,
    et faciles motus mens generosa capit.
corpora magnanimo satis est prostrasse leoni,
    pugna suum finem, cum iacet hostis, habet:
at lupus et turpes instant morientibus ursi 35
    et quaecumque minor nobilitate fera.
maius apud Troiam forti quid habemus Achille?
    Dardanii lacrimas non tulit ille senis.
quae ducis Emathii fuerit clementia, Porus
    Dareique docent funeris exequiae. 40
neve hominum referam: flexas ad mitius iras,
    Iunonis gener est qui prius hostis erat.
denique non possum nullam sperare salutem,
    cum poenae non sit causa cruenta meae.
non mihi quaerenti pessumdare cuncta petitum 45

349. O verso original (*tristia leniri numina posse dei*) aparece de maneira unânime na tradição manuscrita e é incontestado em todas as edições críticas; no entanto, o adjetivo *tristia* anexado ao espírito do deus/imperador soa inusitado, e por isso preferi verter por "severo", nuance do adjetivo que, embora pouco utilizada por Ovídio, parece ser a única a fazer sentido nesse contexto, e que torna a aparecer em 3.11.39, caracterizando o cruel rei Busíris. Se o infinitivo estivesse na voz ativa (*lenire*), o verso poderia ser lido como "[tenho esperança] de que *Tristezas* possam apaziguar a divindade do deus".

350. **Ancião dardânio:** Príamo, rei de Troia, personagem da *Ilíada*, que implora chorando para Aquiles que devolva o corpo de seu filho Heitor (*Ilíada* 24.471-558).

Que os deuses te concedam sempre o poder de defender os teus,
    e que tu os ajudes em assuntos mais favoráveis.
Entretanto, se me perguntas (pois é verossímil que me perguntes)
    o que faço perdido nestes litorais,
digo que sou carregado por um fio de esperança, e que não a tires de mim,
    de que o espírito severo do deus possa ser apaziguado.³⁴⁹
Ou minha esperança é vã, ou é lícito aguardar por isso.
    Prova para mim, por favor, que é lícito; é só o que desejo.
Toda a eloquência que tens, devota-a a essa causa,
    para que me convenças que minha esperança possa se efetivar.
Pois, quanto maior é alguém, mais a sua ira é aplacável,
    e uma alma generosa contém disposições amigáveis.
Para o leão magnânimo, quando o corpo do inimigo jaz por terra,
    já lhe é o bastante o ter prostado, e encerra sua luta.
Mas o lobo e os ursos nojentos mutilam suas presas,
    bem como qualquer animal de menor nobreza.
No campo troiano, o que encontramos mais forte que Aquiles?
    Nem mesmo ele suportou as lágrimas do ancião dardânio.³⁵⁰
Acerca da grandeza da clemência do líder da Emácia, nos relatam³⁵¹
    Poro e as exéquias funerárias de Dario.³⁵²
E nem falarei das iras dos homens mitigadas em algo suave,
    como daquele que era inimigo de Juno e agora é seu genro.³⁵³
Por isso, posso esperar alguma salvação,
    já que a causa de meu castigo não é criminosa.
Nunca foi minha intenção perder tudo ao ofender

---

351. **Líder da Emácia:** Alexandre o Grande. Emácia é uma região do norte da Grécia, aqui usada metonimicamente para toda a Macedônia.
352. **Poro:** rei de Paurava, região que hoje compreende o território da Índia; tornou-se célebre pela Batalha do Hidaspes, travada em 326 AEC contra Alexandre. **Dario:** Dario III, rei da Pérsia, último da dinastia Aquemênida, que foi derrotado por Alexandre em 330 AEC. O dístico traz a implicação de que ambos os reis tiveram suas vidas poupadas por Alexandre.
353. **Inimigo:** Hércules, foi perseguido por Hera/Juno, mas ao ser deificado e se casar com a deusa Hebe (filha de Júpiter e Juno), tornou-se genro daquela que o perseguira.

    Caesareum caput est, quod caput orbis erat:
non aliquid dixive, elatave lingua loquendo est,
    lapsaque sunt nimio verba profana mero:
inscia quod crimen viderunt lumina, plector,
    peccatumque oculos est habuisse meum.   50
non equidem totam possum defendere culpam:
    sed partem nostri criminis error habet.
spes igitur superest facturum ut molliat ipse
    mutati poenam condicione loci.
hos utinam nitidi Solis praenuntius ortus   55
    afferat admisso Lucifer albus equo!

VI

FOEDVS amicitiae nec vis, carissime, nostrae,
    nec, si forte velis, dissimulare potes.
donec enim licuit, nec te mihi carior alter,
    nec tibi me tota iunctior urbe fuit;
isque erat usque adeo populo testatus, ut esset   5
    paene magis quam tu quamque ego notus, amor;
quique est in caris animi tibi candor amicis –
    cognita sunt ipsi, quem colis, ista viro.
nil ita celabas, ut non ego conscius essem,
    pectoribusque dabas multa tegenda meis: 10
cuique ego narrabam secreti quicquid habebam,
    excepto quod me perdidit, unus eras.
id quoque si scisses, salvo fruerere sodali,
    consilioque forem sospes, amice, tuo.

---

354. **Era:** o original traz o verbo no imperfeito (*erat*), que mantenho na tradução. Não deve ser entendido como um indício de que o Livro 3, ou pelo menos este poema, teria sido escrito após a morte de Augusto em 14 EC, visto que as evidências apontam para o período entre os anos 9 e 10 EC. O uso do imperfeito aqui parece dar ideia de tempo contínuo: Augusto havia sido e continuava a ser a vida do mundo diante do engano de Ovídio.

355. Ver nota 181.

a vida de Augusto, que era a vida do mundo.[354]
Eu não disse nada, não falei nada, não soltei a língua,
   e nenhuma palavra indevida escapou-me sob o excesso de vinho.
Sou punido porque meus olhos inocentes viram um crime,
   e meu pecado é ter olhos.[355]
De fato, não posso defender-me de toda culpa,
   mas esse engano é uma parte do crime que me imputam.
Portanto, resta uma esperança de que ele amoleça
   o castigo ao mudar o lugar do exílio.
Oxalá traga essa notícia a alvissareira do alvorecer do diáfano Sol,
   a Estrela d'Alva, clara, em seu veloz corcel!

6.

Caríssimo, tu não queres esconder nossa amizade,[356]
   e nem, se acaso quisesses, poderias,
pois enquanto foi possível, nenhum outro me foi mais caro,
   nem em toda cidade alguém foi mais próximo de ti do que eu.
Essa amizade era tão famosa entre o povo, que ela própria
   era quase mais famosa que tu, e que eu;
e a tua devoção para com teus caros amigos
   é conhecida por aquele homem que cultuas.[357]
Nada escondias que eu não soubesse,
   e contavas-me muitas coisas a serem guardadas em meu peito.
Somente a ti narrava todos os meus segredos,
   exceto aquele que me desgraçou.
Também, se o soubesses, usufruirias de um colega a salvo
   e por teu conselho, meu amigo, eu estaria seguro.[358]

---

356. **3.6** Assim como o poema anterior, aqui novamente o poeta se dirige a um amigo que, no entanto, parece ser pessoa diversa do destinatário de 3.5. Todos os segredos de Ovídio eram compartilhados com esse amigo, exceto um único, que é justamente o *error*, o engano que o fez olhar inadvertidamente algo comprometedor.
357. **Homem que cultuas:** o imperador Augusto.
358. A ideia neste dístico é de que o poeta não teria sido exilado caso o amigo compartilhasse o conhecimento do *error* e o aconselhasse quanto a isso.

sed mea me in poenam nimirum fata trahebant. 15
    omne bonae claudent utilitatis iter?
sive malum potui tamen hoc vitare cavendo
    seu ratio fatum vincere nulla valet,
tu tamen, o nobis usu iunctissime longo,
    pars desiderii maxima paene mei, 20
sis memor, et siquas fecit tibi gratia vires,
    illas pro nobis experiare, rogo,
numinis ut laesi fiat mansuetior ira,
    mutatoque minor sit mea poena loco.
idque ita, si nullum scelus est in pectore nostro, 25
    principiumque mei criminis error habet.
nec breve nec tutum, quo sint mea, dicere, casu
    lumina funesti conscia facta mali:
mensque reformidat, veluti sua vulnera, tempus
    illud, et admonitu fit novus ipse pudor: 30
sed quaecumque adeo possunt afferre pudorem,
    illa tegi caeca condita nocte decet.
nil igitur referam nisi me peccasse, sed illo
    praemia peccato nulla petita mihi,
stultitiamque meum crimen debere vocari, 35
    nomina si facto reddere vera velis.
quae si non ita sunt, alium, quo longius absim,
    quaere, suburbana est hic mihi terra locus.

VII

VADE salutatum, subito perarata, Perillam,
    littera, sermonis fida ministra mei.

---

359. Ver nota 181.
360. **3.7** O poema interpela a própria carta, mandando-a ir até Perila, enteada de Ovídio, e dita o que a carta deve dizer em nome de Ovídio: exortações para que Perila continue a escrever poesia, sem medo; o incentivo culmina na tópica da perenida-

Mas sem dúvida minha Parca se dispôs a trazer contra mim o castigo,
   vedando todo caminho a qualquer coisa boa.
Não sei se eu, precavendo-me, poderia ter evitado esse mal,
   ou se perspicácia alguma poderia enganar o destino.
Porém tu, o mais próximo a mim por tanto tempo,
   quase a maior parte da minha saudade,
lembra-te de mim, e se a graça te concedeu algum poder,
   peço que o experimente em meu favor,
para que a ira do deus ofendido fique mais branda,
   e minha pena seja menor com a mudança de lugar.
Seja isso assim, se nenhum crime há em minha consciência,
   e o princípio de meu crime está em um engano.
Não é breve nem seguro dizer por qual causa meus olhos
   se fizeram conhecedores do mal funesto.[359]
Minha alma se assombra só de pensar naquele momento, como se
   abrissem de novo as feridas, e a dor se renova.
Tudo o que pudesse trazer uma vergonha assim,
   deveria ser escondido, encoberto na escuridão da noite.
Portanto, nada relatarei, a não ser que errei, mas com esse crime
   não busquei vantagem alguma.
Meu erro deveria ser chamado de estupidez,
   se queres chamar o fato pelo nome certo.
Se isso não é verdade, podes procurar um lugar ainda mais longe
   para meu exílio: este lugar aqui seria periferia de Roma.

7.

Vai, carta, escrita às pressas, saudar Perila,[360]
   e sejas fiel mensageira de minhas palavras.

---

de da poesia, que concede ao nome de Ovídio fama eterna, a qual Perila também deve almejar. **Perila:** com esse nome, presumivelmente fictício, Ovídio se dirige a sua enteada, filha de sua esposa Fábia; cf. INGLEHEART 2012.

aut illam invenies dulci cum matre sedentem,
   aut inter libros Pieridasque suas.
quicquid aget, cum te scierit venisse, relinquet,   5
   nec mora, quid venias quidve, requiret, agam.
vivere me dices, sed sic, ut vivere nolim,
   nec mala tam longa nostra levata mora:
et tamen ad Musas, quamvis nocuere, reverti,
   aptaque in alternos cogere verba pedes.   10
'tu quoque' dic 'studiis communibus ecquid inhaeres,
   doctaque non patrio carmina more canis?
nam tibi cum fatis mores natura pudicos
   et raras dotes ingeniumque dedit.
hoc ego Pegasidas deduxi primus ad undas,   15
   ne mate fecundae vena periret aquae;
primus id aspexi teneris in virginis annis,
   utque pater natae duxque comesque fui.
ergo si remanent ignes tibi pectoris idem,
   sola tuum vates Lesbia vincet opus.   20
sed vereor, ne te mea nunc fortuna retardet,
   postque meos casus sit tibi pectus iners.
dum licuit, tua saepe mihi, tibi nostra legebam;
   saepe tui iudex, saepe magister eram:
aut ego praebebam factis modo versibus aures,   25
   aut, ubi cessares, causa ruboris eram.
forsitan exemplo, quia me laesere libelli,
   tu quoque sis poenae fata secuta meae.

361. **Piérides:** ver nota 321.
362. **Pés alternados:** o dístico elegíaco, metro de *Tristezas* e da poesia elegíaca de maneira geral.
363. **Versificação:** no original, *studiis communibus*, lit. "ocupações em comum [com Ovídio]".
364. **Águas de Pégaso:** refere-se a Hiprocrene, uma das fontes do monte Hélicon, morada das Musas. De acordo com o mito, a fonte passou a jorrar após o cavalo alado

A ela encontrarás sentada junto à doce mãe,
  ou então entre os livros e as suas Piérides.³⁶¹
O que quer que esteja fazendo, deixará de lado, na hora,
  quando souber que tu chegaste, e perguntará por que chegas ou o que faço.
Dirás que estou vivo, mas uma vida que não queria viver,
  e que mesmo tão longo tempo não aliviou minhas desgraças,
e que, ainda assim, retornei às Musas, embora elas tenham me feito mal,
  e que ajunto palavras seletas dispostas em pés alternados.³⁶²
Diz-lhe: "Acaso tu também te devotas à versificação,³⁶³
  e compões poemas doutos, mas não à maneira de teu pai?"
Pois a natureza te deu casto caráter junto com os fados,
  além de talento e raros dotes.
Eu fui o primeiro a conduzir teu talento para as águas de Pégaso,³⁶⁴
  para que não, desgraçadamente, morresse comigo a veia dessa água fecunda.
Fui o primeiro a notar isso durante os tenros anos de tua infância,
  e assim como um pai para uma filha, fui para ti guia e companheiro.
Portanto, se continuam esses fogos em teu coração,
  apenas a poetisa lésbia será superior à tua obra.³⁶⁵
Mas temo que o meu destino agora te atrapalhe,
  temo que, depois de meu exílio, teu peito esteja inerte.
Enquanto me foi possível, eu lia às vezes teus escritos para mim e os meus
                                                                    [para ti;
  às vezes eu era o teu crítico, às vezes o teu professor.
Ou eu escutava os teus versos recém-compostos,
  ou, quando paravas de compor, eu era causa de teu rubor.³⁶⁶
Talvez, por causa do exemplo de meus livros terem me prejudicado,
  temes também um castigo parecido com o meu.

Pégaso bater com o casco sobre o monte Hélicon. Cf. *Metamorfoses* 5.256-263. Aqui, a expressão é usada figuradamente para o fazer poético, ao qual Perila teria sido incentivada por Ovídio.
365. **Poetisa lésbia:** Safo de Lesbos; ver nota 231.
366. **Causa de teu rubor:** a ideia é que Ovídio exortava Perila a escrever sempre, o que a deixava constrangida e envergonhada quando não o fazia.

pone, Perilla, metum. tantummodo femina nulla
    neve vir a scriptis discat amare tuis.   30
ergo desidiae remove, doctissima, causas,
    inque bonas artes et tua sacra redi.
ista decens facies longis vitiabitur annis,
    rugaque in antiqua fronte senilis erit,
inicietque manum formae damnosa senectus,   35
    quae strepitus passu non faciente venit.
cumque aliquis dicet "fuit haec formosa" dolebis,
    et speculum mendax esse querere tuum.
sunt tibi opes modicae, cum sis dignissima magnis:
    finge sed inmensis censibus esse pares,   40
nempe dat id quodcumque libet fortuna rapitque,
    Irus et est subito, qui modo Croesus erat.
singula ne referam, nil non mortale tenemus
    pectoris exceptis ingeniique bonis.
en ego, cum caream patria vobisque domoque,   45
    raptaque sint, adimi quae potuere mihi,
ingenio tamen ipse meo comitorque fruorque:
    Caesar in hoc potuit iuris habere nihil.
quilibet hanc saevo vitam mihi finiat ense,
    me tamen extincto fama superstes erit,   50
dumque suis victrix omnem de montibus orbem
    prospiciet domitum Martia Roma, legar.
tu quoque, quam studii maneat felicior usus,
    effuge venturos, qua potes, usque rogos!'

---

367. **Iro** e **Creso:** Iro, personagem da *Odisseia*, é o mendigo no palácio de Ulisses em Ítaca, e seu nome é usado proverbialmente para conotar uma pessoa extremamente pobre; Creso (séc. VI AEC) foi um rei da Lídia, famoso por suas riquezas, cujo nome é usado proverbialmente para conotar alguém extremamente rico.

Depõe, Perila, todo o medo. Apenas que nenhuma mulher
   ou homem aprenda a amar com teus escritos.
Assim, tu que és a mais douta, afasta as causas de empecilhos,
   retorna às boas artes e as canções sagradas.
Esse teu belo rosto turvar-se-á com a passagem dos anos,
   e haverá rugas de velhice em tua fronte vivida,
e imprimirá sua mão em tua beleza a velhice danosa,
   que chega num passo silencioso.
E quando alguém disser: 'Ela já foi bonita', isso doerá em ti,
   e reclamarás que teu espelho é um mentiroso.
Tu tens recursos módicos, embora sejas digna dos maiores.
   Mas imagina que fossem iguais a uma imensa riqueza;
com certeza o destino dá e tira a quem quer que lhe apraz,
   e de repente é Iro aquele que era há pouco Creso.[367]
Nem preciso entrar em detalhes; não temos nada imortal
   exceto os bens da alma e do engenho.
Eis-me aqui, ainda que sofrendo de saudade de ti, da pátria e do lar,
   tudo o que poderia ter sido tirado de mim foi tirado,
e mesmo assim meu engenho é meu companheiro e minha alegria.
   Sobre isso César não pôde ter jurisdição alguma.[368]
Quem quiser que encerre essa minha vida com cruel espada,
   mas minha fama sobreviverá a mim depois de morto.
Enquanto Roma, filha de Marte, avistar vitoriosa o mundo subjugado
   de suas sete colinas, serei lido.
Tu também, que possas escrever uma poesia mais feliz,
   foge, enquanto é tempo, das piras funerárias que inevitavelmente hão
                                                        [de chegar.[369]

---

368. **César:** ver nota 6.
369. Os três dísticos finais do poema trazem a tópica da perenidade da poesia, na esteira de Horácio, *Ode* 3.30 e das obras ovidianas pregressas, como *Amores* 1.15 e *Metamorfoses* 15.871-79. Sobre a tópica, ACHCAR 1994: 153-83.

VIII

NVNC ego Triptolemi cuperem consistere curru,
    misit in ignotam qui rude semen humum;
nunc ego Medeae vellem frenare dracones,
    quos habuit fugiens arce, Corinthe, tua;
nunc ego iactandas optarem sumere pennas,   5
    sive tuas, Perseu, Daedale, sive tuas:
ut tenera nostris cedente volatibus aura
    aspicerem patriae dulce repente solum,
desertaeque domus vultus, memoresque sodales,
    caraque praecipue coniugis ora meae.   10
stulte, quid haec frustra votis puerilibus optas,
    quae non ulla tibi fertque feretque dies?
si semel optandum est, Augusti numen adora,
    et, quem sensisti, rite precare deum.
ille tibi pennasque potest currusque volucres   15
    tradere. det reditum, protinus ales eris.
si precer hoc (neque enim possum maiora rogare)
    ne mea sint, timeo, vota modesta parum.
forsitan hoc olim, cum iam satiaverit iram,
    tum quoque sollicita mente rogandus erit.   20
quod minus interea est, instar mihi muneris ampli,
    ex his me iubeat quolibet ire locis.
nec caelum nec aquae faciunt nec terra nec aurae;
    ei mihi, perpetuus corpora languor habet!

---

370. **3.8** Em contraste com os poemas anteriores, esta elegia apaga o elemento epistolar, sendo antes um solilóquio que expressa as angústias e desejos quase desesperados do poeta. Doente e pálido como as cores do outono que se aproxima, ele sonha com uma maneira prodigiosa de voar até Roma para rever a cidade, os amigos e a esposa. Contudo, ele adverte a si próprio que o único poder capaz de o salvar é o imperador Augusto, a quem ele promete cultuar eternamente, se ao menos o local da relegação for transferido. **Triptólemo:** herói que recebeu sementes da deusa Deméter, por ter-lhe ajudado a descobrir o paradeiro de Perséfone, sua filha raptada; tem seu nome ligado aos mistérios Eleusinos. O mito é explorado em Pausânias, *Descrição da Grécia* 1.14.3 e aludido em Virgílio, *Geórgicas* 1.19 (cf. HARDIE 2002: 177).

8.

Agora eu cobiçaria estar na biga de Triptólemo,[370]
  que levou sementes novas a uma terra ignota.
Agora eu queria cavalgar os dragões de Medeia,[371]
  que ela montou quando fugia de teus muros, Corinto.[372]
Agora eu desejaria vestir penas voadoras,
  fossem as tuas, Perseu, ou as tuas, Dédalo,[373]
para que singrando os ares tênues com as minhas asas,
  eu pudesse avistar de repente o doce solo da pátria,
a fachada da minha casa deserta, os amigos fiéis,
  e principalmente o querido rosto de minha esposa.
Tolo, por que desejas em vão com votos infantis
  aquilo que nenhum dia trouxe e nem jamais trará?
Se só se pode desejar uma coisa, idolatra a divindade de Augusto,
  e procura religiosamente aplacar o deus cujo poder sentiste na pele.
Ele pode trazer-te asas e carros alados;
  se ele conceder o retorno, logo terás asas.
Se fosse pedir isso (e não posso implorar por nada maior que isso),
  temo que minhas orações não seriam modestas.
E mesmo quando essa ira estiver talvez saciada,
  então também será preciso rezar com alma devota.
Uma questão pequena, porém de grande monta para mim,
  seria que ele me ordenasse ir a outro lugar, qualquer que fosse.
Nem o céu, nem a água, nem a terra, nem o ar daqui me fazem bem.
  Ai de mim, uma fraqueza perpétua domina meu corpo!

---

371. **Medeia:** personagem trágica, filha do rei Eetes da Cólquida, que dominava artes mágicas, com as quais ajudou o herói Jasão e traiu seu próprio pai. Ela irá aparecer como personagem em 3.9, além de protagonizar a tragédia ovidiana *Medeia*, cujo texto se perdeu.
372. **Corinto:** cidade do Peloponeso, na Grécia, para onde Jasão fugiu com Medeia. Após Jasão ser convencido pelo rei Creonte de Corinto a abandonar Medeia e se casar com sua filha Creusa, Medeia provoca a morte de sua rival e seu pai (e, em algumas versões, também dos próprios filhos) antes de fugir de Corinto em dragões alados.
373. **Perseu:** herói grego, filho de Zeus e de Dânae; calçava sandálias aladas, presente de sua irmã Atena, que lhe possibilitavam voar pelos ares. **Dédalo:** ver nota 16.

seu vitiant artus aegrae contagia mentis, 25
  sive mei causa est in regione mali,
ut tetigi Pontum, vexant insomnia, vixque
  ossa tegit macies nec iuvat ora cibus;
quique per autumnum percussis frigore primo
  est color in foliis, quae nova laesit hiems, 30
is mea membra tenet, nec viribus allevor ullis,
  et numquam queruli causa doloris abest.
nec melius valeo, quam corpore, mente, sed aegra est
  utraque pars aeque binaque damna fero.
haeret et ante oculos veluti spectabile corpus 35
  astat fortunae forma legenda meae:
cumque locum moresque hominum cultusque sonumque
  cernimus, et, qui sim qui fuerimque, subit,
tantus amor necis est, querar ut cum Caesaris ira,
  quod non offensas vindicet ense suas. 40
at, quoniam semel est odio civiliter usus,
  mutato levior sit fuga nostra loco.

IX

HIC quoque sunt igitur Graiae (quis crederet?) urbes
  inter inhumanae nomina barbariae?
huc quoque Mileto missi venere coloni,
  inque Getis Graias constituere domos?
sed vetus huic nomen, positaque antiquius urbe, 5
  constat ab Absyrti caede fuisse loco.

---

374. **Coloração:** trata-se da coloração amarelada e alaranjada que as folhas das árvores de climas temperados assumem quando da chegada do outono.
375. Cf. análise dessa passagem em AVELLAR 2019: 284ss.
376. **César:** ver nota 6.
377. **3.9** Nesta elegia vem à tona o aspecto etiológico, tão presente nas obras pregressas de Ovídio (em especial *Fastos* e *Metamorfoses*), em que se discorre sobre a origem mítica de Tomis. O nome da cidade é relacionado à narrativa da fuga de Medeia. Durante a fuga da Cólquida com os Argonautas, Medeia, ao passar pela foz do Danúbio,

Ou o contágio de uma alma doente infesta meus membros,
　　ou a causa de minhas doenças está neste lugar.
Desde que alcancei o Mar Euxino, me perturba a insônia, e a magreza
　　mal cobre os ossos, e o alimento não agrada ao paladar.
E assim como durante o outono há uma coloração nas folhas atingidas[374]
　　pelo primeiro frio, que um novo inverno há de queimar,
essa mesma cor tem os meus membros, e não tenho forças para me erguer,
　　e a causa dessa dor lamentável nunca passa.
Não estou melhor da cabeça do que do corpo, ambas as partes
　　estão juntamente doentes e sofro dores nas duas.
O talhe de meu destino paira e fica diante de meus olhos como se fosse
　　um corpo visível que posso ler.[375]
E quando vejo o lugar, os costumes, os hábitos e a língua destes homens,
　　e quando me lembro de quem sou e de quem fui,
apraz-me tanto a morte, que lamento a ira de César,[376]
　　que não vinga suas ofensas com a espada.
Mas já que ele controlou seu ódio de maneira civilizada,
　　que o meu desterro seja mais leve com a mudança do lugar.

9.

Aqui também (quem poderia crer?) existem cidades gregas[377]
　　entre nomes de barbárie desumana.
Também até aqui vieram os colonos egressos de Mileto,
　　e construíram casas gregas entre os getas.[378]
Mas consta que seu antigo nome, anterior à fundação da cidade,
　　era mencionado como o local da morte de Absirto;[379]

---

　　tem um plano para atrasar seu pai que a perseguia: despedaçar o seu próprio ir-
　　mão, Absirto. A ação de cortar em pedaços é associada ao nome da cidade. Antes de
　　descrever esse episódio, o poeta declara que a cidade foi fundada por colonizadores
　　gregos, provenientes de Mileto, no mesmo local da morte de Absirto.
378. **Getas:** ver nota 85.
379. **Absirto:** irmão de Medeia, cujo mito é explorado por Ovídio em sua associação com
　　a fundação de Tomis neste poema.

nam rate, quae cura pugnacis facta Minervae
    per non temptatas prima cucurrit aquas,
impia desertum fugiens Medea parentem
    dicitur his remos applicuisse vadis.   10
quem procul ut vidit tumulo speculator ab alto,
    'hospes' , ait 'nosco, Colchide, vela, venit.'
dum trepidant Minyae, dum solvitur aggere funis,
    dum sequitur celeres ancora tracta manus,
conscia percussit meritorum pectora Colchis   15
    ausa atque ausura multa nefanda manu;
et, quamquam superest ingens audacia menti,
    pallor in attonitae virginis ore fuit.
ergo ubi prospexit venientia vela 'tenemur,
    et pater est aliqua fraude morandus' ait.   20
dum quid agat quaerit, dum versat in omnia vultus,
    ad fratrem casu lumina flexa tulit.
cuius ut oblata est praesentia, 'vicimus' inquit:
    'hic mihi morte sua causa salutis erit.'
protinus ignari nec quicquam tale timentis   25
    innocuum rigido perforat ense latus,
atque ita divellit divulsaque membra per agros
    dissipat in multis invenienda locis.
neu pater ignoret, scopulo proponit in alto
    pallentesque manus sanguineumque caput,   30
ut genitor luctuque novo tardetur et, artus

---

380. **Navio:** Argo, o navio da expedição dos Argonautas.
381. **Medeia:** ver nota 371. **Pai desertado:** o rei Eetes da Cólquida, que guardava em seu reino o velo de ouro procurado por Jasão e os argonautas; sua filha Medeia o traiu, ajudando Jasão e em seguida fugindo com ele para Corinto.
382. **Segundo se diz:** no original, *dicitur*, que tem a função de nota alexandrina (HINDS 1998: 1-5) para evidenciar o jogo alusivo à tradição poética; a passagem retoma o conteúdo das *Argonáuticas* de Apolônio e possivelmente da versão latina de Varrão de Átax, além de brincar, no nível lexical e imagético, com Catulo 64.
383. **Cólquida:** região a leste do Mar Negro, onde hoje é, aproximadamente, o território

pois, em um navio construído sob instrução de Minerva belicosa,[380]
  a ímpia Medeia, fugindo do pai desertado,[381]
cruzou pela primeira vez águas nunca antes navegadas
  e, segundo se diz, aportou nestas praias.[382]
 Quando a sentinela do alto da fortaleza avista o barco ao longe,
  diz: "Reconheço as velas, é um forasteiro que chega da Cólquida."[383]
Enquanto os Argonautas se entusiasmam, enquanto a corda é solta da doca,[384]
  enquanto a âncora puxada segue rápidas mãos,
a Colquidana, ciente de suas ações, golpeou os peitos[385]
  com a mão que cometera e ainda haveria de cometer muitos crimes;
e, embora ainda houvesse enorme audácia em sua mente,
  surgiu uma palidez no rosto da atônita jovem.
Assim, quando avistou as velas se aproximando, diz:
  "Fomos descobertos, e meu pai deve ser atrasado com alguma artimanha".
Enquanto se indaga o que fazer, enquanto vira o seu rosto para todos os lados,
  sem querer mirou os olhos na direção de seu irmão.
Quando sua presença foi percebida, diz: "Vencemos!
  Com sua morte, ele será a causa da minha salvação".
Sem demora, perfura com resoluta espada as inocentes costas
  daquele que não desconfia e nem sequer teme tal coisa,
e assim despedaça e distribui os membros divididos
  pelos campos em vários lugares avistáveis.
E para que a seu pai não passe despercebido, coloca no alto de uma pedra
  as pálidas mãos e a cabeça ensanguentada,
para que o seu genitor se atrase com um novo luto e, enquanto recolha

    da Geórgia; é a terra natal de Medeia e Absirto.
384. **Argonautas:** no original, *Minyae*, "mínias", a princípio nome de uma tribo autóctone que habitava a região do mar Egeu, e que depois se aplicou para os Argonautas, os tripulantes do navio Argo que, liderados por Jasão, navegaram até a Cólquida atrás do velo de ouro. O mito é tratado na epopeia *Argonáuticas* de Apolônio de Rodes, a partir da qual Varrão de Átax havia produzido uma versão latina, hoje perdida, aparentemente muito apreciada por Ovídio.
385. **Colquidana:** Medeia.

dum legit extinctos, triste moretur iter.
inde Tomis dictus locus hic, quia fertur in illo
    membra soror fratris consecuisse sui.

X

SIQVIS adhuc istic meminit Nasonis adempti,
    et superest sine me nomen in urbe meum,
suppositum stellis numquam tangentibus aequor
    me sciat in media vivere barbaria.
Sauromatae cingunt, fera gens, Bessique Getaeque,   5
    quam non ingenio nomina digna meo!
dum tamen aura tepet, medio defendimur Histro:
    ille suis liquidis bella repellit aquis.
at cum tristis hiems squalentia protulit ora,
    terraque marmoreo est candida facta gelu,   10
dum prohibet Boreas et nix habitare sub Arcto,
    tum patet has gentes axe tremente premi.
nix iacet, et iactam ne sol pluviaeque resolvant,
    indurat Boreas perpetuamque facit.
ergo ubi deliculit nondum prior, altera venit,   15
    et solet in multis bima manere locis;
tantaque commoti vis est Aquilonis, ut altas
    aequet humo turres tectaque rapta ferat.

386. Na língua grega antiga, a raiz *tom-* tem o sentido de "cortar".
387. **3.10** Após a passagem do outono aludida em 3.8, agora se assoma o inverno no exílio, que parece durar para sempre. Pela cronologia narrativa, é o primeiro inverno enfrentado por Ovídio desde sua chegada, abarcando o período entre fins de 9 EC e início de 10 EC. Os hábitos dos povos bárbaros que cercam o poeta são o oposto da urbanidade e civilidade de Roma. O rio Danúbio exerce em Tomis um papel principal: durante o verão, quando corre líquido, ele funciona como uma defesa natural e fonte de água; mas durante o inverno, ao congelar, ele se transforma em caminho pavimentado para as invasões inimigas. A terra ao redor é infértil e nada produz, o gelo e a neve tomam conta de tudo, e até mesmo o vinho é servido em pedaços, congelado. **Nasão:** ver nota 103.

os membros mortos, prolongue seu triste caminho.
Daí que este lugar é chamado Tomis, pois se diz que aqui
uma irmã despedaçou os membros de seu irmão.[386]

10.
Se alguém em Roma ainda se lembra do desterrado Nasão,[387]
e se meu nome, mesmo desprovido de minha presença, ainda reside em
[Roma,
saiba que, relegado às estrelas que nunca tocam o mar,[388]
eu vivo em meio à barbárie.
Os sármatas, povo selvagem, me cercam, e o bessos e os getas.[389]
Que nomes mais indignos de meu talento!
Enquanto é verão, somos protegidos pelo Danúbio:
líquido, ele repele as lutas com suas águas.
Mas quando o triste inverno traz a sua face esquálida,
e a terra se torna alva com o gelo marmóreo,
quando Bóreas e também a neve proíbem habitar no norte,[390]
então se percebe que esses povos são oprimidos pelo doloroso ártico.[391]
A neve cai, e uma vez caída nem sol nem chuva a derretem,
Bóreas a endurece e a torna perpétua.
Assim, quando ainda nem derreteu a primeira neve, já vem outra,
e em muitos lugares ela costuma durar dois anos.
É tanta a força do atiçado Aquilão, que deita à terra
as altas torres e destelha os telhados.

---

388. **Estrelas que nunca tocam o mar:** com essa expressão são mencionadas as constelações do Norte, Ursa Maior e Ursa Menor, que estão sempre visíveis e, portanto, não descem à linha do horizonte; aqui, a expressão é empregada metaforicamente para a localização de Tomis, ao norte em relação a Roma. Para discussão sobre as hipérboles geográficas, PHILLBRICK 2007 (esp. 106ss.).
389. **Sármatas:** ver nota 41. **Bessos:** uma tribo trácia. **Getas:** ver nota 85.
390. **Bóreas:** ver nota 34.
391. **Ártico:** usado metonimicamente para o norte. A ideia é de que quando chega o inverno, as regiões ao norte ficam tão frias que os povos que nelas habitam são obrigados a descer ao sul, saqueando as cidades que encontram no caminho, entre elas a própria Tomis.

pellibus et sutis arcent mala frigora bracis,
    oraque de toto corpore sola patent.   20
saepe sonant moti glacie pendente capilli,
    et nitet inducto candida barba gelu;
nudaque consistunt, formam servantia testae,
    vina, nec hausta meri, sed data frusta bibunt.
quid loquar, ut vincti concrescant frigore rivi,   25
    deque lacu fragiles effodiantur aquae?
ipse, papyrifero qui non angustior amne
    miscetur vasto multa per ora freto,
caeruleos ventis latices durantibus, Hister
    congelat et tectis in mare serpit aquis;   30
quaque rates ierant, pedibus nunc itur, et undas
    frigore concretas ungula pulsat equi;
perque novos pontes, subter labentibus undis,
    ducunt Sarmatici barbara plaustra boves.
vix equidem credar, sed, cum sint praemia falsi   35
    nulla, ratam debet testis habere fidem.
vidimus ingentem glacie consistere pontum,
    lubricaque inmotas testa premebat aquas.
nec vidisse sat est. durum calcavimus aequor,
    undaque non udo sub pede summa fuit.   40
si tibi tale fretum quondam, Leandre, fuisset,
    non foret angustae mors tua crimen aquae.
tum neque se pandi possunt delphines in auras
    tollere; conantes dura coercet hiems;

---

392. Esse verso (*et nitet inducto candida barba gelu*) faz um paralelo com 3.10.10 (*terraque marmoreo est candida facta gelu*).
393. **Leandro:** um jovem de Abidos, cidade na margem leste do estreito de Dardanelos. Do outro lado do estreito, em Sestos, havia um templo de Afrodite, cuja sacerdotisa era Hero. Leandro e Hero se apaixonaram, e Leandro atravessava o estreito a nado

Os nativos suportam os cruéis frios com peles e ceroulas costuradas,
 de todo o corpo apenas os rostos ficam à mostra.
Várias vezes os cabelos, ao serem balançados, tintilam com o gelo que lhes cai,
 e a barba brilha alva com o gelo incrustado.³⁹²
Os vinhos, ao serem servidos, conservam a forma da ânfora,
 e não os bebem aos goles, pois são degustados aos pedaços.
O que direi sobre os rios que congelam subjugados pelo frio,
 e sobre as águas líquidas que são extraídas de um poço?
Não menor que o Nilo produtor de papiro, o próprio Danúbio,
 que se mistura ao vasto oceano através de muitas fozes,
devido aos ventos constantes congela suas correntes azuladas
 e com as águas cobertas serpeia até o mar.
E por onde iam os barcos, agora se vai com os pés, e o casco
 do cavalo pisoteia as ondas congeladas pelo frio.
E através dessas novas pontes, que têm debaixo de si as correntes,
 os bois sármatas conduzem carroças selvagens.
Dificilmente acreditarão em mim, mas o testemunho merece ter bom crédito
 quando não há recompensa alguma para quem mente:
eu vi o vasto oceano endurecer-se de gelo,
 e uma casca escorregadia cobria as águas imóveis.
Não acreditei apenas vendo: pisei no mar endurecido,
 e a superfície esteve sob o pé sem o molhar.
Se outrora, Leandro, o mar fosse desse jeito para ti,³⁹³
 o estreito de mar não teria a culpa de tua morte.
Assim, nem os golfinhos arqueados podem saltar para a
 superfície, pois o duro inverno os impede de tentar.

todas as noites, enquanto Hero acendia uma luz para guiar-lhe o caminho. Certa noite, durante uma tempestade, o vento apagou a luz de Hero, e Leandro, perdido em meio às ondas, morreu afogado. Ao notar a morte de seu amante, Hero atirou-se ao mar, morrendo com ele.

et quamvis Boreas iactatis insonet alis, 45
    fluctus in obsesso gurgite nullus erit;
inclusaeque gelu stabunt in marmore puppes,
    nec poterit rigidas findere remus aquas.
vidimus in glacie pisces haerere ligatos,
    sed pars ex illis tum quoque viva fuit. 50
sive igitur nimii Boreae vis saeva marinas,
    sive redundatas flumine cogit aquas,
protinus aequato siccis Aquilonibus Histro
    invehitur celeri barbarus hostis equo;
hostis equo pollens longeque volante sagitta 55
    vicinam late depopulatur humum.
diffugiunt alii, nullisque tuentibus agros
    incustoditae diripiuntur opes,
ruris opes parvae, pecus et stridentia plaustra,
    et quas divitias incola pauper habet. 60
pars agitur vinctis post tergum capta lacertis,
    respiciens frustra rura Laremque suum:
pars cadit hamatis misere confixa sagittis:
    nam volucri ferro tinctile virus inest.
quae nequeunt secum ferre aut abducere, perdunt, 65
    et cremat insontes hostica flamma casas.
tunc quoque, cum pax est, trepidant formidine belli,
    nec quisquam presso vomere sulcat humum.
aut videt aut metuit locus hic, quem non videt, hostem;
    cessat iners rigido terra relicta situ. 70
non hic pampinea dulcis latet uva sub umbra,

---

394. Sigo na tradução desta passagem a ordenação proposta por Heyworth 1995: 142, e não a disposta nas edições de Owen 1915 ou de Wheeler 1924; adotando a numeração das edições, a disposição sugerida por Heyworth é 55-56, 61-62, 63-64,

E ainda que o Bóreas insufle com suas asas soltas,
    nenhuma ondulação haverá no mar estagnado;
e as embarcações, encalhadas no gelo, permanecerão estagnadas na
                                    [superfície marmórea,
    e nem o remo será capaz de sulcar as águas enrijecidas.
Eu vi peixes grudados no gelo,
    mas parte deles ainda estava viva.
Então, quando o vigor voraz do exagerado Bóreas congela as águas marinhas,
    e quando congela as águas pacíficas do rio,
logo em seguida, estando o Danúbio aplainado pelos secos Aquilões,
    o inimigo bárbaro invade com seu veloz cavalo.
O inimigo, dotado de cavalo e de flecha que percorre grandes distâncias,
    devasta completamente as terras ao redor.
Uns, capturados, são levados com os braços atados às costas,
    em vão volvendo os olhos para os campos e para seu lar.
Outros, dignos de compaixão, caem traspassados por flechas aduncas,
    pois há veneno na arma voadora.
Uns fogem, e não havendo ninguém para cuidar dos campos,
    as plantações desprotegidas são saqueadas;
escassas plantações do campo, rebanhos e carroças que rangem,
    e os bens que o habitante pobre possui.[394]
Destroem tudo que não conseguem carregar consigo ou roubar,
    e a chama inimiga queima as casas inocentes.
Então, mesmo quando há paz, treme-se de medo da guerra,
    e ninguém trabalha a terra com o arado cingido.
Este lugar ou vê o inimigo, ou teme quando não o vê;
    a terra, deixada inerte em uma região inóspita, cessa de produzir.
Aqui, a doce uva não brota debaixo de sombra frondosa,

    57-58, 59-60, 65-66, em que os dísticos entre 61 e 64 são realocados para frente, o
que mantém a lógica e o sentido do texto.

nec cumulant altos fervida musta lacus.
poma negat regio, nec haberet Acontius, in quo
   scriberet hic dominae verba legenda suae.
aspiceres nudos sine fronde, sine arbore, campos: 75
   heu loca felici non adeunda viro!
ergo tam late pateat cum maximus orbis,
   haec est in poenam terra reperta meam.

XI

SI quis es, insultes qui casibus, inprobe, nostris,
   meque reum dempto fine cruentus agas,
natus es e scopulis et pastus lacte ferino,
   et dicam silices pectus habere tuum.
quis gradus ulterior, quo se tua porrigat ira,   5
   restat? quidve meis cernis abesse malis?
barbara me tellus et inhospita litora Ponti
   cumque suo Borea Maenalis Vrsa videt.
nulla mihi cum gente fera commercia linguae:
   omnia solliciti sunt loca plena metus.   10
utque fugax avidis cervus deprensus ab ursis,
   cinctave montanis ut pavet agna lupis,
sic ego belligeris a gentibus undique saeptus
   terreor, hoste meum paene premente latus.

---

395. **Mosto:** trata-se do vinho em processo de fermentação, depositado em tanques de madeira.
396. **Acôncio:** um jovem da ilha de Ceos. Durante um festival para a deusa Ártemis na ilha de Delos, ele se apaixonou por Cidipe (ou Cídipe), uma jovem ateniense. Ele escreveu numa fruta as seguintes palavras: "Eu juro por Ártemis que desposarei Acôncio" e a atirou aos pés da moça. Ela instintivamente pegou a fruta e leu os dizeres em voz alta. Com isso, havia enunciado o juramento de que se casaria com Acôncio, mas ela não levou o fato a sério e desprezou o rapaz. Por muitas vezes ela tentou se casar com outros jovens, mas sempre ficava doente às vésperas do matrimônio. Consultando o oráculo de Delfos, veio a saber que a deusa Ártemis exigia o cumprimento do juramento. Cidipe então se casou com Acôncio.
397. **3.11** Assim como 1.8, este poema é uma missiva invectiva a um inimigo (que pode

e nem o mosto fervido preenche os altos tanques.³⁹⁵
A região se recusa a dar frutos, e Acôncio não teria aqui onde³⁹⁶
    escrever as palavras que sua esposa haveria de ler.
Verias os campos nus, sem copas, sem árvores:
    ai, lugares aos quais não deveria vir um homem feliz!
E assim, embora o infinito mundo se estenda tão vastamente,
    foi esta a terra encontrada para o meu castigo!

11.

Quem quer que sejas, perverso, que zombas de minha situação,³⁹⁷
    e que, sedento por sangue, me tornas um réu perpétuo,
tu nasceste de um rochedo e te alimentaste do leite das feras,
    e direi que teu coração é repleto de pedras.
Há um estágio ainda pior para onde possas avançar teu ódio?
    O que notas faltar em meus males?
Bárbara terra e os litorais inóspitos do Mar Euxino
    e a Ursa do Mênalo com seu Bóreas me avistam.³⁹⁸
Não há comunicação entre mim e o povo selvagem,
    todos os lugares estão repletos de medo perturbador.
Assim como o cervo fugidio caçado pelo urso voraz,
    ou como a ovelha cercada pelos lobos montanheses, são tomados de pavor,
assim eu me apavoro cercado por todos os lados de povos
    belicosos, com o inimigo quase tocando meu flanco.³⁹⁹

ou não ser o mesmo do outro poema), recorrendo às tópicas do gênero iâmbico. A irritação do poeta se dá pelo fato de que o inimigo continua a caluniar seu nome em Roma, como se o castigo do exílio em Tomis não lhe parecesse suficiente. O poeta adverte o destinatário com exemplos de que a desgraça chega àqueles que a desejam aos outros, e conclui desejando ao inimigo o mesmo castigo que ele próprio padece.

398. **Ursa do Mênalo:** a constelação da Ursa Maior; ver notas 58 e 157. Mênalo é um monte na região da Arcádia, tomado metonimicamente para a origem geográfica da personagem mítica associada à constelação. **Bóreas:** ver nota 34. Ambas as expressões aparecem aqui para indicar o norte.

399. **Flanco:** Ovídio usa aqui vocabulário militar, comparando seu corpo e sua vida a uma unidade militar romana.

utque sit exiguum poenae, quod coniuge cara,   15
    quod patria careo pignoribusque meis:
ut mala nulla feram nisi nudam Caesaris iram,
    nuda parum est nobis Caesaris ira mali?
et tamen est aliquis, qui vulnera cruda retractet,
    solvat et in mores ora diserta meos.   20
in causa facili cuivis licet esse diserto,
    et minimae vires frangere quassa valent.
subruere est arces et stantia moenia virtus:
    quamlibet ignavi praecipitata premunt.
non sum ego quod fueram. quid inanem proteris umbram?   25
    quid cinerem saxis bustaque nostra petis?
Hector erat tunc cum bello certabat; at idem
    vinctus ad Haemonios non erat Hector equos.
me quoque, quem noras olim, non esse memento:
    ex illo superant haec simulacra viro.   30
quid simulacra, ferox, dictis incessis amaris?
    parce, precor, Manes sollicitare meos.
omnia vera puta mea crimina, nil sit in illis,
    quod magis errorem quam scelus esse putes,
pendimus en profugi (satia tua pectora) poenas   35
    exilioque graves exiliique loco.
carnifici fortuna potest mea flenda videri:
    et tamen est uno iudice mersa parum.
saevior es tristi Busiride, saevior illo,
    qui falsum lento torruit igne bovem,   40

400. **César:** ver nota 6.
401. **Cavalos hemônios:** os cavalos de Aquiles. Hemônia é um nome alternativo para a Tessália, origem e morada de Aquiles. O dístico refere-se à passagem da *Ilíada* 22, quando Aquiles mata Heitor e amarra o corpo do troiano à sua biga.
402. **Manes:** ver nota 329.

Ainda que meu castigo fosse pequeno, sentir falta de minha amada esposa,
   de minha pátria e de meus amigos;
ainda que nenhuma desgraça eu sofresse exceto a ira nua de César,[400]
   porventura a ira nua de César seria um pequeno mal para mim?
E, no entanto, há alguém que reabre as cruéis feridas,
   que destila com voz eloquente contra meu caráter.
Em uma causa fácil qualquer um pode ser eloquente,
   e um esforço mínimo é suficiente para quebrar o que já está despedaçado.
A coragem reside em destruir fortalezas e firmes muralhas;
   os covardes atacam o que já está caído.
Não sou mais quem fui. Por que pisas em uma sombra vazia?
   Por que apedrejas minhas cinzas e minha lápide?
Heitor era quem era enquanto travava a guerra; mas quando
   foi amarrado aos cavalos hemônios já não era Heitor.[401]
Lembra-te que eu também já não sou aquele que conheceste outrora;
   daquele homem só restou esse simulacro.
Por que atacas, feroz, esse simulacro com palavras amargas?
   Deixa, eu peço, de importunar meus Manes![402]
Considera verdadeiros todos os meus crimes, que não haja nada neles
   que consideres mais um engano do que um crime;
eis que desterrado pago castigos severos pelo exílio e pelo lugar do exílio.
   Que teu coração se sacie com isso.
O meu destino pode parecer deplorável até para um carrasco,
   e ainda assim para um juiz ele não afundou o suficiente.
Tu és mais cruel que o severo Busíris, mais cruel que aquele[403]
   que aqueceu um falso touro com lento fogo[404]

---

403. **Severo:** no original, *tristi*; ver nota 349. **Busíris:** rei do Egito que matava os estrangeiros em sacrifício, sendo afinal morto por Hércules.
404. **Aquele que aqueceu um falso touro:** Perilo de Atenas, artífice que elaborou o instrumento de tortura e morte conhecido como Touro de Bronze, sobre o qual o poema discorre nos versos seguintes.

quique bovem Siculo fertur donasse tyranno,
   et dictis artes conciliasse suas:
'munere in hoc, rex, est usus, sed imagine maior,
   nec sola est operis forma probanda mei.
aspicis a dextra latus hoc adapertile tauri? 45
   hac tibi, quem perdes, coniciendus erit.
protinus inclusum lentis carbonibus ure:
   mugiet, et veri vox erit illa bovis.
pro quibus inventis, ut munus munere penses,
   da, precor, ingenio praemia digna meo.' 50
dixerat. at Phalaris 'poenae mirande repertor,
   ipse tuum praesens imbue' dixit 'opus'.
nec mora, monstratis crudeliter ignibus ustus
   exhibuit geminos ore gemente sonos.
quid mihi cum Siculis inter Scythiamque Getasque? 55
   ad te, quisquis is es, nostra querela redit.
utque sitim nostro possis explere cruore,
   quantaque vis, avido gaudia corde feras,
tot mala sum fugiens tellure, tot aequore passus,
   te quoque ut auditis posse dolere putem. 60
crede mihi, si sit nobis collatus Vlixes,
   Neptunine minor quam Iovis ira fuit?
ergo quicumque es, rescindere crimina noli,
   deque gravi duras vulnere tolle manus;
utque meae famam tenuent oblivia culpae, 65
   facta cicatricem ducere nostra sine;
humanaeque memor sortis, quae tollit eosdem

---

405. **Tirano siciliano:** Fálaris (séc. VI AEC), tirano de Agrigento, que chegou a dominar toda a ilha da Sicília. Tornou-se proverbialmente famoso por sua crueldade ao empregar o Touro de Bronze.
406. **Duplo mugido:** ou seja, o grito de dor de Perilo faz emitir pelo touro um som seme-

e que, dizem, ofertou o touro ao tirano siciliano,[405]
 e recomendou sua criação com tais dizeres:
"Ó rei, há neste presente mais utilidade do que parece,
 e veja que não é apenas a aparência de minha obra que merece aprovação.
Percebes que o lado direito do touro pode ser aberto?
 Por aqui, por ti pode ser enfiado aquele que quiseres arruinar.
Depois de preso, queima-o com lentos carvões;
 mugirá, tal qual mugido de touro verdadeiro.
Por uma tal invenção, para que pagues presente com presente,
 dá a mim, peço, um prêmio digno de meu engenho".
Assim dissera. Mas Fálaris disse: "Ó admirável inventor de castigos,
 entra tu mesmo em tua obra".
Sem demora, queimado cruelmente pelo fogo que ele próprio indicara,
 exalou com voz gemente o duplo mugido.[406]
O que eu, entre a Cítia e o getas, tenho a ver com os sicilianos?[407]
 A ti, quem quer que sejas, minha reclamação se dirige.
E para que possas saciar a sede com o meu sangue,
 e leves em teu ávido coração todo júbilo que desejas:
eu sofri tamanhas desgraças em minha jornada por terra e por mar,
 que creio que até tu possas condoer-te ao ouvi-las.
Crê em mim: se Ulisses fosse comparado a mim, seria feliz,
 e a ira de Netuno seria menor que a de Júpiter.[408]
Portanto, quem quer que sejas, não reascendas as acusações,
 e retira tuas mãos violentas de minhas graves feridas.
Para que o esquecimento atenue a fama de minha culpa,
 permiti que minhas ações possam cicatrizar.
Lembra-te da fortuna humana, que levanta e rebaixa

   lhante ao mugido natural.
407. **Cítia:** ver nota 59. **Getas:** ver nota 85.
408. **Júpiter:** aqui, plasmado à figura do imperador Otávio Augusto; ver nota 73.

et premit, incertas ipse verere vices.
et quoniam, fieri quod numquam posse putavi,
  est tibi de rebus maxima cura meis, 70
non est quod timeas: fortuna miserrima nostra est,
  omne trahit secum Caesaris ira malum.
quod magis ut liqueat, neve hoc ego fingere credar,
  ipse velim poenas experiare meas.

XII

FRIGORA iam Zephyri minuunt, annoque peracto
  longior antiquis visa Maeotis hiems,
inpositamque sibi qui non bene pertulit Hellen,
  tempora nocturnis aequa diurna facit.
iam violam puerique legunt hilaresque puellae, 5
  rustica quae nullo nata serente venit;
prataque pubescunt variorum flore colorum,
  indocilique loquax gutture vernat avis;
utque malae matris crimen deponat hirundo
  sub trabibus cunas tectaque parva facit; 10
herbaque, quae latuit Cerealibus obruta sulcis,

409. **3.12** Após a passagem do outono (3.8) e do inverno (3.10), enfim chega a primavera em Tomis, em março de 10 EC. O poema começa com a sensação de júbilo, retomando imagens de poemas primaveris, em especial a *Ode* 4.7 de Horácio. No entanto, a descrição que se faz é da primavera em Roma, com que Ovídio sonha e onde desejaria estar. Em Tomis, a primavera nada oferece de benfazejo, exceto o derreter da neve e a liquefação das águas. Isso, porém, tem uma grande valia: permitirá novamente a navegação, o que significa que navios oriundos de Roma possam aportar em Tomis, trazendo ao poeta cartas e novidades. Uma das novidades aguardadas por Ovídio é a da vitória romana na campanha militar contra a Germânia; pela expressão de uma notícia futura sobre um acontecimento já passado, não é possível saber se ele se refere à campanha liderada por Vário, no outono de 9 EC, que terminou em derrota desastrosa (sobre a qual ou Ovídio ainda não sabia, ou então já sabia e faz aqui uma alusão irônica), ou se trata da campanha que Tibério iria encetar no verão de 10 EC (celebrada em 4.2), com resultados propagados como vitoriosos, ainda que *de facto* sem qualquer vitória efetiva (GRUEN 1996: 185). **Zéfiros:** os ventos do oeste, associados à chegada da primavera.
410. **Meócia:** nome alternativo para a Cítia.

as mesmas pessoas, e tu próprio temes o futuro incerto.
E já que (o que achei que jamais poderia acontecer)
    há um máximo interesse de tua parte na minha vida,
não há o que temer: a minha fortuna é a mais infeliz possível,
    a ira de César traz consigo toda a desgraça.
Para que isso fique mais claro, e para que não achem que estou mentindo,
    desejo a ti a experiência dos meus castigos.

12.

Os Zéfiros já suavizam os frios, e tendo acabado o ano,[409]
    o inverno da Meócia me pareceu mais longo que todos os anteriores,[410]
e aquele que não conseguiu carregar Hele em suas costas[411]
    torna a duração dos dias e das noites iguais.[412]
Agora os meninos e as meninas colhem felizes a violeta
    silvestre que nasceu sem que ninguém a semeasse;
os prados ficam repletos de flores de variadas cores,
    e o pássaro tagarela gorjeia com seu canto instintivo;
a andorinha, para apagar a acusação de péssima mãe,[413]
    faz pequenas casas e ninhos debaixo das vigas;
e a grama, que esteve coberta, oculta nos âmagos de Ceres,[414]

---

411. **Hele:** filha de Atamante e Nefele. Era perseguida, junto com seu irmão, Frixo, por sua madrasta, Ino. Quando Ino arquitetou um plano para matá-los, os irmãos foram resgatados por um carneiro voador (o Áries do zodíaco celeste) enviado por sua mãe Nefele. No entanto, quando o carneiro alçou voo, Hele não conseguiu se segurar e caiu no mar, que ficou conhecido então por Helesponto ("mar de Hele"), hoje chamado de Estreito de Dardanelos. A expressão do verso refere-se ao signo de Áries, que marca a chegada da primavera e do equinócio no hemisfério norte, no mês de março.
412. Trata-se do equinócio da primavera, regido pela constelação de Áries, quando o dia e a noite têm a mesma duração, doze horas cada.
413. **Acusação de péssima mãe:** refere-se ao mito de Procne, esposa do rei Tereu da Trácia. Este sequestrou, aprisionou e violou Filomela, a irmã mais nova de Procne, que, ao saber disso, matou seu próprio filho e o serviu como jantar para Tereu. Quando este descobriu, quis matar as duas irmãs, mas os deuses, para salvá-las, transformaram Procne em andorinha, Filomela em rouxinol e Tereu em poupa. O episódio é narrado nas *Metamorfoses* 6.412-674.
414. **Âmagos de Ceres:** a terra.

exit et expandit molle cacumen humo;
quoque loco est vitis, de palmite gemma movetur:
    nam procul a Getico litore vitis abest;
quoque loco est arbor, turgescit in arbore ramus: 15
    nam procul a Geticis finibus arbor abest.
otia nunc istic, iunctisque ex ordine ludis
    cedunt verbosi garrula bella fori.
usus equi nunc est, levibus nunc luditur armis,
    nunc pila, nunc celeri volvitur orbe trochus;   20
nunc ubi perfusa est oleo labente iuventus,
    defessos artus Virgine tingit aqua.
scaena viget studiisque favor distantibus ardet,
    proque tribus resonant terna theatra foris.
o quantum et quotiens non est numerare, beatum,   25
    non interdicta cui licet urbe frui!
at mihi sentitur nix verno sole soluta,
    quaeque lacu durae non fodiantur aquae:
nec mare concrescit glacie, nec, ut ante, per Histrum
    stridula Sauromates plaustra bubulcus agit.   30
incipient aliquae tamen huc adnare carinae,
    hospitaque in Ponti litore puppis erit.
sedulus occurram nautae, dictaque salute,
    quid veniat, quaeram, quisve quibusve locis.
ille quidem mirum ni de regione propinqua   35
    non nisi vicinas tutus ararit aquas.
rarus ab Italia tantum mare navita transit,
    litora rarus in haec portubus orba venit.

---

415. **Aro:** trata-se do *trochus*, um aro de metal que os meninos giravam com uma haste, uma brincadeira popular na Roma antiga.
416. **Água Virgem:** no original, *Virgine aqua*, trata-se da água de uma fonte fresca que era trazida por um aqueduto até as Termas de Agripa no Campo de Marte; seu sistema

sai e expande sua tenra ponta pela terra;
também onde há videira, o fruto cresce nos ramos,
   mas a videira fica longe do litoral gético;
onde há árvore, o ramo da árvore se folheia,
   mas a árvore fica longe da fronteira gética.
Lá, agora é tempo de paz, e as batalhas tagarelas do fórum verborrágico
   dão lugar aos jogos organizados em série.
Ora há a corrida de cavalos, ora se brinca com armas leves,
   ora os dardos, ora o aro é girado em rápida volta.[415]
Agora, a juventude untada com azeite viscoso
   limpa os cansados membros com a água Virgem;[416]
o teatro está cheio e o aplauso ressoa com diferentes gostos
   e no lugar dos três fóruns ressoam os três teatros.[417]
Ó quantas vezes feliz, ó infinitas vezes feliz, aquele que
   pode usufruir da cidade que não lhe é proibida!
Mas a mim cabe sentir a neve derretida pelo sol primaveril,
   e as águas já não de todo congeladas que serão extraídas do poço;
o mar já não enrijece em gelo e nem, como antes, o vaqueiro sármata[418]
   conduz suas carroças rústicas pelo Danúbio.
Enfim algumas embarcações começarão a navegar para cá,
   e um barco estrangeiro aportará no litoral euxino.
Sairei apressado ao encontro do marinheiro e, tendo o saudado,
   perguntarei por que motivo ele vem, ou quem ele é, ou de onde ele vem.
Será estranho, seguramente, se ele não vier de uma região próxima;
   não terá sulcado em segurança senão as águas vizinhas.
Raro é o marinheiro que cruza tão grande mar desde a Itália,
   raro é o que chega nestes litorais órfãos de portos.

---

     continua a funcionar até hoje, desembocando na Fontana de Trevi. Cf. LLOYD 1979.
417. **Três fóruns:** o Fórum de Júlio César, o Fórum de Augusto e o Fórum Romano. **Três teatros:** o Teatro de Pompeu, o Teatro de Balbo e o Teatro de Marcelo.
418. **Sármata:** ver nota 41.

sive tamen Graeca scierit, sive ille Latina
　　voce loqui (certe gratior huius erit; 40
fas quoque ab ore freti longaeque Propontidos undis
　　huc aliquem certo vela dedisse Noto),
quisquis is est, memori rumorem voce referre
　　et fieri famae parsque gradusque potest.
is, precor, auditos possit narrare triumphos 45
　　Caesaris et Latio reddita vota Iovi,
teque, rebellatrix, tandem, Germania, magni
　　triste caput pedibus supposuisse ducis.
haec mihi qui referet, quae non vidisse dolebo,
　　ille meae domui protinus hospes erit. 50
ei mihi, iamne domus Scythico Nasonis in orbe est?
　　iamque suum mihi dat pro Lare poena locum?
di facite ut Caesar non hic penetrale domumque,
　　hospitium poenae sed velit esse meae.

XIII

ECCE supervacuus (quid enim fuit utile gigni?)
　　ad sua natalis tempora noster adest.
dure, quid ad miseros veniebas exulis annos?
　　debueras illis inposuisse modum.
si tibi cura mei, vel si pudor ullus inesset, 5
　　non ultra patriam me sequerere meam,
quoque loco primum tibi sum male cognitus infans,

---

419. **Noto:** ver nota 30.
420. Ou seja, aquilo que o viajante contasse para Ovídio seria registrado em sua poesia e, portanto, tornar-se-ia perene.
421. **César:** ver nota 6.
422. **Nasão:** ver nota 103. **Cítia:** ver nota 59.
423. **3.13** Com a chegada do aniversário de Ovídio (20 de março de 10 EC), o poeta se

Mas se por acaso ele souber falar grego ou latim,
   certamente me seria muito agradável.
Também é possível que as velas trouxessem com Noto constante alguém
                                                                [para cá,[419]
vindo da margem do estreito ou das ondas da longínqua Propôntida.
Quem quer que ele seja, poderá contar notícias em língua saudosa
   e se tornar assim uma parte e um degrau da Fama.[420]
Que ele, eu rezo, possa narrar os já difundidos triunfos de César[421]
   e os votos reafirmados a Júpiter Capitolino,
e que tu, rebelde Germânia, finalmente depositaste
   tua triste cabeça aos pés de um grande líder.
Aquele que me contar essas coisas (que lamentarei não ter visto)
   será em seguida hóspede de minha casa.
Ai de mim, a casa de Nasão agora fica na Cítia?[422]
   E o castigo já me concede seu lugar como lar?
Deuses, fazei com que César não queira que aqui seja meu santuário e
                                                                [minha casa,
   e sim apenas o hospedeiro do meu castigo.

13.

Eis que chega a data do meu nascimento inútil,[423]
   pois de quê adiantou ter nascido?
Cruel, por que chegas para se juntar aos infelizes anos de exílio?[424]
   Deverias antes colocar neles um fim.
Se prezasses por mim, ou tivesses algum pudor,
   não me seguirias para além de minha pátria.
No mesmo lugar em que fui conhecido por ti ao nascer,

---

dirige ao seu deus natal, lamuriando-se de ter de suportar essa data festiva em situação tão deplorável. Sem clima para realizar os ritos natais costumeiros, como a oferenda do bolo e a queima de incensos, o poeta pede como desejo de aniversário que ele possa morrer antes do seu próximo aniversário.

424. **Chegas:** no original, *veniebas*, no imperfeito, que aqui parece ter valor incoativo.

illo temptasses ultimus esse mihi,
inque relinquendo, quod idem fecere sodales,
   tu quoque dixisses tristis in urbe 'vale'.   10
quid tibi cum Ponto? num te quoque Caesaris ira
   extremam gelidi misit in orbis humum?
scilicet expectas soliti tibi moris honorem,
   pendeat ex umeris vestis ut alba meis,
fumida cingatur florentibus ara coronis,   15
   micaque sollemni turis in igne sonet,
libaque dem proprie genitale notantia tempus,
   concipiamque bonas ore favente preces.
non ita sum positus, nec sunt ea tempora nobis,
   adventu possim laetus ut esse tuo.   20
funeris ara mihi, ferali cincta cupresso,
   convenit et structis flamma parata rogis.
nec dare tura libet nil exorantia divos,
   in tantis subeunt nec bona verba malis.
si tamen est aliquid nobis hac luce petendum,   25
   in loca ne redeas amplius ista, precor,
dum me terrarum pars paene novissima, Pontus,
   Euxinus falso nomine dictus, habet.

XIV

CVLTOR et antistes doctorum sancte virorum,
   quid facis ingenio semper amice meo?
ecquid, ut incolumem quondam celebrare solebas,
   nunc quoque, ne videar totus abesse, caves?

---

425. **César:** ver nota 6.
426. **Bolo:** era costume na Roma antiga que os aniversariantes oferecessem aos deuses da família um bolo assado de farinha, que não era, no entanto, consumido pelo ofertante. A tradição do bolo de aniversário na cultura ocidental se deve, em boa parte, a esse costume religioso romano.
427. **Falsamente chamado Euxino:** jogo lexical com o significado de "euxino", do grego Εὔξεινος, "hospitaleiro", que por sua vez era a forma eufemística do nome original

ali mesmo deverias providenciar a minha morte.
E tu, triste, também deverias ter dito um "adeus"
  junto com meus amigos, quando tive que deixar a cidade.
O que tens a ver com o Mar Euxino? Acaso a ira de César também te[425]
  enviou para última terra das regiões geladas?
Decerto esperas a devida comemoração,
  esperas que eu vista a túnica branca sobre os ombros,
que o altar fumoso seja ornado com guirlandas vistosas,
  e que um incenso de olíbano sibile no fogo sagrado,
e que eu ofereça o bolo típico de aniversário,[426]
  e que eu enuncie votos favoráveis com devota voz.
Não preparei nada disso, e nem há clima
  para que possa me alegrar com tua chegada.
Convém-me mais um altar fúnebre, cingido com o cipreste funéreo,
  e uma chama preparada em erguida pira.
Nem agrada oferecer olíbano que em nada atingem os deuses,
  nem palavras positivas me vêm em meio a tantas desgraças.
Mas se há algo que eu possa pedir neste dia,
  peço que não voltes mais a este lugar,
enquanto a parte mais desconhecida do mundo, o Ponto,
  falsamente chamado Euxino, me tenha.[427]

14.

Ó venerável cultor e sacerdote dos homens doutos,[428]
  amigo constante de meu talento! Como vai?
E então, assim como outrora, estando eu são e salvo, costumavas celebrar-me,
  agora também te preocupas para que eu não pareça de todo distante?

Ἄξεινος, "hostil"; cf. SCHMITT 1989: 310-13. Esse jogo lexical é retomado em 4.4.55-56.
428. **3.14** Endereçado a um amigo em Roma que aparentemente se encarrega da publicação das obras de Ovídio, o poema conclui o Livro 3 com um pedido de indulgência por parte dos leitores. A princípio, as desculpas são pedidas para a falta de revisão das *Metamorfoses*, mas se transbordam também para o próprio livro presente, que se encerra com a imagem pungente do poeta perdendo sua língua nativa, o latim, e balbuciando coisas com o sotaque das línguas bárbaras.

conficis exceptis ecquid mea carmina solis 5
    Artibus, artifici quae nocuere suo?
immo ita fac, quaeso, vatum studiose novorum,
    quaque potes, retine corpus in urbe meum.
est fuga dicta mihi, non est fuga dicta libellis,
    qui domini poenam non meruere sui. 10
saepe per externas profugus pater exulat oras,
    urbe tamen natis exulis esse licet.
Palladis exemplo de me sine matre creata
    carmina sunt; stirps haec progeniesque mea est.
hanc tibi commendo, quae quo magis orba parente est, 15
    hoc tibi tutori sarcina maior erit.
tres mihi sunt nati contagia nostra secuti:
    cetera fac curae sit tibi turba palam.
sunt quoque mutatae, ter quinque volumina, formae,
    carmina de domini funere rapta sui. 20
illud opus potuit, si non prius ipse perissem,
    certius a summa nomen habere manu:
nunc incorrectum populi pervenit in ora,
    in populi quicquam si tamen ore mei est.
hoc quoque nescioquid nostris appone libellis, 25
    diverso missum quod tibi ab orbe venit.
quod quicumque leget (si quis leget) aestimet ante,
    compositum quo sit tempore quoque loco.
aequus erit scriptis, quorum cognoverit esse
    exilium tempus barbariamque locum: 30

---

429. **Colecionas:** no original, *conficis*, que neste contexto pode ter diferentes significados, como "colecionar", "ler", "declamar", "editar". WHEELER 1924 opta por "assemble", PRATA 2007 por "reunir" e AVELLAR 2019 por "aprestar", explicando em nota que adere às nuances de "preparar uma edição" e "organizar uma biblioteca". Escolho "colecionar" para tentar, a exemplo dos demais tradutores citados, manter a semântica mais abrangente possível.

E então, colecionas minhas obras, exceto somente[429]
   a *Arte*, que condenou seu autor?[430]
Peço que o faça, ó entusiasta dos novos vates!
   Do jeito que puder, retenha meu corpo em Roma.[431]
O desterro foi imposto a mim, mas o desterro não foi imposto a meus livros,
   que não merecem o castigo de seu autor.
Várias vezes, exila-se nos litorais dos confins do mundo o prófugo pai,
   mas aos filhos do exilado é permitido ficar em Roma.
Os meus poemas foram criados, ao modo de Palas, sem mãe;
   eles são minha família e minha descendência.
Eu os confio a ti: um pacote que, quanto mais órfão de pai,
   mais pesado será ao tutor responsável.
Três dos meus filhos pegaram de mim a infecção;[432]
   faz com que todos os demais sejam cuidados por ti publicamente.
Há também quinze volumes de *Metamorfoses*,
   versos resgatados da pira de seu autor.
Se eu não tivesse morrido tão cedo, essa obra poderia[433]
   ter uma fama mais concreta com uma revisão final;
agora, uma versão incorreta percorre as línguas do povo,
   isso se algo meu está de fato na língua do povo.
Insere também nesses meus livrinhos isso e aquilo,
   que chega a ti enviado de um outro mundo:
"Quem quer que leia isto (se é que alguém lerá isto), que antes de mais
                                    [nada considere
   o momento e o local onde isto foi composto".
Deverá ser justo com os poemas, que ele sabe terem nascido
   no momento e no local do exílio e da barbárie.

---

430. **Arte:** a *Arte de Amar*; ver nota 10.
431. **Corpo:** no original, *corpus*, que ambiguamente se refere ao corpo físico e ao *corpus* poético.
432. **Três de meus filhos:** os três volumes que compõem a *Arte de Amar*.
433. **Morrido tão cedo:** aqui, a morte é metafórica para o exílio; a ideia é que, caso o poeta não houvesse sido exilado, sua obra-prima teria sido revisado e melhor acabada.

inque tot adversis carmen mirabitur ullum
   ducere me tristi sustinuisse manu.
ingenium fregere meum mala, cuius et ante
   fons infecundus parvaque vena fuit.
sed quaecumque fuit, nullo exercente refugit, 35
   et longo periit arida facta situ.
non hic librorum, per quos inviter alarque,
   copia: pro libris arcus et arma sonant.
nullus in hac terra, recitem si carmina, cuius
   intellecturis auribus utar, adest. 40
non quo secedam locus est. custodia muri
   summovet infestos clausaque porta Getas.
saepe aliquod quaero verbum nomenque locumque,
   nec quisquam est a quo certior esse queam.
dicere saepe aliquid conanti (turpe fateri) 45
   verba mihi desunt dedidicique loqui.
Threicio Scythicoque fere circumsonor ore,
   et videor Geticis scribere posse modis.
crede mihi, timeo ne sint inmixta Latinis
   inque meis scriptis Pontica verba legas. 50
qualemcumque igitur venia dignare libellum.
   sortis et excusa condicione meae.

---

434. **Lugar para ficar recluso:** ou seja, um lugar tranquilo e sossegado onde o poeta isolado possa compor em paz.
435. **Getas:** ver nota 85.

E o leitor se espantará de que em tamanhas adversidades
   eu tenha conseguido compor um poema com mão triste.
As desgraças afetaram meu talento, cuja fonte já era infecunda
   e cujo vigor já era pequeno.
Mas o que quer que fosse, desapareceu de vez com a falta de prática,
   e pereceu, tornado árido pela longa ociosidade.
Aqui não há abundância de livros, que me entretenham e que me alimentem;
   ao invés de livros soam arcos e armas.
Não há ninguém nesta terra cujos ouvidos críticos eu possa usufruir,
   caso recitasse meus poemas.
Não há lugar para ficar recluso; a guarda da muralha[434]
   e a porta fechada contêm os inquietos getas.[435]
Várias vezes pergunto sobre uma palavra, um nome, um lugar,
   e não posso encontrar ninguém que saiba.
Frequentemente (envergonha-me confessar!) tento dizer algo
   e as palavras me faltam, e de..., de..., desaprendi a falar.[436]
Já pronuncio com sotaque quase trácio e cítio,
   e me parece que poderia escrever em metros getas.
Acredita em mim: temo até que leias em meus escritos
   palavras pônticas misturadas às latinas.
Portanto, considera este livro, do jeito que está, digno de escusas,
   dadas as condições do meu destino.

---

436. Procurei manter na tradução desse verso o efeito de gaguejar que há no original: *verba mihi desunt dedidicique loqui*. Para uma análise dessa passagem e desse efeito, UGARTEMENDÍA 2022: 111.

Liber Qvartvs

Livro 4

I

SIQVA meis fuerint, ut erunt, vitiosa libellis,
    excusata suo tempore, lector, habe.
exul eram, requiesque mihi, non fama petita est,
    mens intenta suis ne foret usque malis.
hoc est cur cantet vinctus quoque compede fossor,   5
    indocili numero cum grave mollit opus.
cantat et innitens limosae pronus harenae,
    adverso tardam qui trahit amne ratem;
quique refert pariter lentos ad pectora remos,
    in numerum pulsa brachia pulsat aqua.   10
fessus ubi incubuit baculo saxove resedit
    pastor, harundineo carmine mulcet oves.
cantantis pariter, pariter data pensa trahentis,
    fallitur ancillae decipiturque labor.
fertur et abducta Lyrneside tristis Achilles   15
    Haemonia curas attenuasse lyra.
cum traheret silvas Orpheus et dura canendo
    saxa, bis amissa coniuge maestus erat.
me quoque Musa levat Ponti loca iussa petentem:

---

437. **4.1** Seguindo o teor dos poemas introdutórios (1.1 e 3.1), o Livro 4 se inicia com reflexões sobre a função da poesia e de como ela é afetada pelas condições de vida do poeta. Aqui, a poesia é justificada como um alívio, um remédio para atenuar os sofrimentos, e nisso é comparada a exemplos da música usada nesse mesmo sentido. Por mais que o poeta saiba que foi a poesia a causa de suas desgraças, ainda assim, como que esquecido de seus males, ou em frenesi bacante, ele retorna às letras na esperança que elas, outrora nocivas, agora possam curá-lo.
438. **Eu era um exilado:** no original, *exul eram*. O emprego do verbo no imperfeito exprime a ideia de continuidade do exílio durante a composição do volume.
439. **Canto bucólico:** no original, *harundineo carmine*, lit. "canto de juncos", sendo o jun-

1.

Se houver (e há de haver) defeitos em meus livrinhos,[437]
  julga-os inocentes, ó leitor, devido ao momento.
Eu era um exilado, buscando não a fama e sim o sossego,[438]
  para que minha alma saísse um pouco de suas tormentas.
É por isso que o cavador de fossas, atado à algema, também canta:
  suaviza o árduo trabalho com um ritmo indócil.
Também canta o balseiro ao buscar as margens de areia limosa,
  empurrando a lenta balsa contra a corrente.
E também aquele que movimenta em harmonia os remos pesados,
  golpeando com os braços a água batida no compasso.
O pastor, quando cansado, apoiando-se em seu bastão ou sentado na pedra,
  apascenta as ovelhas com canto bucólico.[439]
O labor se esmorece e desaparece à escrava quando ela
  canta e ao mesmo tempo fia a roca que lhe é incumbida.
Dizem também que o triste Aquiles, quando lhe tiraram Briseida,
  atenuava seu sofrer com a lira da Hemônia.[440]
Quando Orfeu arrastava as florestas e as pedras duras ao cantar,
  estava ele pesaroso pela esposa perdida duas vezes.[441]
A mim também a Musa alivia quando navego para os locais ordenados do
  [Mar Euxino.

---

  co usado por metonímia para a flauta pastoril.
440. **Hemônia:** outro nome para a Tessália, região de origem e morada de Aquiles.
441. **Esposa perdida duas vezes:** Eurídice, esposa de Orfeu que, logo após o casamento, morre ao ser picada por uma cobra; Orfeu desce ao mundo dos mortos para tentar resgatá-la, e consegue de Hades/Plutão o direito de reconduzir Eurídice à vida, sob a condição de que, ao caminhar de volta para a terra, ele não olhe para trás; no entanto, premido pela saudade, Orfeu se vira para olhar a esposa e, nisso, sua sombra é arrastada de volta para os infernos. O episódio é narrado nas *Metamorfoses* 10.1-85, além de ter sido explorado também por Virgílio nas *Geórgicas* 4.

>   sola comes nostrae perstitit illa fugae;   20
> sola nec insidias, Sinti nec militis ensem,
>   nec mare nec ventos barbariamque timet.
> scit quoque, cum perii, quis me deceperit error,
>   et culpam in facto, non scelus, esse meo,
> scilicet hoc ipso nunc aequa, quod obfuit ante,   25
>   cum mecum iuncti criminis acta rea est.
> non equidem vellem, quoniam nocitura fuerunt,
>   Pieridum sacris inposuisse manum.
> sed nunc quid faciam? vis me tenet ipsa sacrorum,
>   et carmen demens carmine laesus amo.   30
> sic nova Dulichio lotos gustata palato
>   illo, quo nocuit, grata sapore fuit.
> sentit amans sua damna fere, tamen haeret in illis,
>   materiam culpae persequiturque suae.
> nos quoque delectant, quamvis nocuere libelli,   35
>   quodque mihi telum vulnera fecit, amo.
> forsitan hoc studium possit furor esse videri,
>   sed quiddam furor hic utilitatis habet.
> semper in obtutu mentem vetat esse malorum,
>   praesentis casus inmemoremque facit.   40
> utque suum Bacche non sentit saucia vulnus,
>   dum stupet Idaeis exululata modis,
> sic ubi mota calent viridi mea pectora thyrso,
>   altior humano spiritus ille malo est.
> ille nec exilium, Scythici nec litora ponti,   45

---

442. **Soldado macedônio:** no original, *Sinti*, habitante da Síntica, uma região da Macedônia; é provável que se trate de uma referência a soldados mercenários, que seriam incumbidos, na imaginação do poeta, de matá-lo a mando de seus inimigos. Sigo a lição de OWEN 1915, e não a preferida em outras edições, que trazem, no lugar de *Sinti*, a preposição *inter,* que parece fazer pouco sentido devido à incoerência sintática.
443. **Piérides:** ver nota 321.
444. **Dulíquio:** Ulisses; ver nota 27.

Ela foi a minha única companheira em meu desterro;
a única que não teme as traições, nem a espada do soldado macedônio,[442]
nem o mar, nem as tempestades, nem a terra bárbara.
Ela também sabe qual foi o engano que me destruiu, quando me desgracei,
e que na minha ação há culpa, porém não dolo.
Seguramente por causa disso, agora ela é justa comigo, já que me foi adversa,
quando ela se tornou comigo ré do mesmo crime.
Eu não quereria ter colocado a mão nas coisas sagradas das Piérides,[443]
já que haveriam de me fazer tanto mal.
Mas agora, que farei? Essa mesma força das coisas sagradas me domina,
e, demente, amo a poesia, pela poesia tendo sido arruinado.
Assim a flor-de-lótus recém degustada pelo paladar dos homens do Dulíquio,[444]
ao mesmo tempo que lesou, também foi agradável pelo sabor.[445]
O amante quase sempre percebe a sua ruína, mas se apega a ela,
e persegue a causa de sua culpa.
A mim também deleitam os livros, ainda que tenham me arruinado,
e amo a arma que me causou a ferida.
Talvez esse entusiasmo possa ser visto como loucura,
mas essa loucura tem certa utilidade;
impede que a mente esteja sempre comtemplando suas tormentas,
e a torna esquecida da situação atual.
E assim como a Bacante ferida não percebe a sua chaga,[446]
enquanto está em frenesi gritando os ritmos báquicos,
assim também meu peito se aquece movido pelo tirso verde,[447]
e esse espírito é mais alto que os males humanos.
Esse espírito não percebe nem o exílio, nem as praias do Mar Cítio,

---

445. O dístico alude à passagem da *Odisseia* 9.82-104, em que os companheiros de Ulisses encontram os lotófagos.
446. **Bacante:** as ninfas que seguiam Baco e participavam de seu culto de êxtase, embriaguez e autoflagelação.
447. **Tirso verde:** bastão envolvido em hera e ramos de videira; compunha os elementos de representação do deus Baco e das Bacantes seguidoras do deus. Aqui, o termo é empregado para expressar a poesia, cujo efeito entorpecente é comparado ao êxtase dos rituais báquicos.

ille nec iratos sentit habere deos.
utque soporiferae biberem si pocula Lethes,
    temporis adversi sic mihi sensus abest.
iure deas igitur veneror mala nostra levantes,
    sollicitae comites ex Helicone fugae, 50
et partim pelago partim vestigia terra
    vel rate dignatas vel pede nostra sequi.
sint, precor, haec saltem faciles mihi! namque deorum
    cetera cum magno Caesare turba facit,
meque tot adversis cumulant, quot litus harenas, 55
    quotque fretum pisces, ovaque piscis habet.
vere prius flores, aestu numerabis aristas,
    poma per autumnum frigoribusque nives,
quam mala, quae toto patior iactatus in orbe,
    dum miser Euxini litora laeva peto. 60
nec tamen, ut veni, levior fortuna malorum est:
    huc quoque sunt nostras fata secuta vias.
hic quoque cognosco natalis stamina nostri,
    stamina de nigro vellere facta mihi.
utque neque insidias capitisque pericula narrem, 65
    vera quidem, veri sed graviora fide:
vivere quam miserum est inter Bessosque Getasque
    illum, qui populi semper in ore fuit!
quam miserum est, porta vitam muroque tueri,
    vixque sui tutum viribus esse loci! 70
aspera militiae iuvenis certamina fugi,

---

448. **Lete:** ver nota 109.
449. **Hélicon:** o monte na Beócia onde moravam as Musas.
450. **César:** ver nota 6.
451. Há nesse dístico sobre a passagem das estações um efeito de dissimetria; no hexâmetro, as estações estão em ablativo, enquanto no pentâmetro o outono é acusativo regido por *per*, e o inverno, marcado no plural, volta para o ablativo. A passagem

nem a existência de deuses irados.
Assim como se eu tivesse bebido taças do sonífero Lete,[448]
   a percepção dos meus dias adversos desaparece.
De fato, portanto, venero as deusas atenuadoras de meus males,
   companheiras, desde o Hélicon, de meu desterro malogrado,[449]
que um pouco pelo pélago, um pouco pelas trilhas de terra,
   em navio ou a pé, dignaram-se a seguir minhas pegadas.
Rezo para que ao menos elas me sejam favoráveis! Pois os demais
   deuses se alinham ao grande César,[450]
e me cumulam de tantas tormentas quantas areias tem a praia,
   quantos peixes tem o mar, e quantas ovas tem o peixe.
Antes contarás as flores na primavera, as espigas no verão,
   os frutos durante o outono e as neves nos invernos,[451]
do que os meus males, que sofro arrastado por todo o mundo,
   enquanto infeliz navego aos litorais sinistros do Mar Euxino.[452]
Nem mesmo quando cheguei, o destino foi mais brando em seus males;
   até aqui também os fados acompanharam meu caminho.
Aqui também reconheço o fio tecido no meu nascimento,
   fio tecido para mim com negra lã.
Para não falar das traições e perigos de vida,
   que são mesmo reais, porém mais graves do que verossímeis,
quão infeliz é viver entre os bessos e os getas[453]
   para aquele que sempre esteve na boca do povo!
Quão triste é proteger sua vida com portões e muralhas,
   e estar parcamente protegido pela força de sua posição.
Quando jovem, evitei os cruéis duelos da guerra,

   não deixa de evocar Horácio, *Odes* 4.7.9-12, em que todas as estações do ano são sintetizadas em uma estrofe.
452. **Litorais sinistros:** ambiguidade intraduzível do original, pois *sinister* implica ao mesmo tempo a margem à esquerda da rota de navegação e o aspecto mal agourento do lugar.
453. **Bessos:** ver nota 389. **Getas:** ver nota 85.

    nec nisi lusura movimus arma manu;
nunc senior gladioque latus scutoque sinistram,
    canitiem galeae subicioque meam.
nam dedit e specula custos ubi signa tumultus,   75
    induimus trepida protinus arma manu.
hostis, habens arcus inbutaque tela venenis,
    saevus anhelanti moenia lustrat equo;
utque rapax pecudem, quae se non texit ovili,
    per sata per silvas fertque trahitque lupus: 80
sic, siquem nondum portarum saepe receptum
    barbarus in campis repperit hostis, habet:
aut sequitur captus coniectaque vincula collo
    accipit, aut telo virus habente perit.
hic ego sollicitae lateo novus incola sedis: 85
    heu nimium fati tempora longa mei!
et tamen ad numeros antiquaque sacra reverti
    sustinet in tantis hospita Musa malis.
sed neque cui recitem quisquam est mea carmina, nec qui
    auribus accipiat verba Latina suis.   90
ipse mihi (quid enim faciam?) scriboque legoque,
    tutaque iudicio littera nostra suo est.
saepe tamen dixi 'cui nunc haec cura laborat?
    an mea Sauromatae scripta Getaeque legent?'
saepe etiam lacrimae me sunt scribente profusae,   95
    umidaque est fletu littera facta meo,
corque vetusta meum, tamquam nova, vulnera novit,
    inque sinum maestae labitur imber aquae.

---

454. Para além do significado literal de que Ovídio não teria ido à guerra em sua juventude, o verso também tem uma implicação metapoética, visto que o particípio que qualifica as armas, *lusura*, é empregado recorrentemente nas *Tristezas* com o sentido de composição poética; assim, a passagem pode ser lida no sentido de que

e nunca peguei numa arma que não fosse para brincar.[454]
Agora, já velho, visto a bainha com a espada, a mão esquerda com o escudo,
  e a minha cabeça grisalha com o elmo.
Pois quando a sentinela do alto da almenara dá o sinal de invasão,
  sem demora agarro as armas com mão trêmula.
O inimigo, de posse de arcos e flechas embebidas em veneno,
  rodeia feroz as muralhas com seu cavalo arfante.
E assim como o lobo cruento arrasta e carrega o gado ovino que não se abrigou,
  pelos campos e pelos bosques,
assim o inimigo bárbaro, se acaso encontra alguém nos campos
  fora das muralhas, também o arrasta;
ou o cativo obedece e aceita as correntes atadas a seu pescoço,
  ou morre sob arma envenenada.
Aqui eu jazo, novo habitante desse vilarejo atormentado.
  Ai, a minha vida é demasiada longa!
Contudo, a hospitaleira Musa estimula-me a voltar aos ritmos
  e ritos antigos, em meio a tamanhos males.
Mas não há ninguém a quem recite meus poemas, nem quem
  entenda em seus ouvidos palavras em latim.
Eu (pois o que posso fazer?) escrevo e leio para mim mesmo,
  e minhas letras estão seguras de sua própria crítica.
Várias vezes disse a mim mesmo: "Para quem agora esse empenho se aplica?[455]
  Acaso os saurômatas e os getas lerão meus escritos?"[456]
Várias vezes, contudo, me jorram lágrimas profusas ao escrever,
  e as letras se umedecem com o meu choro,
e meu coração abre uma velha ferida como se fosse nova,
  e uma tempestade de águas tristonhas chove sobre meu peito.

    Ovídio, em sua juventude, apenas compusera poesia amorosa.
455. Sigo para a tradução desse verso a sugestão de RITCHIE 1995: 514, *saepe mihi dixi, 'cui nunc haec cura laborat?'*, que substitui *mihi* por *tamen*, presente nas demais edições.
456. **Saurômatas:** o mesmo que sármatas; ver nota 41.

cum vice mutata, qui sim fuerimque, recordor,
    et, tulerit quo me casus et unde, subit,   100
saepe manus demens, studiis irata sibique,
    misit in arsuros carmina nostra focos.
atque, ea de multis quoniam non multa supersunt,
    cum venia facito, quisquis es, ista legas.
tu quoque non melius, quam sunt mea tempora, carmen, 105
    interdicta mihi, consule, Roma, boni.

II

IAM fera Caesaribus Germania, totus ut orbis,
    victa potest flexo succubuisse genu,
altaque velentur fortasse Palatia sertis,
    turaque in igne sonent inficiantque diem,
candidaque adducta collum percussa securi   5
    victima purpureo sanguine pulset humum,
donaque amicorum templis promissa deorum
    reddere victores Caesar uterque parent,
et qui Caesareo iuvenes sub nomine crescunt,
    perpetuo terras ut domus illa regat.   10
cumque bonis nuribus pro sospite Livia nato
    munera det meritis, saepe datura, deis,
et pariter matres et quae sine crimine castos
    perpetua servant virginitate focos;

---

457. **4.2** O poeta descreve a procissão triunfal que teria ocorrido em Roma por conta da vitória romana na campanha militar sobre a Germânia, liderada por Tibério durante o verão de 10 EC. Após descrever a procissão em detalhes e fazer apelos à casa imperial, o poeta lamenta que só participará do triunfo com a imaginação e nutre a esperança de que ao menos alguém possa lhe narrar a procissão. Dialogando com *Odes* 4.2 de Horácio, coincidente não apenas em posição (segundo poema do quarto livro) mas sobretudo em conteúdo, o poema traz uma série de palavras e imagens metapoéticas, transformando o triunfo militar romano numa espécie de triunfo poético de próprio Ovídio; cf. UGARTEMENDÍA 2022: 214-22.
458. **Césares:** aqui refere-se a Tibério, que conduzia guerra contra os povos germânicos, e Augusto, em nome de quem Tibério liderava a guerra.

Quando recordo quem era e quem sou, após a mudança de eventos,
   e lembro o motivo que me arrastou e de onde ele me arrastou,
várias vezes a mão insana, irada com as letras e consigo própria,
   arremessou meus poemas ao fogo para que queimassem.
E quem quer que sejas, quando leias os não muitos poemas
   que restam dos que eram muitos, sê clemente.
Tu também, Roma, vetada a mim, aprova o meu poema,
   que não é melhor do que os meus dias.

2.
A feroz Germânia, assim como o resto do mundo,[457]
   pode já vencida ter caído de joelhos diante dos Césares,[458]
e talvez os altos palácios sejam adornados com guirlandas[459]
   e os incensos crepitem no fogo e esfumacem o dia,
e uma branca vítima sacrificada, abatida no pescoço pelo machado,
   tinja a terra com seu sangue purpúreo.
E talvez ambos os Césares, vitoriosos, se preparem para entregar as
                    [oferendas prometidas
   aos templos dos deuses propícios,
junto com os jovens que crescem sob o nome de César,[460]
   de forma que aquela casa reine eternamente sobre o mundo.
E talvez Lívia com suas nobres noras ofereça pela saúde de seu filho[461]
   oferendas aos deuses merecedores, como muitas vezes haverá de oferecer,
e do mesmo modo as mães e aquelas que sem mácula[462]
   conservam em perpétua castidade os fogos puros.

---

459. A partir desse verso, o poema enumera ações e costumes dos rituais de triunfo; cf. BEARD 2007. Para uma análise da apropriação do triunfo militar para o efeito de triunfo poético, UGARTEMENDÍA 2022: 211ss.
460. **Jovens:** refere-se aos dois primeiros na linha sucessória ao império: Germânico Júlio César (15 AEC–19 EC), filho de Druso Germânico; e Druso Júlio César (13 AEC–23 EC), filho de Tibério.
461. **Lívia:** ver notas 99 e 190.
462. **Aquelas que sem mácula:** as Virgens Vestais, sacerdotisas do Templo de Vesta que tinham, entre outras funções, a de manter a lareira do templo sempre acesa, cujo fogo simbolizava a vida romana.

plebs pia cumque pia laetetur plebe senatus, 15
    parvaque cuius eram pars ego nuper eques.
nos procul expulsos communia gaudia fallunt,
    famaque tam longe non nisi parva venit.
ergo omnis populus poterit spectare triumphos,
    cumque ducum titulis oppida capta leget, 20
vinclaque captiva reges cervice gerentes
    ante coronatos ire videbit equos,
et cernet vultus aliis pro tempore versos,
    terribiles aliis inmemoresque sui.
quorum pars causas et res et nomina quaeret, 25
    pars referet, quamvis noverit illa parum.
'hic, qui Sidonio fulget sublimis in ostro,
    dux fuerat belli, proximus ille duci.
hic, qui nunc in humo lumen miserabile fixit,
    non isto vultu, cum tulit arma, fuit. 30
ille ferox et adhuc oculis hostilibus ardens
    hortator pugnae consiliumque fuit.
perfidus hic nostros inclusit fraude locorum,
    squalida promissis qui tegit ora comis.
illo, qui sequitur, dicunt mactata ministro 35
    saepe recusanti corpora capta deo.
hic lacus, hi montes, haec tot castella, tot amnes
    plena ferae caedis, plena cruoris erant.
Drusus in his meruit quondam cognomina terris,
    quae bona progenies, digna parente, fuit. 40
cornibus hic fractis viridi male tectus ab ulva
    decolor ipse suo sanguine Rhenus erat.

---

463. **Ordem equestre:** ver nota 183.
464. Nos triunfos romanos também eram representados em procissão, de maneira alegórica, os elementos naturais e construções das terras conquistadas.
465. **Druso Germânico:** Nero Cláudio Druso Germânico (38-9 AEC), filho de Lívia, irmão de Tibério e pai de Germânico Júlio César, foi um comandante militar bem-sucedi-

O povo leal se regozija, e junto com o povo leal se regozija o Senado,
   e a ordem equestre, da qual eu era uma pequena parte até recentemente.[463]
Não compartilho dos regozijos gerais; estou longe, desterrado,
   e nada senão um pequeno rumor chega aqui tão longe.
Assim, todo o povo poderá assistir aos triunfos
   e lerá os nomes das cidades conquistadas junto aos títulos dos comandantes,
e verá reis carregando no pescoço as correntes da escravidão
   irem à frente dos cavalos enfeitados,
e observará alguns deles cabisbaixos pela situação,
   e outros deles, terríveis, enlouquecidos.
Uma parte do povo indagará sobre as causas, os feitos e os nomes,
   e outra parte, embora pouco conheça, responderá:
"Este, que, sublime, fulgura em púrpura fenícia,
   foi um comandante de guerra, e aquele foi o segundo em comando.
Este, que agora fixa no chão seu olhar infeliz,
   não mostrou tal olhar enquanto portava suas armas.
Aquele, feroz e ardendo até agora com olhares hostis,
   foi o encorajador e conselheiro da batalha.
Este, pérfido, que esconde a face esquálida em densas cabeleiras,
   emboscou os romanos com dolos típicos de sua terra.
Ao que o segue, dizem ser um sacerdote que sacrificava inimigos capturados
   a um deus que frequentemente os recusa.
Este lago, estes montes, todos estes castelos, todos estes rios[464]
   estavam repletos de matança feroz, repletos de sangue.
Outrora, Druso Germânico obteve nessas terras seu cognome,[465]
   que a boa progênie, digna do pai, herdou.
Este, com os chifres quebrados, e mal coberto de relva verde,
   manchado com seu próprio sangue, era o Reno.[466]

   do, e recebeu o cognome de Germânico após suas conquistas na Germânia.
466. As representações dos rios, considerados entidades anímicas da natureza, costumavam trazer chifres à cabeça. Os chifres quebrados representam a derrota do rio (e dos povos que perto dele residiam) diante dos romanos.

crinibus en etiam fertur Germania passis,
   et ducis invicti sub pede maesta sedet,
collaque Romanae praebens animosa securi   45
   vincula fert illa, qua tulit arma, manu.'
hos super in curru, Caesar, victore veheris
   purpureus populi rite per ora tui,
quaque ibis, manibus circumplaudere tuorum,
   undique iactato flore tegente vias.   50
tempora Phoebea lauro cingetur 'io' que
   miles 'io' magna voce 'triumphe' canet.
ipse sono plausuque simul fremituque canente
   quadriiugos cernes saepe resistere equos.
inde petes arcem et delubra faventia votis,   55
   et dabitur merito laurea vota Iovi.
haec ego summotus qua possum mente videbo:
   erepti nobis ius habet illa loci:
illa per inmensas spatiatur libera terras,
   in caelum celeri pervenit illa fuga;   60
illa meos oculos mediam deducit in urbem,
   inmunes tanti nec sinit esse boni;
invenietque animus, qua currus spectet eburnos;
   sic certe in patria per breve tempus ero.
vera tamen capiet populus spectacula felix,   65
   laetaque erit praesens cum duce turba suo.
at mihi fingendo tantum longeque remotis
   auribus hic fructus percipiendus erit,
atque procul Latio diversum missus in orbem
   qui narret cupido, vix erit, ista mihi.   70
is quoque iam serum referet veteremque triumphum:
   quo tamen audiero tempore, laetus ero.

467. **César:** ver nota 6.

Veja, até mesmo a Germânia é trazida, com os cabelos desgrenhados,
   e ela se senta pesarosa sob o pé do general invicto.
Oferecendo o corajoso pescoço ao machado romano,
   ela porta correntes na mão que portava armas".
À frente disso tudo, no carro vencedor, serás conduzido, vestido de púrpura,
   César, conforme é o rito, diante dos olhares do teu povo,[467]
e por onde fores, serás aplaudido pelos teus, e onde quer que passes,
   flores serão lançadas a ponto de cobrir as ruas.
Cingido nas têmporas com o louro apolíneo,
   o soldado cantará com sonora voz "viva, viva, triunfo!".
Tu mesmo notarás que, devido ao barulho, aos aplausos e também ao frêmito,
   os fogosos cavalos da quadriga por diversas vezes hesitarão em avançar.
Então, subirás ao Capitólio, aos altares propícios aos teus votos,[468]
   e será entregue, com justiça, o laurel votivo a Júpiter.
Eu, proscrito, verei tais coisas do jeito que posso: com a imaginação.
   Ela tem direito ao lugar que é proibido a mim.
Ela, livre, atravessa as imensas terras,
   ela alcança o céu em rápida viagem.
Ela conduz os meus olhos para dentro da cidade,
   e não permite que eles fiquem alheios a tamanha felicidade.
E minha alma encontrará um jeito de ver os carros de marfim.
   Assim, por certo, por um breve momento estarei em minha pátria.
Enquanto isso, o povo desfrutará feliz de verdadeiros espetáculos,
   e a multidão presente estará alegre com seu líder.
Eu, no entanto, somente saborearei esta alegria ao fantasiar
   e com os ouvidos distantes ao longe.
E dificilmente haverá alguém que, enviado do distante Lácio para o outro lado
   do mundo, narre tais coisas a mim, ansioso por saber.
Além disso, ele já contará um triunfo tardio e antigo;
   mesmo assim, quando eu o ouvir, ficarei feliz.

---

468. **Capitólio:** ver nota 53.

illa dies veniet, mea qua lugubria ponam,
    causaque privata publica maior erit.

III

MAGNA minorque ferae, quarum regis altera Graias,
    altera Sidonias, utraque sicca, rates,
omnia cum summo positae videatis in axe,
    et maris occiduas non subeatis aquas,
aetheriamque suis cingens amplexibus arcem   5
    vester ab intacta circulus extet humo,
aspicite illa, precor, quae non bene moenia quondam
    dicitur Iliades transiluisse Remus,
inque meam nitidos dominam convertite vultus,
    sitque memor nostri necne, referte mihi.   10
ei mihi, cur timeam? quae sunt manifesta, requiro.
    cur labat ambiguo spes mea mixta metu?
crede, quod est et vis, ac desine tuta vereri,
    deque fide certa sit tibi certa fides.
quodque polo fixae nequeunt tibi dicere flammae,   15
    non mentitura tu tibi voce refer:
esse tui memorem, de qua tibi maxima cura est;
    quodque potest, secum nomen habere tuum.
vultibus illa tuis tamquam praesentis inhaeret,
    teque remota procul, si modo vivit, amat.   20
ecquid, ubi incubuit iusto mens aegra dolori,

---

469. **4.3** O poema se configura como uma epístola enviada à esposa Fábia, mas a posição desta como interlocutora só aparece mais para frente no poema; antes disso, o poeta reza às constelações das Ursas para que procurem por sua esposa em Roma e verifiquem se ela continua fiel a Ovídio; em seguida, como que arrependido por ter perguntado, ele argumenta consigo mesmo sobre a certeza do amor dela. Ao se dirigir à esposa, o poeta enumera exemplos mitológicos em que as mulheres se tornaram famosas por sua dedicação ao marido, e exorta Fábia a que permaneça assim, para que ela seja louvada eternamente pela pena de seu esposo. **Ursa Maior e Menor:** constelações que apontam para o norte, servindo de referencial para a navegação antiga. Ver notas 58 e 157. Sobre a função das constelações nesse poema, NISBET 1982.

Chegará aquele dia em que colocarei a tristeza de lado,
    e que o interesse público será mais importante que o particular.

3.

Ó Ursas, a Maior e a Menor! Uma, guia dos navios gregos,[469]
    outra, guia dos navios fenícios, e ambas sempre secas,[470]
já que, posicionadas no eixo mais alto, avistais todas as coisas,
    e não submergis nas águas crepusculares do mar,
e que, circundando o palácio etéreo com seus abraços,
    a vossa esfera se distancia da terra intocada,
eu vos oro, zelai por aquelas muralhas que outrora, dizem,
    Remo, filho de Ilia, transpôs em sua desgraça.[471]
Buscai com os olhos brilhantes a minha esposa,
    e contai-me se ela se lembra de mim ou não.
Ai de mim! Por que temo? Por que indago sobre algo que é tão claro?
    Por que se abala minha esperança, misturada a medo incerto?
Crê: aquilo que desejas é o que é, e deixa de temer o que é certo.
    Que haja em ti uma confiança segura a partir de uma segura confiança.
E aquilo que as estrelas fixas no polo não possam te dizer,
    diz a ti mesmo com palavras que não podem mentir:
que ela lembra de ti, ela, a única em quem pensas,
    e carrega consigo aquilo que ela pode, o teu nome.
Ela se curva diante de teu rosto como se estivesses presente,
    e ainda que distante, enquanto ela viver, ela te amará.
Será que quando sua alma, adoecida pela legítima dor, se deita,

---

470. **Sempre secas:** a ideia é que essas constelações não se põem no mar, no sentido de não ultrapassarem a linha do horizonte, por estarem próximas ao polo norte. A julgar por este dístico, é possível supor que os gregos empregavam como referencial para navegação a Ursa Maior, enquanto os fenícios usavam a Ursa Menor.

471. **Remo:** um dos dois irmãos responsáveis por fundar a cidade de Roma. Remo e Rômulo, descendentes de Eneias via a casa real de Alba Longa, decidem fundar a cidade e, após algumas dissensões, Remo, por zombaria, pula sobre a muralha que Rômulo estabelecera, e acaba sendo morto por seu irmão. Ilia é outro nome de Rea Sílvia.

lenis ab admonito pectore somnus abit?
tunc subeunt curae, dum te lectusque locusque
    tangit et oblitam non sinit esse mei,
et veniunt aestus, et nox inmensa videtur,   25
    fessaque iactati corporis ossa dolent?
non equidem dubito, quin haec et cetera fiant,
    detque tuus maesti signa doloris amor,
nec cruciere minus, quam cum Thebana cruentum
    Hectora Thessalico vidit ab axe rapi.   30
quid tamen ipse precer dubito, nec dicere possum,
    affectum quem te mentis habere velim.
tristis es? indignor quod sim tibi causa doloris:
    non es? at amisso coniuge digna fores.
tu vero tua damna dole, mitissima coniunx,   35
    tempus et a nostris exige triste malis,
fleque meos casus: est quaedam flere voluptas;
    expletur lacrimis egeriturque dolor.
atque utinam lugenda tibi non vita, sed esset
    mors mea, morte fores sola relicta mea.   40
spiritus hic per te patrias exisset in auras,
    sparsissent lacrimae pectora nostra piae,
supremoque die notum spectantia caelum
    texissent digiti lumina nostra tui,
et cinis in tumulo positus iacuisset avito,   45
    tactaque nascenti corpus haberet humus;
denique, ut et vixi, sine crimine mortuus essem.
    nunc mea supplicio vita pudenda suo est.
me miserum, si tu, cum diceris exulis uxor,

---

472. A partir desse verso, o "tu" enunciatário deixa de ser o próprio poeta e passa a se referir à sua esposa.
473. **Tebana:** Andrômaca, esposa de Heitor; ver nota 95.

o sono suave se retira do peito preocupado?
E então voltam as preocupações, quando meu leito e meu lugar te vêm à
[mente⁴⁷²
e não te permitem esquecer de mim,
e assomam-se angústias, e a noite parece interminável,
e os ossos cansados do corpo prostrado doem?
Não duvido disso nem de outras coisas,
e de que teu amor demonstra sinais de pesarosa dor,
e de que não sofres menos que a tebana quando ela viu Heitor⁴⁷³
ensanguentado ser arrastado pelo carro tessálio.⁴⁷⁴
Mas não sei o que devo rezar, nem posso dizer
qual disposição de ânimo eu gostaria que tivesses.
Estás triste? Lamento-me por ser a causa de tua tristeza.
Não estás? Mas que sejas digna de um marido ausente.
Sofre tu, dedicadíssima esposa, as tuas desgraças,
e suporta este tempo triste por causa de meus males,
e chora a minha situação. Há algo agradável no choro,
pelas lágrimas a dor se sacia e se suaviza.
Mas se acaso tu chorasses não minha vida, mas minha morte,
com minha morte terias ficado sozinha!
Este espírito, por ti, expiraria pelos ares pátrios,
lágrimas piedosas inundariam meu peito,
e no dia fatal teus dedos fechariam meus olhos,
tendo avistado pela última vez o céu conhecido,
e minhas cinzas seriam depositadas para descansar no túmulo de meus avós,
e a terra tocada por mim ao nascer tomaria conta do meu corpo.
E enfim, assim como vivi, morto seria sem crime.
Agora, minha vida se envergonha de meu suplício.
Ai de mim, infeliz, se tu, ao ser chamada esposa de um exilado,

---

474. **Carro tessálio:** a biga de Aquiles, à qual o herói grego amarrou o corpo morto de Heitor para arrastá-lo diante das muralhas de Troia.

avertis vultus et subit ora rubor! 50
me miserum, si turpe putas mihi nupta videri!
   me miserum, si te iam pudet esse meam!
tempus ubi est illud, quo te iactare solebas
   coniuge, nec nomen dissimulare viri?
tempus ubi est, quo te (nisi non vis illa referri) 55
   et dici, memini, iuvit et esse meam?
utque proba dignum est, omni tibi dote placebam:
   addebat veris multa faventis amor.
nec, quem praeferres (ita res tibi magna videbar)
   quemque tuum malles esse, vir alter erat. 60
nunc quoque ne pudeat, quod sis mihi nupta; tuusque
   non debet dolor hinc, debet abesse pudor.
cum cecidit Capaneus subito temerarius ictu,
   num legis Euadnen erubuisse viro?
nec quia rex mundi compescuit ignibus ignes, 65
   ipse suis Phaethon infitiandus erat.
nec Semele Cadmo facta est aliena parenti,
   quod precibus periit ambitiosa suis.
nec tibi, quod saevis ego sum Iovis ignibus ictus,
   purpureus molli fiat in ore pudor. 70
sed magis in curam nostri consurge tuendi,
   exemplumque mihi coniugis esto bonae,
materiamque tuis tristem virtutibus inple:
   ardua per praeceps gloria vadat iter.
Hectora quis nosset, si felix Troia fuisset? 75
   publica virtutis per mala facta via est.

---

475. **Capaneu** e **Evadne:** Capaneu é um herói do ciclo tebano, que luta ao lado de Polinice no cerco a Tebas. Quando tentava escalar as muralhas da cidade, Capaneu é fulminado por Zeus. Ao ser cremado, sua esposa Evadne se atira à pira funerária, morrendo junto ao corpo do marido.
476. **Faetonte:** ver nota 13.

abaixas o rosto e enrubesce!
Ai de mim, infeliz, se pensas parecer torpe por ter te casado comigo!
   Ai de mim, infeliz, se te envergonha ser minha esposa!
Onde está aquele tempo, em que costumavas te vangloriar
   de ser minha esposa, e não disfarçar o nome do marido?
Onde está aquele tempo, em que (a não ser que não queiras lembrar disso)
   te alegravas, eu lembro, de ser chamada minha e ser minha?
Conforme convém a uma esposa proba, qualquer presente te agradava,
   pois o amor adicionava muito ao verdadeiro valor.
Nem havia outro homem que preferisses a mim (do tanto que eu parecia a
[ti grande coisa)
   ou que preferisses que fosse teu.
Agora, que também não te envergonhes por seres minha esposa;
   isso deve te trazer sofrimento, mas não deve trazer vergonha.
Quando Capaneu temerário caiu sob golpe súbito,
   acaso lês que Evadne enrubesceu por seu marido?[475]
E nem porque o rei do mundo apagou o fogo com fogo,
   Faetonte passou a ser negado pelos seus.[476]
E nem Sêmele se tornou estranha para seu pai Cadmo[477]
   porque pereceu, ambiciosa, por seus próprios pedidos.
E nem porque fui fulminado pelas ferozes faíscas de Júpiter,[478]
   deve haver rubor de vergonha em teu belo rosto.
Ao contrário, dedica-te à tarefa de me defender,
   e sejas sempre para mim um exemplo de boa esposa,
e completa a matéria triste com tuas virtudes.
   A glória, árdua, caminha por um caminho íngreme.
Quem conheceria os feitos de Heitor, se Troia fosse feliz?
   Pelos males manifestos se faz o caminho para a coragem.

---

477. **Sêmele:** filha de Cadmo, rei e fundador mítico de Tebas. Sêmele era amante de Zeus/Júpiter, sendo fulminada pelo raio do deus quando pede para ver sua forma verdadeira. O episódio é narrado nas *Metamorfoses* 3.253-315.

478. **Júpiter:** aqui, refere-se ao imperador Otávio Augusto; ver nota 73.

ars tua, Tiphy, iacet, si non sit in aequore fluctus:
    si valeant homines, ars tua, Phoebe, iacet.
quae latet inque bonis cessat non cognita rebus,
    apparet virtus arguiturque malis.   80
dat tibi nostra locum tituli fortuna, caputque
    conspicuum pietas qua tua tollat, habet.
utere temporibus, quorum nunc munere facta est
    et patet in laudes area lata tuas.

IV

O QVI, nominibus cum sis generosus avorum,
    exsuperas morum nobilitate genus,
cuius inest animo patrii candoris imago,
    non careat numeris candor ut iste suis:
cuius in ingenio est patriae facundia linguae,   5
    qua prior in Latio non fuit ulla foro:
quod minime volui, positis pro nomine signis
    dictus es: ignoscas laudibus ipse tuis.
nil ego peccavi; tua te bona cognita produnt.
    si, quod es, appares, culpa soluta mea est.   10
nec tamen officium nostro tibi carmine factum
    principe tam iusto posse nocere puto.
ipse pater patriae (quid enim est civilius illo?)

---

479. **Tífis:** o timoneiro do navio Argo, sendo sua arte a técnica da navegação. Tem um lugar destacado no começo da *Arte de Amar* 1.6-8, onde o poeta diz que ele será o "Tífis do Amor".
480. **Tua arte:** a medicina.
481. 4.4 Em formato epistolar, o poema é dirigido a um amigo que domina a arte oratória, filho de outro eminente orador e antigo mestre de Ovídio, o que nos faz supor que se trate de Messalino (filho de Messala Corvino), a quem são dirigidas as *Epístolas Pônticas* 1.7 e 2.2. Após louvar a eloquência do destinatário e de seu pai, o poeta discorre sobre a clemência de Augusto e de como ele talvez possa ser convencido a mudar o local de exílio. Novamente, Tomis é descrita como uma terra bárbara e violenta, e uma das provas disso é sua proximidade a Tauris (hoje Crimeia), onde havia um altar dedicado a Ártemis, cuidado por Ifigênia, no qual se realizavam sa-

Tua arte, Tífis, seria nula, se não houvesse ondas no mar;[479]
se homens fossem saudáveis, tua arte, Febo, seria nula.[480]
A coragem, que jaz latente e se esconde desconhecida nos tempos de bonança,
aparece e se destaca diante dos males.
Meu destino te oferece uma chance de renome, e tua lealdade
tem um rosto conspícuo que pode se levantar.
Usufrui do momento, que agora se tornou um presente,
um grande campo se abre para louvores a ti.

4.
Ó tu, ainda que já sejas nobre devido ao nome de teus avós,[481]
superas tua estirpe pela nobreza de teu caráter;
em cuja alma está moldada a imagem do esplendor paterno,
embora este esplendor não falte em tuas próprias entranhas,
em cujo engenho há a eloquência de teu pai,
que ninguém superou no Fórum Romano.
Tu és aqui mencionado não como eu gostaria, com indícios ao invés do nome;
podes reconhecer esses louvores a ti.[482]
Eu não fiz nada errado; tuas ações são conhecidas e te revelam.
Se pareces ser aquilo que és, a minha culpa pode ser desculpada.
Mas, contudo, creio que a homenagem a ti em meu poema
não pode ofender um imperador tão justo.[483]
Ele próprio, o pai da pátria (pois quem é mais civilizado que ele?),[484]

---

crifícios humanos. Seguindo o enredo da peça *Ifigênia em Tauris* de Eurípides, Ovídio explora o mito de Ifigênia e seu encontro com Orestes em Tauris, para concluir que até mesmo esse sanguinário altar, levado para Atenas pelos irmãos, retirou-se dessa região tão bárbara em que o poeta se encontra.

482. Sigo para a tradução desse verso a sugestão de MAGUINESS 1962: 113-4, *agnoscis*, e não *ignoscas*, que consta nas lições de OWEN 1915 e de WHEELER 1924. Para além do sentido da passagem e da correlação usual entre *agnoscere* e *laus*, motivos evocados por MAGUINESS 1962, acrescente-se a aparição desse verbo por duas vezes no próximo poema (4.5.11 e 32).

483. **Imperador tão justo:** refere-se ao imperador Augusto; ver nota 54.

484. **Pai da pátria:** ver nota 169.

                sustinet in nostro carmine saepe legi,
    nec prohibere potest, quia res est publica Caesar,   15
        et de communi pars quoque nostra bono est.
    Iuppiter ingeniis praebet sua numina vatum,
        seque celebrari quolibet ore sinit.
    causa tua exemplo superorum tuta duorum est,
        quorum hic aspicitur, creditur ille deus.   20
    ut non debuerim, tamen hoc ego crimen habebo:
        non fuit arbitrii littera nostra tui.
    nec nova, quod tecum loquor, est iniuria nostra,
        incolumis cum quo saepe locutus eram.
    quo vereare minus ne sim tibi crimen amicus,   25
        invidiam, siqua est, auctor habere potest.
    nam tuus est primis cultus mihi semper ab annis
        (hoc certe noli dissimulare) pater,
    ingeniumque meum (potes hoc meminisse) probabat
        plus etiam quam me iudice dignus eram;   30
    deque meis illo referebat versibus ore,
        in quo pars magnae nobilitatis erat.
    non igitur tibi nunc, quod me domus ista recepit,
        sed prius auctori sunt data verba tuo.
    nec data sunt, mihi crede, tamen: sed in omnibus actis   35
        ultima si demas, vita tuenda mea est.
    hanc quoque, qua perii, culpam scelus esse negabis,
        si tanti series sit tibi nota mali.
    aut timor aut error nobis, prius obfuit error.
        a, sine me fati non meminisse mei;   40
    neve retractando nondum coeuntia rumpam
        vulnera: vix illis proderit ipsa quies.

485. **César:** ver nota 6.
486. Augusto e Júpiter, respectivamente. Esta é uma das raras passagens em que o im-

    admite ser frequentemente lido em meus poemas,
e ele nem pode proibir isso, pois César é um assunto público,[485]
    e dos bens públicos eu também tenho uma parte.
Júpiter demonstra sua divindade pelo engenho dos poetas,
    e permite ser celebrado por qualquer voz.
Tua causa é segura pelo exemplo de dois seres superiores,
    dos quais um é visto como deus, o outro é acreditado como deus.[486]
Embora não devesse, esse crime eu cometerei,
    pois minha carta não esteve sob teu julgamento.
E esta minha injúria, o fato de que falo a ti, não é recente:
    a ti, com quem muitas vezes tinha falado nos bons tempos.
Nem temas que ser meu amigo seja um crime,
    pois a inveja, se ela existe, só atinge o autor.
Pois teu pai foi admirado por mim desde os meus anos de infância
    (isso, decerto, não podes esconder),
e aprovava meu talento (isso podes lembrar)
    até mais do que eu merecia.
De meus versos ele falava com aquela voz
    em que parte de sua grande nobreza residia.
Agora, portanto, não o faças, se a tua casa me recebeu,
    mas as palavras já foram enunciadas pelo teu autor.
Porém, crê em mim, nada foi enunciado; mas se de todas as minhas ações
    retirares a última, minha vida merece ser poupada.
E mesmo essa, pela qual pereci, negarás que é um crime doloso,
    se conheceres o conjunto de tamanhos males do castigo.
Entre o temor e o engano, o que me danou foi o engano.
    Ah! Permite que eu não recorde meu destino!
E nem que, ao relembrar, eu abra essas feridas que sequer cicatrizaram;
    o silêncio mal poderá curá-las.

    perador não é plasmado à figura de Júpiter; para análise dessa particularidade,
    UGARTEMENDÍA 2022: 180ss.

ergo ut iure damus poenas, sic afuit omne
    peccato facinus consiliumque meo;
idque deus sentit; pro quo nec lumen ademptum,   45
    nec mihi detractas possidet alter opes.
forsitan hanc ipsam, vivam modo, finiet olim,
    tempore cum fuerit lenior ira, fugam.
nunc precor hinc alio iubeat discedere, si non
    nostra verecundo vota pudore carent.   50
mitius exilium pauloque propinquius opto,
    quique sit a saevo longius hoste locus;
quantaque in Augusto clementia, si quis ab illo
    hoc peteret pro me, forsitan ille daret.
frigida me cohibent Euxini litora Ponti: 55
    dictus ab antiquis Axenus ille fuit.
nam neque iactantur moderatis aequora ventis,
    nec placidos portus hospita navis adit.
sunt circa gentes, quae praedam sanguine quaerunt;
    nec minus infida terra timetur aqua.   60
illi, quos audis hominum gaudere cruore,
    paene sub eiusdem sideris axe iacent.
nec procul a nobis locus est, ubi Taurica dira
    caede pharetratae spargitur ara deae.
haec prius, ut memorant, non invidiosa nefandis   65
    nec cupienda bonis regna Thoantis erant.
hic pro subposita virgo Pelopeia cerva
    sacra deae coluit qualiacumque suae.
quo postquam, dubium pius an sceleratus, Orestes

---

487. **O próprio deus:** Otávio Augusto.
488. **Mar Hostil:** no original, *axenos*, "inospitaleiro", em jogo com *euxinus*, "hospitaleiro"; ver nota 488.
489. Nesse dístico, a lítotes é empregada para atenuar (ainda que ironicamente) o sentido hiperbólico: as águas são arrojadas por ventos imoderados e o navio só encontra portos hostis.

Portanto, embora eu pague justamente o castigo, não houve
   em todo meu erro qualquer intenção ou maldade.
E isso o próprio deus sabe; por isso a luz não me foi tirada,[487]
   e nem minhas posses foram repassadas a outrem.
Talvez um dia ele encerre este exílio, se eu ainda viver,
   quando a sua ira se suavizar com o tempo.
Agora, imploro a ele que ordene-me ir a outro lugar, se não
   falta aos meus pedidos respeitosa decência.
Oro por um exílio mais suave e um pouco mais próximo,
   e que seja um lugar mais distante do inimigo hostil.
Há em Augusto tanta clemência, que se alguém pedisse isso a ele
   em meu nome, talvez ele concedesse.
Os litorais gelados do Mar Euxino me encarceram;
   pelos antigos ele era chamado Mar Hostil.[488]
Pois nem as águas são arrojadas por ventos moderados,
   nem o navio estrangeiro se aproxima de portos plácidos.[489]
Há ao redor povos que buscam espólios em sangue;
   e a terra infiel não é menos temida que a água.
Esses povos, que escutas alegrarem-se com o sangue dos homens,
   habitam quase sob os mesmos astros que eu,
e não longe de mim está o lugar onde o altar tauro
   da deusa flecheira é espargido com a morte medonha.[490]
Antigamente, conforme diz a tradição, ali eram as terras de Toas,
   nem invejadas pelos maus nem desejadas pelos bons.
Ali, a jovem Pelopeia, substituída pela corça,[491]
   cultuava os ritos da deusa, quaisquer que fossem.
Depois disso, veio Orestes, não se sabe se inocente ou culpado,[492]

---

490. O altar tauro refere-se ao templo dedicado a Ártemis/Diana (a "deusa flecheira") em Táuris na Crimeia, onde, em algumas versões do mito, Ifigênia sacrificava todo estrangeiro que ali se aproximasse, sob ordem do rei Toas. Cf. Heródoto, *Histórias* 4.99-100;103.
491. **Jovem Pelopeia:** Ifigênia, descendente de Pélops; ver nota acima.
492. **Orestes:** ver nota 77.

      exactus Furiis venerat ipse suis,   70
et comes exemplum veri Phoceus amoris,
    qui duo corporibus mentibus unus erant,
protinus evincti tristem ducuntur ad aram,
    quae stabat geminas ante cruenta fores.
nec tamen hunc sua mors, nec mors sua terruit illum;   75
    alter ob alterius funera maestus erat.
et iam constiterat stricto mucrone sacerdos,
    cinxerat et Graias barbara vitta comas,
cum vice sermonis fratrem cognovit, et illi
    pro nece complexus Iphigenia dedit.   80
laeta deae signum crudelia sacra perosae
    transtulit ex illis in meliora locis.
haec igitur regio, magni paene ultima mundi,
    quam fugere homines dique, propinqua mihi est:
aque mea terra prope sunt funebria sacra,   85
    si modo Nasoni barbara terra sua est.
o utinam venti, quibus est ablatus Orestes,
    placato referant et mea vela deo!

V

O MIHI dilectos inter pars prima sodales,
    unica fortunis ara reperta meis,
cuius ab alloquiis anima haec moribunda revixit,
    ut vigil infusa Pallade flamma solet;
qui veritus non es portus aperire fideles   5
    fulmine percussae confugiumque rati;
cuius eram censu non me sensurus egentem,

---

493. **Companheiro foceu:** Pílades; ver nota 77.
494. **Nasão:** ver nota 103.
495. **4.5** Assim como o poema anterior, este também assume o formato epistolar, dirigido a um amigo em Roma, cujo nome por pouco o poeta não deixa escapar. Ao

impulsionado por suas próprias Fúrias,
e seu companheiro foceu, exemplo de amor verdadeiro;[493]
    esses eram um em alma e dois em corpos.
Acorrentados, foram de pronto trazidos diante do triste altar,
    que se erguia ensanguentado à frente dos portais gêmeos.
E ainda assim nem um nem outro temia sua própria morte,
    mas cada qual estava triste pela morte do outro.
E já a sacerdotisa havia tomado a espada afiada,
    e havia cingido as madeixas gregas com fitas bárbaras,
quando, pelo diálogo, reconheceu o irmão, e ao invés da morte
    Ifigênia deu-lhe um abraço.
Feliz, ela transportou a estátua da deusa que odeia os sacrifícios cruéis,
    daquele lugar para outro bem melhor.
É essa, portanto, a região, praticamente a última do vasto mundo,
    da qual fogem homens e deuses, que me é vizinha.
Rituais mortais estão próximos à minha terra,
    se a terra de Nasão é esta terra bárbara.[494]
Oh, quem sabe os ventos que levaram Orestes,
    tendo o deus se aplacado, possam conduzir de volta minhas velas!

5.

Ó primeiro entre meus amigos prediletos,[495]
    único altar encontrado entre minhas desgraças,
por cujas palavras esta minha alma moribunda renasceu,
    assim como a chama costuma acordar quando se derrama o óleo de Palas;[496]
que não temeste abrir portos amistosos
    e refúgio ao navio fulminado pelo raio;
por cujo arbítrio eu não me sentiria necessitado

    mesmo tempo em que pede apoio do amigo junto a sua causa, o poeta faz-lhe votos de uma vida e descendência felizes.
496. **Óleo de Palas:** azeite.

si Caesar patrias eripuisset opes.
temporis oblitum dum me rapit impetus huius,
    excidit heu nomen quam mihi paene tuum! 10
tu tamen agnoscis tactusque cupidine laudis,
    'ille ego sum' cuperes dicere posse palam.
certe ego, si sineres, titulum tibi reddere vellem,
    et raram famae conciliare fidem.
ne noceam grato vereor tibi carmine, neve 15
    intempestivus nominis obstet honor.
quod licet (hoc tutum est) intra tua pectora gaude
    meque tui memorem teque fuisse pium.
utque facis, remis ad opem luctare ferendam,
    dum veniat placido mollior aura deo; 20
et tutare caput nulli servabile, si non
    qui mersit Stygia sublevet illud aqua;
teque, quod est rarum, praesta constanter ad omne
    indeclinatae munus amicitiae.
sic tua processus habeat fortuna perennes, 25
    sic ope non egeas ipse iuvesque tuos;
sic aequet tua nupta virum bonitate perenni,
    incidat et vestro nulla querela toro;
diligat et semper socius de sanguinis illo,
    quo pius affectu Castora frater amat; 30
sic iuvenis similisque tibi sit natus, et illum
    moribus agnoscat quilibet esse tuum;
sic faciat socerum taeda te nata iugali,
    nec tardum iuveni det tibi nomen avi.

---

497. **César:** ver nota 6. **Afanasse:** no original, *eripuisset*, "arrancar para fora", mas que também comporta o sentido de "furtar", "roubar"; o verso traz um arrazoado sobre o decreto imperial contra o poeta, que poderia ter sido de *exilium* (situação em que o réu perderia suas posses e direitos de cidadania) e não de *relegatio*. Ao mesmo tempo, o emprego do verbo também carrega um efeito irônico ao imputar ao imperador uma ação característica de ladrões, o que motivou a escolha por "afanar" na tradução.

caso César afanasse as posses de minha família.⁴⁹⁷
Enquanto meu ímpeto apressa-me ao esquecimento do atual momento,
   por pouco que eu não deixo escapar o teu nome!
Mas tu bem o sabes, e movido pelo desejo de elogios,
   talvez desejes poder dizer publicamente: "sou eu".
Eu, decerto, se permitisses, gostaria de dedicar o título a ti,
   e adequar tão rara fidelidade à merecida fama.
Temo que te prejudique com um poema dedicado a ti,
   e que uma honraria inoportuna contrarie teu renome.
Com o que se pode (isto é seguro), alegra-te em teu coração,
   que eu estive lembrado de ti e que tu foste leal.
E como fazes, aplica-te aos remos para que me chegue ajuda,
   até que um vento mais favorável sopre sob o deus apaziguado.⁴⁹⁸
E protege a vida que mais ninguém pode defender, exceto
   aquele que a lançou e a retirou das águas estígias.⁴⁹⁹
E dedica-te constantemente (pois isso é coisa rara)
   a toda tarefa da amizade inquebrantável.
Que assim teu destino tenha sucessos perenes,
   que assim nunca necessites de ajuda e ajudes os teus,
que assim tua esposa se iguale ao marido em bondade perene,
   e que em vossa cama não se imiscua desavença alguma;
que o teu parente sempre te ame,
   assim como ama o irmão a Cástor;⁵⁰⁰
que assim nasça-te uma criança igual a ti, e que todos
   saibam que é teu filho pelo seu caráter;
que assim tua filha te torne, com a tocha do casamento, um sogro,
   e dê a ti, ainda jovem, o nome de avô.

---

498. **Deus apaziguado:** refere-se ao imperador Augusto.
499. **Aquele que a lançou e a retirou:** o imperador Augusto, que teria o poder sobre a vida do poeta, mas de certa forma a salvou com o decreto do exílio. **Águas estígias:** por metonímia, o mundo dos mortos, onde corria o rio Estige.
500. **Cástor:** ver nota 150; o irmão de Cástor é Pólux.

VI

TEMPORE ruricolae patiens fit taurus aratri,
  praebet et incurvo colla premenda iugo;
tempore paret equus lentis animosus habenis,
  et placido duros accipit ore lupos;
tempore Poenorum compescitur ira leonum, 5
  nec feritas animo, quae fuit ante, manet;
quaeque sui monitis obtemperat Inda magistri
  belua, servitium tempore victa subit.
tempus ut extensis tumeat facit uva racemis,
  vixque merum capiant grana quod intus habent; 10
tempus et in canas semen producit aristas,
  et ne sint tristi poma sapore cavet.
hoc tenuat dentem terras renovantis aratri,
  hoc rigidos silices, hoc adamanta terit;
hoc etiam saevas paulatim mitigat iras, 15
  hoc minuit luctus maestaque corda levat.
cuncta potest igitur tacito pede lapsa vetustas
  praeterquam curas attenuare meas.
ut patria careo, bis frugibus area trita est,
  dissiluit nudo pressa bis uva pede. 20
nec quaesita tamen spatio patientia longo est,
  mensque mali sensum nostra recentis habet.
scilicet et veteres fugiunt iuga saepe iuvenci,
  et domitus freno saepe repugnat equus.
tristior est etiam praesens aerumna priore: 25
  ut sit enim sibi par, crevit et aucta mora est.

---

501. **4.6** Aqui e no próximo poema menciona-se que dois anos já se passaram no exílio, situando a narrativa entre fevereiro e março de 11 EC. Desprovida de interlocutor, esta elegia discorre sobre o poder do tempo, capaz de mitigar todos os males, exceto as tristezas do poeta; e sobre o efeito do passar do tempo, que enfraquece e debilita os corpos e as vidas. O único consolo de Ovídio é justamente esse efeito do tempo, que fará com que sua infeliz vida chegue logo ao fim.

6.

Com o tempo, o touro se torna submisso ao arado do lavrador,[501]
   e oferece o pescoço para ser oprimido pelo jugo arqueado.
Com o tempo, o cavalo arisco obedece aos freios dobradiços,
   e aceita em sua boca dócil os bruscos bridões.
Com o tempo, a ira dos leões africanos se apazigua,
   e não perdura a ferocidade no ânimo que antes havia.
O elefante indiano que cede às ordens de seu senhor,
   vencido, com o tempo, submete-se à escravidão.
O tempo faz com que a uva intumesça nos ramos vultosos,
   até que os frutos mal contenham em si o seu suco.[502]
O tempo produz as sementes nas espigas brancas
   e zela para que as frutas não tenham amargo sabor.[503]
Ele amacia as terras renovadas pelo dente do arado,
   ele lapida as duras pedras e também os diamantes.
Ele até mesmo mitiga aos poucos as iras furiosas,
   ele diminui o pesar e alivia os corações pesados.
Portanto, a chegada da velhice pode, com seu silencioso andar,
   atenuar tudo, exceto as minhas tristezas.
Desde que estou longe da pátria, por duas vezes a região se encheu de frutos,
   por duas vezes a uva foi macerada por pés descalços.[504]
Mas minha paciência não se fortaleceu nesse longo decurso,
   e minha alma tem a sensação de que minha desgraça é recente.
Com efeito, até os velhos novilhos várias vezes fogem do jugo,
   e o cavalo domado por vezes recusa o bridão.
Até mais triste que antes é a atribulação atual,
   pois não apenas se manteve igual, mas cresceu e aumentou com a idade.

---

502. **Frutos:** no original, *grana*, que implica a ideia de um fruto já colhido e separado; cf. VESSEY 1986, que inclusive salienta a intraduzibilidade do conceito.
503. **Amargo sabor:** no original, *tristi sapore*, em que o adjetivo *tristi*, além de remeter ao título e ao conteúdo geral da obra, assume um sentido pouco usual em Ovídio, de "amargura" ou "severidade".
504. Ou seja, dois anos se passaram na terra do exílio.

	nec tam nota mihi, quam sunt, mala nostra fuerunt;
		nunc magis hoc, quo sunt cognitiora, gravant.
	est quoque non nihilum vires afferre recentes,
		nec praeconsumptum temporis esse malis. 30
	fortior in fulva novus est luctator harena,
		quam cui sunt tarda brachia fessa mora.
	integer est melior nitidis gladiator in armis,
		quam cui tela suo sanguine tincta rubent.
	fert bene praecipites navis modo facta procellas: 35
		quamlibet exiguo solvitur imbre vetus.
	nos quoque quae ferimus, tulimus patientius ante:
		vae, mala sunt longa multiplicata die.
	credite, deficio, nostroque a corpore quantum
		auguror, accedunt tempora parva malis. 40
	nam neque sunt vires, nec qui color esse solebat:
		vix habeo tenuem, quae tegat ossa, cutem.
	corpore sed mens est aegro magis aegra, malique
		in circumspectu stat sine fine sui.
	urbis abest facies, absunt, mea cura, sodales, 45
		et, qua nulla mihi carior, uxor abest.
	vulgus adest Scythicum bracataque turba Getarum.
		sic me quae video non videoque movent.
	una tamen spes est, quae me soletur in istis,
		haec fore morte mea non diuturna mala. 50

---

505. **Areia dourada:** por metonímia, as arenas dos circos e anfiteatros, onde se realizavam os jogos gladiatoriais.
506. Nos versos 30 e 32 consta um efeito métrico no original que a tradução não consegue abarcar: os pentâmetros recorrem ao emprego extenso do espondeu (pé métrico que combina duas sílabas longas), arrastando o tempo dos versos e tornando-os

Eu não conhecia tão bem as minhas desgraças como as conheço agora;
   agora, que as conheço melhor, são mais pesadas.
Também não é de todo inútil empregar a força do momento presente,
   e não ser consumido antes da hora pelas desgraças do tempo.
Um pugilista juvenil na areia dourada é mais forte[505]
   do que aquele cujos braços estão cansados pela idade.[506]
Um gladiador jovem é melhor nas armas polidas,
   do que aquele cujas armas estão tingidas com seu próprio sangue.
Um navio recém-construído suporta bem as chuvas tempestivas,
   enquanto um velho se dissolve diante de qualquer chuvisco.
Eu também aguentava com mais paciência qualquer sofrimento;
   ai de mim, o sofrer foi multiplicado pela contínua insistência.
Acreditai: não aguento mais, e pelo que pressinto da minha saúde física,
   pouco tempo resta para os meus males.
Pois não tenho nem o vigor, nem a cor que costumava ter;
   mal tenho uma fina pele para cobrir os ossos.
Mas a alma está ainda mais enferma do que o corpo enfermo,
   e fica na contemplação infinita de seus males.
Os edifícios da cidade cá não estão, cá não estão meus queridos amigos,[507]
   e cá não está minha esposa, mais cara a mim que tudo.
Aqui, só há o povo cítio e a multidão de getas vestidos de calças;[508]
   assim, sou afetado pelo que vejo e pelo que não vejo.
Mas há ainda uma esperança, que me consola nestes tempos,
   de que minha morte não deixará que esse sofrimento se prolongue.

    morosos, reforçando assim o seu conteúdo.
507. **Cidade:** Roma.
508. **Povo cítio:** ver nota 59. **Getas:** ver nota 85. **Vestidos de calças:** do ponto de vista cultural romano, a calça é uma vestimenta que denota a falta de civilidade; cf. WILLIAMS 2002: 348.

VII

BIS me sol adiit gelidae post frigora brumae,
    bisque suum tacto Pisce peregit iter.
tempore tam longo cur non tua dextera versus
    quamlibet in paucos officiosa fuit?
cur tua cessavit pietas, scribentibus illis,   5
    exiguus nobis cum quibus usus erat?
cur, quotiens alicui chartae sua vincula dempsi,
    illam speravi nomen habere tuum?
di faciant ut saepe tua sit epistula dextra
    scripta, sed ex multis reddita nulla mihi.   10
quod precor, esse liquet. credam prius ora Medusae
    Gorgonis anguinis cincta fuisse comis,
esse canes utero sub virginis, esse Chimaeram,
    a truce quae flammis separet angue leam,
quadrupedesque hominis cum pectore pectora iunctos,   15
    tergeminumque virum tergeminumque canem,
Sphingaque et Harpyias serpentipedesque Gigantas,
    centimanumque Gyan semibovemque virum.
haec ego cuncta prius, quam te, carissime, credam
    mutatum curam deposuisse mei.   20
innumeri montes inter me teque viaeque
    fluminaque et campi nec freta pauca iacent.
mille potest causis a te quae littera saepe
    missa sit in nostras rara venire manus:

---

509. **4.7** O fim do inverno do ano 11 EC, já mencionado no poema anterior, marca aqui o aniversário de dois anos de exílio em Tomis. O poeta se dirige a um amigo em Roma, que durante todo esse tempo não lhe escreveu carta alguma. Tentando se convencer de que o amigo não o esqueceu, e apenas foram as cartas que se perderam no caminho, o poeta hiperboliza sua incredulidade ao comparar com uma série de seres fantásticos e monstruosos, nos quais ele acreditaria antes que no abandono do amigo. Vários dos seres mencionados são personagens das *Metamorfoses*, o que concede ao poema um aspecto de discussão irônica sobre a verossimilhança de sua obra-prima.
510. O poeta reclama ao destinatário pelo fato de que este não lhe escreveu carta alguma nos últimos dois anos.

7.

Por duas vezes o sol me apareceu, após os frios do inverno gelado,[509]
e por duas vezes, tocado o signo de Peixes, ele completou seu caminho.
Por que por tão longo tempo a tua mão não trabalhou
em alguns poucos versos que fossem?[510]
Por que a tua fidelidade arrefeceu, enquanto outros, com quem
eu tinha pouco contato, já me escreveram?
Por que por tantas vezes abri cartas de outro
esperando que nela estivesse a tua assinatura?
Que os deuses façam com que tua mão tenha escrito várias cartas,
e que dessas várias nenhuma tenha me chegado.
Isso que rezo, é possível. Eu acreditaria antes que a cabeça da górgone
Medusa fosse coberta por cabelos de cobras,
que há cães sob o ventre de uma donzela, que a Quimera existe,[511]
com chamas a dividir a metade de leoa da metade de cobra feroz,
que existem quadrúpedes cujo peito a peito humano se une,[512]
que existe um homem de três cabeças e um cão de três cabeças,[513]
e uma Esfinge, e Harpias, e Gigantes com pés de serpentes,
e Giges de cem mãos e um homem meio touro,[514]
em tudo isso eu acreditaria primeiro do que, meu caro,
tu, transformado, tivesses retirado tua amizade por mim.
Entre mim e ti há inúmeras serras, e estradas,
e rios, e campos, e não poucos mares.
Mil causas podem ocorrer para que tua carta seja enviada
e chegue só raramente às minhas mãos.

---

511. **Cães sobre o ventre de uma donzela:** Cila, monstro marinho, cujo corpo tem aspectos humanos na parte inferior e caninos na parte superior. **Quimera:** monstro com cabeça de leão, corpo de cabra e cauda de serpente.
512. Os centauros.
513. **Homem de três cabeças:** Gerião, gigante dotado de três cabeças. **Cão de três cabeças:** Cérbero, cão de três cabeças que guardava os portais dos Tártaros.
514. **Giges:** gigante dotado de cem braços e cinquenta cabeças. **Homem meio touro:** o Minotauro, monstro com corpo dividido em metade homem e metade touro.

mille tamen causas scribendo vince frequenter, 25
  excusem ne te semper, amice, mihi.

VIII
IAM mea cycneas imitantur tempora plumas,
  inficit et nigras alba senecta comas.
iam subeunt anni fragiles et inertior aetas,
  iamque parum firmo me mihi ferre grave est.
nunc erat, ut posito deberem fine laborum 5
  vivere, me nullo sollicitante metu,
quaeque meae semper placuerunt otia menti
  carpere et in studiis molliter esse meis,
et parvam celebrare domum veteresque Penates
  et quae nunc domino rura paterna carent, 10
inque sinu dominae carisque sodalibus inque
  securus patria consenuisse mea.
haec mea sic quondam peragi speraverat aetas:
  hos ego sic annos ponere dignus eram.
non ita dis visum est, qui me terraque marique 15
  actum Sarmaticis exposuere locis.
in cava ducuntur quassae navalia puppes,
  ne temere in mediis dissoluantur aquis.
ne cadat et multas palmas inhonestet adeptus,
  languidus in pratis gramina carpit equus. 20
miles ubi emeritis non est satis utilis annis,
  ponit ad antiquos, quae tulit, arma Lares.
sic igitur, tarda vires minuente senecta,

---

515. **4.8** O poema filosofa sobre a condição da velhice e de como ele deveria aproveitá-la, caso não tivesse sido exilado. Ao invés de ser um período de tranquilidade e fruição, a idade avançada de Ovídio tem apenas tormentos e sofrimento.
516. **Penates**: ver nota 57; o termo aqui refere-se à propriedade rural que os antepassados de Ovídio cultivaram em Sulmona.

Mas vence essas mil causas ao escrever-me com frequência,
    para que eu não precise criar para mim as tuas desculpas, meu amigo.

8.
Já minhas têmporas imitam as plumas do cisne,[515]
    a velhice alva ao negro cabelo se mistura.
Já chegam os anos frágeis e a idade inerte,
    já é difícil a mim, pouco forte, movimentar-me.
Agora era tempo de usufruir a vida, colocando um fim às preocupações,
    deixando de me inquietar,
e de cultivar as atividades do espírito que sempre me agradaram,
    e de devotar-me às minhas letras,
e de celebrar a pequena casa, os Penates antigos,[516]
    e os campos paternos que agora carecem de um senhor,[517]
e de envelhecer seguro junto ao seio de minha senhora,
    junto dos meus amigos queridos e da minha pátria.
Isso a minha juventude, outrora, esperava que acontecesse;
    eu era digno de transcorrer os anos assim.
Mas isso não vislumbraram os deuses, que me lançaram por terra e por mar
    às regiões sarmáticas.[518]
Os navios velhos são encaminhados para portos marítimos,
    para que não se dissolvam facilmente no meio das águas.
O corcel, para que não caia e não desonre as vitórias
    conquistadas, pasta sossegado o capim nas pradarias.
Quando o soldado, após anos de serviço, não é mais forte o suficiente,
    depõe aos antigos Lares a arma que carregava.[519]
Assim também, com a velhice idosa aos poucos minguando minhas forças,

---

517. **Campos paternos que hoje carecem de um senhor:** a propriedade rural da família de Ovídio, que então jazia sem comando desde a morte do pai do poeta.
518. **Regiões sarmáticas:** ver nota 89.
519. **Lares:** ver nota 56.

me quoque donari iam rude tempus erat.
tempus erat nec me peregrinum ducere caelum, 25
   nec siccam Getico fonte levare sitim,
sed modo, quos habui, vacuos secedere in hortos,
   nunc hominum visu rursus et urbe frui.
sic animo quondam non divinante futura
   optabam placide vivere posse senex. 30
fata repugnarunt, quae, cum mihi tempora prima
   mollia praebuerint, posteriora gravant.
iamque decem lustris omni sine labe peractis,
   parte premor vitae deteriore meae;
nec procul a metis, quas paene tenere videbar, 35
   curriculo gravis est facta ruina meo.
ergo illum demens in me saevire coegi,
   mitius inmensus quo nihil orbis habet?
ipsaque delictis victa est clementia nostris,
   nec tamen errori vita negata meo est? 40
vita procul patria peragenda sub axe Boreo,
   qua maris Euxini terra sinistra iacet.
hoc mihi si Delphi Dodonaque diceret ipsa,
   esse videretur vanus uterque locus.
nil adeo validum est, adamas licet alliget illud, 45
   ut maneat rapido firmius igne Iovis;
nil ita sublime est supraque pericula tendit,
   non sit ut inferius suppositumque deo.
nam quamquam vitio pars est contracta malorum,
   plus tamen exitii numinis ira dedit. 50
at vos admoniti nostris quoque casibus este,
   aequantem superos emeruisse virum.

---

520. **Espada de madeira:** presente concedido aos gladiadores quando se aposentavam, simbolizando, com o material da espada, que já não mais precisariam combater.
521. **Géticas:** ver nota 85.
522. **Cidade:** Roma.

seria o tempo de receber a espada de madeira.⁵²⁰
Seria o tempo de não respirar ar estrangeiro,
    nem de saciar a sede seca com águas géticas,⁵²¹
e sim de retirar-me nos jardins reclusos que eu já tive,
    e de usufruir novamente da cidade e da companhia dos amigos.⁵²²
Antigamente eu pensava assim, sem prever o futuro,
    que eu poderia, já velho, viver com placidez.
O destino reprovou, depois de me permitir
    a felicidade na juventude, e pesou a mão na velhice.
E agora, tenho vivido cinquenta anos sem qualquer pesar,
    sou castigado na pior parte da minha vida.
Não longe da linha de chegada, que me parecia já alcançável,
    uma grave queda arruinou minha biga.
Assim, eu, louco, causei nele a ira contra mim,⁵²³
    ele, o mais clemente de todo o vasto mundo?
Até essa clemência foi vencida por meu delito,
    e ainda assim minha vida não me foi tirada por causa desse engano?
Vida que devo viver longe da pátria, sob o polo boreal,
    que fica na margem esquerda do Mar Euxino.⁵²⁴
Se isso tivessem me dito Delfos ou a própria Dodona,⁵²⁵
    ambos os oráculos me pareceriam falsos.
Nada é tão forte, ainda que ligado por ligas de diamante,
    que permaneça firme após o rápido raio de Júpiter.⁵²⁶
Nada é tão sublime e está acima do perigo,
    que não seja inferior e subjugado ao deus.
Pois embora parte de meus males tenha sido culpa de meu erro,
    a maior parte da ruína foi outorgada pela ira do deus.
E que vós, também, estejais advertidos pelo meu exemplo,
    e sejais dignos do homem que se iguala aos deuses.

---

523. **Nele:** o pronome neste verso e no seguinte refere-se ao imperador Augusto.
524. **Mar Euxino:** ver nota 42.
525. **Delfos** e **Dodona:** antigos oráculos do mundo grego.
526. **Júpiter:** aqui, refere-se ao imperador Otávio Augusto; ver nota 73.

IX

SI licet et pateris, nomen facinusque tacebo,
    et tua Lethaeis acta dabuntur aquis,
nostraque vincetur lacrimis clementia seris,
    fac modo te pateat paenituisse tui;
fac modo te damnes cupiasque eradere vitae   5
    tempora, si possis, Tisiphonea tuae.
sin minus, et flagrant odio tua pectora nostro,
    induet infelix arma coacta dolor.
sim licet extremum, sicut sum, missus in orbem,
    nostra suas istinc porriget ira manus.   10
omnia, si nescis, Caesar mihi iura reliquit,
    et sola est patria poena carere mea.
et patriam, modo sit sospes, speramus ab illo:
    saepe Iovis telo quercus adusta viret.
denique vindictae si sit mihi nulla facultas,   15
    Pierides vires et sua tela dabunt.
quod Scythicis habitem longe summotus in oris,
    siccaque sint oculis proxima signa meis,
nostra per inmensas ibunt praeconia gentes,
    quodque querar notum qua patet orbis erit.   20
ibit ad occasum quicquid dicemus ab ortu,
    testis et Hesperiae vocis Eous erit.
trans ego tellurem, trans altas audiar undas,
    et gemitus vox est magna futura mei.

---

527. **4.9** Seguindo 1.8 e 3.11, o poema invectiva um inimigo em Roma, que pode ser o mesmo dos poemas anteriores. Aqui, talvez seja possível vislumbrar uma promessa da composição do *Íbis*, pois o poeta oferece ao inimigo uma chance de se retratar, anunciando que, caso não o faça, ele o castigará com palavras hostis. O poema termina com um pastiche da invocação épica ("canta, Musa..."), evocando como objeto da inspiração a retirada covarde de seu inimigo do campo de batalha.
528. **Lete:** ver nota 109.
529. **Cabelos de Tisífone:** Tisífone é uma das deusas da vingança, geralmente representada com cabelos de cobra. No original, *tempora Tisiphonea*, em que *tempora* pode significar "tempo" e "têmporas". Na passagem, o termo é geralmente lido como

9.

Se é permitido e tu concordas, calar-me-ei sobre teu nome e tua maldade,[527]
   e teus atos serão entregues às águas do Lete,[528]
e minha clemência será substituída por lágrimas tardias,
   somente se provares que te arrependeste,
somente se castigares a ti mesmo, e quiseres apagar de tua vida,
   se for possível, esses teus cabelos de Tisífone.[529]
Mas se não, se de teu coração exala ódio por mim,
   uma dor lastimosa há de vestir armas violentas.
Ainda que eu tenha sido enviado ao fim do mundo, como de fato fui,
   minha ira alcançará onde quer que estiveres.
Caso não saibas, César deixou-me todos os meus direitos,[530]
   e meu único castigo é ter saudades da pátria.
E se ele estiver a salvo, dele espero a pátria de volta;[531]
   muitas vezes o carvalho, queimado pela arma de Júpiter, volta a verdejar.
Afinal, se a vingança não me for possível,
   as Piérides me darão força e suas armas.[532]
Ainda que eu, enviado para longe, habite os litorais cítios,[533]
   e as estrelas secas estejam próximas a meus olhos,[534]
meus gritos irão através de povos ingentes
   e aquilo que reclamo será conhecido por onde houver mundo.
O que eu disser, irá do oriente ao ocidente,
   e o nascente será testemunha da voz do poente.
Eu serei ouvido para além das terras, para além das grossas ondas,
   e alta será a voz do meu gemido.

   "tempo", "momento", "época", implicando um sentido de "tempo de vingança". No entanto, talvez seja mais plausível ler *tempora* como "têmporas", tomado metonimicamente por "cabelos", personificando o inimigo do poeta como um monstro infernal de ódio e vingança.

530. **César:** ver nota 6. **Todos os direitos:** refere-se ao decreto de *relegatio*, em que Ovídio é exilado sem perder as posses e os direitos de cidadão romano.
531. **Ele e dele:** os pronomes referem-se ao imperador Augusto.
532. **Piérides:** ver nota 321.
533. **Litorais cítios:** ver nota 59.
534. **Estrelas secas:** as estrelas do norte; ver nota 448.

nec tua te sontem tantummodo saecula norint: 25
    perpetuae crimen posteritatis eris.
iam feror in pugnas et nondum cornua sumpsi,
    nec mihi sumendi causa sit ulla velim.
Circus adhuc cessat; spargit iam torvus harenam
    taurus et infesto iam pede pulsat humum. 30
hoc quoque, quam volui, plus est. cane, Musa, receptus,
    dum licet huic nomen dissimulare suum.

X

ILLE ego qui fuerim, tenerorum lusor amorum,
    quem legis, ut noris, accipe posteritas.
Sulmo mihi patria est, gelidis uberrimus undis,
    milia qui noviens distat ab urbe decem.
editus hic ego sum, nec non, ut tempora noris, 5
    cum cecidit fato consul uterque pari:
si quid id est, usque a proavis vetus ordinis heres
    non modo fortunae munere factus eques.
nec stirps prima fui; genito sum fratre creatus,
    qui tribus ante quater mensibus ortus erat. 10
Lucifer amborum natalibus affuit idem:
    una celebrata est per duo liba dies.
haec est armiferae festis de quinque Minervae,

---

535. **Corno:** antigo instrumento romano de sopro, com cerca de três metros de comprimento na forma da letra "c", muito utilizado nas campanhas militares. "Tocar o corno" conota partir para a batalha.
536. **4.10** O poema é dirigido à posteridade e narra a trajetória da vida de Ovídio. O poeta expõe dados sobre o local e a data de seu nascimento, sua família, sua formação em gramática e retórica, sua tendência desde jovem à escrita da poesia, o início e o precoce fim da carreira política. Passa então a enumerar os poetas que ele lia e com quem convivia. Então, relata a sua vida amorosa, que se inicia com um amor não correspondido e passa por três casamentos, dos quais apenas o terceiro é duradouro, enquanto o segundo lhe gera uma filha que, por sua vez, lhe gera dois netos. Depois, o poeta lembra a morte de seus pais e lhes dirige uma oração. Chega assim à velhice e ao decreto do exílio. Por fim, o poeta homenageia a Musa da poesia, afir-

Não apenas a tua época conhecerá a tua culpa:
serás um crime pela posteridade perpétua.
Já me preparo para a batalha; ainda não toquei o corno,[535]
e gostaria que não houvesse causa para tocá-lo.
Por ora, o estádio está silente; o touro bravio já revolve a areia
e já pisa no chão com cascos inquietos.
Até isso já é mais do que desejaria. Canta, Musa, a retirada,
enquanto ele pode esconder o seu nome.

10.

Aquele gracejador dos delicados amores, que eu outrora fui,[536]
é quem estás lendo, posteridade: lê e reconhecerás.
Minha terra natal é Sulmona, muito farta em águas frescas,
distante noventa milhas de Roma.
Ali eu nasci, para que saibas a data com precisão,
quando ambos os cônsules caíram sob o mesmo destino.[537]
Se isto vale alguma coisa, descendo de bisavôs da ordem equestre,[538]
mas sequer me tornei cavaleiro por força do meu destino.
Não fui o primogênito: nasci depois do meu irmão,[539]
doze meses mais velho que eu.
A mesma estrela Vênus regia ambos os aniversários,
uma única data era celebrada com dois bolos:
dos cinco dias durante o festival da beligerante Minerva,

mando que esta é a única razão por ele estar vivo, e conclui com um agradecimento ao leitor. **Gracejador dos delicados amores:** alusão à poesia elegíaca erótica do poeta, em especial os *Amores* e a *Arte de Amar*.
537. **Ambos os cônsules caíram sob o mesmo destino:** trata-se do ano de 43 AEC, quando os então cônsules Aulo Hírtio e Caio Víbio Pansa Cetroniano morreram em combate na Batalha de Mútina (atual Módena) contra as tropas de Marco Antônio.
538. **Ordem equestre:** ver nota 183.
539. **Irmão:** nada mais se sabe sobre o irmão de Ovídio exceto aquilo que o poeta relata neste poema: era um ano mais velho, seguiu pela carreira oratória e morreu ainda jovem.

quae fieri pugna prima cruenta solet.
protinus excolimur teneri curaque parentis 15
    imus ad insignes urbis ab arte viros.
frater ad eloquium viridi tendebat ab aevo,
    fortia verbosi natus ad arma fori;
at mihi iam puero caelestia sacra placebant,
    inque suum furtim Musa trahebat opus. 20
saepe pater dixit 'studium quid inutile temptas?
    Maeonides nullas ipse reliquit opes.'
motus eram dictis, totoque Helicone relicto
    scribere temptabam verba soluta modis.
sponte sua carmen numeros veniebat ad aptos, 25
    et quod temptabam dicere versus erat.
interea tacito passu labentibus annis
    liberior fratri sumpta mihique toga est,
induiturque umeris cum lato purpura clavo,
    et studium nobis, quod fuit ante, manet. 30
iamque decem vitae frater geminaverat annos,
    cum perit, et coepi parte carere mei.
cepimus et tenerae primos aetatis honores,
    eque viris quondam pars tribus una fui.
curia restabat: clavi mensura coacta est; 35
    maius erat nostris viribus illud onus.

---

540. O festival de Minerva referido é o *Quinquatria*, celebrado entre 19 e 23 de março; no primeiro dia eram realizados os ritos próprios do festival, e a partir do segundo dia se iniciavam as lutas dos gladiadores. A data de nascimento de Ovídio é, portanto, 20 de março, o segundo dia do festival e o primeiro dia em que havia derramamento de sangue. Cf. KÖNIG & KÖNIG 1991: 56-6.
541. **Mestre insignes:** professores de gramática e de retórica. De acordo com Sêneca Rétor, *Controvérsias* 2.2.8, Ovídio frequentou as escolas de Higino, Aurélio Fusco e Pórcio Latrão, todos eles renomados professores.
542. **Ocupação:** a poesia.
543. **Hélicon:** ver nota 449.
544. **Toga viril:** vestir essa toga era o ritual iniciático dos antigos romanos, em que os rapazes passavam a ser considerados homens adultos diante da sociedade.

o primeiro que costuma tornar-se sangrento pelos duelos.[540]
Logo cedo fomos instruídos e então, bancados por meu pai,
frequentamos em Roma os mestres insignes pela sua arte.[541]
Meu irmão desde cedo tendia para a oratória,
nascido que era para as fortes armas do barulhento fórum.
Mas a mim, ainda menino, atraíam os mistérios celestes,
e a Musa furtivamente me arrastava para a sua ocupação.[542]
Por várias vezes meu pai me disse: "Por que tentas um labor inútil?
O próprio Homero não deixou riqueza alguma".
Convencido por tal argumento, deixando de lado o Hélicon,[543]
tentava escrever palavras desprovidas de ritmo.
Espontaneamente, as palavras retornavam aos metros apropriados,
e saía em verso tudo o que eu escrever tentava.
Enquanto isso, com os anos passando em silencioso vagar,
eu e meu irmão vestimos a toga viril[544]
e nossos ombros receberam a faixa vermelha,[545]
enquanto nossas aspirações permaneciam as mesmas.
Meu irmão mal completara vinte anos quando veio a falecer
e comecei a sentir falta de uma parte de mim.
Assumi os primeiros cargos da tenra juventude
e fui por um tempo um dos triúnviros.[546]
Restava-me o Senado; porém, encurtei a medida da faixa.[547]
Tal tarefa seria maior do que minhas forças.

545. **Faixa vermelha:** uma faixa de tecido vermelho colocada sobre a toga indicava, no período republicano, pertencimento à ordem senatorial. A partir do período imperial, vivido por Ovídio, a faixa passou a ser vestida por todos os ocupantes de cargos da carreira política-administrativa romana.
546. **Triúnviros:** Ovídio começou a carreira política ocupando o cargo de um dos *tresuiri capitales* (triúnviros capitais), que fiscalizavam questões da polícia judicial. Depois, foi eleito um dos *decemuiri stlitibus iudicandis* (decêmviros para julgar causas legais). Para prosseguir na carreira política até chegar ao Senado, ele deveria se candidatar à questura, mas foi então que ele abandonou a política para se dedicar exclusivamente à poesia.
547. **Encurtei a medida da faixa:** Ovídio abandonou a política e se manteve apenas como um dos membros da ordem equestre, que usavam na toga uma faixa mais estreita do que a usada pelos senadores.

nec patiens corpus, nec mens fuit apta labori,
    sollicitaeque fugax ambitionis eram,
et petere Aoniae suadebant tuta sorores
    otia, iudicio semper amata meo. 40
temporis illius colui fovique poetas,
    quotque aderant vates, rebar adesse deos.
saepe suas volucres legit mihi grandior aevo,
    quaeque nocet serpens, quae iuvat herba, Macer,
saepe suos solitus recitare Propertius ignes, 45
    iure sodalicii, quo mihi iunctus erat.
Ponticus heroo, Bassus quoque clarus iambis
    dulcia convictus membra fuere mei.
et tenuit nostras numerosus Horatius aures,
    dum ferit Ausonia carmina culta lyra. 50
Vergilium vidi tantum: nec avara Tibullo
    tempus amicitiae fata dedere meae.
successor fuit hic tibi, Galle, Propertius illi;
    quartus ab his serie temporis ipse fui.

---

548. **Irmãs aônidas:** as Musas, aqui referidas por metonímia geográfica; Aônia era o nome de uma região da Beócia, onde se encontra o Monte Hélicon.
549. Inicia-se nesse verso o catálogo de poetas que Ovídio conhecera em vida e admirava. **Mácer:** Emílio Mácer (séc. I AEC) foi um poeta romano, autor de ao menos três poemas didáticos: um sobre pássaros, um de botânica e outro sobre os antídotos para os venenos das cobras. Tinha por modelo o poeta didático grego Nicandro de Cólofon (séc. II AEC), que é também modelo para Ovídio.
550. **Propércio:** ver nota 276.
551. **Pôntico** e **Basso:** nomes atribuídos a poetas romanos, dos quais nada restou, e que talvez sejam pseudônimos ou nomes fictícios. A dupla já havia aparecido em Propércio (Basso em 1.4, Pôntico em 1.7 e 1.9) e volta a ocorrer somente nessa passagem. Pôntico, cujo nome se relaciona etimologicamente ao mar e também à região pôntica em que Ovídio está exilado, é associado à poesia épica de má qualidade; Basso é associado à poesia iâmbica e talvez seja um pseudônimo properciano para Horácio, autor dos *Epodos*. HESLIN 2011: 68-72 lê essa passagem como uma brincadeira de Ovídio, retomando de Propércio o Pôntico ficcional e o Basso como Horácio iâmbico, ao mesmo tempo em que traz à tona a discussão sobre a perenidade

Nem meu corpo aguentaria, nem minha alma era apta a tal trabalho,
 e eu evitava a ambição tentadora.
E as irmãs aônidas me seduziam a buscar atividades tranquilas,[548]
 sempre preferidas pelo meu juízo.
Estimei e apoiei os poetas da minha época,
 e todos os vates que eu encontrasse, considerava serem deuses.
Frequentemente Mácer, mais velho que eu, lia os seus poemas sobre os
[pássaros,[549]
 sobre as serpentes venenosas, sobre as plantas medicinais.
Frequentemente Propércio tinha o costume de recitar os seus poemas de
[amor,[550]
 por causa da amizade que a mim o aproximava.
Pôntico, famoso por sua épica, e também Basso, famoso por seus iambos,[551]
 foram agradáveis integrantes da minha convivência.
E Horácio de vários metros cativou meus ouvidos[552]
 quando tocava cultas canções em sua lira ausônia.
Virgílio, conheci apenas de vista; e os destinos cruéis[553]
 não concederam tempo para uma amizade com Tibulo.[554]
Ele foi o teu sucessor, Galo, e Propércio foi o sucessor dele;[555]
 quanto a mim, fui o quarto na ordem cronológica.[556]

---

do nome poético e da vida do poeta mais como texto do que como fato biográfico.
552. **Horácio:** Quinto Horácio Flaco (65 a 8 AEC), poeta romano, escreveu quatro livros de poesia lírica (*Odes*), dois de poesia satírica (*Sátiras*), dois de poesia epistolográfica (*Epístolas*), e um de poesia iâmbica (*Epodos*), além da *Arte Poética* ou *Epístola aos Pisões*. É um dos principais modelos de Ovídio, não só nas *Tristezas*, mas também em suas demais obras.
553. **Virgílio:** Públio Virgílio Marão (70 a 19 AEC), poeta romano, autor de três célebres obras: *Bucólicas*, *Geórgicas* e *Eneida*. É também um dos principais modelos de Ovídio, sendo a *Eneida* não só o modelo máximo das *Metamorfoses*, como também crucial para *Tristezas*; cf. PRATA 2007.
554. **Tibulo:** ver nota 274.
555. **Galo:** ver nota 273.
556. Ovídio estabelece aqui um cânone de poetas elegíacos romanos, inserindo-se como o quarto elemento junto a Galo, Tibulo e Propércio. Dante Alighieri, no *Inferno* 4.85-102, emula essa passagem ao descrever a *bella scola* de poetas, em que Ovídio figura como terceiro (após Homero e Horácio, e seguido de Lucano e Virgílio), e Dante insere a si próprio como sexto.

utque ego maiores, sic me coluere minores,　　　　　　　　55
　　notaque non tarde facta Thalia mea est.
carmina cum primum populo iuvenalia legi,
　　barba resecta mihi bisve semelve fuit.
moverat ingenium totam cantata per urbem
　　nomine non vero dicta Corinna mihi.　　　　　　　　　60
multa quidem scripsi, sed, quae vitiosa putavi,
　　emendaturis ignibus ipse dedi.
tunc quoque, cum fugerem, quaedam placitura cremavi,
　　iratus studio carminibusque meis.
molle Cupidineis nec inexpugnabile telis　　　　　　　　　65
　　cor mihi, quodque levis causa moveret, erat.
cum tamen hic essem minimoque accenderer igni,
　　nomine sub nostro fabula nulla fuit.
paene mihi puero nec digna nec utilis uxor
　　est data, quae tempus per breve nupta fuit.　　　　　　70
illi successit, quamvis sine crimine coniunx,
　　non tamen in nostro firma futura toro.
ultima, quae mecum seros permansit in annos,
　　sustinuit coniunx exulis esse viri.
filia me mea bis prima fecunda iuventa,　　　　　　　　　75
　　sed non ex uno coniuge, fecit avum.
et iam compleraт genitor sua fata novemque
　　addiderat lustris altera lustra novem.
non aliter flevi, quam me fleturus ademptum
　　ille fuit. matris proxima busta tuli.　　　　　　　　　　80

---

557. **Tália:** uma das nove Musas, geralmente associada à comédia e à poesia bucólica, invocada por Virgílio na *Bucólica* 6.2. É possível que Ovídio a mencione aqui, por sinédoque, como Musa da poesia em geral, embora também seja factível ler a nomeação da Musa cômica em associação com o aspecto brincalhão (*lusor*) que Ovídio assume para si.
558. **Corina:** trata-se da *puella* elegíaca cantada nos *Amores* (aparecendo em 1.5; 1.11; 2.6;

E assim como respeitei os mais velhos, também os mais novos me respeitaram,
   e minha Tália não demorou para ser conhecida.⁵⁵⁷
Quando pela primeira vez li meus escritos juvenis em público,
   minha barba havia sido feita apenas uma ou duas vezes.
Quem movia a minha inspiração era aquela que cantei por toda Roma,
   evocada pelo nome não verdadeiro de Corina.⁵⁵⁸
De fato, escrevi muita coisa, mas aquilo que considerava ruim,
   joguei ao fogo para que o emendasse.
Quando eu estava prestes a partir para o exílio, queimei inclusive alguns
                                        [que fariam sucesso,⁵⁵⁹
   irado com minha vocação e com meus poemas.
Meu coração era sensível e não inexpugnável às armas de Cupido,
   e qualquer pequeno motivo o movia.
Mas ainda que eu fosse assim e fosse incendiado pela menor chama,
   nunca houve escândalo algum envolvendo o meu nome.
Quase ainda um menino, me foi dada uma esposa nem digna nem útil,
   que foi casada comigo por um breve tempo.
A ela sucedeu outra esposa que, embora desprovida de qualquer defeito,
   não haveria de permanecer em meu leito.
A última, que permaneceu comigo nos anos de velhice,
   suportou ser a esposa de um exilado.
Minha filha engravidou duas vezes ainda muito jovem,⁵⁶⁰
   mas não de um único marido, e me tornou avô.
E já cumprira o meu pai os seus destinos,
   tendo completado noventa anos.
Por ele chorei tanto quanto ele teria por mim chorado se eu tivesse
   morrido. Logo depois, tributei as honras fúnebres para minha mãe.

   2.8; 2.11; 2.12; 2.13; 2.17; 2.19; 3.1; 3.7 e 3.12). Aqui, Ovídio a associa a uma mulher real, porém de identidade velada. O nome Corina remete a uma poeta lírica grega, de datação variável do século VI AEC até o período helenístico, de quem só restam mínimos fragmentos; cf. RAGUSA & DELFITO 2020.
559. **Alguns que fariam sucesso:** as *Metamorfoses*.
560. **Minha filha:** Ovídia, filha da segunda esposa de Ovídio.

felices ambo tempestiveque sepulti,
    ante diem poenae quod periere meae!
me quoque felicem, quod non viventibus illis
    sum miser, et de me quod doluere nihil!
si tamen extinctis aliquid nisi nomina restant, 85
    et gracilis structos effugit umbra rogos:
fama, parentales, si vos mea contigit, umbrae,
    et sunt in Stygio crimina nostra foro,
scite, precor, causam (nec vos mihi fallere fas est)
    errorem iussae, non scelus, esse fugae. 90
Manibus hoc satis est: ad vos, studiosa, revertor,
    pectora, quae vitae quaeritis acta meae.
iam mihi canities pulsis melioribus annis
    venerat, antiquas miscueratque comas,
postque meos ortus Pisaea vinctus oliva 95
    abstulerat deciens praemia victor eques,
cum maris Euxini positos ad laeva Tomitas
    quaerere me laesi principis ira iubet.
causa meae cunctis nimium quoque nota ruinae
    indicio non est testificanda meo. 100
quid referam comitumque nefas famulosque nocentes?
    ipsa multa tuli non leviora fuga.
indignata malis mens est succumbere seque
    praestitit invictam viribus usa suis;
 oblitusque mei ductaeque per otia vitae 105
    insolita cepi temporis arma manu.
totque tuli terra casus pelagoque quot inter
    occultum stellae conspicuumque polum.

---

561. **Fórum estígio:** o mundo dos mortos, por metonímia de Estige, um dos rios que percorria os infernos.
562. **Manes:** ver nota 329.

Ambos felizes e sepultados a tempo,
   pois morreram antes do dia do meu castigo!
Feliz de mim, já que minhas misérias não ocorreram quando eles ainda
                                                                    [viviam,
   e eles em nada foram afetados pelo meu destino!
Mas se algo dos mortos sobrevive além do nome,
   e se uma tênue sombra se liberta das piras erguidas,
se minha fama chegou até vós, sombras de meus pais,
   e se meus crimes estão em debate no fórum estígio,[561]
sabei, eu imploro (não me é lícito mentir para vós)
   que a causa do desterro decretado não é um pecado e sim um engano.
Isso é suficiente para os Manes. Volto-me, espíritos zelosos, a vós,[562]
   que quereis indagar sobre os atos de minha vida.
Já passados os anos da juventude, chegaram-me os cabelos brancos,
   que se misturaram aos fios pretos.
Após o meu nascimento, o cavalo vencedor,
   coroado com a oliveira de Pisa, já conquistara dez vezes o prêmio,[563]
quando a ira do ofendido imperador me ordena ir para Tomis,
   na margem esquerda do mar Euxino.
A causa da minha ruína, bastante conhecida por todos,
   não deve ser testemunhada pela minha própria voz.
Que direi da infidelidade dos amigos e dos escravos perversos?
   Suportei muitas coisas não menos leves que o próprio desterro.
Minha alma se exasperou por sucumbir a tamanhos males,
   mas se manteve incólume usando suas próprias forças.
E, esquecendo de mim e da minha vida levada em paz,
   tomei com a mão as armas insólitas da situação.
E suportei tantos perigos por terra e por mar quantas
   estrelas há entre o polo norte e o polo sul.

---

563. Os jogos ocorriam em Pisa, cidade grega, a cada cinco anos; cinquenta anos (dez vezes o ciclo dos jogos) se transcorreram na vida de Ovídio até o momento do exílio, o que conduz para o ano de 8 EC.

tacta mihi tandem longis erroribus acto
    iuncta pharetratis Sarmatis ora Getis.   110
hic ego, finitimis quamvis circumsoner armis,
    tristia, quo possum, carmine fata levo.
quod quamvis nemo est, cuius referatur ad aures,
    sic tamen absumo decipioque diem.
ergo quod vivo durisque laboribus obsto,   115
    nec me sollicitae taedia lucis habent,
gratia, Musa, tibi: nam tu solacia praebes,
    tu curae requies, tu medicina venis.
tu dux et comes es, tu nos abducis ab Histro,
    in medioque mihi das Helicone locum;   120
tu mihi, quod rarum est, vivo sublime dedisti
    nomen, ab exequiis quod dare fama solet.
nec, qui detractat praesentia, Livor iniquo
    ullum de nostris dente momordit opus.
nam tulerint magnos cum saecula nostra poetas,   125
    non fuit ingenio fama maligna meo,
cumque ego praeponam multos mihi, non minor illis
    dicor et in toto plurimus orbe legor.
si quid habent igitur vatum praesagia veri,
    protinus ut moriar, non ero, terra, tuus.   130
sive favore tuli, sive hanc ego carmine famam,
    iure tibi grates, candide lector, ago.

564. **Sármatas:** ver nota 41. **Getas:** ver nota 85.

Por fim, depois de demoradas andanças, cheguei ao litoral
   que une os sármatas aos getas portadores de aljavas.[564]
Aqui, embora escute o tinido das armas ao meu redor,
   com a poesia suavizo como posso o meu triste destino.
Pois embora não haja ninguém a cujos ouvidos ela seja recitada,
   assim ao menos passo e distraio o tempo.
Portanto, se estou vivo e enfrento sofrimentos árduos,
   e o tédio não me retira a luz amada,
é graças a ti, Musa; pois tu ofereces consolo,
   tu vens como descanso, tu vens como remédio para minhas preocupações.
Tu és a minha guia e minha companheira, tu me salvas do Danúbio
   e me concedes um lugar no seio do Hélicon.
Tu me deste um nome famoso ainda vivo, o que é raro,
   que a fama costuma dar somente após a morte.
Nem mesmo a inveja, que detrata as coisas presentes,
   jamais mordeu com seu iníquo dente alguma de minhas obras.
Pois, ainda que nossa época tenha gerado grandes poetas,
   a fama não foi maligna ao meu engenho,
e, embora eu considere muitos serem melhores que eu, não sou considerado
   pior que eles e sou muito lido no mundo inteiro.
Portanto, se os presságios dos vates têm algo de verdadeiro,
   assim que eu morrer, terra, não serei apenas teu.
Se conquistei esta fama por teu favor, ou se a conquistei por minha poesia,
   é necessário, querido leitor, que eu te agradeça![565]

---

565. Os últimos sete dísticos do poema trazem a tópica da perenidade; ver notas 100 e 369.

Liber Qvintvs

Livro 5

I

HVNC quoque de Getico, nostri studiose, libellum
    litore praemissis quattuor adde meis.
hic quoque talis erit, qualis fortuna poetae:
    invenies toto carmine dulce nihil.
flebilis ut noster status est, ita flebile carmen,   5
    materiae scripto conveniente suae.
integer et laetus laeta et iuvenalia lusi:
    illa tamen nunc me composuisse piget.
ut cecidi, subiti perago praeconia casus,
    sumque argumenti conditor ipse mei.   10
utque iacens ripa deflere Caystrius ales
    dicitur ore suam deficiente necem,
sic ego, Sarmaticas longe proiectus in oras,
    efficio tacitum ne mihi funus eat.
delicias siquis lascivaque carmina quaerit,   15
    praemoneo, non est scripta quod ista legat.
aptior huic Gallus blandique Propertius oris,
    aptior, ingenium come, Tibullus erit.
atque utinam numero non nos essemus in isto!
    ei mihi, cur umquam Musa iocata mea est?   20

566. **5.1** Assim como os demais poemas iniciais dos livros anteriores (1.1, 3.1 e 4.1), também aqui o livro se inicia com um elemento programático e exordial. Mais uma vez, o poeta se dirige ao leitor para explicar a motivação de sua escrita, sua função e sua matéria. Repleto de escusas de falsa modéstia, afetando a má qualidade da obra de exílio, o poema exorta os leitores a procurarem as elegias de Galo, Propércio e Tibulo, caso queiram encontrar matéria mais suave. Aqui, o leitor só encontrará tristezas. O leitor imaginado pelo poeta se pergunta acerca da duração da obra, já cansado e pressupondo o final dela no Livro 4; contudo, enquanto durar a vida e os sofrimentos de Ovídio, ele continuará a compor poemas tristes, pois eles são o único consolo e a única maneira do poeta, de algum modo, manter-se vivo junto à memória de seus leitores.

1.

Ó admirador de meus escritos, adiciona também este livrinho[566]
    aos outros quatro já enviados do litoral gético.[567]
Este também será tal qual o destino do poeta:
    nada doce encontrarás em toda a obra.
Assim como meu estado é choroso, assim a obra será chorosa,
    e o escrito será conveniente à sua matéria.[568]
Quando eu estava bem e feliz, felizes e faceiros poemas eu fiz;[569]
    mas agora envergonha-me tê-los composto.
Desde que sucumbi, atuo como arauto da minha queda repentina,
    e sou fundador do meu próprio assunto.
Assim como, diz-se, o cisne do Caístro se deita na margem a chorar[570]
    sua morte com o canto cada vez mais fraco,
assim eu, arrojado para longe nas praias sarmáticas,[571]
    asseguro-me de que meu funeral não seja silente.
Se alguém procurar poemas eróticos ou prazeres,
    já advirto, aqui não se lerá esse tipo de coisa.
Mais adequado para isso será Galo ou Propércio de suave voz,[572]
    mais adequado será Tibulo, amoroso engenho.[573]
E pudera eu não estar junto a essa comitiva!
    Ai de mim, por que minha Musa quis se divertir?

---

567. **Gético:** ver nota 85.
568. **Conveniente:** o poeta explora aqui o conceito de adequação ou decoro; ver Introdução.
569. **Fiz:** no original, *lusi*, que carrega também o sentido de "brincar", "jogar"; ver nota 331.
570. **Caístro:** rio que percorre a região da Lídia (na atual Turquia), que na tradição literária aparece como habitat de cisnes. Cf. *Metamorfoses* 5.386.
571. **Sarmáticas:** ver nota 89.
572. **Galo:** ver nota 273. **Propércio:** ver nota 276.
573. **Tibulo:** ver nota 274.

sed dedimus poenas, Scythicique in finibus Histri
    ille pharetrati lusor Amoris abest.
quod superest, animos ad publica carmina flexi,
    et memores iussi nominis esse mei.
si tamen ex vobis aliquis tam multa requiret,   25
    unde dolenda canam, multa dolenda tuli.
non haec ingenio, non haec componimus arte:
    materia est propriis ingeniosa malis.
et quota fortunae pars est in carmine nostrae?
    felix, qui patitur quae numerare potest!   30
quot frutices silvae, quot flavas Thybris harenas,
    mollia quot Martis gramina campus habet,
tot mala pertulimus, quorum medicina quiesque
    nulla nisi in studio est Pieridumque mora.
'quis tibi, Naso, modus lacrimosi carminis?' inquis: 35
    idem, fortunae qui modus huius erit.
quod querar, illa mihi pleno de fonte ministrat,
    nec mea sunt, fati verba sed ista mei.
at mihi si cara patriam cum coniuge reddas,
    sint vultus hilares, simque quod ante fui.   40
lenior invicti si sit mihi Caesaris ira,
    carmina laetitiae iam tibi plena dabo.
nec tamen ut lusit, rursus mea littera ludet:
    sit semel illa ioco luxuriata meo.
quod probet ipse, canam. poenae modo parte levata   45
    barbariam rigidos effugiamque Getas.

574. **Cítia:** ver nota 59.
575. **Gracejador:** no original, *lusor*; ver nota 331.
576. Sigo para a tradução desse verso a lição de WHEELER 1924 (*quod superest, numeros pudibunda ad carmina flexi*) e não a de OWEN 1915 (*quod superest, animos ad publica carmina flexi*), que não oferece sentido muito claro. Há, porém, na edição de WHEELER

Mas cumpri o castigo, e nos confins da Cítia e do Danúbio[574]
   aquele gracejador do Cupido flecheiro agora se encontra.[575]
O futuro dirá: combinei o metro em poemas lascivos[576]
   e providenciei que lembrassem o meu nome.
Se, no entanto, alguém de vós perguntar por que eu canto assim
   tantas desgraças, é porque eu sofri tantas desgraças.
Não as componho com inspiração, tampouco com arte;
   a matéria se inspira em seus próprios males.
E qual porção do destino aparece em meus poemas?
   Feliz aquele que pode enumerar aquilo que sofre!
O tanto de frutas que há nas florestas, o tanto de areias douradas no Tibre,
   o tanto da tenra grama que tem o Campo de Marte,
é o tanto de desgraças que eu sofri, para as quais não há qualquer remédio
   ou paliativo exceto passar o tempo na companhia das Piérides.[577]
Perguntas: "Qual é a extensão, Nasão, do teu poema choroso?"[578]
   A mesma extensão que o destino tiver.
Para o meu choro, o destino me alimenta de uma abundante fonte,
   e as palavras nem são minhas, mas do meu fado.
Mas se devolves a mim a pátria com a querida esposa,
   meu rosto seria radiante, eu seria aquele que outrora fui.
Se a ira de César invencível se tornar mais branda,[579]
   sem demora oferecerei a ti poemas cheios de alegria.
Contudo, minha letra não mais gracejará como antes gracejava;
   que ela tenha sido uma só vez devassa em minha diversão.
Cantarei aquilo que ele aprove, e quem sabe, o castigo seja amenizado
   e eu consiga escapar da barbárie e dos selvagens getas.

    1924, um erro de diagramação, que arrasta *flexi* para o pentâmetro, o que não pode ser de maneira alguma, por razões métricas.
577. **Piérides:** ver nota 321.
578. **Nasão:** ver nota 103.
579. **César:** ver nota 6.

interea nostri quid agant, nisi triste, libelli?
    tibia funeribus convenit ista meis.
'at poteras' inquis 'melius mala ferre silendo,
    et tacitus casus dissimulare tuos.'   50
exigis ut nulli gemitus tormenta sequantur,
    acceptoque gravi vulnere flere vetas?
ipse Perilleo Phalaris permisit in aere
    edere mugitus et bovis ore queri.
cum Priami lacrimis offensus non sit Achilles,   55
    tu fletus inhibes, durior hoste, meos?
cum faceret Nioben orbam Latonia proles,
    non tamen et siccas iussit habere genas.
est aliquid, fatale malum per verba levare:
    hoc querulam Procnen Halcyonenque facit.   60
hoc erat, in gelido quare Poeantius antro
    voce fatigaret Lemnia saxa sua.
strangulat inclusus dolor atque exaestuat intus,
    cogitur et vires multiplicare suas.
da veniam potius, vel totos tolle libellos,   65
    sic mihi quod prodest si tibi, lector, obest.
sed neque obesse potest, ulli nec scripta fuerunt
    nostra nisi auctori perniciosa suo.
'at mala sunt.' fateor. quis te mala sumere cogit?
    aut quis deceptum ponere sumpta vetat?   70
ipse nec emendo, sed ut hic deducta legantur;

---

580. **Fálaris e Perilo:** ver notas 405 e 404.
581. **Filhos de Latona:** Apolo e Diana, que a pedido da mãe, executaram a flechadas todos os filhos da rainha Níobe, que havia se comparado à deusa, vangloriando-se de ter prole maior. O episódio é relatado nas *Metamorfoses* 6.146-312. A passagem também dialoga com Horácio, *Odes* 4.6 (esp. 1-4), de onde não apenas a expressão *proles Niobea* como também a menção contígua a Aquiles ecoam aqui.
582. **Procne:** mulher transformada em andorinha, cujo pio expressa sua dor pela morte do filho, da qual ela tem culpa; ver nota 413. **Alcione:** mulher transformada em martim-pescador, em constante dor pela morte de seu marido Cêix, causada por Júpiter como vingança pelo comportamento desrespeitoso do casal. O episódio é

Enquanto isso, que serão meus livros, senão tristes?
  Essa flauta convém ao meu funeral.
Dizes: "Mas poderias melhor suportar teus males em silêncio,
  e, calado, esconder tua situação."
Exiges que nenhum gemido acompanhe a tortura,
  e proíbes chorar ao receber uma grave ferida?
Até mesmo Fálaris permitiu que o mugido soasse no bronze de Perilo[580]
  e que se chorasse pela boca do boi.
Mesmo Aquiles não se ofendeu com as lágrimas de Príamo,
  e tu, inimigo mais cruel, proíbes o meu choro?
Ainda que os filhos de Latona tenham privado Níobe de seus filhos,[581]
  eles não lhe ordenaram que mantivesse o rosto seco.
Já é alguma coisa, poder aliviar com palavras a desgraça fatal;
  por isso Procne e Alcione se lamentam.[582]
Por isso Filoctetes na fria caverna[583]
  castigava as rochas de Lemnos com sua voz.
Uma dor não extravasada estrangula e exaure por dentro,
  e é coagida a multiplicar sua força.
Antes de me julgar, perdoa-me. Ou então joga fora todos os meus livrinhos,
  se aquilo que me ajuda te faz mal, leitor.
Mas eles não podem fazer mal a ninguém, e meus escritos nunca
  foram perniciosos a não ser a seu autor.
"Mas são ruins". Concordo. Quem te mandou ler poemas ruins?
  Ou quem te proíbe de, após começar a ler, ludibriado, jogá-los fora?
Eu mesmo nem os corrijo: que sejam lidos do jeito que foram escritos.

---

relatado nas *Metamorfoses* 11.410-748.
583. **Filoctetes:** companheiro de Hércules, herdeiro de suas flechas, e um dos pretendentes de Helena. A caminho de Troia junto aos aqueus, Filoctetes é abandonado pelos companheiros na ilha de Lemnos por conta de uma incurável e repugnante inflamação no pé, causada por uma picada de cobra ou (a depender da versão) por uma flecha envenenada de Hércules quando ele pisa sobre seu túmulo. Após passar anos sozinho numa caverna, ele é resgatado por Ulisses e Neoptólemo para participar da parte final da guerra de Troia, cumprindo a profecia de que os aqueus só venceriam a guerra se as flechas de Hércules fossem empregadas.

        non sunt illa suo barbariora loco.
nec me Roma suis debet conferre poetis:
        inter Sauromatas ingeniosus eram.
denique nulla mihi captatur gloria, quaeque   75
        ingeniis stimulos subdere fama solet.
nolumus assiduis animum tabescere curis,
        quae tamen irrumpunt quoque vetantur eunt.
cur scribam, docui. cur mittam, quaeritis, isto?
        vobiscum cupio quolibet esse modo.   80

II
ECQVID ubi e Ponto nova venit epistula, palles,
        et tibi sollicita solvitur illa manu?
pone metum, valeo; corpusque, quod ante laborum
        inpatiens nobis invalidumque fuit,
sufficit, atque ipso vexatum induruit usu.   5
        an magis infirmo non vacat esse mihi?
mens tamen aegra iacet, nec tempore robora sumpsit,
        affectusque animi, qui fuit ante, manet.
quaeque mora spatioque suo coitura putavi
        vulnera non aliter quam modo facta dolent.   10
scilicet exiguis prodest annosa vetustas;
        grandibus accedunt tempore damna malis.
paene decem totis aluit Poeantius annis
        pestiferum tumido vulnus ab angue datum.
Telephus aeterna consumptus tabe perisset,   15

---

584. **Saurômatas:** o mesmo que sármatas; ver nota 41.
585. **5.2** O poema pode ser dividido em dois blocos: o primeiro, que vai até o verso 46, é dirigido a um amigo em Roma, a quem ele pede uma intervenção junto ao imperador; o segundo, do verso 47 até o final, transpõe para o papel de enunciatário o próprio imperador, numa simulação de oração que o poeta evocaria diante do

Eles não são mais bárbaros que o local de sua origem.
E Roma não deve me comparar com seus poetas:
　　entre os saurômatas terei sido talentoso.[584]
Portanto, não busco glória alguma, ou a fama que costuma
　　estimular o engenho.
Não quero esgotar meu ânimo com lamentos assíduos,
　　mas eles irrompem e vão até mesmo onde não são chamados.
O porquê de escrever, eu expliquei. Perguntais por que eu envio isso?
　　Porque desejo, do jeito que der, estar convosco.

2.

Acaso empalideces quando chega uma carta nova do Mar Euxino,[585]
　　e a abres com mão preocupada?
Nada temas: eu vou bem. Meu corpo, que sob esforço
　　era frágil e fraco,
agora se fortaleceu, e fortificou-se com a própria experiência do sofrimento.
　　Ou será que não há sequer oportunidade de ser fraco?
Mas a alma continua doente, e não recobra as forças com o tempo,
　　e o estado de ânimo de antes permanece igual.
As feridas, que julguei que fechariam com o tempo e seu passar,
　　doem como se fossem abertas há pouco.
De fato, nos males pequenos a velhice da idade é agradável;
　　já nos grandes as desgraças aumentam com o tempo.
Por quase dez anos inteiros Filoctetes fez curativos[586]
　　na ferida pestífera causada pela ingente serpente.
Télefo teria morrido, consumido pela doença eterna,[587]

---

　　altar. Repleto de imagens hiperbólicas e retomando as tópicas do sofrimento da viagem e do exílio, o poema insiste na clemência de Augusto e na possibilidade de revogação do decreto ou ao menos de realocação do local do castigo.
586. **Filoctetes:** ver nota 583.
587. **Télefo:** ver nota 165.

si non, quae nocuit, dextra tulisset opem.
et mea, si facinus nullum commisimus, opto,
    vulnera qui fecit, facta levare velit,
contentusque mei iam tandem parte doloris
    exiguum pleno de mare demat aquae.   20
detrahat ut multum, multum restabit acerbi,
    parsque meae poenae totius instar erit.
litora quot conchas, quot amoena rosaria flores,
    quotve soporiferum grana papaver habet,
silva feras quot alit, quot piscibus unda natatur,   25
    quot tenerum pennis aera pulsat avis,
tot premor adversis: quae si conprendere coner,
    Icariae numerum dicere coner aquae.
utque viae casus, ut amara pericula ponti,
    ut taceam strictas in mea fata manus,   30
barbara me tellus orbisque novissima magni
    sustinet et saevo cinctus ab hoste locus.
hinc ego traicerer (neque enim mea culpa cruenta est)
    esset, quae debet, si tibi cura mei.
ille deus, bene quo Romana potentia nixa est,   35
    saepe suo victor lenis in hoste fuit.
quid dubitas et tuta times? accede rogaque:
    Caesare nil ingens mitius orbis habet.
me miserum! quid agam, si proxima quaeque relinquunt?
    subtrahis effracto tu quoque colla iugo?   40
quo ferar? unde petam lassis solacia rebus?

---

588. **Roseiral**: a principal tradução manuscrita traz *hostia*, que Housman corrige para *Ostia* (porto próximo à cidade de Roma, por onde chegava a maioria das mercadorias importadas por mar), lição adotada por WHEELER 1924. Seguimos, no entanto, a lição de OWEN 1915, *rosaria*, calcada em outra ramificação manuscrita (ω), que parece fazer mais sentido.

se a mão que o feriu não tivesse lhe oferecido ajuda.
E se eu não cometi delito algum, desejo que aquele que causou
   minhas feridas queira aliviá-las;
e que, satisfeito enfim com o que já sofri,
   retire um pouco de água do vasto mar.
Ainda que tire muito, muito restará de amargura;
   a porção do meu castigo será como se fosse ele todo.
Quantas conchas tem o litoral, quantas delicadas flores tem o roseiral,[588]
   quantas pétalas tem a papoula,
quantas feras a floresta abriga, quantos peixes nadam sob as ondas,
   quantas penas de um pássaro batem nos leves ares,
é o tanto de desgraças que me abatem. Se eu tentasse enumerar todas,
   eu deveria tentar contar as gotas do Mar Icário.
Ainda que eu me cale sobre os apuros na estrada, os perigos atrozes no mar,
   as mãos erguidas contra a minha vida,
uma terra bárbara me detém, a mais recentemente conquistada de todo o
                                                                    [mundo,
   um lugar rodeado pelo feroz inimigo.
Isso tudo eu devo suportar, já que a minha culpa não é criminosa,
   se teu amor por mim é aquele que deve ser.
Aquele deus, no qual o poder romano está bem estabelecido,[589]
   muitas vezes foi um vencedor clemente para com os vencidos.
Por que, em segurança, duvidas e temes? Aproxima-te dele e suplica.
   O vasto mundo não tem ninguém mais gentil do que César.[590]
Infeliz de mim! O que farei, se até as pessoas mais próximas me deixarem?
   Tu também, tendo quebrado o jugo, retiras o pescoço?
Para onde irei? Onde buscarei consolo para meu estado deplorável?

---

589. **Aquele deus:** o imperador Augusto.
590. **César:** ver nota 6.

>   ancora iam nostram non tenet ulla ratem.
> videris. ipse sacram, quamvis invisus, ad aram
>   confugiam: nullas summovet ara manus.
> Alloqvor en absens absentia numina supplex, 45
>   si fas est homini cum Iove posse loqui.
> arbiter inperii, quo certum est sospite cunctos
>   Ausoniae curam gentis habere deos,
> o decus, o patriae per te florentis imago,
>   o vir non ipso, quem regis, orbe minor 50
> (sic habites terras et te desideret aether,
>   sic ad pacta tibi sidera tardus eas)
> parce, precor, minimamque tuo de fulmine partem
>   deme: satis poenae, quod superabit, erit.
> ira quidem moderata tua est, vitamque dedisti, 55
>   nec mihi ius civis nec mihi nomen abest,
> nec mea concessa est aliis fortuna, nec exul
>   edicti verbis nominor ipse tui.
> omniaque haec timui, quia me meruisse videbam;
>   sed tua peccato lenior ira meo est. 60
> arva relegatum iussisti visere Ponti,
>   et Scythicum profuga scindere puppe fretum.
> iussus ad Euxini deformia litora veni
>   aequoris (haec gelido terra sub axe iacet)
> nec me tam cruciat numquam sine frigore caelum, 65
>   glaebaque canenti semper obusta gelu,
> nesciaque est vocis quod barbara lingua Latinae,
>   Graecaque quod Getico victa loquela sono est,

---

591. A partir daqui o poema muda de destinatário, passando do amigo em Roma para a divindade do imperador; é possível considerar que aqui se iniciasse um novo poema, mas é consenso entre os editores das *Tristezas* ver essa seção como continuação coerente de 5.2, constituindo-se a oração efetuada diante do altar mencionado

Âncora alguma retém o meu barco.
Tu hás de ver! Eu próprio, ainda que odiado, recolher-me-ei
    ao altar sagrado. O altar não afasta mão alguma.
Eis-me aqui, suplicante, suplico ausente a um deus ausente,[591]
    se é lícito a um homem poder conversar com Júpiter.[592]
Senhor do Império, por causa de ti, em segurança, é certo que todos os deuses
    protegem a raça ausônia,
ó glória, ó imagem da pátria florescente por tua causa,
    ó varão não menor do que o próprio mundo que governas,
que assim habites a terra e te deseje o éter,
    que assim vás bem tarde às estrelas a ti destinadas.
Poupa-me, eu peço, e retira uma pequena parcela de teu
    raio! O castigo que sobrar já será suficiente.
Com efeito, tua ira é moderada, e me concedeste a vida;
    e não me foi tirada a cidadania nem meu nome,
nem meus bens foram transferidos a outrem, nem fui taxado
    de exilado pelas palavras de teu decreto.
Tudo isso eu temia, pois via que eu merecia;
    mas tua ira é menor que o meu delito.
Ordenaste que eu, relegado, viesse aos campos do Mar Euxino,
    e singrasse em navio prófugo o oceano cítio.[593]
Ordenado, vim aos feios litorais do Mar Euxino
    (esta terra fica sob o norte gelado),
e o clima nunca desprovido de frio,
    ou o solo sempre coberto de branco gelo,
ou que a língua bárbara desconheça qualquer som latino,
    ou que o idioma grego soe misturado ao gético,

---

    logo acima. **Deus ausente:** o imperador Otávio Augusto. A implicação do emprego dessa expressão é analisada por UGARTEMENDÍA 2022: 180ss.
592. **Júpiter:** aqui, refere-se ao imperador Otávio Augusto; ver nota 73.
593. **Cítio:** ver nota 59.

quam quod finitimo cinctus premor undique Marte,
    vixque brevis tutum murus ab hoste facit. 70
pax tamen interdum est, pacis fiducia numquam.
    sic hic nunc patitur, nunc timet arma locus.
hinc ego dum muter, vel me Zanclaea Charybdis
    devoret atque suis ad Styga mittat aquis,
vel rapidae flammis urar patienter in Aetnae, 75
    vel freta Leucadii mittar in alta dei.
quod petimus, poena est: neque enim miser esse recuso,
    sed precor ut possim tutius esse miser.

III

ILLA dies haec est, qua te celebrare poetae,
    si modo non fallunt tempora, Bacche, solent,
festaque odoratis innectunt tempora sertis,
    et dicunt laudes ad tua vina tuas.
inter quos, memini, dum me mea fata sinebant, 5
    non invisa tibi pars ego saepe fui,
quem nunc suppositum stellis Cynosuridos Vrsae
    iuncta tenet crudis Sarmatis ora Getis.

---

594. **Zanclo:** nome pré-romano da cidade de Messina, na Sicília, região geográfica geralmente associada ao turbilhão marítimo Caríbde.
595. **Estige:** ver nota 39.
596. **Etna:** vulcão situado no oeste da Sicília, famoso desde a antiga Roma por suas erupções violentas.
597. **Precipício do deus leucádio:** na ilha grega de Leucádia havia um promontório, próximo ao templo de Apolo, de onde os criminosos eram atirados.
598. **5.3** Retoma-se aqui a cronologia narrativa, agora já situada no ano 12 EC, cujo período entre o fim do inverno e a primavera concentra a sequência desde 5.3 até, pelo menos, 5.10. Fazendo menção a um festival a Baco, possivelmente a Liberália, o poema agrega elementos do hino (espécie lírica de poemas sobre os deuses) aos autobiográficos, comparando a si próprio ao deus do vinho, na chave das dificuldades que ambos passaram e pelos lugares que ambos percorreram. Alude-se a um círculo de poetas em Roma, dos quais Ovídio se diz fazer parte, que aproveita a ocasião para brindar e compor poesia. Longe desse círculo, ele reza a Baco por proteção e

não me perturba mais do que estar cercado de todos os lados por guerras
                                                                 [próximas,
   e a pequena muralha oferecer péssima proteção contra o inimigo.
Embora às vezes haja paz, nunca há sensação de paz;
   assim, este lugar ou sofre as guerras, ou as teme.
Por isso, se eu fosse transferido, que Caríbde de Zanclo[594]
   me devorasse e me enviasse pelas suas águas ao Estige,[595]
ou que eu fosse queimado vagarosamente pelas chamas do Etna voraz,[596]
   ou que eu fosse atirado do precipício do deus leucádio.[597]
O que eu peço é um castigo; pois não recuso estar infeliz,
   mas suplico que eu possa estar infeliz com maior segurança.

3.
Chegou o dia, ó Baco, em que os poetas costumam[598]
   te celebrar, se as contas não me enganam,
e prendem nas têmporas festivas as guirlandas perfumadas,
   e entoam louvores aos teus vinhos.
Entre eles, lembro bem, enquanto meu fado me consentia,[599]
   eu fui por várias vezes uma porção não odiada por ti,
e agora, relegado às estrelas da Ursa Menor,[600]
   me prendem os litorais próximos aos selvagens sármatas e getas.[601]

---

    pela dádiva da lembrança: que os poetas se lembrem do nome de Ovídio e façam um brinde em sua homenagem. **Chegou o dia:** é possível que se trate da Liberália, festival romano em homenagem ao deus Líber/Baco celebrado em 17 de março; cf. MILLER 2019: 177-82. **Baco:** aparece aqui como patrono da poesia de Ovídio e dos poetas de seu círculo, o que, segundo MILLER 2019, poderia ter um sentido de crítica política ao projeto augustano, que estaria mais associado a Apolo. Há que se considerar, no entanto, que Augusto também foi associado a Baco, além de Apolo, Júpiter e Mercúrio. Cf. MACGÓRÁIN 2013, SERIGNOLLI 2019.
599. O verso remete à fala de Dido em Virgílio, *Eneida* 4.651, *dulces exuviae, dum fata deusque sinebat*, que por sua vez é explorado por Camões no Soneto 96: "Os vestidos Elisa revolvia, / Que Eneas lhe deixára por memoria; / Doces despojos da passada gloria; / Doces quando seu fado o consentia." O *memini* do verso ovidiano funciona como nota alexandrina, chamando a atenção do leitor para "se lembrar" da passagem virgiliana.
600. **Ursa Menor:** ver notas 58 e 157.
601. **Sármatas:** ver nota 41. **Getas:** ver nota 85.

quique prius mollem vacuamque laboribus egi
    in studiis vitam Pieridumque choro,   10
nunc procul a patria Geticis circumsonor armis,
    multa prius pelago multaque passus humo.
sive mihi casus sive hoc dedit ira deorum,
    nubila nascenti seu mihi Parca fuit,
tu tamen e sacris hederae cultoribus unum   15
    numine debueras sustinuisse tuo.
an dominae fati quicquid cecinere sorores,
    omne sub arbitrio desinit esse dei?
ipse quoque aetherias meritis invectus es arces,
    quo non exiguo facta labore via est.   20
nec patria est habitata tibi, sed adusque nivosum
    Strymona venisti Marticolamque Geten,
Persidaque et lato spatiantem flumine Gangen,
    et quascumque bibit decolor Indus aquas.
scilicet hanc legem nentes fatalia Parcae   25
    stamina bis genito bis cecinere tibi.
me quoque, si fas est exemplis ire deorum,
    ferrea sors vitae difficilisque premit.
illo nec levius cecidi, quem magna locutum
    reppulit a Thebis Iuppiter igne suo.   30
ut tamen audisti percussum fulmine vatem,
    admonitu matris condoluisse potes,

---

602. **Piérides:** ver nota 321.
603. **Irmãs, senhoras do destino:** as três Parcas, ou Moiras, que eram responsáveis por tecer em suas rocas os destinos de homens, que nem os deuses podiam mudar. Cloto, a mais nova, inseria as linhas na roca, presidindo assim o nascimento; Láquesis, a do meio, media o tamanho da linha, governando a duração da vida; Átropos, a mais velha, era a incumbida de cortar o fio e com isso finalizar o curso da vida. Embora haja também a versão latina de seus nomes (Nona, Décima e Morta), Ovídio emprega em suas obras os nomes gregos acima mencionados.
604. **Estruma:** rio da antiga Trácia, que corta a atual fronteira entre a Bulgária e a Grécia.
605. Por meio da enumeração de terras e rios, a passagem alude ao trajeto de Baco,

Eu, que antes levava uma vida fácil e tranquila,
  junto às letras e ao coro das Piérides,[602]
agora, longe da pátria, sou rodeado pelas armas géticas,
  tenho sofrido muitas desventuras no mar e na terra.
Se foi o acaso ou a ira dos deuses que isso causou,
  ou se a Parca do meu nascimento foi sombria,
tu, contudo, deverias ter protegido, com teu poder divino,
  um dos cultores consagrados à tua hera.
Ou tudo que cantaram as irmãs, senhoras do destino,[603]
  deixa de estar sob o arbítrio de um deus?
Tu também foste convidado ao palácio celeste, por teus méritos,
  para onde o caminho se faz com extremo labor.
Nenhuma pátria foi habitada por ti; vieste até o nevado
  Estruma e a Gétia belicosa,[604]
e a Pérsia, e o amplo Ganges de vasto leito,
  e as águas que afluem para o escuro Indo.[605]
De fato, as Parcas, fiando linhas fatais, cantaram essa lei
  por duas vezes quando por duas vezes nasceste.[606]
A mim também, se é lícito comparar-se aos deuses,
  me oprime um destino férreo e difícil.
Caí mais pesado que aquele que Júpiter expulsou[607]
  de Tebas com seu raio, por ter falado demais.
Quando ouviste que um poeta foi atingido pelo raio,
  pelo exemplo de tua mãe poderias ter te compadecido,[608]

> que na tradição mítica teria saído da Índia e chegado na Trácia; Ovídio insere no percurso a região gética, aproximando assim o seu próprio destino ao do deus invocado.
> 606. **Duas vezes nasceste:** Baco é referido como o deus de duplo nascimento, pois foi retirado do útero de sua mãe Sêmele quando ela foi incinerada pelo raio de Júpiter (o primeiro nascimento) e foi costurado na coxa de Júpiter até sua gestação ter se completado (o segundo nascimento).
> 607. **Aquele que Júpiter expulsou:** Capaneu; ver nota 475.
> 608. **Tua mãe:** Sêmele, queimada pelo raio de Júpiter, arma constantemente usada nas *Tristezas* como metáfora para o decreto de relegação imposto a Ovídio por Otávio Augusto.

et potes aspiciens circum tua sacra poetas
    'nescioquis nostri' dicere 'cultor abest.'
fer, bone Liber, opem: sic altera degravet ulmum 35
    vitis et incluso plena sit uva mero,
sic tibi cum Bacchis Satyrorum gnava iuventus
    adsit, et attonito non taceare sono,
ossa bipenniferi sic sint male pressa Lycurgi,
    impia nec poena Pentheos umbra vacet, 40
sic micet aeternum vicinaque sidera vincat
    coniugis in caelo clara corona tuae:
huc ades et casus releves, pulcherrime, nostros,
    unum de numero me memor esse tuo.
sunt dis inter se commercia. flectere tempta 45
    Caesareum numen numine, Bacche, tuo.
vos quoque, consortes studii, pia turba, poetae,
    haec eadem sumpto quisque rogate mero.
atque aliquis vestrum, Nasonis nomine dicto,
    opponat lacrimis pocula mixta suis, 50
admonitusque mei, cum circumspexerit omnes,
    dicat 'ubi est nostri pars modo Naso chori?'
idque ita, si vestrum merui candore favorem,
    nullaque iudicio littera laesa meo est,
si, veterum digne veneror cum scripta virorum, 55
    proxima non illis esse minora reor.
sic igitur dextro faciatis Apolline carmen:
    quod licet, inter vos nomen habete meum.

---

609. **Videira se apoie ao olmo:** ver nota 189.
610. **Licurgo porta-machado:** rei da Trácia, que atacou Baco e seus seguidores quando estes passavam pela Trácia, e por isso foi punido com uma loucura que fez com que mutilasse a si e a sua família com um machado.
611. **Penteu:** rei de Tebas, que desprezou e proibiu os rituais a Baco, e acabou sendo mutilado pelas mulheres de sua família enquanto estas realizavam um ritual báquicos. O episódio é relatado nas *Metamorfoses* 3.511-733, e sua versão mais célebre é

e, olhando os poetas ao redor de teu altar, poderias
    dizer: "Um dos meus devotos está ausente".
Ajuda-me, bom Líber! Para que outra videira se apoie
    ao olmo, e a uva seja repleta de vinho,[609]
para que a juventude devota de sátiros junto a bacantes esteja sempre
    contigo, e que não se silencie o som frenético,
para que os ossos de Licurgo porta-machado sejam enterrados bem fundo,[610]
    e a ímpia sombra de Penteu não deixe de sofrer o castigo,[611]
para que a brilhante coroa de tua esposa fulgure eternamente no céu[612]
    e supere em luz as estrelas vizinhas!
Ó mais belo de todos! Vem até aqui e alivia a minha ruína,
    lembra-te que eu sou um dos vossos.
Há entre os deuses relações. Tenta, ó Baco, dobrar
    com o teu poder o poder de César.[613]
Vós também, colegas das letras, poetas, devoto grupo,
    rogai, com um gole de vinho, pelas mesmas coisas.
E que algum de vós, tendo sido pronunciado o nome de Nasão,[614]
    erga a taça diluída com lágrimas,
e, lembrado de mim, ao lançar o olhar sobre o grupo,
    indague: "Onde está Nasão, há pouco parte do nosso coro?"
E isso, somente se mereci, por meu brilho, a vossa aprovação,
    se nenhuma letra foi lesada pelas minhas mãos,
se não considero os poetas de hoje piores,
    ainda que venere devotamente os escritos dos velhos varões.
Portanto, que vós componhais poemas com mão apolínea;
    isso se pode: considerai meu nome entre o vosso.

---

de Eurípides, nas *Bacantes*. MILLER 2019 sugere a leitura de Penteu como referência a Otávio Augusto, invocando a Baco uma punição para o imperador.
612. **Tua esposa:** Ariadne, cuja coroa tornou-se a constelação da Coroa Boreal.
613. **César:** ver nota 6.
614. **Nasão:** ver nota 103.

IV

LITORE ab Euxino Nasonis epistula veni,
    lassaque facta mari lassaque facta via,
qui mihi flens dixit 'tu, cui licet, aspice Romam.
    heu quanto melior sors tua sorte mea est!'
flens quoque me scripsit: nec qua signabar, ad os est   5
    ante, sed ad madidas gemma relata genas.
tristitiae causam siquis cognoscere quaerit,
    ostendi solem postulat ille sibi,
nec frondem in silvis, nec aperto mollia prato
    gramina, nec pleno flumine cernit aquam;   10
quid Priamus doleat, mirabitur, Hectore rapto,
    quidve Philoctetes ictus ab angue gemat.
di facerent utinam talis status esset in illo,
    ut non tristitiae causa dolenda foret!
fert tamen, ut debet, casus patienter amaros,   15
    more nec indomiti frena recusat equi.
nec fore perpetuam sperat sibi numinis iram,
    conscius in culpa non scelus esse sua.
saepe refert, sit quanta dei clementia, cuius
    se quoque in exemplis adnumerare solet: 20
nam, quod opes teneat patrias, quod nomina civis,
    denique quod vivat, munus habere dei.
te tamen (o, si quid credis mihi, carior illi
    omnibus) in toto pectore semper habet;
teque Menoetiaden, te, qui comitatus Oresten,   25

---

615. **5.4** A epístola é dirigida a um amigo leal, talvez o mesmo de 1.5, evocado como o principal e mais constante amigo do poeta. Antes de se dirigir a ele, no entanto, o poema brinca com o processo da escrita epistolar, dando a voz narrativa para a própria epístola, que, por sua vez, cita as palavras da persona ovidiana. A lealdade do amigo e o apreço e gratidão do poeta são enaltecidos por meio de comparações hiperbólicas, e a epístola conclui pedindo ao destinatário por proteção. **Nasão:** ver nota 103.
616. **Nem água no rio cheio:** a ideia é de que o Danúbio está congelado, e por isso não se pode ver a água líquida do rio.

4.

Eu, uma carta de Nasão, chego do litoral Euxino,[615]
   cansada pelo trajeto no mar, cansada pelo trajeto na terra.
Nasão, chorando, me disse: "Tu, deita os olhos sobre Roma: isso se pode.
   Ah, quanto melhor é tua sorte do que a minha!"
Também chorando, escreveu-me; e o selo que me sela não foi colado
   com a umidade dos lábios, mas com a do rosto molhado.
Se alguém quiser saber a causa dessa tristeza,
   ele pede que o sol lhe apareça;
ele não tem visto folhas nas árvores, nem gramas tenras
   nos prados abertos, nem água no rio cheio;[616]
ele se espantará de que Príamo sofra por Heitor ter sido arrastado,[617]
   ou que Filoctetes gema após a picada da serpente.[618]
Pudera que os deuses lhe tivessem concedido uma situação
   que não houvesse motivos de tanta tristeza a ser chorada!
Contudo, ele suporta pacientemente as adversidades amargas, como deve,
   e não recusa os freios como se fosse cavalo chucro.
Ele não espera que a ira divina contra ele seja perpétua,
   consciente de que em seu delito não há crime.
Várias vezes relembra a enorme clemência do deus,[619]
   que ele próprio costuma enumerar em exemplos.
Pois, por conservar as riquezas da família, por conservar o nome de cidadão,
   por conservar até mesmo a vida, ele considera um presente do deus.
Se acaso crês em mim, ó mais querido de todos,
   a ti ele também carrega sempre em todo seu coração![620]
E a ti ele chama de filho de Menécio, de companheiro de Orestes,[621]

---

617. **Príamo e Heitor:** ver notas 350 e 119.
618. **Filoctetes:** ver nota 583.
619. **Deus:** refere-se ao imperador Otávio Augusto.
620. **Ele:** Ovídio, retratado em terceira pessoa pela voz da carta.
621. **Filho de Menécio:** Pátroclo, aqui, assim como os demais heróis citados, como exemplo de amizade verdadeira; ver nota 118. **Companheiro de Orestes:** Pílades; ver nota 77.

te vocat Aegiden Euryalumque suum.
nec patriam magis ille suam desiderat et quae
    plurima cum patria sentit abesse sibi,
quam vultus oculosque tuos, o dulcior illo
    melle, quod in ceris Attica ponit apis. 30
saepe etiam maerens tempus reminiscitur illud,
    quod non praeventum morte fuisse dolet;
cumque alii fugerent subitae contagia cladis,
    nec vellent ictae limen adire domus,
te sibi cum paucis meminit mansisse fidelem, 35
    si paucos aliquis tresve duosve vocat.
quamvis attonitus, sensit tamen omnia, nec te
    se minus adversis indoluisse suis.
verba solet vultumque tuum gemitusque referre,
    et te flente suos emaduisse sinus: 40
quam sibi praestiteris, qua consolatus amicum
    sis ope, solandus cum simul ipse fores.
pro quibus affirmat fore se memoremque piumque,
    sive diem videat sive tegatur humo,
per caput ipse suum solitus iurare tuumque, 45
    quod scio non illi vilius esse suo.
plena tot ac tantis referetur gratia factis,
    nec sinet ille tuos litus arare boves.
fac modo, constanter profugum tueare: quod ille,
    qui bene te novit, non rogat, ipsa rogo. 50

---

622. **Filho de Egeu:** Teseu; ver nota 60. **Euríalo:** ver nota 78.
623. **Abelha ática:** a expressão é por vezes empregada como um epíteto de Sófocles, mas a abelha é uma figura recorrente na tradição poética para simbolizar a eloquência e o labor poético (cf. HASEGAWA 2018), além de ser também uma metáfora para a

de filho de Egeu ou de seu Euríalo.⁶²²
Ele não deseja mais sua pátria e tudo aquilo de que
    ele sente saudade junto com a pátria,
do que o teu rosto e os teus olhos, ó mais doce que aquele mel
    que a abelha ática produz nas colmeias.⁶²³
Várias vezes também, lamentando, ele se lembra daquele tempo
    que lhe dói ter antecipado a sua morte;
em que os demais fugiam diante da proximidade da calamidade súbita,
    e não queriam se aproximar da porta da casa atingida;
ele lembra que tu permaneceste fiel, junto a uns poucos,
    se é que se pode chamar de "poucos" dois ou três.
Embora atônito, ele percebeu tudo: que tu sofreste
    tanto quanto ele com as suas desgraças.
Ele costuma lembrar tuas palavras e teu rosto e teus lamentos,
    e que o teu choro molhou o seu peito.
O quanto estavas ali por ele, o quanto consolaste o amigo com teu auxílio,
    embora fosses tu também o merecedor de consolo.
Por isso, ele afirma que será grato e fiel,
    seja enquanto aviste a luz do dia, seja enquanto lhe cubra a terra,
jurando por sua vida e pela tua,
    que, sei bem, ele não considera menos valiosa que a dele.
Haverá eterna gratidão por todos esses atos,
    e ele não permitirá que os teus bois arem no litoral.⁶²⁴
Faz somente isto: protege constantemente o exilado! Pois ele,
    que te conhece bem, não pede isso; sou eu que peço.

organização política ateniense. O emprego da expressão aqui levanta a hipótese de que o amigo endereçado seja Ático, embora não haja outros indícios mais convincentes para tal suposição.
624. **Teus bois arem no litoral:** expressão que significa trabalho em vão, inútil.

V

ANNVVS assuetum dominae natalis honorem
    exigit: ite manus ad pia sacra meae.
sic quondam festum Laertius egerat heros
    forsan in extremo coniugis orbe diem.
lingua favens adsit, nostrorum oblita malorum,   5
    quae, puto, dedidicit iam bona verba loqui;
quaeque semel toto vestis mihi sumitur anno,
    sumatur fatis discolor alba meis;
araque gramineo viridis de caespite fiat,
    et velet tepidos nexa corona focos.   10
da mihi tura, puer, pingues facientia flammas,
    quodque pio fusum stridat in igne merum.
optime natalis! quamvis procul absumus, opto
    candidus huc venias dissimilisque meo,
si quod et instabat dominae miserabile vulnus,   15
    sit perfuncta meis tempus in omne malis;
quaeque gravi nuper plus quam quassata procella est,
    quod superest, tutum per mare navis eat.
illa domo nataque sua patriaque fruatur
    (erepta haec uni sit satis esse mihi)   20
quatenus et non est in caro coniuge felix,
    pars vitae tristi cetera nube vacet.
vivat, ametque virum, quoniam sic cogitur, absens,
    consumatque annos, sed diuturna, suos.
adicerem et nostros, sed ne contagia fati   25

---

625. **5.5** O poema é dirigido à esposa do poeta, mas coloca a destinatária em terceira pessoa, para celebrar o seu aniversário; de certa maneira espelha 3.13, sobre o aniversário de Ovídio, mas, ao contrário da recusa em realizar os ritos naquele poema, aqui os ritos são realizados à distância. O presente de Fábia é, no fundo, o próprio poema, que a torna mais famosa e eterna que as heroínas mitológicas. Nesse dia,

5.

O aniversário de minha esposa exige a honraria costumeira:[625]
   comecemos, minhas mãos, os ritos religiosos.
Assim também outrora o herói Ulisses passou o dia festivo[626]
   de sua esposa em algum confim do mundo.
Que me ocorra uma língua favorável, esquecida de meus males,
   a qual, creio, já desaprendeu a falar coisas boas.
E que aquela roupa branca, que visto somente uma vez por ano,
   seja vestida hoje, destoando do meu destino.
Que se faça um altar verde de gramas colhidas do chão,
   e uma guirlanda pendurada vele sobre o fogo tépido.
Traz-me incensos, menino, aptos a chamas grandes,
   e um vinho que chie quando aspergido ao fogo sagrado.
Feliz aniversário! Embora eu esteja longe, desejo que
   chegue aí um dia feliz e bem diverso do meu.
Se alguma ferida infeliz perturbava a minha esposa,
   que ela já tenha cumprido sua cota eterna devido aos meus males.
Que sua nau, recentemente mais do que abalada por terrível tormenta,
   caminhe, no futuro, por um mar seguro.
Que ela possa usufruir de sua casa, de sua filha, de sua pátria
   (que seja suficiente que essas coisas tenham sido tiradas de mim),
e já que não possa estar feliz por causa do querido marido,
   que ao menos uma parte de sua vida seja desprovida de tristes nuvens.
Viva, e ame o marido, distante porque assim te obrigam,
   e tenha muitos anos de vida.
Eu adicionaria os meus anos, mas temo que a má sorte do meu destino

   são celebradas todas as suas virtudes, mas não a felicidade, já que Fábia nasceu para ser esposa de um exilado; ainda assim, é por isso mesmo que ela estará entre as mais célebres mulheres da literatura.
626. **Ulisses:** ver nota 27.

corrumpant timeo, quos agit ipsa, mei.
nil homini certum est. fieri quis posse putaret,
    ut facerem in mediis haec ego sacra Getis?
aspice ut aura tamen fumos e ture coortos
    in partes Italas et loca dextra ferat. 30
sensus inest igitur nebulis, quas exigit ignis:
    consilio fugiunt aethera, Ponte, tuum.
consilio, commune sacrum cum fiat in ara
    fratribus, alterna qui periere manu,
ipsa sibi discors, tamquam mandetur ab illis, 35
    scinditur in partes atra favilla duas.
hoc, memini, quondam fieri non posse loquebar,
    et me Battiades iudice falsus erat:
omnia nunc credo, cum tu non stultus ab Arcto
    terga vapor dederis Ausoniamque petas. 40
haec ergo lux est, quae si non orta fuisset,
    nulla fuit misero festa videnda mihi.
edidit haec mores illis heroisin aequos,
    quis erat Eetion Icariusque pater.
nata pudicitia est, virtus probitasque, fidesque, 45
    at non sunt ista gaudia nata die,
sed labor et curae fortunaque moribus inpar,
    iustaque de viduo paene querela toro.
scilicet adversis probitas exercita rebus
    tristi materiam tempore laudis habet. 50
si nihil infesti durus vidisset Vlixes,

627. **Getas:** ver nota 85.
628. **Ponto:** ver nota 42.
629. **Irmãos:** Eteócles e Polinice, personagens do ciclo tebano, que se mataram mutuamente. O poema relata aqui, aludindo a uma passagem dos *Aetia* de Calímaco (fr. 105 Pfeiffer; cf. MASSIMILLA 2011: 55), o prodígio durante o funeral de ambos, quando as fumaças das piras funerárias que queimavam seus corpos se afastaram em direções contrárias, simbolizando a inimizade irreparável que haviam tido em vida.
630. **Batíada:** Calímaco; ver nota 232 e nota acima.

corrompa os anos dela também.
Nada é certeiro na vida humana. Quem poderia pensar que isso aconteceria?
　　Que eu celebraria esse rito em meio aos getas?[627]
Mas vê como o vento carrega a fumaça erguida do incenso
　　para as regiões itálicas e para os lugares corretos.
Há, portanto, uma inteligência no vapor que exala do fogo;
　　propositadamente ele foge de teus ares, Ponto.[628]
Propositadamente, quando se fez em um único altar o rito aos dois
　　irmãos que se mataram um ao outro,[629]
as negras cinzas, discordantes entre si, como se comandadas por eles,
　　dividiram-se em duas partes.
Há tempos, lembro bem, eu dizia que isso era impossível,
　　e, no meu julgamento, o Batíada era mentiroso;[630]
hoje, acredito em tudo, desde que tu, fumo não néscio, deu
　　as costas ao Norte e se direcionou à Ausônia.[631]
Há, portanto, uma luz, que se não houvesse surgido,
　　eu não teria nenhum motivo de festa, desgraçado que sou.
Ela mostrou caráter igual ao daquelas heroínas
　　cujos pais foram Eetião e Icário.[632]
Neste dia, nasceu a castidade, a virtude e a honestidade, e a fidelidade,
　　mas não nasceu a felicidade;
nasceu o sofrimento e as preocupações e um destino indigno de seu caráter,
　　e um choro justo por causa de um leito de quase viúva.[633]
Com efeito, a honestidade testada nas situações adversas
　　merece temas de louvor nestes tristes tempos.
Se o intrépido Ulisses não tivesse presenciado nenhum obstáculo,

---

631. **Ausônia:** ver nota 44.
632. **Eetião:** rei de Tebas da Ásia Menor, pai de Andrômaca, esposa de Heitor. **Icário:** rei de Esparta, pai de Penélope, esposa de Ulisses.
633. **Quase viúva:** a ideia é de que, estando o marido exilado, ele está "quase morto". Ao mesmo tempo, a expressão *viduo toro*, "cama de viúva", no sentido de "dormir sozinho", é tópica na tradição da elegia amorosa (Tibulo 1.3.26 [*puro toro*]; Propércio 2.9.16; Ovídio *Amores* 3.19.42 [*vacuo toro*]; *Arte de Amar* 2.370 [*vacuo toro*]; *Remédios* 770 [*solam suo toro*]; Maximiano 1.76; 5.85.).

Penelope felix sed sine laude foret.
victor Echionias si vir penetrasset in arces,
    forsitan Euadnen vix sua nosset humus.
cum Pelia genitae tot sint, cur nobilis una est?   55
    nempe fuit misero nupta quod una viro.
effice ut Iliacas tangat prior alter harenas,
    Laodamia nihil cur referatur erit.
et tua, quod malles, pietas ignota maneret,
    implerent venti si mea vela sui.   60
di tamen et Caesar dis accessure, sed olim,
    aequarint Pylios cum tua fata dies,
non mihi, qui poenam fateor meruisse, sed illi
    parcite, quae nullo digna dolore dolet.

VI

TV quoque, nostrarum quondam fiducia rerum,
    qui mihi confugium, qui mihi portus eras,
tu quoque suscepti curam dimittis amici,
    officiique pium tam cito ponis onus?
sarcina sum, fateor, quam si non tempore nostro   5
    depositurus eras, non subeunda fuit.
fluctibus in mediis navem, Palinure, relinquis?
    ne fuge, neve tua sit minor arte fides.
numquid Achilleos inter fera proelia fidi

---

634. **Equionte:** um dos guerreiros nascidos dos dentes da serpente semeados por Cadmo, e portanto um dos fundadores de Tebas. A fortaleza referida são as muralhas de Tebas, que Capaneu, marido de Evadne, tentou escalar sem sucesso.
635. **Evadne:** ver nota 475.
636. **Pélias:** rei de Iolco e inimigo de Jasão; foi morto por suas próprias filhas, que o desmembraram acreditando na recomendação de Medeia de que ele rejuvenesceria. A filha famosa mencionada na passagem é Alceste, que se casa com Admeto e se torna símbolo de esposa leal.
637. **Laodâmia:** ver nota 96.
638. **Nestor:** herói célebre por sua sabedoria e por ter participado já muito velho da Guerra de Troia.

Penélope seria feliz, mas desprovida de louvor.
Se o marido tivesse penetrado vitorioso na fortaleza de Equionte,[634]
talvez Evadne nem seria conhecida em sua terra.[635]
Embora Pélias tivesse tantas filhas, por que somente uma é famosa?[636]
Claramente porque ela foi a única a se casar com o marido desgraçado.
Deixa outro tocar primeiro as areias troianas,
e não haverá nada a se dizer sobre Laodâmia.[637]
E a tua devoção permaneceria, como preferirias, desconhecida,
se a minha vela fosse movida por vento favorável.
Porém, deuses e César prestes a se juntar aos deuses (mas não agora,
somente quando tua vida se equivaler à idade de Nestor),[638]
poupai não a mim, que confesso merecer o castigo, mas a ela,
que sofre sem merecer nenhum sofrimento.

6.

Tu também, outrora a confiança dos meus assuntos,[639]
que eras o meu refúgio, que eras o meu porto seguro,
tu também desprezas o carinho de um amigo preferido,
e assim rapidamente depões o sagrado compromisso da amizade?
Sou um fardo, confesso, que não deverias ter carregado
se fosses soltá-lo diante das adversidades.
Deixas, Palinuro, o navio em meio às ondas?[640]
Não fujas, ou então a tua fieldade será menor que tua técnica.
Acaso, em meio à cruel batalha, a inconstância

---

639. **5.6** Dirigida a um amigo que abandonou Ovídio, a epístola evoca uma série de personagens mitológicos e recorre a seguidos adínatons para suplicar perdão ao amigo (os males que ele sofre já são suficientes) e ao mesmo tempo ameaçá-lo para que não despreze uma amizade antiga.

640. **Palinuro:** personagem da *Eneida* de Virgílio, o timoneiro do navio de Eneias, que durante uma noite adormeceu e caiu da embarcação, morrendo afogado (*Eneida* 5.840-71). Seu nome será a partir de então usado como timoneiro arquetípico, além de ser um exemplo de sacrifício humano, visto que sua vida é o preço a ser pago para que os troianos possam alcançar as terras itálicas.

deseruit levitas Automedontis equos? 10
quem semel excepit, numquam Podalirius aegro
   promissam medicae non tulit artis opem.
turpius eicitur, quam non admittitur hospes:
   quae patuit, dextrae firma sit ara meae.
nil nisi me solum primo tutatus es; at nunc 15
   me pariter serva iudiciumque tuum,
si modo non aliqua est in me nova culpa, tuamque
   mutarunt subito crimina nostra fidem.
spiritus hic, Scythica quem non bene ducimus aura,
   quod cupio, membris exeat ante meis, 20
quam tua delicto stringantur pectora nostro,
   et videar merito vilior esse tibi.
non adeo toti fatis urgemur iniquis,
   ut mea sit longis mens quoque mota malis.
finge tamen motam, quotiens Agamemnone natum 25
   dixisse in Pyladen improba verba putas?
nec procul a vero est quin et pulsarit amicum:
   mansit in officiis non minus ille suis.
hoc est cum miseris solum commune beatis,
   ambobus tribui quod solet obsequium: 30
ceditur et caecis et quos praetexta verendos
   virgaque cum verbis inperiosa facit.
si mihi non parcis, fortunae parcere debes:
   non habet in nobis ullius ira locum.

---

641. **Automedonte:** personagem da *Ilíada* 17.429ss, o condutor da biga de Aquiles; é citado de passagem por Virgílio na *Eneida* 2.477 e tem um lugar de destaque no começo da *Arte de Amar* 1.5, evocado como condutor arquetípico.
642. **Podalírio:** filho do deus Asclépio e, como o pai, douto na arte médica; participou da Guerra de Troia como médico dos exércitos aqueus.
643. **Cítios:** ver nota 59.
644. **Orestes:** ver nota 77.

de Automedonte desamparou os cavalos de Aquiles?[641]
Tendo uma vez aceitado, Podalírio nunca deixou de levar ajuda[642]
   prometida de sua arte médica ao doente.
É mais ultrajante ao hóspede ser expulso do que não ser recebido;
   que o altar, uma vez aberto, aguente firme a minha mão.
Tu me protegias antes que qualquer outro; mas agora
   protege ao mesmo tempo a mim e a teu juízo,
se acaso não há em mim uma nova culpa, e os meus crimes
   mudaram a tua fieldade de uma hora para outra.
Que a minha respiração (que já não funciona bem devido aos ares cítios)[643]
   retire-se dos meus membros (é o que desejo)
antes que teu coração se aperte pelo meu delito
   e eu te pareça mais vil do que mereço.
Não estou assim tão abalado pelo destino cruel
   a ponto de minha mente também estar perturbada pelos males contínuos.
Mas finge que ela está perturbada: quantas vezes pensas que o filho de
                                                  [Agamêmnon[644]
   teria dito palavras violentas contra Pílades?
Nem está longe da verdade o fato de que ele teria agredido o amigo;
   mas Pílades não permaneceu menos assíduo em sua amizade.
Isso é a única coisa em comum entre o infeliz e o feliz,
   que o respeito costuma ser atribuído a ambos.
Abre-se caminho tanto aos cegos como àqueles que são temidos
   por usar a toga pretexta ou pela vara imperiosa acompanhada de gritos.[645]
Se não me perdoas, deves perdoar o destino;
   não há em mim motivo para o ódio.

---

645. O verso se refere aos altos magistrados romanos, que utilizavam a toga pretexta (uma toga branca com uma faixa larga de cor vermelha); quando trafegavam pelas ruas movimentadas da cidade, seus escravos e litores abriam caminho entre a multidão com uma vara e com gritos de ameaça. O sentido da passagem é que se abre o caminho tanto para os desafortunados (os cegos) como para os afortunados (os ricos e poderosos).

elige nostrorum minimum minimumque laborum, 35
    isto, quod reris, grandius illud erit.
quam multa madidae celantur harundine fossae,
    florida quam multas Hybla tuetur apes,
quam multae gracili terrena sub horrea ferre
    limite formicae grana reperta solent, 40
tam me circumstat densorum turba malorum.
    crede mihi, vero est nostra querela minor.
his qui contentus non est, in litus harenas,
    in segetem spicas, in mare fundat aquas.
intempestivos igitur compesce tumores, 45
    vela nec in medio desere nostra mari.

VII

QVAM legis, ex illa tibi venit epistula terra,
    latus ubi aequoreis additur Hister aquis.
si tibi contingit cum dulci vita salute,
    candida fortunae pars manet una meae.
scilicet, ut semper, quid agam, carissime, quaeris, 5
    quamvis hoc vel me scire tacente potes.
sum miser, haec brevis est nostrorum summa malorum,
    quisquis et offenso Caesare vivit, erit.
turba Tomitanae quae sit regionis et inter
    quos habitem mores, discere cura tibi est? 10
mixta sit haec quamvis inter Graecosque Getasque,
    a male pacatis plus trahit ora Getis.
Sarmaticae maior Geticaeque frequentia gentis

---

646. **Hibla:** pequena cidade ao sopé do monte Etna, na Sicília, aqui usada metonimicamente para significar a ilha.
647. **5.7** O poema assume a forma epistolar para responder à indagação de um amigo em Roma sobre os povos e costumes de Tomis. Parodiando traços da tradição etnográfica, Ovídio descreve os getas e sármatas como tudo aquilo que é oposto à cultura romana. Reiterando 3.14, o poeta insiste que está perdendo seu latim e que

Escolhe o menor e menor dos meus males:
  ele será maior do que imaginas.
O tanto de espigas de junco que cobrem os pântanos,
  o tanto de abelhas que a florida Hibla avista,[646]
o tanto de formigas que costumam carregar as folhas encontradas
  por estreito caminho até o celeiro subterrâneo,
é o tanto de quantidade de pesados males que me rodeiam.
  Crê em mim, minha queixa é menor que a verdade.
Quem não esteja satisfeito, que conte as areias na praia,
  as espigas nos campos, as gotas de água no mar.
Portanto, diminui o teu ódio intempestivo,
  e não abandones minhas velas no meio do mar.

7.

Esta epístola que lês vem daquela terra[647]
  onde o caudaloso Danúbio se junta às águas do mar.
Se estás com vida e com doce saúde,
  uma parte do meu destino permanece ensolarada.
Com certeza, caríssimo, perguntas (como sempre), como vou,
  embora isso possas saber mesmo que eu não diga nada.
Estou mal. Esse é o resumo dos meus sofrimentos.
  E assim estará quem quer que viva sob um César ofendido.[648]
Desejas aprender sobre a população da região tomitana
  e sobre os costumes entre os quais agora habito?
Embora haja aqui uma mistura de gregos e getas,[649]
  o litoral tem mais getas, não de todo pacificados.
Um número maior de sármatas e getas[650]

---

já mistura palavras e sotaques bárbaros à sua língua. Ele fica contente ao saber que seus poemas têm sido performados em Roma, mas seu objetivo atual com a poesia é menos a glória e sim o alívio, o esquecimento de suas amarguras.

648. **César:** ver nota 6.
649. **Getas:** ver nota 85.
650. **Sármatas:** ver nota 41.

per medias in equis itque reditque vias.
in quibus est nemo, qui non coryton et arcum 15
    telaque vipereo lurida felle gerat.
vox fera, trux vultus, verissima Martis imago,
    non coma, non ulla barba resecta manu,
dextera non segnis fixo dare vulnera cultro,
    quem iunctum lateri barbarus omnis habet. 20
vivit in his heu nunc, lusorum oblitus amorum,
    hos videt, hos vates audit, amice, tuus:
atque utinam vivat non et moriatur in illis,
    absit ab invisis et tamen umbra locis.
carmina quod pleno saltari nostra theatro, 25
    versibus et plaudi scribis, amice, meis,
nil equidem feci (tu scis hoc ipse) theatris,
    Musa nec in plausus ambitiosa mea est.
non tamen ingratum est, quodcumque oblivia nostri
    impedit et profugi nomen in ora refert. 30
quamvis interdum, quae me laesisse recordor,
    carmina devoveo Pieridasque meas,
cum bene devovi, nequeo tamen esse sine illis,
    vulneribusque meis tela cruenta sequor,
quaeque modo Euboicis lacerata est fluctibus, audet 35
    Graia Caphaeream currere puppis aquam.
nec tamen, ut lauder, vigilo curamque futuri
    nominis, utilius quod latuisset, ago.
detineo studiis animum falloque dolores,

651. **Jogos de amor:** no original, *lusorum amorum*, expressão metafórica para a poesia elegíaca erótica, que Ovídio deixa de produzir no exílio.
652. Embora nesta passagem Ovídio declare que não compôs peças para o teatro, é de sua autoria a tragédia *Medeia*, cujo texto não se conservou (cf. RIBBECK 1875; NIKO-LAIDIS 1985). Por um lado, é possível entender da passagem que mesmo a *Medeia*, embora em modo narrativo dramático, não fosse uma obra concebida para a representação. KNOX 2009: 208 lê a passagem na chave da usual ironia ovidiana de

vai e vem pelas estradas a cavalo.
Entre eles não há ninguém que não carregue aljava e arco,
  e armas lúridas com veneno de cobra.
Língua feroz, rosto truculento, imagem muito sincera da alma,
  nem o cabelo nem a barba aparados com mão hábil,
as destras não lentas em ferir com a faca firme
  que todo bárbaro possui em sua bainha.
Ah, meu amigo! Agora aqui vive, esquecido dos jogos de amor,[651]
  o teu vate, vendo esses povos, ouvindo esses povos.
E tomara que ele viva, e não morra entre eles,
  que ao menos sua sombra esteja longe desses lugares odiosos.
Escreves, meu amigo, que meus poemas são representados em teatros lotados,
  e que meus versos são aplaudidos;
nada compus para o teatro (disso sabes bem)
  e nem minha Musa ambiciona aplausos.[652]
Contudo, não me é desagradável qualquer coisa que impeça o meu oblívio,
  e que o nome do exilado esteja circulando.
Embora por vezes, lembrando que me lesaram,
  eu amaldiçoe os poemas e as minhas Piérides[653]
(e já amaldiçoei bastante), não consigo viver sem eles,
  e insisto nas armas cruéis que causam minhas feridas,
tal como a nau grega, que logo após ter sido destruída pelas ondas da Eubeia,
  ousa percorrer a água do Cafareu.[654]
Entretanto, não passo as noites em claro buscando elogios, e nem me preocupo
  com a posteridade de meu nome, sobre o qual seria melhor se calar.
Ocupo minha mente com a literatura e engano meus sofreres,

---

  diminuir sua própria obra. Por outro lado, também é possível entender que Ovídio
  mencione aqui sua poesia elegíaca erótica, já aludida nos versos anteriores, que
  estaria sendo encenada como pantomimas em palco teatral (cf. HERBERT-BROWN
  2009: 124); essa suposição conflita, em certa medida, com o banimento das obras
  eróticas das bibliotecas públicas referido em 3.1.
653. **Piérides:** ver nota 321.
654. **Cafareu:** ver nota 15.

experior curis et dare verba meis. 40
quid potius faciam desertis solus in oris,
 quamve malis aliam quaerere coner opem?
sive locum specto, locus est inamabilis, et quo
 esse nihil toto tristius orbe potest,
sive homines, vix sunt homines hoc nomine digni, 45
 quamque lupi, saevae plus feritatis habent.
non metuunt leges, sed cedit viribus aequum,
 victaque pugnaci iura sub ense iacent.
pellibus et laxis arcent mala frigora bracis,
 oraque sunt longis horrida tecta comis. 50
in paucis remanent Graecae vestigia linguae,
 haec quoque iam Getico barbara facta sono.
unus in hoc nemo est populo, qui forte Latine
 quaelibet e medio reddere verba queat.
ille ego Romanus vates (ignoscite, Musae) 55
 Sarmatico cogor plurima more loqui.
en pudet et fateor, iam desuetudine longa
 vix subeunt ipsi verba Latina mihi.
nec dubito quin sint et in hoc non pauca libello
 barbara: non hominis culpa, sed ista loci. 60
ne tamen Ausoniae perdam commercia linguae,
 et fiat patrio vox mea muta sono,
ipse loquor mecum desuetaque verba retracto,
 et studii repeto signa sinistra mei.
sic animum tempusque traho, sic meque reduco 65
 a contemplatu summoveoque mali.
carminibus quaero miserarum oblivia rerum:
 praemia si studio consequar ista, sat est.

---

655. **Odioso:** no original, *inamabilis*, lit. "não amável", um adjetivo empregado por Ovídio para descrever o inferno, mundo dos mortos, nas *Metamorfoses* 4.447 e 14.590; cf. a discussão do adjetivo em WILLIAMS 2009: 236.

e experimento dar palavras às minhas preocupações.
Que mais eu poderia fazer, sozinho, nestes litorais desertos?
  Que outro auxílio para meus males eu poderia buscar?
Se observo o lugar, o lugar é odioso, e nada[655]
  em todo o mundo pode ser mais triste do que aqui.
Se observo as pessoas, elas mal são dignas de serem chamadas de pessoas:
  têm mais ferocidade selvagem do que os lobos.
Não temem as leis, a justiça cede à violência,
  e os direitos jazem subjugados sob a espada belicosa.
Eles protegem-se do frio cruel com peles e calças largas[656]
  e seus rostos horríveis são cobertos por longos cabelos.
Em poucas pessoas sobrevivem vestígios da língua grega,
  e mesmo assim a língua já se tornou bárbara com o sotaque gético.
Não há ninguém nesse povo que possa proferir
  qualquer palavrinha em latim.
Eu, o vate romano (perdoai, Musas!),
  sou obrigado a falar muitas coisas em sarmático.
Que vergonha! Confesso: por causa do longo desuso,
  as palavras latinas já me vêm com dificuldade.
E não duvido que haja até neste livro algumas palavras
  bárbaras, por culpa não do homem, mas do lugar.
Mas para não perder o domínio da língua latina,
  e minha voz não esquecer o sotaque nativo,
eu falo comigo mesmo e reativo as palavras desusadas,
  e busco sempre as letras sinistras do meu labor.[657]
Assim ocupo minha mente e meu tempo, assim eu me distraio
  e me afasto da contemplação de minhas desgraças.
Com a poesia, busco o esquecimento das coisas infelizes;
  se com a poesia eu conquistar esse prêmio, já me basta.

---

656. **Calças:** ver nota 508.
657. **Letras sinistras:** no original, *signa sinistra*, em que o adjetivo tem o sentido de "funesto", de "mau agouro".

VIII

NON adeo cecidi, quamvis abiectus, ut infra
    te quoque sim, inferius quo nihil esse potest.
quae tibi res animos in me facit, improbe? curve
    casibus insultas, quos potes ipse pati?
nec mala te reddunt mitem placidumque iacenti   5
    nostra, quibus possint inlacrimare ferae;
nec metuis dubio Fortunae stantis in orbe
    numen, et exosae verba superba deae.
exigit a dignis ultrix Rhamnusia poenas:
    inposito calcas quid mea fata pede?   10
vidi ego naufragium qui risit in aequora mergi,
    et 'numquam' dixi 'iustior unda fuit.'
vilia qui quondam miseris alimenta negarat,
    nunc mendicato pascitur ipse cibo.
passibus ambiguis Fortuna volubilis errat   15
    et manet in nullo certa tenaxque loco,
sed modo laeta venit, vultus modo sumit acerbos,
    et tantum constans in levitate sua est.
nos quoque floruimus, sed flos erat ille caducus,
    flammaque de stipula nostra brevisque fuit.   20
neve tamen tota capias fera gaudia mente,
    non est placandi spes mihi nulla dei,
vel quia peccavi citra scelus, utque pudore
    non caret, invidia sic mea culpa caret,
vel quia nil ingens ad finem solis ab ortu   25
    illo, cui paret, mitius orbis habet.

---

658. **5.8** O poeta se dirige a um desafeto, talvez o mesmo de 1.8, de 3.11 e de 4.9, que estava feliz com o exílio de Ovídio. O inimigo deve tomar cuidado, pois a Fortuna é volúvel e a qualquer momento aquele que ri poderá chorar, e aquele que chora poderá sorrir. O poema conclui com uma ameaça: assim que o poeta for perdoado e tiver o exílio revogado, ele pedirá ao imperador que exile o destinatário.

8.

Ainda que eu seja indigno, não caí tão fundo a ponto a estar[658]
    até mesmo abaixo de ti, a quem ninguém pode ser inferior.
Que motivo instiga os teus ânimos contra mim, ímprobo? Ou por que
    insultas os incidentes que tu mesmo podes vir a sofrer?
Nem mesmo meus males, que poderiam fazer chorar às feras,
    tornam-te brando ou complacente para com o derrotado.
Nem sequer temes o poder da Fortuna que se senta sobre roda mutável,
    ou tampouco o poder da deusa que odeia palavras soberbas,
Ramnúsia, a vingadora que concretiza os castigos a quem merece.[659]
    Por que pisoteias sobre o meu destino?
Eu já vi naufragar aquele que havia zombado de um naufrágio no mar
    e havia dito: "Nunca uma onda foi mais justa".
Aquele que outrora havia negado alimentos baratos aos pobres
    agora se alimenta de comida mendigada.
A volúvel Fortuna perambula com passos ambíguos
    e não permanece segura ou estável em lugar algum;
às vezes está sorridente, às vezes possui feições terríveis,
    sendo constante somente em sua inconstância.
Eu também já floresci, mas essa flor haveria de secar,
    e minha chama foi breve como a da palha.
Mas para que não embeveças toda tua alma com essa alegria cruel,
    saibas que não é nula a esperança de aplacar o deus.[660]
Seja porque pequei sem intenção, e assim meu delito
    merece vergonha em vez de ódio,
seja porque o imenso mundo não contém do oriente ao ocidente
    nada mais clemente que aquele a quem está subjugado.

---

659. **Ramnúsia:** epíteto de Nêmesis, deusa da vingança, por causa de seu santuário em Ramnus, cidade a leste de Atenas, na Grécia.
660. **Deus:** refere-se ao imperador Otávio Augusto, que poderia vir a ser aplacado e revogar o decreto de relegação.

scilicet ut non est per vim superabilis ulli,
    molle cor ad timidas sic habet ille preces,
exemploque deum, quibus accessurus et ipse est,
    cum poenae venia plura roganda dabit. 30
si numeres anno soles et nubila toto,
    invenies nitidum saepius isse diem.
ergo ne nimium nostra laetere ruina,
    restitui quondam me quoque posse puta:
posse puta fieri lenito principe vultus 35
    ut videas media tristis in urbe meos,
utque ego te videam causa graviore fugatum,
    haec sunt a primis proxima vota meis.

IX

O TVA si sineres in nostris nomina poni
    carminibus, positus quam mihi saepe fores!
te canerem solum, meriti memor, inque libellis
    crevisset sine te pagina nulla meis.
quid tibi deberem, tota sciretur in urbe, 5
    exul in amissa si tamen urbe legor.
te praesens mitem nosset, te serior aetas,
    scripta vetustatem si modo nostra ferunt,
nec tibi cessaret doctus bene dicere lector:
    hic te servato vate maneret honor. 10
Caesaris est primum munus, quod ducimus auras;
    gratia post magnos est tibi habenda deos.
ille dedit vitam; tu, quam dedit ille, tueris,
    et facis accepto munere posse frui.
cumque perhorruerit casus pars maxima nostros, 15

---

661. **5.9** Em formato epistolar, o poema se dirige a um amigo leal em Roma, que tem intercedido pelo poeta e zelado por sua reputação. Como gratidão, o poeta deseja eternizá-lo em seus textos, mas o amigo o proibiu de fazê-lo, pois isso poderia causar-

Na verdade, ele não apenas é insuperável em força,
 como também pondera as humildes súplicas com brando coração,
e a exemplo dos deuses aos quais ele próprio irá se juntar,
 ele me concederá junto com o perdão do castigo outras solicitações.
Se contares ao longo do ano inteiro os dias de sol e os dias nublados,
 descobrirás que a maioria dos dias é ensolarada.
Portanto, não te regozijes demasiado da minha ruína,
 pensa ser possível eu ser perdoado um dia.
Pensa ser possível que, abrandado o imperador,
 vejas com tristeza o meu rosto no meio de Roma,
e que eu te veja exilado por uma causa ainda mais grave.
 Tais são, depois dos primeiros, os meus próximos desejos.

9.
Oh, se me permitisses nomear o teu nome em meus poemas,[661]
 quantas e quantas vezes serias nomeado por mim!
Cantaria somente a ti, lembrado de teu valor, e em meus livros
 página alguma surgiria sem ti.
O que te devo seria conhecido por toda Roma,
 se acaso, mesmo exilado, sou lido na saudosa Roma.
O presente conheceria tua bondade, e a posteridade também,
 se meus escritos tivessem vida longa,
e o leitor erudito não cessaria de falar bem de ti;
 se o vate estivesse em segurança, essa honraria a ti haveria de perdurar.
A primeira dádiva, o fato de eu respirar, é de César;[662]
 devo gratidão, após aos grandes deuses, a ti.
César concedeu-me a vida; tu proteges aquilo que ele concedeu,
 e possibilitas que eu possa usufruir desse presente recebido.
E ainda que a maior parte dos homens se horrorize de meus males,

---

 lhe danos em Roma; portanto, ocultando o nome e louvando suas virtudes e ações, o poeta deseja-lhe bons augúrios e assegura que irá sempre obedecer a seu pedido.
662. **César:** ver nota 6.

pars etiam credi pertimuisse velit,
naufragiumque meum tumulo spectarit ab alto,
    nec dederit nanti per freta saeva manum,
seminecem Stygia revocasti solus ab unda.
    hoc quoque, quod memores possumus esse, tuum est.   20
di tibi se tribuant cum Caesare semper amicos:
    non potuit votum plenius esse meum.
haec meus argutis, si tu paterere, libellis
    poneret in multa luce videnda labor;
nunc quoque se, quamvis est iussa quiescere, quin te   25
    nominet invitum, vix mea Musa tenet.
utque canem pavidae nactum vestigia cervae
    latrantem frustra copula dura tenet,
utque fores nondum reserati carceris acer
    nunc pede, nunc ipsa fronte lacessit equus,   30
sic mea lege data vincta atque inclusa Thalia
    per titulum vetiti nominis ire cupit.
ne tamen officio memoris laedaris amici,
    parebo iussis (parce timere) tuis.
at non parerem, nisi me meminisse putares.   35
    hoc quod non prohibet vox tua, gratus ero.
dumque (quod o breve sit!) lumen vitale videbo,
    serviet officio spiritus iste tuo.

X

VT sumus in Ponto, ter frigore constitit Hister,
    facta est Euxini dura ter unda maris.

---

663. **Estige:** ver nota 39; aqui empregado metonimicamente para a morte.
664. **Tália:** ver nota 557.
665. **5.10** Espelhado em 4.7, o poema marca o cumprimento de mais um ano no exílio, situando a cronologia narrativa na primavera de 12 EC. Muitas das descrições da natureza e dos povos hostis de Tomis, exploradas nos Livros 3 e 4, são aqui condensadas e reiteradas, e até mesmo o próprio tempo parece ter um efeito insólito, de

uma parte inclusive quer que se acredite ter muito temido,
e aviste do alto do monte o meu naufrágio,
  e não estenda a mão ao que se afoga em meio ao mar indômito,
tu sozinho resgataste-me, semimorto, das ondas do Estige.[663]
  Até isso, o fato de eu poder lembrar, deve-se a ti.
Que os deuses, junto com César, considerem-se sempre amigos teus.
  Nenhum voto meu poderia ser mais sincero.
Se tu permitisses, minha arte colocaria tudo isso
  nos meus livrinhos melodiosos, para serem vistos em plena luz.
Agora também, embora ordenada a se calar, minha Musa
  mal se controla para não citar o teu nome.
Assim como a coleira resistente segura o cão que,
  latindo em vão, encontrou o rastro da pávida corça,
assim como o cavalo ansioso golpeia a porteira do estábulo ainda fechada
  ora com o pé, ora com a própria testa,
assim a minha Tália, subjugada e restrita pela tua ordem,[664]
  deseja dispor como título o teu nome proibido.
Mas para que não sejas lesado pela arte de um amigo fiel,
  obedecerei às tuas ordens; nada temas.
Mas não obedeceria, se pensasses que eu não fosse fiel.
  Serei grato, e isso não me proíbe a tua voz.
Enquanto eu avistar a luz do dia (e que esse enquanto seja breve!),
  esta minha alma há de servir às tuas ordens.

10.

Desde que cheguei ao Ponto, por três vezes o Danúbio se congelou pelo frio,[665]
por três vezes a onda do Mar Euxino virou gelo sólido.[666]

---

não passar e não mitigar o sofrimento do poeta. Ao final, o poeta se alterna paradoxalmente entre a saudade de casa e o desejo de retornar a Roma, e a desesperança e a consciência de que o exílio é uma punição justa por ter ofendido o imperador.
Ponto: ver nota 42.
666. **Mar Euxino:** ver nota 42.

at mihi iam videor patria procul esse tot annis,
    Dardana quot Graio Troia sub hoste fuit.
stare putes, adeo procedunt tempora tarde, 5
    et peragit lentis passibus annus iter.
nec mihi solstitium quicquam de noctibus aufert,
    efficit angustos nec mihi bruma dies.
scilicet in nobis rerum natura novata est,
    cumque meis curis omnia longa facit. 10
an peragunt solitos communia tempora motus,
    stantque magis vitae tempora dura meae?
quem tenet Euxini mendax cognomine litus,
    et Scythici vere terra sinistra freti.
innumerae circa gentes fera bella minantur, 15
    quae sibi non rapto vivere turpe putant.
nil extra tutum est: tumulus defenditur ipse
    moenibus exiguis ingenioque loci.
cum minime credas, ut aves, densissimus hostis
    advolat, et praedam vix bene visus agit. 20
saepe intra muros clausis venientia portis
    per medias legimus noxia tela vias.
est igitur rarus, rus qui colere audeat, isque
    hac arat infelix, hac tenet arma manu.
sub galea pastor iunctis pice cantat avenis, 25
    proque lupo pavidae bella verentur oves.
vix ope castelli defendimur; et tamen intus

---

667. A duração da Guerra de Troia, ou seja, dez anos.
668. Neste dístico, o poeta hiperboliza a estagnação do tempo ao afirmar que até mesmo os ciclos na natureza estão estáticos; a alternância entre verão e inverno, que faz a duração dos dias e noites maiores ou menores de acordo com a estação, não produzem em Tomis nenhum efeito.
669. **Mentiroso:** o sentido é de "portador de um nome mentiroso", já que Euxino significa, em grego, "hospitaleiro", sendo para Ovídio o contrário disso.
670. **Sinistra:** ambiguidade intraduzível; ver nota 42. **Cítia:** ver nota 59.
671. **Acrópole:** no original, *tumulus*, "colina", "elevação", que aqui tem o sentido de re-

Contudo, me parece que já estou longe da pátria por tantos anos
  quantos Troia dardânia esteve diante do inimigo grego.⁶⁶⁷
Poderias pensar que o tempo parou, ou que passa bem vagaroso,
  ou que o ano percorre seu caminho a passos lentos.
Nem o solstício de verão me retira uma parte das noites,
  nem o inverno me faz os dias mais curtos.⁶⁶⁸
Com efeito, na minha situação, a natureza se reinventou,
  e faz com que tudo, com os meus sofrimentos, seja mais demorado.
Ou será que o tempo, para todos, passa do mesmo modo,
  enquanto o tempo é mais estanque para a minha vida?
O litoral mentiroso, chamado Euxino, me detém,⁶⁶⁹
  e a terra bem sinistra do mar da Cítia.⁶⁷⁰
Por perto, inúmeros povos ameaçam guerras atrozes,
  povos que julgam vã uma vida sem violência.
Fora da cidade, nada é seguro; a própria acrópole é protegida⁶⁷¹
  por muralhas baixas e pela topografia do lugar.
Quando menos se espera, o inimigo numeroso, como se fossem aves, ataca
  e transforma em presa qualquer coisa que aviste.
Muitas vezes, dentro da cidade, com os portões fechados, coletamos no meio
  das ruas armas mortíferas atiradas de fora.
Assim, é raro alguém ousar cultivar o campo, e quem o faz tem sempre
  uma mão no arado, lastimoso, e outra mão na arma.
O pastor, vestido de elmo, canta com a flauta ungida de piche,⁶⁷²
  e as ovelhas medrosas temem a guerra ao invés do lobo.
Defendemo-nos com parca ajuda das muralhas; mas dentro delas,

---

gião mais alta da cidade, onde, nas cidades gregas, se costumava erigir os principais templos e edifícios estatais. "Acrópole" é o termo corrente usado pela arqueologia para a definição desse tipo de espaço; WHEELER 1924 opta por "colina" [hill], e o mesmo fazem PRATA 2007 e AVELLAR 2019.

672. **Flauta ungida de piche:** no original, *avenis*, um tipo de flauta de Pã, ou gaita campestre, feita com uma série de tubos de diferentes tamanhos colados entre si com piche ou resina de pinheiro. A passagem transmigra uma imagem da poesia bucólica para o ambiente hostil do exílio e da guerra.

mixta facit Graecis barbara turba metum.
quippe simul nobis habitat discrimine nullo
    barbarus et tecti plus quoque parte tenet.   30
quorum ut non timeas, possis odisse videndo
    pellibus et longa pectora tecta coma.
hos quoque, qui geniti Graia creduntur ab urbe,
    pro patrio cultu Persica braca tegit.
exercent illi sociae commercia linguae: 35
    per gestum res est significanda mihi.
barbarus hic ego sum, qui non intellegor ulli,
    et rident stolidi verba Latina Getae;
meque palam de me tuto mala saepe loquuntur,
    forsitan obiciunt exiliumque mihi.   40
utque fit, in me aliquid ficti, dicentibus illis
    abnuerim quotiens annuerimque, putant.
adde quod iniustum rigido ius dicitur ense,
    dantur et in medio vulnera saepe foro.
o duram Lachesin, quae tam grave sidus habenti   45
    fila dedit vitae non breviora meae!
quod patriae vultu vestroque caremus, amici,
    atque hic in Scythicis gentibus esse queror:
utraque poena gravis. merui tamen urbe carere,
    non merui tali forsitan esse loco.   50
quid loquor, a! demens? ipsam quoque perdere vitam,
    Caesaris offenso numine dignus eram.

673. **Dialeto misto:** no original, *sociae linguae*, provavelmente uma espécie de língua *pidgin* gerada a partir da mistura entre o grego e o geta.
674. **Láquesis:** nome de uma das três Parcas, aqui empregado metonimicamente para a

a multidão bárbara misturada aos gregos também causa temor.
O bárbaro mora entre nós sem qualquer separação,
   e inclusive tem uma porção maior de casas.
Mesmo que não os temas, podes odiá-los ao ver
   seus corpos cobertos de peles e seus longos cabelos.
E também aqueles que se acredita nascidos em cidades gregas,
   usam calças persas ao invés da túnica grega.
Eles fazem negócios usando um dialeto misto,[673]
   tenho de me expressar por meio de gestos.
Aqui, o bárbaro sou eu, que não sou compreendido por ninguém,
   e os getas riem estupidificados da língua latina,
e na minha presença muitas vezes falam mal de mim, sem temor,
   e talvez caluniem o meu exílio.
E acontece que, quando me perguntam algo, e eu anuo ou nego com a cabeça,
   eles pensam que há em mim algo de fingido.
E não para por aí: a lei, injusta, é ditada pelo rígido ferro,
   e muitas vezes se golpeiam no meio do foro.
Ó cruel Láquesis, que não me concedeu uma vida mais breve[674]
   diante de um astro tão funesto!
Ó amigos, choro porque sinto saudades da pátria e de vossa companhia,
   e choro porque estou aqui entre os povos cítios.
Ambos os castigos são atrozes. Mesmo se mereço ter saudades de Roma,
   não mereço, talvez, viver neste lugar.
Que falo? Ah, louco! Eu deveria era perder a própria vida,
   depois de ter ofendido César.[675]

   ideia de destino ou vida; ver nota 603.
675. **César:** ver nota 6.

XI

QVOD te nescioquis per iurgia dixerit esse
    exulis uxorem, littera questa tua est.
indolui, non tam mea quod fortuna male audit,
    qui iam consuevi fortiter esse miser,
quam quod cui minime vellem, sum causa pudoris,   5
    teque reor nostris erubuisse malis.
perfer et obdura; multo graviora tulisti,
    eripuit cum me principis ira tibi.
fallitur iste tamen, quo iudice nominor exul:
    mollior est culpam poena secuta meam.   10
maxima poena mihi est ipsum offendisse, priusque
    venisset mallem funeris hora mihi.
quassa tamen nostra est, non mersa nec obruta navis,
    utque caret portu, sic tamen extat aquis.
nec vitam nec opes nec ius mihi civis ademit,   15
    qui merui vitio perdere cuncta meo.
sed quia peccato facinus non affuit illi,
    nil nisi me patriis iussit abesse focis.
utque aliis, quorum numerum comprendere non est
    Caesareum numen sic mihi mite fuit.   20
ipse relegati, non exulis utitur in me
    nomine: tuta suo iudice causa mea est.
iure igitur laudes, Caesar, pro parte virili
    carmina nostra tuas qualiacumque canunt:
iure deos, ut adhuc caeli tibi limina claudant,   25

676. **5.11** Dirigido à esposa, o poema é a principal fonte para a distinção técnica entre a relegação (*relegatio*) e o exílio (*exilium*). O decreto imperial optara pela relegação, mais branda, em que o punido não perdia os direitos de cidadão nem suas posses. O poeta insiste nesse ponto e exorta a esposa para que não tenha vergonha de seu marido, visto que a punição mais branda implica em um tipo de crime também mais brando, e que ela não dê ouvidos a um maledicente que espalha em Roma o boato que Fábia é "esposa de um exilado". A esse maledicente o poema se dirige

11.

Tua carta reclamou que um não-sei-quem afirmou,[676]
 por provocação, que és esposa de um exilado.
Isso me doeu, não tanto que meu destino seja caluniado,
 pois já me acostumei a suportar a tristeza com resiliência,
quanto por ser causa de vergonha a ti, o que eu não queria nem um pouco,
 e penso que enrubesces devido às minhas desgraças.
Persiste, resiste. Suportaste coisas muito piores,
 quando a ira do imperador te privou de mim.[677]
Mas esse que me chama de exilado, está errado;
 um castigo mais brando acompanha a minha culpa.
O pior castigo para mim é tê-lo ofendido, e mais cedo[678]
 eu preferiria que me chegasse a hora da morte.
Mas meu navio apenas avariou, não afundou nem encalhou;
 ainda que lhe falte um porto, mesmo assim flutua nas águas.
Não me retirou nem a vida, nem a herança, nem o direito de cidadão,
 tudo que mereci perder devido ao meu delito.
Mas já que não houve maldade naquele engano,
 ordenou somente que eu me afastasse do lar pátrio.
A divindade de César foi para mim misericordiosa,[679]
 assim como foi para outros, cujo número não se pode contar.
Ele próprio utiliza o termo "relegado" e não "exilado":
 a minha causa está assegurada pelo próprio juízo de César.
Como se deve, portanto, César, estes meus poemas cantam
 louvores a ti, na medida em que podem.
Como se deve, rezo aos deuses que fechem a ti o portal do céu,[680]

---

  diretamente no último dístico.
677. **Imperador:** ver nota 7.
678. **Tê-lo ofendido:** refere-se ao imperador Otávio Augusto.
679. **César:** ver nota 6.
680. **Fechem a ti o portal do céu:** por meio dessa expressão, que pode conter ironia ou ambiguidade, o poeta deseja vida longa ao imperador Otávio Augusto.

teque velint sine se, comprecor, esse deum.
optat idem populus; sed, ut in mare flumina vastum,
   sic solet exiguae currere rivus aquae.
at tu fortunam, cuius vocor exul ab ore,
   nomine mendaci parce gravare meam.   30

XII

SCRIBIS, ut oblectem studio lacrimabile tempus,
   ne pereant turpi pectora nostra situ.
difficile est quod, amice, mones, quia carmina laetum
   sunt opus, et pacem mentis habere volunt.
nostra per adversas agitur fortuna procellas,   5
   sorte nec ulla mea tristior esse potest.
exigis ut Priamus natorum funere plaudat,
   et Niobe festos ducat ut orba choros.
luctibus an studio videor debere teneri,
   solus in extremos iussus abire Getas?   10
des licet in valido pectus mihi robore fultum,
   fama refert Anyti quale fuisse reo,
fracta cadet tantae sapientia mole ruinae:
   plus valet humanis viribus ira dei.
ille senex, dictus sapiens ab Apolline, nullum   15
   scribere in hoc casu sustinuisset opus.
ut veniant patriae, veniant oblivia vestri,
   omnis ut amissi sensus abesse queat,
at timor officio fungi vetat ipse quietum:

---

681. **5.12** O poeta se dirige a um amigo em Roma que lhe havia exortado a que continuasse a escrever poesia. A princípio ele refuta a exortação, argumentando que está com o espírito muito perturbado; está enferrujado; a poesia é culpada pela sua atual ruína e ele teme incorrer em novas cóleras; está perdendo o seu latim e não encontra no exílio nem livros nem leitores que justifiquem a escrita. No entanto, ele reconhece que não consegue parar de escrever poesia. Tudo o que escreve, ele joga ao fogo, exceto um ou outro poema que, como este, ele decide enviar a Roma.
682. **Príamo:** ver nota 350.

e queiram que sejas um deus separado deles.
O mesmo deseja o povo. Mas como os rios correm para o vasto mar,
    assim também costuma correr a ribeira, com suas poucas águas.
Porém, tu, por cujos lábios sou taxado de exilado,
    evita agravar a minha desgraça com um termo falso.

12.
Escreves que eu deveria suavizar esta época deplorável com o labor poético,[681]
    para que a minha disposição não pereça em torpe preguiça.
É difícil, amigo, o que exortas, pois a poesia é um trabalho alegre
    e exige estar com a mente tranquila.
O meu destino é tribulado por procelas hostis
    e nenhuma sorte pode ser mais desafortunada que a minha.
Exiges que Príamo se regozije no funeral de seus filhos,[682]
    e que Níobe, privada dos filhos, lidere coros festivos.[683]
Parece-te que eu, enviado sozinho para as fronteiras géticas,[684]
    deva ser dominado pelo choro ou pelo labor poético?
Ainda que dês a mim uma coragem firmada em poderosa robustez,
    igual à que a tradição imputa ao acusado por Ânito,[685]
a minha sabedoria alquebrada desabaria diante do peso de tamanha desgraça:
    a ira de um deus pode mais que as forças de um homem.[686]
Aquele ancião, chamado de sábio por Apolo, não[687]
    conseguiria escrever obra alguma numa situação como esta.
Se eu me esquecesse da pátria, se eu me esquecesse de vós,
    se todo o sentimento de perda pudesse desaparecer,
ainda assim o próprio medo impediria de desempenhar tranquilo o meu
                                                            [trabalho:

---

683. **Níobe:** ver nota 581.
684. **Fronteiras géticas:** ver nota 85.
685. **Acusado por Ânito:** Sócrates, filósofo grego que teria vivido no século V AEC, considerado um dos fundadores da filosofia ocidental, e que, segundo os relatos sobre sua vida, suportou pacientemente ter sido acusado e condenado injustamente. Ânito foi um dos acusadores no julgamento de Sócrates.
686. **Ira de um deus:** refere-se ao imperador Otávio Augusto.
687. **Aquele ancião:** Sócrates. Ver nota 685.

cinctus ab innumero me tenet hoste locus. 20
adde quod ingenium longa rubigine laesum
    torpet et est multo, quam fuit ante, minus.
fertilis, assiduo si non renovetur aratro,
    nil nisi cum spinis gramen habebit ager.
tempore qui longo steterit, male curret et inter 25
    carceribus missos ultimus ibit equus.
vertitur in teneram cariem rimisque dehiscit,
    siqua diu solitis cumba vacavit aquis.
me quoque despera, fuerim cum parvus et ante,
    illi, qui fueram, posse redire parem. 30
contudit ingenium patientia longa malorum,
    et pars antiqui nulla vigoris adest.
siqua tamen nobis, ut nunc quoque, sumpta tabella est,
    inque suos volui cogere verba pedes,
carmina nulla mihi sunt scripta, aut qualia cernis, 35
    digna sui domini tempore, digna loco.
denique 'non parvas animo dat gloria vires,
    et fecunda facit pectora laudis amor.'
nominis et famae quondam fulgore trahebar,
    dum tulit antemnas aura secunda meas. 40
non adeo est bene nunc ut sit mihi gloria curae:
    si liceat, nulli cognitus esse velim.
an quia cesserunt primo bene carmina, suades
    scribere, successus ut sequar ipse meos?
pace, novem, vestra liceat dixisse, sorores: 45
    vos estis nostrae maxima causa fugae.

---

688. **Tábua de cera:** os antigos romanos utilizavam como recipiente de escrita pequenas tábuas, com a borda de madeira e o relevo preenchido de cera, na qual as letras
eram traçadas com um estilete. Apenas as obras já prontas eram passadas a limpo

retém-me um lugar repleto de inumeráveis inimigos.
Além disso, meu engenho ferido está entorpecido por velha
 ferrugem e é muito menor do que já foi.
Um campo fértil, se não for renovado com arado frequente,
 não produzirá nada além de gramas com espinhos.
O cavalo que esteve parado por muito tempo correrá mal
 e chegará em último entre todos que tiverem dado a largada.
Se um barco ficar por muito tempo fora da água à qual ele está acostumado,
 transforma-se em caruncho apodrecido e se racha em fendas.
Também não tenhas esperança de que eu, ainda que não tenha sido grande
 [coisa,
 possa retornar igual ao que era antes.
O contínuo sofrimento de males afetou meu engenho
 e não resta parte alguma do meu antigo vigor.
Mas se alguma vez, como agora, eu peguei a tábua de cera[688]
 e quis dispor as palavras em seus devidos pés,[689]
não consegui escrever poema algum, exceto estes aqui,
 dignos da situação e do lugar de seu autor.
Enfim, a glória dá não pequenos estímulos à disposição,
 e o desejo pelo louvor torna os peitos fecundos.
Outrora, quando o vento favorável empurrava minhas velas,
 eu era movido pelo brilho do nome e da fama.
Agora, a situação não está assim boa de modo que me preocupe com a glória;
 se fosse possível, eu preferiria que ninguém me conhecesse.
Será porque em outros tempos meus poemas fizeram sucesso que me instas
 a escrever, para que eu continue os meus êxitos?
Com vossa permissão, nove irmãs, direi a verdade:[690]
 vós sois a maior causa do meu exílio.

---

 para o papiro, um material bem mais caro.
689. **Devidos pés:** a métrica.
690. **Nove irmãs:** as Musas.

utque dedit iustas tauri fabricator aeni,
    sic ego do poenas artibus ipse meis.
nil mihi debebat cum versibus amplius esse,
    cum fugerem merito naufragus omne fretum.   50
at, puto, si demens studium fatale retemptem,
    hic mihi praebebit carminis arma locus.
non liber hic ullus, non qui mihi commodet aurem,
    verbaque significent quid mea, norit, adest.
omnia barbariae loca sunt vocisque ferinae,   55
    omniaque hostilis plena timore soni.
ipse mihi videor iam dedidicisse Latine:
    nam didici Getice Sarmaticeque loqui.
nec tamen, ut verum fatear tibi, nostra teneri
    a conponendo carmine Musa potest.   60
scribimus et scriptos absumimus igne libellos:
    exitus est studii parva favilla mei.
nec possum et cupio non nullos ducere versus:
    ponitur idcirco noster in igne labor,
nec nisi pars casu flammis erepta dolove   65
    ad vos ingenii pervenit ulla mei.
sic utinam, quae nil metuentem tale magistrum
    perdidit, in cineres Ars mea versa foret!

---

691. **Fabricante do touro de bronze:** Perilo; ver nota 404.
692. O dístico se utiliza da aliteração de sons plosivos (*ipse mihi videor iam dedidicisse Latine: / nam didici Getice Sarmaticeque loqui*) para criar um efeito de gagueira, reforçando assim a "pose de decadência" assumida pelo poeta ao dizer que está per-

E assim como o fabricante do touro de bronze pagou com justiça,[691]
 também eu cumpro meus castigos por causa de minha arte.
Não deveria haver mais nada entre mim e os versos,
 já que, naufragado, eu sabiamente evitava todo e qualquer mar.
Mas penso que se eu, demente, vier a tentar o perigoso labor poético,
 este lugar me oferecerá armas contra a poesia.
Aqui não há nenhum livro, não há quem me escute,
 não há ninguém que saiba o que minhas palavras significam.
Todos os arredores estão repletos de barbárie e de vozes selvagens,
 e tudo está repleto de medo do som hostil.
Eu próprio pareço ter já perdido o latim,
 pois aprendi a papear em gético e em sármata.[692]
E, contudo, para te dizer a verdade, a minha Musa
 não pode ser impedida de escrever.
Escrevo, e lanço os livros escritos ao fogo;
 o resultado de meu labor é um punhado de cinzas.
Não posso, mas desejo escrever alguns versos.
 Assim, meu trabalho é colocado no fogo
e nada além de uma parte da minha produção,
 extraída do fogo por acaso ou por trapaça, chega até vós.
Oh, pudera que assim a minha *Arte* fosse transformada em cinzas,[693]
 ela que, nada temendo, arruinou o seu mestre!

 dendo seu latim, e que já havia aparecido em 3.10 e 5.7 (cf. UGARTEMENDÍA 2020).
 Sármata: ver nota 41.
693 **Arte**: a *Arte de Amar*; ver nota 10.

XIII

HANC tuus e Getico mittit tibi Naso salutem,
    mittere si quisquam, quo caret ipse, potest.
aeger enim traxi contagia corpore mentis,
    libera tormento pars mihi ne qua vacet
perque dies multos lateris cruciatibus uror;   5
    scilicet inmodico frigore laesit hiems.
si tamen ipse vales, aliqua nos parte valemus:
    quippe mea est umeris fulta ruina tuis.
quid, mihi cum dederis ingentia pignora, cumque
    per numeros omnes hoc tueare caput,   10
quod tua me raro solatur epistula, peccas,
    remque piam praestas, sed mihi verba negas?
hoc, precor, emenda: quod si correxeris unum,
    nullus in egregio corpore naevus erit.
pluribus accusem, fieri nisi possit, ut ad me   15
    littera non veniat, missa sit illa tamen.
di faciant, ut sit temeraria nostra querela,
    teque putem falso non meminisse mei.
quod precor, esse liquet: neque enim mutabile robur
    credere me fas est pectoris esse tui.   20
cana prius gelido desint absinthia Ponto,
    et careat dulci Trinacris Hybla thymo,
inmemorem quam te quisquam convincat amici.
    non ita sunt fati stamina nigra mei.

---

694. **5.13** O poeta se dirige a um amigo, dizendo que está muito doente, com dores na coluna e afetado pelo frio. Reclama que o amigo não tem enviado cartas, o que ele só pode desculpar se as cartas se perderam no caminho. A lealdade do amigo está acima de qualquer prova, mas ele deve enviar algumas cartas de vez em quando. Já que não é possível que eles conversem, como antes faziam em Roma, agora os papiros serão o meio de comunicação entre eles. **Nasão:** ver nota 103. **Reino dos getas:** ver nota 85.
695. **Aquilo que se carece:** a saudação, no original *salus*, que significa tanto o substantivo "saúde" como o cumprimento de saudação comum nos cabeçalhos das cartas;

13.
Teu Nasão envia a ti do reino dos getas uma saudação,[694]
    se é que alguém pode enviar aquilo do que carece.[695]
Pois, doente, contraí no corpo os contágios da alma,
    de forma que não resta parte minha que esteja livre de tormento,
e já há muitos dias sofro de dores na coluna.
    Assim me golpeou o inverno com seu frio extremo.
Mas se tu estás bem, eu também vou bem em certa medida;
    na verdade, a minha ruína foi amenizada pelo teu apoio.
Mas por que, já que me deste enormes provas de amizade, e já que
    defendeste com todos os meios possíveis esta minha vida,
por que pecas ao me escrever tão esporadicamente?
    Ofereces lealdade, mas me negas tuas palavras?
Por favor, corrige isso! Se corrigisses essa única mancha,
    nenhuma haveria de sobrar no teu egrégio corpo.
Mais ainda eu acusaria, mas talvez seja possível que a tua carta,
    embora enviada, não tenha me chegado.
Os deuses permitam que minha queixa seja infundada
    e eu esteja errado em pensar que tu não te lembras de mim.
O que peço é evidente: pois não me é possível
    crer que a firmeza de teu caráter seja volúvel.
Faltarão as brancas losnas ao gélido Euxino,[696]
    e os triangulares Montes Hibleus não terão o doce tomilho,[697]
antes que alguém me convença de que esqueceste de teu amigo.
    Não são assim tão negros os fios do meu destino.

---

      a ambiguidade é intraduzível ao português.
696. **Losnas:** também chamada de absinto, sintro, alenjo ou erva-do-fel, é uma erva arbustiva de cor branca ou cinzenta, com propriedades medicinais e usada na fabricação da bebida conhecida como absinto.
697. **Montes Hibleus:** cadeia de montanhas localizada no sudeste da Sicília; a cadeia possui três montes mais altos, daí o adjetivo "triangulares". **Tomilho:** pequeno arbusto com flores rosas e brancas, usado como condimento e como base de óleos medicinais, que nascia em abundância na Sicília.

tu tamen, ut possis falsae quoque pellere culpae   25
　　crimina, quod non es, ne videare, cave.
utque solebamus consumere longa loquendo
　　tempora, sermoni deficiente die,
sic ferat ac referat tacitas nunc littera voces,
　　et peragant linguae charta manusque vices.   30
quod fore ne nimium videar diffidere, sitque
　　versibus hoc paucis admonuisse satis,
accipe quo semper finitur epistula verbo,
　　(atque meis distent ut tua fata!) 'vale'.

XIV

QVANTA tibi dederim nostris monumenta libellis,
　　o mihi me coniunx carior, ipsa vides.
detrahat auctori multum fortuna licebit,
　　tu tamen ingenio clara ferere meo;
dumque legar, mecum pariter tua fama legetur,   5
　　nec potes in maestos omnis abire rogos;
cumque viri casu possis miseranda videri,
　　invenies aliquas, quae, quod es, esse velint,
quae te, nostrorum cum sis in parte malorum,
　　felicem dicant invideantque tibi.   10
non ego divitias dando tibi plura dedissem:
　　nil feret ad Manes divitis umbra suos.
perpetui fructum donavi nominis idque,
　　quo dare nil potui munere maius, habes.

---

698. **Fica bem:** no original, *vale*, saudação que literalmente significa "fica bem", "estejas com saúde", que era empregada como interjeição de separação, no sentido de "adeus", "tchau". A ambiguidade é intraduzível, e remete ao começo do poema onde se encontra o mesmo jogo lexical com *salus*.

699. **5.14** Neste último poema do livro e da obra, o poeta se dirige a sua esposa Fábia, oferecendo-lhe como presente um nome eternizado por sua poesia. Enquanto Oví-

Mas tu, para afastar as acusações de uma injusta culpa,
   toma cuidado para não pareceres o que não és.
Assim como costumávamos consumir longo tempo conversando,
   até que o fim do dia nos interrompesse,
que agora as cartas levem e tragam nossas vozes silenciosas,
   que o papiro e a mão façam as vezes da língua.
Para não parecer muito descrente de que isso aconteça,
   e que baste eu haver te advertido com estes poucos versos,
recebe a palavra que sempre encerra uma epístola,
   e que sejam diferentes os destinos teus dos meus: "fica bem"![698]

14.

Com quantos monumentos eu te presenteei através de meus livrinhos,[699]
   tu vês, ó esposa mais cara a mim do que eu mesmo.
Será possível que o destino apague muita coisa do autor,
   mas tu serás famosa por causa de meu engenho.
Enquanto eu for lido, tua fama será igualmente lida comigo,
   e não podes partir de todo nas pesarosas piras fúnebres.
Ainda que possas parecer digna de pena por causa da queda de teu marido,
   encontrarás algumas mulheres que gostariam de estar no teu lugar,
que te invejariam, e que diriam que tu és feliz,
   apesar de compartilhares dos meus males.
Se eu te desse riquezas, não teria dado mais do que já dei.
   A sombra do rico nada leva aos seus Manes.[700]
Eu te presenteei com a dádiva de um nome eterno:
   tens o maior presente que eu poderia dar.

---

dio for lido, a ilustre fama de Fábia, de fiel e zelosa esposa, perdurará. Muitas mulheres desejariam obter essa glória, mas é Fábia que, comparada às célebres esposas da mitologia, recebe em sua homenagem as últimas palavras poéticas de Ovídio. O poema se inicia com a palavra *monumenta*, ecoando *Odes* 3.30 de Horácio, onde o termo também funciona como o símbolo da obra concluída e perene.

700. **Manes:** ver nota 329.

adde quod, ut rerum sola es tutela mearum, 15
    ad te non parvi venit honoris onus,
quod numquam vox est de te mea muta tuique
    indiciis debes esse superba viri.
quae ne quis possit temeraria dicere, persta,
    et pariter serva meque piamque fidem. 20
nam tua, dum stetimus, turpi sine crimine mansit,
    et tantum probitas inreprehensa fuit.
area de nostra nunc est tibi facta ruina;
    conspicuum virtus hic tua ponat opus.
esse bonam facile est, ubi, quod vetet esse, remotum est, 25
    et nihil officio nupta quod obstet habet.
cum deus intonuit, non se subducere nimbo,
    id demum est pietas, id socialis amor.
rara quidem virtus, quam non Fortuna gubernet,
    quae maneat stabili, cum fugit illa, pede. 30
siqua tamen pretium sibi virtus ipsa petitum,
    inque parum laetis ardua rebus adest,
ut tempus numeres, per saecula nulla tacetur,
    et loca mirantur qua patet orbis iter.
aspicis ut longo teneat laudabilis aevo 35
    nomen inextinctum Penelopea fides?
cernis ut Admeti cantetur et Hectoris uxor

---

701. **Quando o deus troa o trovão:** a expressão é metafórica para a relegação de Ovídio decretada pelo imperador Otávio Augusto.

Além disso, como és a única protetora de meus assuntos,
  tens contigo uma função muito honrosa,
já que a minha voz nunca se calou acerca de ti e deves
  estar orgulhosa das provas de teu marido.
Mantém-te firme, para que ninguém possa dizer que tais provas sejam
                                            [arriscadas,
  e conserva ao mesmo tempo a mim e a tua leal fidelidade.
Pois, enquanto eu estive vivo, a tua honestidade permaneceu sem
                                [qualquer defeito
  e foi tão somente irrepreensível.
Agora a minha ruína se tornou um terreno para ti;
  que nele tua virtude erija uma obra admirável.
É fácil ser correta quando não há por perto nada que a impeça de ser correta,
  e a esposa não tem nada que impeça o seu dever.
Não fugir da tempestade quando o deus troa o trovão,[701]
  isso sim é lealdade, isso sim é amor conjugal.
É muito rara a virtude que não seja governada pelo destino,
  que se mantenha em pé, estável, quando o destino foge.
Mas se há alguma virtude cujo prêmio almejado seja ela própria,
  e que permaneça firme nas coisas pouco felizes,
(para que calcules o tempo), sobre ela não se silenciará através dos séculos,
  e será admirada em todos os lugares onde os caminhos do mundo se
                                            [desvelam.
Vês como a louvável fidelidade de Penélope[702]
  retém por longo tempo um nome eterno?
Observas como a esposa de Admeto é cantada, e a de Heitor,[703]

---

702. **Penélope:** ver nota 98.
703. **Esposa de Admeto:** Alceste; ver nota 636. **Esposa de Heitor:** Andrômaca; ver nota 95.

ausaque in accensos Iphias ire rogos?
ut vivat fama coniunx Phylaceia, cuius
    Iliacam celeri vir pede pressit humum? 40
morte nihil opus est pro me, sed amore fideque:
    non ex difficili fama petenda tibi est.
nec te credideris, quia non facis, ista moneri:
    vela damus, quamvis remige puppis eat.
qui monet ut facias, quod iam facis, ille monendo 45
    laudat et hortatu comprobat acta suo.

---

704. **Filha de Ífis**: Evadne; ver nota 475.

e a filha de Ífis que ousou entrar nas piras acesas?[704]
Vês como vive a fama da esposa de Protesilau,[705]
   cujo marido pisou com célere pé o chão de Tróia?
A tua morte não será de nenhuma valia para mim; o serão teu amor e tua
                                                          [fidelidade.
   A fama a ser alcançada por ti não exige dificuldades.
E não acredites que te advirto sobre isso porque não o fazes.
   Embora eu dê velas para a nau, ela já avança com remos.
Aquele que recomenda que faças aquilo que já fazes, ao recomendar
   te louva, e ao exortar comprova os teus atos.

---

705. **Esposa de Protesilau:** Laodâmia; ver nota 96.

Referências bibliográficas

a) edições críticas

OWEN, S. P. *Ovidi Nasonis. Tristium Libri Quinque, Ibis, Ex Ponto Libri Quattor, Halieutica, Fragmenta.* Oxford Classical Texts. Oxford: Clarendon Press, 1915.

WHEELER, A. *Ovid. Tristia, Ex Ponto.* Loeb Classical Library. Cambridge (MA): Harvard University Press, 1988 [1924].

b) estudos

ACHCAR, F. *Lírica e lugar-comum.* São Paulo: Edusp, 1994.

AVELLAR, J. *As metamorfoses do eu e do texto: o jogo ficcional dos Tristia de Ovídio.* Dissertação (Mestrado). Universidade Federal de Minas Gerais, Belo Horizonte, 2015.

_____. *Uma teoria ovidiana da literatura: os Tristia como epitáfio de um poeta-leitor.* Tese (Doutorado). Universidade Federal de Minas Gerais, Belo Horizonte, 2019.

BATE, M. "Tempestuous Poetry: Storms in Ovid's Metamorphoses, Heroides and Tristia", *Mnemosyne*, 57, n. 3, 295-310, 2004.

BEARD, M. *The Roman Triumph.* Cambridge (MA): Harvard University Press, 2007.

BEWS, J. "The Metamorphosis of Virgil in the 'Tristia' of Ovid". *Bulletin of the Institute of Classical Studies*, 31, 51-60, 1984.

BOYD, B. "Virgil's Camilla and the Traditions of Catalogue and Ecphrasis". *American Journal of Philology*, 113, n. 2, 213-34, 1992.

BROWN, A. "The Unreality of Ovid's Tomitan Exile". *Liverpool Classical Monthly*, 10, n. 2, 18-22, 1985.

BURKOWSKI, J. *The symbolism and rhetoric of hair in Latin elegy.* Tese (Doutorado). Oxford University, Oxford, 2013.

CASSON, D. *Bibliotecas no Mundo Antigo.* São Paulo: Vestígio, 2018.

CICCARELLI, I. *Commento al II Libro dei Tristia di Ovidio.* Bari: Edipuglia, 2003.

CLAASSEN, J.-M. 1988. "Ovid's Poems of Exile: The Creation of a Myth and the Triumph of Poetry". *Antike und Abendland*, 34, n. 1, 158-169, 1988.

_____. "The singular myth: Ovid's use of myth in the exilic poetry". *Hermathena*, 170, 11-64, 2001.

_____. "'Living in a place called exile': the universals of the alienation caused by isolation". *Literator*, 24, 85–111, 2003.

_____. "Tristia". In: Knox, P. *A Companion to Ovid.* Oxford: Blackwell, 2009: 170-83.

COARELLI, F. *Rome and environs: an archaeological guide.* Berkeley: University of California Press, 2007.

COSTA CAMPOS, C. E. "*Ob Civis Servatos*: Otávio Augusto como o salvador dos cidadãos romanos nas moedas (30 AEC–14 EC)". *Fronteiras & Debates* 5, 17-27, 2018.

CURTIS, L. 2015. "Explaining Exile: The Aetiological Poetics of Ovid, 'Tristia 3'". *TAPA*, 145, n. 2, 411-444, 2015.

DAVIS, P. "Instructing the Emperor: Ovid, 'Tristia' 2". *Latomus*, 58, n. 4, 799-809, 1999.

DAVIES, C. "Poetry in the 'Circle' of Messalla". *Greece & Rome*, 20, 25-35, 1973.

DAVISSON, M. "*Quid moror exemplis?* Mythological Exempla in Ovid's Pre-exilic Poems and the Elegies from Exile". *Phoenix*, 47, 224-37, 1993.

DETTMER, H. "Ovid's *Tristia* 3.4a/3.4b: A Diptych?". In: CAMWS Conference, 2015, Boulder. *Proceedings of the CAMWS Conference.* Boulder: 2015.

DICKINSON, R. "The *Tristia*: Poetry in Exile". BINNS, J. (ed.). *Ovid*. London: Routledge, 1973.

DIGGLE, J. "Notes on Ovid's Tristia", Books I-II. *Classical Quarterly*, 30, n. 2, 401-419, 1980.

EDER, W. "Augustus and the Power of Tradition". GALINSKY, K. (ed.). *The Cambridge Companion to the Age of Augustus.* Cambridge: Cambridge University Press, 2005.

EVANS, H. "Winter and Warfare in Ovid's Tomis (Tristia 3.10)". *The Classical Journal*, 70, n. 3, 1-9, 1975.

FANTHAM, E. "Mime: The Missing Link in Roman Literary History". *Roman Readings*. Berlin: De Gruyter, 2011.

FARRELL, J. "Ovid's Virgilian Career". *Materiali e discussion per l'analisi dei testi classici*, 52, 41-55, 2004.

FEENEY, D. "The *Ludi Saeculares* and the *Carmen Saeculare*". CLIFFORD, A. (ed.) *Roman Religion*. Edinburgh: Edinburgh University Press, 2003.

FIORIN, J. *Figuras de retórica*. São Paulo: Contexto, 2014.

FONSECA JÚNIOR, A. "A Name without a Body: Ovid's *Tristia* 3.4a". *Classica*, 35, 1-12, 2022.

FOWLER, W. "Note on Ovid, Tristia III.6.8 (Augustus et Iuppiter)". *The Classical Review*, 29, n. 2, 46-7, 1915.

FRANK, T. "Ticidas the Neoteric Poet". *The Classical Review*, 34, n. 5, 91-93, 1920.

FREDERICKS, B. "Tristia 4.10: Poet's Autobiography and Poetic Autobiography". *TAPA*, 106, 139-54, 1976.

FULKERSON, L. *Ovid: A Poet on the Margins*. London: Bloomsbury, 2016.

_____. "Elegy, Tragedy, and the Choice of Ovid (*Amores* 3.1)". WILLIAMS, G. & VOLK, K. *Philosophy in Ovid, Ovid as Philosopher*. New York: Oxford University Press, 2022.

GEYSSEN, J. "Ovid's Addresses to the Book in 'Tristia' 1,1". *Latomus*, 66, n. 2, 374-83, 2007.

GIBSON, B. "Ovid on Reading: Reading Ovid. Reception in Ovid Tristia II". *Journal of Roman Studies*, 89, 19-37, 1999.

GONÇALVES, W. *Sintaxe mimética na épica latina: a questão dos testemunhos e um comen-

tário a Metamorfoses I. Dissertação (Mestrado). Universidade de São Paulo, São Paulo, 2021.

GOOLD, G. "The Cause of Ovid's Exile". *Illinois Classical Studies*, 8, n. 1, 94-107, 1983.

GUTZWILLER, K. *A Guide to Hellenistic Literature*. Oxford: Blackwell, 2007.

GRUEN, E. "The expansion of the empire under Augustus". In: BOWMAN et al. (eds.). *The Cambridge Ancient History: The Augustan Empire*. Cambridge: Cambridge University Press, 1996.

HARDIE, A. "The *Georgics*: The Mysteries and the Muses at Rome". *Proceedings of the Cambridge Philological Society*, 48, 175-208, 2002.

HASEGAWA, A. "Horácio, o poeta (não apenas) do 'carpe diem'." *Estado da Arte*, 18 jul. 2018. Disponível em: https://estadodaarte.estadao.com.br/horacio-o-poeta-nao-apenas-do-carpe-diem. Acesso em: 22 out. 2022.

_____. "A Peste no *De rerum natura* (6.1138-286) de Lucrécio – Parte I". *Estado da Arte*, 23 abr. 2020. Disponível em: https://estadodaarte.estadao.com.br/a-peste-de-rerum-natura-lucrecio. Acesso em: 05 out. 2022.

HASEGAWA, A. & FURTADO, J. "Promessa ou conquista? Virgílio e a bandeira de Minas Gerais". *Revista de História*, 108, 1-32, 2021.

HAVELOCK, C. *The Aphrodite of Knidos and Her Successors: A Historical Review of the Female Nude in Greek Art*. Ann Arbor: University of Michigan Press, 1995.

HELZLE, M. "Ovid's Poetics of Exile". *Illinois Classical Studies*, 13, n. 1, 73-83, 1988.

_____. Ibis. In: KNOX, P. (ed.). *A Companion to Ovid*. Oxford: Blackwell, 2009.

HESLIN, P. "Metapoetic Pseudonyms in Horace, Propertius and Ovid". *Journal of Roman Studies*, 101, 51-72, 2011.

HERBERT-BROWN, G. "The Fasti: The Poet, The Prince, and the Plebs". KNOX, P. (ed.). *A Companion to Ovid*. Oxford: Blackwell, 2009.

HEYWORTH, S. "Notes on Ovid's Tristia". *Proceedings of the Cambridge Philological Society*, 41, 138-52, 1995.

_____. *Ovid Fasti Book 3*. Cambridge: Cambridge University Press, 2019.

HEXTER, R. "Ovid in the Middle Ages: Exile, Mythographer, Lover". BOYD, B. *Brill's Companion to Ovid*. Leiden: Brill, 2002.

HINDS, S. "Booking the Return Trip: Ovid and 'Tristia' 1". *Proceedings of the Cambridge Philological Society*, 31, 13-32, 1985.

_____. "Generalizing about Ovid". *Ramus*, 16, 4-31, 1987.

_____. *Allusion and intertext*. Cambridge: Cambridge University Press, 1998.

HOLLEMAN, A. "*Femina virtus*: some new thoughts on the conflict between Augustus and Ovid". In: BARBU, N., DOBROIU, E., & NASTA, M. (eds.). *Ovidianum. Acta Conventus Omnium Gentium Ovidianis Studiis Fovendis*. Bucarest: 1976.

HORSFALL, N. "The Collegium Poetarum". *Bulletin of the Institute of Classical Studies*, 23, 79-95, 1976.

HUNTER, R. "Greek Elegy". In: THORSEN, T. *Cambridge Companion to Latin Love Elegy*. Cambridge: Cambridge University Press. 2013.

HUSKEY, S. *Ovid's Tristia I and III: an Intertextual Katabasis*. Tese (Doutorado). University of Iowa, Iowa City, 2002.

INGLEHEART, J. "Ovid, 'Tristia' 1.2: High Drama on the High Seas". *Greece & Rome*, 53, n. 1, 73-91, 2006a.

_____. "What the Poet Saw: Ovid, the Error and the Theme of Sight in Tristia 2". *Materiali e discussion per l'analisi dei testi classici*, 56, 63-86, 2006b.

_____. *A Commentary on Ovid, Tristia 2*. Oxford: Oxford University Press, 2010.

_____. "Ovid's Scripta Puella: Perilla as Poetic and Political Fiction in Tristia 3.7". *The Classical Quarterly*, 62, 227-241, 2012.

_____. "'Exegi momumentum': Exile, Death, Immortality and Monumentality in Ovid Tristia 3.3". *The Classical Quarterly*, 65, n. 1, 286-30, 2015.

INNES, D. "Gigantomachy and Natural Philosophy". *The Classical Quarterly* 29, n. 1, 165-171, 1979.

JOHNSON, P. "Ovid's Livia in Exile". *The Classical World*, 90, n. 6, 403-420, 1997.

KENNEY, E. "The Poetry of Ovid's Exile". *Proceedings of the Cambridge Philological Society*, 11, 37-49, 1965.

KENNEDY, A. "'Haec nobis fingebamus': Tibullus, Ovid, and the Power of Imagination". *The Classical Outlook*, 91, n. 2, 52-54, 2016.

KNOX, P. "A Poet's Life". In: _____. *A Companion to Ovid*. Oxford: Blackwell, 2009a.

_____. "Lost and spurious works". In: _____. *A Companion to Ovid*. Oxford: Blackwell, 2009b.

KÖNIG, A. & KÖNIG, I. *Der römische Festkalender der Replubik*. Stuttgart: Reclam, 1991.

KRASNE, D. "Crippling Nostalgia: *Nostos*, Poetics, and the Structure of the *Ibis*". *TAPA*, 146, 149-89, 2016.

LENZ, F. A "Disputed Question: Ovid, Tristia, I 9". *Latomus*, 28, n. 3, 583-87, 1969.

LEWIS, A-M. "Astronomical Evidence in Tristia I,3 for the Date of Ovid's Departure into Exile". *L'Antiquité Classique*, 82, 45-68, 2013.

LIGHTFOOT, J. *Hellenistic Collection*. Cambridge (MA): Harvard University Press, 2009.

LLOYD, R. "The Aqua Virgo, Eripus and Pons Agrippae". *American Journal of Archaeology*, 83, n. 2, 193-204, 1979.

LUCK, G. "Notes on the Language and Text of Ovid's *Tristia*". *Harvard Studies in Classical Philology*, 65, 243-261, 1961.

MACGÓRÁIN, F. "Virgils's Bacchus and the Roman Republic". In: NELIS, D. & FARRELL, J. *Augustan Poetry and the Roman Republic*. Oxford: Oxford University Press, 2013.

MAGUINESS, W. "Ovid, Tristia, iv.4.7-10". *The Classical Review*, 12, n. 2, 113-14, 1962.

MANTZILAS, D. "Le témoignage d'Ovide sur les peuples de la région du Pont-Euxin". In: BREZINA, P. *Pontus Euxinus*. Pilsen: Compitum, 2014.

MARTINDALE, C. (ed.). *Ovid Renewed: Ovidian influences on literature and art from the Middle Ages to the twentieth century.* Cambridge: Cambridge University Press, 1988.

MARTINS, P. *Imagem e Poder: considerações sobre a representação de Otávio Augusto.* São Paulo: Edusp, 2011.

MASSIMILLA, G. "The *Aetia* through Papyri". In: ACOSTA-HUGHES et al. *Brill's Companion to Callimachus.* Leiden: Brill, 2011.

MILLER, J. "Bacchus and the exiled Ovid (*Tristia* 5.3)". In: MCGÓRÁIN, F. *Dionysus and Rome: Religion and Literature.* Berlin: De Gruyter, 2019.

MILLER, J. & NEWLANDS, C. *Handbook to the Reception of Ovid.* Chichester: Wiley Blackwell, 2014.

MILLER, P. "The puella: accept no substitutions!". In: THORSEN, T. *Cambridge Companion to Latin Love Elegy.* Cambridge: Cambridge University Press, 2013.

MORGAN, L. "Elegiac Meter: Opposites Attract". In: GOLD, B. *A Companion to Roman Love Elegy.* Chichester: Wiley-Blackwell, 2012.

MUNARI, F. *Ovid im Mittelalter.* Zürich: Artemis, 1960.

NAGY, G. "Ancient Greek Elegy." In: WEISMANN, K. (ed.). *The Oxford Handbook to the Elegy.* Oxford: Oxford University Press, 2010.

NISBET, R. "Great and Lesser Bear (Ovid, Tristia, 4.3)". *Journal of Roman Studies*, 72, 49-56, 1982.

NIKOLAIDIS, A. "Some Observations on Ovid's Lost *Medea*". *Latomus*, 44, n. 2, 383-7, 1985.

OLIVA NETO, J. A. *Falo no jardim: Priapeia grega, Priapeia latina.* São Paulo: Ateliê. 2011.

OLIVA NETO, J. A. "Bibliotextos: o livro e suas imagens na antiguidade". In: MARTINS, P., CAIRUS, H. & OLIVA NETO, J. A. *Algumas visões da antiguidade.* Rio de Janeiro: 7 Letras, 2011.

PEIRANO, I. *The Rhetoric of the Roman Fake: Latin Pseudoepigraphia in Context.* Cambridge: Cambridge University Press, 2012.

PHILLBRICK, R. *Hyperbole and Hyperbolic Persona in Ovid's Exile Poetry.* Dissertação (Mestrado). Cornell University, Ithaca (NY), 2007.

PRATA, P. *O caráter intertextual dos Tristes de Ovídio: uma leitura dos elementos épicos virgilianos.* Tese (Doutorado). Universidade de Campinas, Campinas, 2007.

RAGUSA, G. & BRUNHARA, R. *Elegia Grega Arcaica.* São Paulo: Ateliê/Mnema, 2021.

RAGUSA, G. & DELFITO, J. "Corina: uma voz feminina da poesia grega antiga e suas canções". *Translatio*, 18, 3-16, 2020.

REITZ, C. "Describing the Invisible: Ovid's Rome". *Hermes*, 141, n. 3, 283-93, 2013.

RIBBECK, O. "Ovid's Medea". *Rheinisches Museum für Philologie*, 30, 626-7, 1875.

RITCHIE, A. "Notes on Ovid's Tristia". *Classical Quarterly*, 45, n. 2, 512-16, 1995.

SALMON, E. "Ovid, Tristia 1,11.15". *Classical Review*, 49, n. 4, 128, 1935.

SCHMIDT, P. *Aetas Ovidiana: Ovídio como modelo e o problema de gênero na poesia latina medieval*. Tese (Doutorado). Universidade de São Paulo, São Paulo, 2017.

_____. "Dafne". In: CORSI SILVA, S., BRUNHARA, R. & VIEIRA NETO, I. *Compêndio Histórico de Mulheres na Antiguidade*. Vol. 1. Goiânia: Tempestiva, 2021.

_____. "Ovidianism and the end of elegy in Maximianus 5". *Acta Classica*, 65, 195-207, 2022.

SCHMITT, R. "The Black Sea". In: YARSHATER, E. (ed.) *Encyclopaedia Iranica*. Vol. 4. London and New York: Routledge & Kegan Paul, 1989.

SERIGNOLLI, L. *Baco, o simpósio e o poeta*. Tese (Doutorado). Universidade de São Paulo, São Paulo, 2017.

_____. "Bacchus, Augustus and the poet in Horace Odes 3.25". In: MARTINS, P., HASEGAWA, A. & OLIVA NETO, J. A. (eds.). *Augustan Poetry: New Trends and Revaluations*. São Paulo: Humanitas, 2019.

SHARROCK, A. *Seduction and Repetition in Ovid's* Ars Amatoria *2*. Oxford: Oxford University Press, 1994.

_____. "The poeta-amator, nequitia and recusatio". In: THORSEN, T. *Cambridge Companion to Latin Love Elegy*. Cambridge: Cambridge University Press, 2012.

SIHLER, E. "The Collegium Poetarum at Rome". *American Journal of Philology*, 26, 1-21, 1905.

SULIMIRSKI, T. *The Sarmatians*. New York: Praeger Publishers, 1970.

THAKUR, S. "Tiberius, the Varian disaster, and the dating of Tristia 2". *Materiali e discussion per l'analisi dei testi classici*, 73, 69-97, 2014.

THIBAULT, J. *The Mystery of Ovid's Exile*. Berkeley: University of California Press, 1964.

THORSEN, T. "The Latin elegiac couplet". In: _____. (ed.). *Cambridge Companion to Latin Love Elegy*. Cambridge: Cambridge University Press, 2013.

TRAILL, D. "Ovid, Tristia 2.8, 296 and 507: Happier Solutions". *Hermes*, 120, n. 4, 504-507, 1992.

UGARTEMENDÍA, C. "*In media barbara, ille ego Romanus vates*: etnografia e autoridade nos *Tristia* de Ovídio". *Classica*, 33, n. 1, 51-68, 2020.

_____. *Ille ego Romanus vates: a autoridade poética do relegatus nos Tristia e Epistulae ex Ponto, de Ovídio*. Tese (Doutorado). Universidade de São Paulo, São Paulo, 2022.

VASCONCELLOS, P. S. *Efeitos intertextuais na* Eneida *de Virgílio*. São Paulo: Humanitas, 2001.

VERDIÉRE, R. *Le secret du voltiger d'amour ou le mystère de la relegation d'Ovide*. Brussels: Peeters, 1992.

VESSEY, D. "*Grana*: Ovid, *Tristia* IV.6.9-10". *Glotta*, 64, 102-104, 1986.

VEYNE, P. *A Elegia Erótica Romana*. São Paulo: Brasiliense, 1985.

WHITE, P. "Ovid and the Augustan Milieu". In: BOYD, B. *Brill's Companion to Ovid*. Leiden: Brill, 2002.

WIEDEMANN, T. "The Political Background to Ovid's Tristia 2". *The Classical Quarterly*, 25, n. 2, 264-71, 1975.

WILDFANG, R. *Rome's Vestal Virgins: A Study of Rome's Vestal Priestesses in the Late Republic and Early Empire*. London: Routledge, 2006.

WILLIAMS, G. "Representations of the Book-Roll in Latin Poetry: Ovid, Tr. 1, 1,3-14 and Related Texts". *Mnemosyne*, 45, n. 2, 178-89, 1992.

_____. *Banished Voices: Readings in Ovid's Exile Poetry*. Cambridge: Cambridge University Press, 1994.

_____. "Ovid's Exilic Poetry: Worlds Apart". In: BOYD, B. *Brill's Companion to Ovid*. Leiden: Brill, 2002a.

_____. "Ovid's exile poetry: Tristia, Epistulae ex Ponto and Ibis". HARDIE, P. (ed.). *Cambridge Companion to Ovid*. Cambridge: Cambridge University Press, 2002b.

WOYTEK, E. "Ovid, Tristia 1.6: Bemerkungen zu Text und Aufbau". *Wiener Studien*, 99, 205-14, 1986.

Este obra foi composta em tipologia Gentium Book Plus, corpo 10/14,5, no formato 13,8 x 21 cm, com 352 páginas, e impressa em papel Pólen Natural 70 g/m² (miolo) pela Lis Gráfica.
São Paulo, março de 2023.